完美恋爱

笑佳人 著

北京时代华文书局

图书在版编目（CIP）数据

完美恋爱 / 笑佳人著. — 北京：北京时代华文书局，2022.5

ISBN 978-7-5699-4618-5

Ⅰ. ①完⋯　Ⅱ. ①笑⋯　Ⅲ. ①长篇小说－中国－当代　Ⅳ. ①I247.5

中国版本图书馆CIP数据核字(2022)第069796号

完 美 恋 爱
WANMEI LIANAI

著　　　者｜笑佳人

出 版 人｜陈　涛
选 题 策 划｜渼玖文化
责 任 编 辑｜邢秋玥
责 任 校 对｜凤宝莲
装 帧 设 计｜他系力二工作室
责 任 印 制｜刘　银

出 版 发 行｜北京时代华文书局　http://www.bjsdsj.com.cn
　　　　　　北京市东城区安定门外大街138号皇城国际大厦A座8层
　　　　　　邮编：100011　电话：010-64263661　64261528

印　　　刷｜北京盛通印刷股份有限公司　010-52249888
　　　　　　（如发现印装质量问题，请与印刷厂联系调换）

开　　本｜880mm×1230mm 1/32　印　张｜10.5　字　数｜342千字
版　　次｜2022年6月第1版　　　　印　次｜2022年6月第1次印刷
书　　号｜ISBN 978-7-5699-4618-5
定　　价｜45.00元

版权所有，违者必究

他像一盆鲜翠欲滴的绿萝

闯入她的世界——

| 目录
Contents

第一章　徐医生的心跳　　　　001
第二章　徐医生的美食诱惑　　031
第三章　徐医生的饭局　　　　061
第四章　徐医生的情话　　　　091
第五章　徐医生的初吻　　　　123

第六章	徐医生正式恋爱了	160
第七章	徐医生的浪漫生活	196
第八章	徐医生见家长	223
第九章	徐医生的婚礼	250
番外一	徐医生的幸福生活	285
番外二	等一场雨,等一滴墨	294

第一章

徐医生的心跳

下午一点半,阳光灿烂到耀眼,夏颜站在4S店的停车场旁,微笑着目送王先生上车,挥手跟他道别。

红色汽车留下两道尾气,缓缓开了出去,融入车流。

夏颜笑到僵硬的脸部肌肉终于得以放松,她穿着五厘米高的细高跟鞋,嗒嗒嗒地返回店内。

"夏颜真厉害啊,昨天才签了一单,今天又成了。"一位男同事羡慕地朝她打招呼,一边说一边看向外面,脚步飞快,大概是要接客户。

夏颜已经饿得没有力气说话了。

王先生是个大忙人,只能抽中午休息的空隙来店里看车、签单。夏颜今天忙了一上午,来不及吃中午饭就开始招待王先生。看车谈价费心费力,还要始终保持得体的礼仪,如果王先生再拖延几分钟,夏颜可能就撑不下去了。

"分你一点运气。"夏颜强打精神与同事拍了一下手,就直奔电梯,前往四楼的食堂。

食堂既服务员工也招待客户，此时只有两桌还有人，都是店里不同部门的员工。夏颜快速打好三菜一汤，坐到临窗的餐桌，一边刷手机一边吃了起来。

销售部的工作群里分享了两个签单的喜讯，最新的一单属于她。看着满屏撒花放炮的微信表情，夏颜不禁露出笑容。

夏颜大学学的是设计专业，毕业后工作了一年，每天都坐在办公室里对着电脑画画，虽然薪水可观且稳定，可她很快就厌烦了那种毫无挑战性的工作。一次陪闺密购车的经历，让夏颜对汽车销售这行产生了浓厚的兴趣。

刚入行的时候，夏颜拿了一段时间的保底底薪，勉强够她吃饭租房。如今两年多过去，夏颜已经连续拿了半年的"月度销售冠军"。伴随着薪水上涨的，是她满满的成就感。

夏颜放下手机，笑着吃了一大口饭。

"颜姐颜姐！"

夏颜回头，看向食堂入口。上个月才入职的新人冯茜一脸兴奋地跑过来，一个"急刹车"扶着餐桌，转身坐到了夏颜对面。

夏颜："因为什么事这么激动？"

冯茜跑得脸颊通红，上半身前倾，双眼雪亮地看着夏颜："早上我不是跟你说，昨晚有位范小姐联系我，跟我打听咱们店里的高价车？"

夏颜点点头，表示是有这么回事。

冯茜的兴奋已经快要变成岩浆喷出来了："刚刚范小姐给我打电话，说她下午三点左右过来签单，问我需要什么手续证件！颜姐，你给我分析分析，她都这么说了，这单是不是肯定妥了？"

听完这话，夏颜很吃惊。她也算拥有两年半售车经验的销售员了，签过的大多数客户都要经过到店内看车、挑车、讨价还价的标准流程，当然也有不差钱的，会在过来看车当日就把单子签下，但通常来讲，这种好运气基本不会降临在菜鸟销售员身上。

所以，究竟是冯茜撞了大运，还是那位范小姐只是随口说说？

无论如何，准备充足都是应该的。

夏颜没有给冯茜过多肯定的答案，只帮冯茜过了一遍签单的流程——冯茜是新人，激动之下可能会出纰漏。

"我下午不忙，有什么情况你随时联系我。"

"嗯，成了我请你吃大餐！"冯茜拿着刚刚记好的笔记，元气满满地离开了。

下午店里的客流量并不多，夏颜站在新车展厅内，一边物色目标客户，一边留意冯茜那边的情况。

两点五十分时，冯茜去外面迎接客户。

几分钟后，冯茜领着一对男女朝店里走来。透过展厅的落地玻璃窗，夏颜看到一位打扮时髦、青春靓丽的女士，手挽着一位男士的胳膊。那位男士身形挺拔，穿一身名牌西装。一开始夏颜只能瞥见对方的侧影，还以为是个年轻男人，等对方转过来，夏颜先是震惊，随即皱眉。

就在夏颜收回视线转身走开的同时，那个西装男人突然朝她看来。

男人停下脚步。

范小姐顺着秦盛的目光看去，发现一道曼妙的背影——踩着高跟鞋，诱人的身形在黑色套裙制服下摇曳生姿。

范小姐咬牙，拧了秦盛一下，趁冯茜不注意，低声吃醋道："看到美女就走不动路了是不是？"

秦盛已经五十岁了，是个成功人士。以他这样的年纪，找二十出头的女孩子只是寻求刺激，感情绝对谈不上认真。平时他很宠溺范小姐，可刚刚瞥见的那张侧脸让他没了心情。

他将卡塞给范小姐，笑着道："你去签合同，我去一下洗手间。"

范小姐看看他手里的卡，撇撇嘴抽了过来，不再刨根问底。

展厅一楼空间开阔，摆了各式新车。秦盛对车没有兴趣，一直追到了夏颜身后。

"颜颜。"

那声音语气，都是夏颜熟悉的。

夏颜不想理他，可秦盛直奔她而来。周围已经有同事朝这边张望了。

夏颜停下脚步，转身，面带公式化的笑容看向秦盛："好巧，秦总今天陪女朋友来买车？"

秦盛的脸微微一沉，带着一丝尴尬解释道："逢场作戏，当不得真。倒是你，不是在设计公司上班吗，怎么来卖车了？"

夏颜早就将目光投向了跟着冯茜去签合同的范小姐。这范小姐看起来与她差不多的年纪，亏秦盛也下得了手。

夏颜觉得恶心，一眼都不想多看秦盛——她血缘上的父亲。

"我都改行两年多了，秦总才知道吗？"夏颜讽刺地摆了摆身前的工作牌。

秦盛神色一变，夏颜已经转身离开。秦盛扫一眼四周，知道这里不是说话的地方，就没再去打扰女儿。

秦盛回到范小姐身边。

范小姐已经签好了合同，一百万的豪车到手，自然心花怒放。

"可惜还要再等半个多月才能提车。"范小姐挽着秦盛的手腕往外走，颇为遗憾地说。

秦盛的心思不在这个话题上，一脸漫不经心。

范小姐转了转眼睛，突然捂着肚子喊起疼来。

秦盛这才扶住她的腰，勉强施舍了几分关心："哪里不舒服？"

范小姐神色痛苦又惹人怜惜，靠着秦盛，可怜巴巴地道："这几天肚子难受，你陪我去趟医院吧。"

秦盛下意识地皱眉，范小姐拉着他的胳膊晃了起来。

秦盛对范小姐还有新鲜感，无奈地叹了一口气，将范小姐扶上车。司机开车，他一手搂着范小姐，一手用手机帮她挂号。

范小姐要求去江城有名的江大附属第一医院，离他们现在的位置很近。

到了医院，范小姐恃宠而骄，指挥着秦盛替她取号。两人的年纪，不知道的还以为是父女关系，不过，就算有这种猜测，在看到范小姐几乎要挂在秦盛身上的姿态后，路人也能猜到真相了。

秦盛给范小姐挂的是消化内科。

排队的时候，秦盛打开微信通信记录，找到一个多年没有联系的号。

他编辑消息时，范小姐瞥见一个备注"夏"。

范小姐还想继续偷窥时，秦盛突然站了起来，让她坐在原处，去一旁发消息了。

秦盛：颜颜怎么去卖车了？

消息发出去，一直等到该范小姐去看诊了，对方都没有回复秦盛，不知道是太忙没有看到消息，还是单纯地不想理他。

秦盛揉了揉额头：大的拴不住，小的管不了，这对活祖宗。

"你不是说下午晚上都陪我吗，怎么还手机不离手？"走向诊室的路上，范小姐不高兴地嘟囔。

秦盛揉揉她的头，询问她的身体状况。

这就是不想回答了。

范小姐哼了哼，想到了秦盛的第一任妻子夏瑾。当年他们夫妻离婚决裂时，秦盛的餐饮店已经开了多家连锁店，而夏瑾默默无闻。如今，秦盛在江城的顶级富豪中根本排不上号，夏瑾却已经成了闻名全国的地产业女强人。

看到前一个病人从诊室里出来了，秦盛想在外面等，却被范小姐拉了进去。

范小姐进了诊室，才注意到对面坐着一位非常年轻的男医生，二十五六岁的模样，眉目清俊，气质温雅，颜值高得简直可以到医疗剧里去当男主角。

在这样优秀的年轻异性面前，范小姐不自觉地松开了秦盛的胳膊，别了别耳边的碎发，坐到了男医生对面。

徐砚清的目光在秦盛、范小姐身上随意地过了一遍，伸手向范小姐要就诊卡。

卡插好后，徐砚清开始询问范小姐的症状。

范小姐的胃部的确有些不适，为了确定情况兼引起秦盛的怜惜，范小姐面容忧愁地叙述起来，特别提到了她的小腹："医生，我这里有个硬块，会不会是长了肿瘤？"

徐砚清在记录她的症状，闻言眼皮都没抬，指着旁边的病床让范小姐躺下去。范小姐躺好，目光忐忑地看着徐砚清。

徐砚清走过来，让范小姐指出发硬部位，然后轻轻按了几下，便走向办公桌。

"医生，是肿瘤吗？"范小姐坐起来问。

徐砚清垂眸记录："不是。"

范小姐："那么硬，不是肿瘤是什么？"

徐砚清终于看了她一眼："你最近是不是便秘很严重？"

范小姐："……"

秦盛转向一旁，临时决定今晚去公司加班。

夏颜今天签了一单，本来该高兴的，可是因为亲眼见到秦盛哄小女友的情景，胸口便堵得慌。

当年母亲与父亲离婚，导火索便是父亲用短信与别的女人搞暧昧。

这么多年过去了，父亲的第二任妻子也没能改掉他花心的毛病。李阿姨才去世三年，父亲又开始肆无忌惮地风流。

是有钱的男人都花心，还是她运气不好，摊上这么一个管不住自己的父亲？

那位范小姐与她年纪差不多，秦盛简直不要脸！

夏颜恨恨地将秦盛的电话号码、微信都拉进了黑名单。

"颜姐今晚有约吗？没有的话，我请你吃饭！"冯茜风风火火地凑了过来。她是销售新人，上个月一直在做打扫展厅洗车擦车的苦力活，其他老销售员都没耐心带徒弟，只有夏颜脾气好，喜欢点拨他们这些新人。冯茜今天这单成功是撞了大运，但里面也有夏颜的功劳。

夏颜也是从销售新人过来的，太理解冯茜的喜悦了。虽然冯茜的第一个客户是秦盛的小女友，可夏颜不想因为自家的破事扫了冯茜的兴致。她今晚无约，正要应下冯茜的邀请，突然手机传来一连串的振动。

是舅妈的电话。

夏颜接听，里面立即传来舅妈焦急的声音："颜颜，你现在有空吗？"

"有，怎么了？"

"冉冉出事了！她跟她的班主任一起从楼梯上摔下去了，现在正送往江大附一医院。你舅舅在做手术联系不上，我这边也走不开，你能不能先过去看看？"

夏颜从小在舅舅家长大，与表妹夏冉跟亲姐妹一样。得知夏冉摔下楼梯，夏颜的心跳都乱了："舅妈，你别急，我马上过去。冉冉怎么样，摔得严重吗？"

"她没大事，孟老师因为护着她摔得很严重，你先去看看，我忙完马上也过去。"

夏颜了解了基本情况，与冯茜约好改日再去吃饭，又跟主管请了假，提前下班赶往江大附属第一医院。

快要到下班时间，路上微堵，等夏颜在医院停好车来到急诊病房，夏冉已经做完了检查，穿着一身校服站在走廊里。

"姐，我没事，我们班主任的左腿骨折了……"

看到夏颜，夏冉眼里涌出泪花，一脸后悔自责。

夏颜扶住表妹，一边拿纸巾让她擦眼泪，一边询问事情经过。

过程很简单——下课了，夏冉与同学在教学楼的走廊上打闹，跑下楼梯时一脚踩空。班主任孟老师恰好在旁边，于是丢下教案去拉夏冉，却被夏冉的冲势带了下去。孟老师唯一能做的，就是将夏冉紧紧护在了怀里，自己先着地。

夏冉越说，哭得越厉害。对一个涉世未深的高中生来说，连累别人骨折已经属于非常严重的错误了。

"好了好了，哭有什么用，记住这次的教训，以后别在危险的地方追跑打闹了，回去后好好读书写作业。你考个好成绩，便是对孟老师最好的补偿。"夏颜摸摸表妹的头，轻声开解道。

夏冉还在抽抽搭搭的，暂时是平静不下来了。

没多久，护士推着一位女患者出来了。

夏冉从夏颜身边跑了过去，泪眼汪汪地说："孟老师，都是我不好，我……"

五十多岁的孟老师躺在移动病床上，面容慈祥，笑着看向夏冉："别哭别哭，骨折而已，养阵子就好了，又不是什么治不好的病，这也值得你哭？"

看她这样，夏冉哭得更厉害了。

夏颜一边跟着病床走，一边与孟老师说话："孟老师好，我是冉冉的姐姐，我舅舅舅妈工作忙暂且没法过来看您，真是不好意思了。今天这事都怪冉冉，请孟老师安心养伤，您养伤期间的费用都由我们来支付。"

孟老师刚刚就注意到夏颜了，看到这个二十出头的女孩子，穿着一身工作套装，漂亮得仿佛会发光，只看一眼便觉得腿都没那么疼了。这个女孩子长得漂亮，声音好听，态度更好，又讲礼貌又大方，一番话说得孟老师跟喝了甘泉似的，浑身舒服。

"医药费就算了，我跟冉冉妈妈很熟的。冉冉爸爸是本院心外科主任，我小儿子是消化内科的医生，都在一个医院工作，这就是缘分。"孟老师笑容和蔼地道。

夏颜这才知道舅舅家与孟老师还有这层交情。

孟老师左腿骨折,还好并不是特别严重,打石膏休养两个月就能康复。

夏颜一直陪表妹守在医院,直到有个老客户今晚要来看新车,正好舅妈来了,才匆匆回了4S店。

夏颜的舅妈在孟老师的病房坐了很久,直到孟老师的小儿子过来了,舅妈再次真诚道歉,这才带着夏冉离开了。

"妈,你摔成这样,怎么不早点告诉我?"

窗外夜幕降临,徐砚清送走夏冉母女,关上病房的门,回头便埋怨打了石膏的母亲。

孟老师笑着看向小儿子:"告诉你有什么用,你会打石膏还是能马上治好我的腿?又不是什么重伤,告诉你,你还得请假,不值当。"

徐砚清不置可否,拿出手机,对准病床上的母亲。

孟老师急道:"你做什么?"

徐砚清已经拍好照片,发到家族群里,特别提醒了在某大学任教的父亲与同城的工作狂大哥。

他刚发完,孟老师的手机便响了,是徐教授打来的电话。

孟老师瞪了一眼小儿子,开始给老公解释情况。

没几分钟,徐墨沉的电话也打到了徐砚清这边:"妈怎么摔的?"

徐砚清:"一日为师,终身为母,为救学生不惜以身犯险。"

孟老师又飞了一记眼刀过来。

徐墨沉:"……妈摔得严重吗?"

徐砚清:"左腿骨折,需要休养两个月,还有几处擦伤。"

徐墨沉:"我马上过来,下次早点通知我。"

徐砚清刚要解释他也是才知道亲妈摔伤了,那一头已挂了电话。

"吃饭了吗?"徐砚清坐到母亲的病床边。

"吃了,你呢?"

"我也吃了,给你削个苹果?"

"嗯,咱们俩一人一半。"

徐砚清从夏家送来的果篮里拿了一个苹果，洗干净，坐在病床边低头削着。

他眉目清隽，低头做事时密而长的睫毛安静地垂下去，双手修长白皙，削苹果的动作充满了艺术感。

这是孟老师眼中的小儿子。

孟老师有两个儿子，长得都很帅。大儿子徐墨沉属于高冷型的，自从进入青春期就开始耍酷，在家里也很少露出笑容，寡言少语，孟老师都不想跟大儿子说话。还是小儿子徐砚清好，从小就是他们夫妻的"小棉袄"，会帮忙洗衣做饭、养花浇水，无论学习还是工作，都没让他们操过心。

不过，小儿子今年二十七了，至今还没有谈过恋爱，更别提结婚了。

孟老师思想开明，并非一定要儿子结婚生子，可这么出色的儿子，总是单着，让孟老师有种暴殄天物的感觉。她一直都认为，小儿子适合找一个温柔漂亮的女孩子，两人谈一场虽然平淡却甜蜜的恋爱，再顺顺利利地结婚，组建一个甜蜜家庭。

"今天我看到夏冉的表姐了，比你小几岁的样子，长得真漂亮，关键是还特别懂礼貌。"孟老师主动打开了话匣子。

徐砚清瞥了她一眼："大哥三十了，如果你真想牵红线，也该将那位漂亮的夏小姐介绍给我大哥。"

孟老师叹道："你大哥那种脾气，我真给他介绍，不是坑夏小姐嘛。"

徐砚清想了想，觉得母亲这话很有道理。

可徐砚清虽然各方面都符合好男人的标准，但问题是，徐砚清不想谈恋爱，不想跟一个陌生女人开展一场复杂的感情，更不想落得当年大哥失恋后的凄惨境地，为情为爱为女人，醉酒发疯。

徐砚清认为，独居生活非常适合他，每天都可以做自己喜欢做的事，不用考虑另一个人的好恶，不用担心自己做错什么而伤了另一个人的感情，更不用担心自己被对方所伤。

"如果你真想介绍，我会去跟对方相亲，但结果都一样，我会继续保持单身。"徐砚清心情平和地说。

孟老师还想再讲道理，徐砚清将削好的苹果递了过去，正好堵住孟老师的嘴。

孟老师说服小儿子谈恋爱的计划再次搁浅。

吃完苹果，孟老师想到教学工作，跟小儿子提出她出院后就要继续上课："明年这届学生就要高考了，高考前的每一天都非常关键。他们已经习惯了我的授课方式，临时换人，可能有人会不习惯，影响学习状态。"

作为一个高三老师，让她在家里休养两个月，孟老师做不到。

徐砚清皱眉："你都这样了，还怎么上课？"

孟老师："我只是腿动不了，手还能动，你给我买个轮椅，早晚接送我上下班，耽误不了什么。"

徐砚清头疼。

徐墨沉来了后，徐砚清退居二线，将说服母亲的任务移交给大哥。

然而孟老师固执起来，兄弟俩一起上阵也改变不了什么，只好同意接下来的两个月，兄弟俩灵活安排时间，轮流接送母亲上下班。

"你上次开车是什么时候？"徐墨沉忽然问弟弟。他知道弟弟在医院附近的一个小区租了房，平时都是步行上班，所以弟弟毕业后没有买车，偶尔开车，都是开家里那辆老古董。

徐砚清："你在担心我的车技？"

徐墨沉默认。

徐砚清看向母亲："上个月陪妈去花鸟市场，我开的车，往返两个小时。"

徐墨沉："开咱家那辆？"

孟老师与徐教授有一辆大众，夫妻俩生活节俭，二十年了，还没有换过车。徐墨沉早看那辆车不顺眼了，可对孟老师夫妻而言，那辆车充满了一家人的回忆，又还能开，就舍不得换。

这不，徐墨沉刚露出嫌弃的表情，孟老师便开始批评他了："我知道你现在有钱，可钱再多也得省着花，不该浪费的地方一分都不能浪费……"

徐墨沉垂眸不语。

关于此事，徐砚清支持母亲。他也觉得家里的车很不错，充满了回忆的年代感。

虽然徐砚清对自己的车技有信心，不过为了稳妥起见，当晚他拿着钥匙回了徐家，决定接下来的几天都开车去医院，权当熟悉手感。

第二天，徐砚清驾车行驶到一半，停下等红灯，结果再想启动的时候，车不肯动了。

徐砚清:"……"

他严重怀疑,徐墨沉可能对这辆老车动了什么手脚。

确定无法再启动家里的老爷车后,徐砚清打开双闪,走到路边的安全位置,拨打122说明情况。

等待拖车的过程中,徐砚清向医院请了半日假。

医院里病人爆满,每个医生都很忙碌,这样的临时请假会引发一系列的麻烦。

想到这些,徐砚清看那辆老爷车的目光充满了不善。

虽然不情愿,徐砚清还是给大哥打了一个电话。

"车坏了,无法启动。"

"买新车,我记得你那车牌号再有一个月过期,正好用上。"

"这辆旧的怎么办?"

"报废处理,交管所会告诉你怎么操作,回头我给爸妈买辆新的。"

"报废?妈肯定不同意。"

"就说你刚刚差点出车祸,活下来全靠命大。"

徐砚清:"……"

大哥这个人,看着高冷稳重,但从小到大不知道跟家里撒了多少次谎。

对于撒谎这种行为,徐砚清非常不齿,但为了父母的安全考虑,徐砚清决定与大哥"同流合污"。

他先后给孟老师、徐教授打了电话,报告他刚刚险些出车祸的虚假危险经历,不出意料,二老都同意送那辆老爷车去报废。

徐砚清跑了一上午手续,下午继续坐诊看病。

傍晚下班后,徐砚清去探望孟老师。

"早上吓了我一跳,没受伤吧?"孟老师关心地打量小儿子。

徐砚清:"还好,虚惊一场,只撞坏了车。"

孟老师心有余悸:"早知道就听你大哥的了,果然有些旧东西该扔就得扔。"

徐砚清笑了笑,瞥见病床边上的教案,笑容又僵住了。

父母这辈子,绝大多数的时间都在教书育人。

"车坏了，以后你怎么接送我？"孟老师忽然问。

徐砚清："明天我休息，去买辆新车。"

孟老师："现在车都挺贵的，我给你转点钱。"

儿子本博连读，刚在医院工作第二年，积蓄可能不多。

徐砚清："不用，我只是买来代步，买辆二十来万的足够了。"

孟老师："你这个年纪，既然决定买车，那就买辆好点的，将来跟人相亲谈恋爱，开出去也有面子。"她一脸深意兼期许地注视着小儿子。

徐砚清没有跟母亲争辩，反正买车的人是他。

双休日基本上是4S店最忙碌的时候，早上七点半夏颜就到了店里。

花半小时温习自家几款车的参数特征，再开半个多小时的晨会，夏颜一天的工作就正式开始了。

客户周女士约好十点钟来提车，在此之前，夏颜不准备精确瞄准新客户，申请了展厅入口九点到十点的轮岗。这期间，她只需要站在展厅入口，在看车的客户逛进来时，发一张自己的名片。不过，这种广撒网的方式，钓到的鱼比较有限。

九点五十左右，夏颜准备跟同事交接工作，然后去店外等候周女士。作为一名尽职的销售顾问，她会为每一个客户提供从看车、提车到售后一条龙的优质服务。

店里已经有了一拨客人，就在夏颜来到门厅附近时，外面忽然走进来一个穿白衬衫的年轻男人。对方身形挺拔，一头短发干净利落，充满了漫画角色般的"苏感"。

夏颜还没来得及仔细打量对方的五官，就察觉到对方的视线已经落到了她脸上。夏颜立即露出一个职业化的微笑，驻足招呼："先生您好，欢迎光临本店。"

说完这句，夏颜微微停顿，观察对方的反应。别看这只是一个简单的社交开场，她却能根据客人的反应看出一些对方的性格特征，是沉默内敛，抑或是爽朗健谈。

刚刚走进4S店的徐砚清，尚未看清楚展厅内的情况，便被前方的销售小姐夺走了所有的注意力。

温暖明媚的阳光从落地窗斜洒过来，这位销售小姐正好站在一片阳光中。

她黑润明亮的眼睛让徐砚清想到了山谷里静静流淌的泉水；她的脸颊白皙莹润，仿佛会发光；她的笑容似乎蕴含了一种魔力，令他难以移开视线；她清润甘甜的音色如一滴水珠，毫无预兆地滴在了他心头，引起一阵无法形容的悸动。微弱的电流瞬间从那一点传遍全身。

徐砚清知道这种反应不正常，身体自动开启防护机制。他神色不变，回以客气一笑，将目光投向销售小姐身后的展厅。

在夏颜看来，这位客人已经迫不及待去看车了，而她恰好没空。

夏颜维持着微笑，拿出一张名片，双手递交过去："您是来看车的吧，我是本店的销售顾问夏颜，稍后您若有什么需求或疑问，可以联系我，或是找其他顾问为您服务。"

徐砚清点点头，接过了名片。

夏颜笑笑，等徐砚清走进去后，就快步出去了。

徐砚清的心跳仍然有些乱，直到身后的高跟鞋脚步声消失，他才走到最近的一辆展车旁，偏头看向门厅。

她背对展厅站在左侧的落地玻璃窗外，穿一身黑色的套裙制服，露出一截白皙纤直的小腿。她无疑拥有一副好身材，而徐砚清的目光却落在她白皙的侧脸上。

突然，她跨下了台阶，朝刚刚开进来的一辆黑色汽车走去。

黑色汽车停好，走下来一位年约四旬的女士。她笑着走到该女士身边，一路朝展厅走来。

徐砚清及时收回视线。

这时，另一位销售小姐走近徐砚清："先生对这辆车感兴趣吗？"

徐砚清摇摇头，藏好手中的名片道："我先随便看看。"

销售小姐笑着表示尊重，走开了。

展厅很大，客人陆续进店。店里的销售员们似乎都很忙碌，要么陪在客户身边介绍车辆，要么与客户坐在沙发上商讨合同细节，要么就拿着文件楼上楼下地奔波。

在徐砚清表示要自己看车之后，并没有销售员再来打扰他。

徐砚清装作四处看车的样子，其实视线一直留意着夏颜。

前面的二十多年里，徐砚清是埋头读书的学霸、醉心工作的医生，没有谈过恋爱，也没有收集过青春期男生都喜欢的美女杂志，可他在电视机、广告牌上见过各色美艳的明星，如此可证，徐砚清不是没有见过世面。然而此时此刻，他就是忍不住去偷看那位夏小姐，仿佛黑暗中的飞蛾发现了一点火源，情不自禁，身不由己。

夏颜陪周女士去交车点了。

徐砚清暂时丢失了她的身影，确定她暂时不会出来，于是低头看向手中的名片。

名片上印着她的工作照，漂亮的眉眼、甜美的笑容，但没有她本人好看。

名片上还有她的联系方式，手机号码、微信号、邮箱，非常全面。

如果他在这家店买车，就能加她好友。

其实这片区域分布了好几家4S店，徐砚清刚过来的时候并没有想好要买哪个牌子的车，只是挑了最近的一家先进来看看。这家4S店销售的B牌车属于豪车品牌，他原计划的二十多万预算大概只能买B牌车最便宜的一级。

徐砚清开始观察展厅内车辆的标价。

夏颜与周女士的交车流程走了一个小时，周女士离开时，店里顾客很多。就在夏颜准备物色目标客户时，斜对面有人注意到她，朝她招了招手。

对方五官清俊气质出众，夏颜马上想起来，那是她招待周女士之前发过名片的一位客人。

夏颜笑着走了过去。徐砚清站在一辆黑色汽车前，手里拿了四份汽车宣传册。夏颜不着痕迹地瞄了一眼他手里的宣传册，分别属于C级、E级两种车型，价位在三十五万至五十万之间。

"先生已经有中意的车型了吗？"夏颜笑着询问道。

徐砚清点头，抬高手中的宣传册："应该就在这四款里面选一辆，具体还要请你帮忙挑选推荐。我以前没有买过车，没有经验。"

有选择目标、愿意主动交代自己的情况，夏颜马上判断出来，这是一位很好沟通的客户。

"好的，站着说话不方便，咱们去休息区坐着谈吧。"夏颜指向休息区的位置。休息区旁边就是吧台，提供饮料茶水。

徐砚清点头。

夏颜一路用闲聊的语气与徐砚清攀谈:"先生贵姓?"

徐砚清目视前方:"我姓徐。"

夏颜眼睛一亮:"徐姓很好听啊,听起来就给人一种温润儒雅的感觉,跟您的气质还真相符呢。"

她的语气与神色,很容易给人一种错觉——她是真的这么想的,而不是商业吹捧。

被她用那样诚挚热情的目光注视,徐砚清的心跳又开始作乱,他随口道:"是吗?我不这么觉得。"

夏颜笑道:"那是因为您的姓氏好听,只是您用久了没感觉。我就特别喜欢徐姓,明朝有一位内阁首辅叫徐阶,还有同时期三才子之一的徐渭,都是青史留名的人物。不像我们夏姓,都找不出几个特别有名的人物。"

徐砚清思考片刻,还真没想起哪个夏姓名人,脑海中最先冒出来的竟然是大明湖畔的夏雨荷。

"徐先生从事金融工作吗?"

"不是,我是医生。"

夏颜一脸惊讶:"这么年轻就当医生了?那您读书时肯定是个学霸。"

徐砚清笑了笑,颇有几分默认的味道。

夏颜便又夸了几句,一边夸一边收集徐砚清的信息。短短一段路,夏颜已经知道徐砚清大学读的是哪所名校,如今在哪个医院工作了。

很巧,夏颜的舅舅与徐砚清都在江大附一。

其实还可以就这个话题往下聊,但夏颜认为,徐砚清配合度这么高,这单基本稳了,不必再多费力气。

按照徐砚清的喜好,夏颜去吧台拿了两杯绿茶,坐下来开始谈车。

"徐先生买车主要是用于通勤,这几款轿车都是很好的选择。除了通勤,徐先生对车还有别的什么要求吗?譬如说对车内装饰的风格、座椅的舒适性等等。"

徐砚清想了想,道:"家里有病人要照顾,我希望她坐车的时候能享受较高的舒适度,后备厢空间大一点,能够放下轮椅。"

夏颜:"什么样的轮椅?您有照片吗?"

徐砚清昨天下单了一款轮椅,于是调出了商品界面。

完美恋爱 / 015

夏颜本来在徐砚清对面坐着，察觉他在翻找轮椅信息，便绕到徐砚清这边，俯身站在他身旁。

她专心观察轮椅的参数，徐砚清却因为她的靠近，身体微微僵硬。

徐砚清目视手机屏幕，闻到了她身上淡淡的香水味，像她的笑容，甜美清新。

"这款轮椅是可折叠的，这几款轿车的后备厢都足够放置它。"夏颜笑着回到徐砚清对面。因为徐砚清强调了座椅舒适性，看起来不差钱，夏颜就给他推荐了四款轿车里价格最高的那辆，"这款车的座椅全部采用真皮材质，前后座椅都可加热通风，夏天不怕热，冬天不怕冷……"

徐砚清默默计算价格，他的存款足够支付首付，用工资还车贷也没有压力。

"下周四前可以提车吗？"

"可以的，这款我们刚刚有几辆到货。"

"嗯，那就签合同吧。"

徐墨沉忙了一天的工作，晚上来医院探望母亲。

徐砚清也在。

徐墨沉随口问他："车买了？"

徐砚清点头。

徐墨沉："什么车？"

孟老师笑眯眯的："五十多万的B牌车。"

小儿子不是浪费的性格，第一次买车就买这么好的，肯定是听进去了她的话，留着以后载女孩用呢。

徐墨沉意外地看向弟弟，这小子要么不买车，一买就这么大方，总觉得哪里有古怪。

徐砚清默默地刷着手机。因为签了单，他与夏颜已经是微信好友了。

夏颜的心情很不错。今天她签了两单！

下午签的那单是她已经服务了半个月的客户，一位姓刘的白领。刘先生预算紧张，既想通过精心挑选购买一辆性价比最高的车，又不肯放弃对品牌的追求，所以一直在A、B两个品牌里犹豫。夏颜好几次看见刘先生走进对面A品牌的4S店。

经过她锲而不舍且热情地营销推广，今天刘先生终于做出决定，选了她推荐的车。

刘先生这单属于比较标准的一单，需要一个销售员付出长且足的耐心、运用精湛的推销技巧。夏颜中午遇见的徐医生才是上天偶尔送给销售员们的美味甜点，性格温和好沟通，资金充足不压价，对推荐的保险贷款、精品保养等全部接受！

想到徐医生这单带来的提成收益，夏颜便抑制不住地嘴角上扬。

夕会上，夏颜的主管陈英点名表扬了她。

夏颜大大方方地做了今日的工作总结，而其他销售员看她的眼神各不相同。

店里一共十六个销售员，在这十六个销售员当中，二十五岁的夏颜不是资历最深的，却是这几个月销售成绩最好的，连门店总经理都特别表扬过她的进步。

据说店总要调到总部去了，本店各级员工会面临一次升迁变动。如果销售部的江经理能够升上去，新的销售部经理便将从陈英、张春和这两位销售主管里挑选。紧跟着，夏颜等销售员将共同竞争一个销售主管的位置。

今年所有资历老的销售员都充满干劲，而异军突起的夏颜则成了一匹黑马。

菜鸟销售员们喜欢夏颜的平易近人、提携指点；老销售员们表面客气，心里怎么想的就不知道了。

夕会结束，夏颜收拾好办公桌，见冯茜还在做一个表格，便想去二楼的展厅看看。

夏颜没有坐电梯，从旋转楼梯这边走上去。

销售员们要么下班了，要么都在一楼办公室做今天的收尾工作，此时二楼展厅显得空旷而安静。

夏颜来这边没有什么特别的目的，只是开会坐久了，活动活动筋骨。

看到有客户发微信反馈车辆情况，夏颜走到二楼中间的露天小阳台，坐在沙发上回复消息。

发完消息后，夏颜刚要起来，不远处突然传来一道略显尖锐的声音："你有完没完，我说过三年内不会备孕，你之前都答应好的，为什么突然催个没完？"

夏颜心中一紧，听声音这是她的顶头上司，主管陈英。

陈英平时在店里的形象温和又干练，即便训人也是平静地叙述，这还是夏颜第一次听她用这种语气说话。

备孕，对面是陈英的老公在催生吗？

夏颜不想偷听上司的私密家事，可这个小阳台只有一个出口，她现在出去的话一定会遇上陈英。陈英若介意被她听见，以后两人还怎么相处？

心念飞转间，夏颜从包里取出蓝牙耳机，打开音乐，开始听起歌来，一边听，一边跟着旋律轻轻地摇摆身体，以此证明她很难听到外界的声音，而事实确实也是如此。

陈英一边打电话一边往展厅中间走。路过小阳台时，她脚步一停，看见了侧对她坐着的夏颜。陈英的目光，落到了夏颜的脸上。

夏颜很漂亮，属于连女人见了都喜欢的那种美女。陈英第一次见到夏颜时，还以为夏颜绝对在这行干不长，极有可能被哪个大老板或高管看上，从此成为富贵笼子里的一只金丝雀。可夏颜竟然是一个事业心极强的女人，从磕磕绊绊到蝉联月度冠军，只用了两年的时间。

曾经，陈英也像夏颜那么年轻，能够忘我地投入工作。

可在她跨过三十岁之后，家庭的琐事突然一件接一件地压了过来，消耗着她的精力与耐心。

"陈姐？"夏颜仿佛才注意到陈英的到来，迅速摘下耳机，笑着站起来打招呼。

最后一抹夕阳落到她的身上，年轻的女孩目光真挚，朝气蓬勃的笑容充满了感染力。

陈英也笑了，挂掉电话，问夏颜："怎么还没下班？"

夏颜解释道："跟冯茜约好一起去吃饭，等她呢。"

陈英点点头，似乎别有深意地道："别只顾着带新人，与老销售员也要打好关系。"说完，陈英往前走了。她穿着一身黑色西服套装，脚踩高跟鞋，背影充满了成熟女人的风情。

夏颜目送主管走远，心头浮起一丝困惑。

陈英那话是什么意思，是觉得她与老销售员关系疏远不利于销售部门的团结，还是……

算了，还没有影子的事，想那么多做什么？

但陈英的话也有道理，等这个月她再拿到销售冠军，就请整个销售部的同事一起吃顿饭吧。

晚上七点多，夏颜与冯茜来到市中心一家人气餐厅。

今晚冯茜请客，庆祝自己成功开了第一单。

排队等号的时候，冯茜低声与夏颜八卦："颜姐，今天中午你带的那个客户，长得真帅，都可以去当明星了。"

夏颜知道她说的是谁，笑了笑："是挺帅的。"

冯茜怂恿她："你打开微信，让我再看几眼呗。"

夏颜："也没帅到让你如此花痴的地步吧？"

冯茜看外星人似的看着她："这还不值得花痴？这可是纯天然的帅哥，没化妆不加滤镜都堪比大明星了。有些明星素颜可能还比不过他呢！"

夏颜无法理解冯茜对男人颜值的痴迷，在她看来，徐医生最大的优点是好沟通、下单快。客户嘛，只要愿意痛痛快快地下单买车就够了，颜值不重要。

干等也是无聊，夏颜就把手机拿了出来，打开徐医生的微信。

冯茜接过手机，发现夏颜给帅哥客户备注的是"姓名+车型+购车日期"……

"你可真够专业的。"冯茜一边吐槽，一边打开了徐砚清的朋友圈。

可惜的是，徐砚清的朋友圈只有几条医学资料的转发。

"他是医生？"

"嗯。"

"徐砚清？这名字可真好听。"

"还行吧，姓氏普通，名字加分了。"夏颜漫不经心地点评，与白日在徐砚清面前吹彩虹屁的态度截然不同。

看到徐砚清的头像是一盆绿植，朋友圈也没有相片，冯茜失望地将手机还给了夏颜。

"对了颜姐，我今天听到有人说你坏话。"冯茜使着眼色道。

夏颜感兴趣地挑挑眉："谁？"

冯茜四处看看，确定没有公司的熟人，这才靠近夏颜，小声嘀咕道："李达跟张春和,两人一开始在谈单子,后来李达羡慕你业绩好,张春和就开始阴阳怪气,暗示你能签那么多单子全是靠脸、靠身材。"

夏颜发出一声轻哼。

张春和是与陈英同级的销售主管,两年前夏颜刚进店时,就仗着他坐着主管的位子,想潜规则她,被她毫不客气地拒绝了。后来张春和又死皮赖脸地讨好过她几次,直到确定她不会给他机会,就开始明着暗着给她下绊子,坏过她几次单。

随着夏颜被店总肯定,又有陈英维护,张春和总算不敢再在公事上打压她。

还有那李达,上个月业绩仅次于她,平时总不服气,突然跑去张春和面前说羡慕她,恐怕就是为了与张春和一起说她的闲话。

"随他们说,咱们就当不知道。"这种事,夏颜听听就过去了,从不放在心上。

吃完饭,冯茜又拉着夏颜去逛商场买衣服。

这家商场几乎都是轻奢品牌,冯茜主要是过过眼瘾,要么买不起,要么舍不得买。

夏颜倒是不差钱,可她大多数时间都在店里,穿工作套装就够了,花销更多在房租、化妆品上。

冯茜终于看见一条喜欢且价格合适的裙子,去试衣间试穿了。

夏颜坐在店内的沙发上等,低头刷手机,直到不远处传来一段对话。

"这家店的风格还不错。"

"不行,牌子都没怎么听说过,一看就是便宜货。"

夏颜脸色微变,抬起头,看到范小姐挽着秦盛的胳膊,两人并排站在店外。秦盛还在打量店内的衣服,似乎真的认可这些衣服的款式,而范小姐已经不耐烦地拉着他往前走了。

夏颜看不见秦盛的人了,却还能听到他宠溺的声音:"好好好,你说去哪家就去哪家,别这么拉我。"

随着距离的拉远,夏颜终于听不到秦盛说话了。

她看着秦盛离开的方向,鬼使神差地,突然想起小时候的一件事。

她六岁那年,父母离婚。离婚是因为父亲与人搞暧昧,母亲对父亲失望,父亲挽留母亲无果,最后和平离婚。

父亲一直都是工作狂,离婚后的母亲也开始追求她的事业,父母都没有多少时间陪她。

而父亲毕竟是连锁餐厅的老板,时间安排上比母亲更自由一些,偶尔会接她去外面吃饭、买衣服。

小学生时期的夏颜,既讨厌父亲的花心风流,又渴望父亲的陪伴。

有一次,父亲带她去商场买裙子,她一直没有选到特别喜欢的,父亲就不耐烦了,哄她随便挑一件。夏颜小心翼翼揣测父亲的心情,只好拿了一件去试穿,等她走出试衣间期待父亲会夸一夸她时,父亲却在打电话。他一边打电话一边瞥了她几眼,然后虚假地夸赞两句,就替她买了那件,开车送她回家,扬长而去。

还带着标签的新裙子,被夏颜丢进了垃圾桶。

她根本不喜欢那条裙子,更不喜欢那样的父亲。

可现在,父亲竟然千依百顺地陪着他的小女友。

夏颜并不嫉妒范小姐,因为她很清楚,用不了多久,父亲就会与范小姐分手,寻找新的刺激。

夏颜只是,心里某个地方不太舒服。

夏颜拿出手机,挑了一张与冯茜的聚餐合照上传到朋友圈,文案——周末消遣。

徐家。

徐砚清刚打扫完一遍卫生,还给母亲养的花浇了水,坐到沙发上休息,拿起手机。

以前徐砚清对刷朋友圈没有兴趣,但自从加了夏颜的好友,马上有了新习惯。这一刷朋友圈,就刷到了夏颜的动态。

徐砚清放大照片,只看夏颜。她的眼睛像泉水般清亮,笑起来像弯弯的月牙。

真是个爱笑的女孩。

下周二他去提车,就又能见到她了。

这周日徐砚清坐诊,中午休息时,徐砚清去了母亲的病房。

让徐砚清意外的是，母亲这边有客人，是那个高三生夏冉，以及夏冉的母亲李玉兰女士。

"徐医生下班啦。"李玉兰从椅子上坐起来，热情地对徐砚清道。

徐砚清点点头，瞥见桌子上的果篮，笑着道："又让阿姨破费了，其实您不用这么客气，您来看我妈，我妈就很高兴了。"

"那怎么行，都怪冉冉，害孟老师受伤不说，还耽误了孟老师的教学工作。"说着，李玉兰又瞪了一眼夏冉。

夏冉愧疚地看着孟老师。

孟老师护短地让夏冉坐到她身边，叫夏冉不必自责，然后告诉李玉兰，她下周出院后就开始教学了。

李玉兰吃了一惊："这么快？您的腿？"

孟老师："不碍事不碍事，我让他们兄弟俩轮流接送我，在学校里我坐着轮椅，都计划好了。"

李玉兰被孟老师这份带伤教书的心意感动，但还是劝说孟老师要先照顾好自己的身体。

孟老师笑道："你就不用劝啦，为了这事，砚清还专门买了一辆车呢，就是为了送我。之前他都没有买车的计划，车牌号还是我催他摇的。"

买车？因为有一个做汽车销售员的外甥女，李玉兰下意识地多问了一句："徐医生买的什么车？"

孟老师："B牌。"

李玉兰心中一动："兴盛路上的那家4S店？"

孟老师还真不知道是哪家店，看向徐砚清。

徐砚清看着李玉兰："就是那家，阿姨也在那家店买过车？"

李玉兰笑道："没有没有，是冉冉的姐姐，她在那家店工作。"

徐砚清露出了然的神情，似乎对这个话题失去了兴趣，走过去替孟老师倒水。

孟老师却很在意，追问小儿子："冉冉的姐姐叫夏颜，你去买车的时候兴许见过。"

腹黑的徐砚清背对着三人，笑着惋惜："还真没注意，早知道我就跟阿姨要夏小姐的联系方式了，或许还能多拿一些优惠。"

李玉兰也是这么想的，外甥女给徐医生优惠，徐医生给外甥女增加业绩，两全其美。

可惜啊可惜，她不知道孟老师家里有买车的打算，不然早介绍徐医生与外甥女认识了。

聊了会儿，李玉兰带着夏冉走了，给孟老师母子留出相处的空间。

徐砚清坐到孟老师病床旁的椅子上，拿起一个颜色漂亮的苹果，自顾自地削了起来。

孟老师盯着儿子看了会儿，奇怪道："发奖金了，这么高兴？"

徐砚清抬头，目光清明："我是见有人关心你，替你高兴。"

孟老师接受了儿子的说法，主要是除了这个原因，她也想不到有什么事能让儿子暗暗高兴。

看着桌子上的果篮，孟老师又想到了夏颜："哎，你是没见过冉冉她姐姐，长得真漂亮。那天她一站到我面前，我的腿好像都不怎么疼了……怪我了，没跟冉冉妈妈多聊聊，不然让你联系夏颜去买车，说不定你们俩就看对眼了。"

徐砚清刚要开口，孟老师哼道："你先别反驳，我知道你对谈恋爱没有兴趣，可夏颜那种漂亮不一样，男孩子没几个能抵挡她的魅力。"

徐砚清突然不知道该说什么，继续削苹果。

孟老师靠在病床上，自言自语："你不喜欢的话，不如我介绍夏颜给你大哥认识认识。你大哥冷归冷，夏颜说不定能让他破例。"

徐砚清看向母亲："真有那么漂亮？"

孟老师点头："真有，我带过那么多学生，论漂亮，夏小姐绝对能排前三名。"

徐砚清似乎被母亲说动了，想了想，道："那还是介绍给我试试看吧，大哥那样的，夏小姐可能看不上。"

孟老师哈哈大笑，笑完又深深地叹了一口气："你大哥像你爸，要遇到真正喜欢的女孩子才会温和点，你像我，一看就讨人喜欢。"

徐砚清："我都分不清你是想夸我，还是夸你自己。"

孟老师敲了他一下，神色严肃起来："你真想让我撮合你跟夏小姐？"

徐砚清："车都按照你的要求买了，这事儿也总该试试。"

孟老师顿时喜笑颜开，她就知道，小儿子最懂事了，怎么会在婚姻大事上让她一直操心？

"行，等下次我见到冉冉妈妈，先问问她的意思，人家愿意撮合再说。"

徐砚清回忆自己在李玉兰面前的表现，以及李玉兰对他的态度，认为自己有希望得到一次与夏颜相亲的机会。

夏颜忙了一天，快下班的时候，她一句话都不想说了。

店里客流量不大，夏颜坐在办公桌前做当日工作总结，突然展厅那边有人叫她："夏颜，有你的客户！"

夏颜听了，快速保存文档、锁屏，踩着高跟鞋前往展厅。

一身西装的秦盛一手撑着展车，一手插在长裤的口袋里，笑着注视着她。

五十岁的大老板，因为保持着健身的习惯，身材修长挺拔，颜值又高，显得他比实际年龄年轻很多。那些二十多岁的女孩子可能图的也不仅仅是他的钱。

夏颜无法否认渣男父亲散发的魅力，却也不会因为父亲长得好就原谅他。

确定展厅里并没有自己的客户，夏颜转身便要回办公室。

"颜颜！"秦盛追了上来。

这声"颜颜"叫得太亲昵自然，周围几个销售员都八卦地偷瞄过来，好奇夏颜与这位阔老板的关系。

秦盛能感受不到那些打量的目光？

他故意抬高声音："颜颜，你还生爸爸的气呢？爸爸不就是忘了你的生日嘛，今晚爸爸补偿你一顿大餐，好不好？"

爸爸？销售员们再仔细一看，夏颜跟这位阔老板确实有几分父女相。

没有八卦听，销售员们就各忙各的了。

秦盛趁机握住夏颜的手腕，要带夏颜去一旁安静的地方说话。

夏颜的指甲威胁般掐住他的手指："放开，现在是上班时间，你别打扰我工作。"

秦盛疼得吸气，商量道："那你先忙，下班了跟我一起去吃饭？"

夏颜冷笑："我看你恶心。"

秦盛知道女儿指的是什么，却没有替自己辩解，只争取今晚的晚饭机会："我有话跟你说。"

夏颜寒着脸扭头。

秦盛笑道："你不答应我，我就告诉你的同事，你的妈妈是谁。"

夏瑾可是国内典型的女强人企业家，关于她个人事迹的报道也不少，只要平时关注社交网络的人，都会知道。

女儿素来低调，秦盛猜测，女儿一定没给同事们介绍过她的家庭情况。

夏颜看过来的眼神，快要喷火。

秦盛笑了，松开女儿的手，让她先去忙。

夏颜下班时，秦盛那辆顶级配置的豪车已经停在店外了。

夏颜面无表情地坐到了后排。

秦盛稳稳地开车，偶尔透过车内镜看一眼女儿。记忆里，上次女儿高高兴兴地坐他的车还是小学生时期。等女儿越来越大，越来越明白他在婚姻里犯了什么错，女儿就越来越不想见到他了，导致秦盛也不敢频繁地往女儿面前凑。

他不想看见女儿眼中无形的"渣男"二字。

那双眼睛像极了年轻时的夏瑾。夏瑾是理智冷静的，连提出离婚都无怨无恨。秦盛没在夏瑾那里见到的失望与怨愤，全在女儿这里见到了。

夏颜知道秦盛在看她，所以一直低头玩手机。直到车停下，夏颜才发现秦盛将她带回了她曾经住过六年的秦家别墅。

"爸爸请女儿吃饭，当然要回家吃。"秦盛跳下车，绕过来给女儿开门。他是花心，但除了前妻夏瑾，他没有带其他女人来这套别墅住过。就连他的第二任妻子，也是安置在别的别墅。

夏颜无话可说，只是心里的波澜，骗得了别人，骗不过自己。

她有小时候的照片，眼前的秦家别墅，从外面看，与照片里二十年前的别墅一模一样，连花草景观都没有怎么变。

里面是不是也保留着她小时候的样子？

夏颜不想进去了，走到庭院中的太阳伞下。这里摆着桌子沙发。

"你想说什么？"夏颜陷到沙发里，歪头看院子里的景观。

秦盛让阿姨将晚饭端到这边，然后坐到女儿对面，关心地问："你不是喜欢设计吗，怎么去做销售了？"

夏颜语气冷淡："跟你无关。"

秦盛捏额头："怎么没关系？你报考大学的时候，我希望你读工商管理，将来好接管咱们家的餐厅，你倒好，跑去学了什么游戏设计，我还以为你真的对企业管理没兴趣，所以这几年都没去找你。"

夏颜："你姓秦，我姓夏，你的餐厅跟我没关系。"

秦盛："怎么没关系？我当年不要命地工作奋斗，还不是为了我的孩子能过上好日子？"

夏颜笑得讽刺："你的孩子可不止我一个。"

听她提到儿子，秦盛更头疼："秦扬的理想是造火箭，明年要报考飞行器设计专业，呵，你们俩真不愧是亲姐弟，都喜欢设计。"

夏颜想到了那个同父异母的弟弟。父亲的第二任妻子去世后，她在葬礼上见过秦扬。当时秦扬还在读初中，沉默寡言，继承了秦盛的高颜值，却没有秦盛的风流相。

夏颜不想牵扯到秦扬，继续讽刺秦盛："你还年轻，再生一个听话的孩子继承家业也来得及。"

秦盛："我已经做手术了，这辈子就你们姐弟俩。"

夏颜无动于衷。

阿姨端了晚饭过来，五个菜，都是夏颜小时候爱吃的。

夏颜笑了笑，夹起一块蜜汁鸡翅，看着秦盛道："爱情都维持不了几年，口味更是善变，我现在更爱吃快餐店的炸鸡翅，越辣越好。"

说完，夏颜将鸡翅丢到秦盛碗里，拿起包大步离去。

周一下午，徐砚清收到一条夏颜发来的消息，温馨提醒他明天记得去提车。

徐砚清回复：好的，我会准时到店。

夏颜回了他一个"恭候大驾"的表情包。

当天晚上，徐砚清回到自己的出租屋，打开衣柜，坐在床上，双手抱胸，目光一件一件扫过衣柜里的衣服——几乎全是休闲衬衫、长裤的搭配，区别在于颜色，剩下几件短袖或套头衫，更不适合去见她。

半个小时后，徐砚清取出一件蓝色衬衫、深色长裤，确定上面没有一丝褶皱，才挂到衣架上，留着明天穿。

周二徐砚清轮休，他五点半起床晨跑，回家后洗澡，出来时香菇鸡肉粥已经煮熟了。

徐砚清简单擦擦头发，发梢还在滴水。他蒸上一屉素食小笼包，去换衣服。

时间安排得很好，徐砚清将母亲的那份粥放进保温盒，自己吃掉剩下的，收拾收拾厨房。

七点钟，徐砚清准时出现在了母亲的病房。

"徐医生自己做的早饭吗？"小护士刚替孟老师做完护理，见徐砚清提着保温盒，笑着问道。

徐砚清点点头，将保温盒放在桌子上，打开盖子，一股诱人的饭香便随着热气一起飘了出来。

小护士看徐砚清的眼神更热切了。徐医生又帅又温柔又会做饭，简直是贤夫第一人选，可徐医生无心恋爱的消息也早就传开了，导致她们这些小护士只能保持距离远远地观望，没有一个敢去徐医生面前主动表示什么。

做完工作后，小护士离开了病房。

孟老师将小儿子从头到脚打量了一遍，欣慰地点点头："这身扮相不错，等会儿去提车的时候试试能不能先在夏颜面前留下好印象。如果夏颜提前对你有了好感，那你抓紧机会，争取来个自由恋爱，我们长辈就不用掺和了。"

徐砚清："我争取。"

陪母亲待了一小时，徐砚清将保温盒送回家清洗过后，便出发前往4S店。

走路过去也就十几分钟，徐砚清没有打车，一边走一边观察道路两边的各种店铺。

八点四十分，徐砚清提前二十分钟抵达4S店。

除了负责维护工作的几个工作人员，展厅里很是空旷。徐砚清看看腕表，选择先随便逛逛。

销售顾问们开完晨会三五成群地走出来。夏颜与徐砚清约好九点钟提车，临时还有一些准备工作要做。

结果她刚走出电梯，就见到了徐砚清。他站在展厅南侧的落地窗附近，超过一米八的身高、颀长挺拔的身形，极其引人瞩目。长裤衬衫的扮相十分清爽，配上他浑身散发的温润清雅气度，还真是人如其名。他就像一方玉石雕刻的砚台，洗净后清隽雅致，墨香沉淀其中。

这一刻，夏颜反而对徐砚清的父母生出了浓厚的兴趣。既给孩子起了好听的名字,又能将孩子培养出衬得上那名字的气质,徐砚清的父母一定也很优秀。

夏颜快速与今日负责交车的另一位同事交代了一番,然后笑着朝徐砚清走去:"真是不好意思,让徐先生久等了,刚刚我在开晨会,您来得这么早,吃过早饭了吗?"

二人之间的距离尚远,徐砚清客气地朝夏颜笑了笑,目光含蓄地在她身上逗留了几秒。

她穿的还是本店女销售员统一的制式套裙,一双笔直光洁的小腿兼具美感与健康感,不会让人觉得过瘦,脚上的黑色高跟鞋踩在光可鉴人的地板上,交错向前,发出规律的嗒嗒声,如一段轻快的音乐。

徐砚清并没有多看她的脸,尤其是那双漂亮的眼睛。

"是我来得太早。"等她走近了,徐砚清微笑道。

夏颜理解,按照徐砚清的说法,他第一次买车,对于提车肯定兴奋,充满了期待。

"那边是交车区,请您跟我来。"夏颜伸手指明方向,带着徐砚清朝交车区走去。

徐砚清购买的那辆E级豪华型轿车已经停在这里了。夏颜简单与徐砚清聊些社交套话,就开始带着徐砚清验车。

鉴于徐砚清毫无经验,夏颜拿着PDI检查单,即车辆售前检验记录,一一指导徐砚清去检查。

虽然徐砚清在夏颜手里买车的动机不是那么单纯,可享受着夏颜的专业服务与尽责的态度,验车的过程中,徐砚清没再胡思乱想什么,完全配合夏颜的节奏检查自己的新车。有不懂的地方他会提出疑问,夏颜则简洁明了地回答。

验车结束后,还有一些资料要交接。

夏颜让徐砚清先看车或是去休息区坐会儿,她去办理手续。

徐砚清坐在沙发上,一边喝茶,一边跟随远处夏颜的身影移动视线。

他发现,夏颜不但长得漂亮,而且非常耐看,似乎他什么时候看过去,都能在她身上发现一处新鲜的美感。

徐砚清甚至分不清,初次见面时他心底触发的悸动,究竟是因为夏颜的漂亮,还是因为她特别的气质,抑或是她散发的女性气息,恰好与他的男性气息完美契合。没有相遇也就罢了，一旦相遇，他便难以抑制地去注意她。

可惜，这种契合是他对她单方面的感觉，从买车到提车，徐砚清还没有感受到夏颜对他的特殊对待。

分了一会儿神，等徐砚清重新收回心思，就见夏颜左手拿着一个文件袋，右手捧着一束花朝他走来。

徐砚清看着那束花，身体微僵，难道这束花就是夏颜给他的特殊待遇？

夏颜走近了，见徐砚清盯着她手里的花，笑着解释道："这是您第一次喜提爱车，本店为表庆祝，特意为您准备了一束鲜花，您看还喜欢吗？"

给每位提车的客户送花是店里的惯例，不过也有客户不喜欢这套，所以能不能将花交到徐砚清手里，还得看徐砚清的态度。

徐砚清笑着站起来："谢谢，我很喜欢。"

夏颜便把装有车钥匙等物件的文件袋与花束一起递了过去。

交接完毕，夏颜给徐砚清介绍身后的工作人员小高。上次买车时徐砚清提出由店里帮忙上牌，等会儿就会由小高带徐砚清去车管所。

"徐先生，咱们一起在车前拍个照？"夏颜笑容狡黠地看着徐砚清，"像您这么高颜值的客户可不常有，我想拍张照片留作纪念，您看方便吗？"

高颜值……三个字，就像她朝他的心里抛了一颗小石头，小石头连着打了三朵水漂，溅起三圈涟漪。

"可以，站在哪里？"徐砚清云淡风轻地表示了同意。

夏颜安排他站在新车左边，她站右边，摆好姿势。小高蹲在前面，很是专业地拍了两张照片。

"照片可以发我吗？"

拍照结束，等小高将手机还给夏颜，徐砚清笑着问。

夏颜笑眼弯弯："当然可以。"

她当场就把照片发到了徐砚清的微信上。

徐砚清简单扫了一眼，将手机放回长裤的口袋。

接下来，徐砚清就要跟随小高去车管所了。

夏颜站在交车间外面，目送渐渐远去的车，保持微笑，还挥了挥手。

徐砚清开车，最后看一眼后视镜中的夏颜，便不再分心。而夏颜送他的那

完美恋爱 / 029

束花,被他好好地放在了后座。

在车管所排队等上牌的人很多,趁小高与熟人聊天时,徐砚清打开微信,仔细看他与夏颜的那张合照。照片里的车很新,某些部位反射着光亮,但再亮也不及夏颜的笑脸,可惜夏颜站得太远,如果两人站在一起就完美了。

傍晚徐砚清去给母亲送饭,顺便向母亲汇报他在4S店的提车过程,当然他腹黑地隐瞒了一些小细节:"车已经上牌了,没有见到夏小姐。"

孟老师就没指望小儿子真能靠自己追到夏颜。夏颜那种漂亮的女孩子,普通男人都没有信心去接近,小儿子虽然各个方面都很优秀,本质上却是个书呆子,在恋爱方面一窍不通。她的儿子,她最了解!

"等着我替你安排相亲吧!你先看看那些偶像剧,看看别人是怎么追女朋友的。"孟老师给小儿子提供建议道。

徐砚清对此不置可否。

回到家里,徐砚清想了想,真的打开了视频网站,在首页就看到一部人气偶像剧的广告。为了流畅观看视频吸取经验,徐砚清还充了三个月的会员,可免广告。这部电视剧才二十多集,他一天看一集,三个月绰绰有余。

电视剧里,男主演很帅,女主演也很漂亮,片头曲里面的互动似乎很有意思,但随着第一集的剧情缓缓展开,徐砚清的俊眉也越皱越紧。剧里这位物理系教授是个典型的冷漠直男,说话能把女主噎死,他能从对方身上吸取什么经验?

徐砚清关掉这部剧,重新挑选。

连着看了三部偶像剧的开头,徐砚清后悔自己充会员了。

这些偶像剧里的男主角,要么是霸道总裁,要么是高冷职场精英,要么是校园耍酷男孩,但凡一开始性格就讨人喜欢,又温柔又体贴的,基本全是男配角!

电视剧毕竟是电视剧,剧情都是虚构出来骗人的。徐砚清彻底放弃了从偶像剧里取经的思路,打开文档,默默制订自己的恋爱计划。

第二章

徐医生的美食诱惑

周四中午,忽然下起了雨。

徐砚清坐在医院食堂临窗的一张餐桌前吃饭。雨点噼里啪啦地砸在窗玻璃上,蜿蜒流下。

风吹雨斜,徐砚清对着雨景出神。

傍晚下班,徐砚清去看了看孟老师。

孟老师明天出院,今晚是她最后一晚住院。

"外面下这么大的雨,你带伞了吗?"孟老师知道儿子平时都步行来往出租屋与医院。

徐砚清笑:"家里、医院平时都放了一把伞备用。"

孟老师点点头,小儿子做什么都非常有计划,心思细腻,除了不想谈恋爱,生活上真没有需要她操心的地方。

"好了,早点回去吧,说不定等会儿雨越下越大。"孟老师撵儿子道,随即戴上眼镜,准备继续看教案。

徐砚清嘱咐母亲别看太晚，就走了。

走出医院大门，隔一条马路，对面就是徐砚清租住的小区。

此时正是下班高峰期，马路上一辆辆汽车占满了车道，医院附近的路段更是拥堵不堪。行人们撑着伞快速在车辆间穿梭，反而比开车还快。

"卖伞卖伞，十块一把！"

一个卖伞的小贩抱着几把伞走过来，向徐砚清身后合撑一把伞的三个女孩子推销。

女孩子们买了两把伞。

卖伞小贩收了钱，准备去别的地方物色客户时，徐砚清突然叫住他，问他手里有没有质量好一点的伞，那种十块一把的，看起来就不好用，只能临时应急。

"有的有的，这几把二十五元一把！"卖伞小贩马上从挎包里拿出另一种包装的伞。

徐砚清选了一把青色伞面的，付了钱，快步穿过马路，路过租住的小区。

夏颜开完夕会，已经六点多了，尽管如此，路上还是很堵，她开了十分钟车，才来到十字路口，结果又遇到了红灯。

夏颜无聊地播放音乐，正跟着哼哼的时候，目光瞥见人行道上有个熟悉的人影。凡是在夏颜这里买过车的客户，夏颜都印象深刻，何况徐砚清这种高颜值的帅哥。

夏颜不会对徐砚清犯花痴，可也承认他长得很帅。

就在夏颜犹豫要不要与徐砚清打招呼的时候，徐砚清突然朝她这边看来。

雨水哗哗，模糊视线，但夏颜有种感觉，徐砚清认出她了。

红灯还要很久，夏颜立即放下车窗玻璃，朝走过来的徐砚清招招手："徐先生，您要去哪儿？怎么没开车？"

徐砚清已经站到了她的车边，直视驾驶座上的女孩道："刚下班，准备回家，今天没开车。"

出于社交礼仪，夏颜问他家在哪里。

徐砚清报了父母居住的小区。

夏颜去那边绝对不算顺路，但开过去也就三十分钟的路程，夏颜就朝徐砚清笑了笑："正好顺路，徐先生上车吧，我送您一程。"

徐砚清看了一眼周围，似乎很介意这大雨，犹豫几秒，然后向夏颜道谢，拉开车门，坐到了副驾驶座上，关门前还在外面用力甩了甩雨伞。无数的水滴飞散开来，融入地面的积水。

夏颜慢慢跟着车流往前开。

徐砚清系好安全带。他现在有两把伞，一把在滴水，一把还装在包装袋里。他将新伞取出来，再将用过的那把卷好塞进新伞的塑料包装内，这样它就不会再继续滴水，打湿车内的踏垫。

夏颜第一次遇见这么细心的男人，一边留意路况一边笑道："没关系，我自己的伞也都随便放的。"

徐砚清朝她那边看去，目光掠过她白皙的腿，果然看见车门储物槽里胡乱塞了一把湿漉漉的折叠伞。

她这辆B牌车挺新的，换作徐砚清，他绝不会这么对待自己的新车。就连家里刚刚报废的老爷车，徐砚清每次使用的时候，也都会细心地对待。

"麻烦你了。"徐砚清再次道谢。

夏颜真的不介意："还好啦，反正我下班了没有什么事做，回家太早也没意思，对了，您怎么拿了两把伞？"

徐砚清应答如流："刚刚用的那把有根伞骨坏了，看见有人推销雨伞，顺便买了一把。"

夏颜点点头，熟练地参与雨伞的话题："现在的雨伞质量越来越差了，我外婆有把旧伞，用了二十多年了，还好好的呢，就是看着旧了。我们给她买新伞，可她恋旧，遇到下雨，还是喜欢用那把旧伞。"

徐砚清笑道："长辈都恋旧，我爸妈也一样，家里很多小物件都是他们结婚时添置的，用了三十年还舍不得换。"

夏颜笑容微变，随即羡慕地道："二老感情肯定很好吧？"

徐砚清点点头。

夏颜了然："老物件承载的是二老共同的回忆，就像我外婆的那把伞，如果不是我外公买来送给她的，说不定早就被她丢了。"

徐砚清的手机突然来了电话。他递给夏颜一个抱歉的眼神，拿起手机。

夏颜专心开车，因为刚刚的话题，她难以自控地想到了童年记忆中父母的婚纱照，只是脑海中才浮现出影子，就被她狠狠地按了下去。

驾车驶过拥堵路段，后面的路很好走，夏颜按照导航，将徐砚清送到了徐家的小区外面。小区虽然旧了，占据的地段却好，房价肯定不便宜，怪不得徐砚清买几十万的车都不讲价的。

"今天真的麻烦你了，我都不知道该怎么谢谢你。"下车前，徐砚清看着夏颜道。

夏颜笑："简单，以后徐先生的身边如果有人买车，您介绍他们来我这里买车就行啦。"

徐砚清爽快应下，下车，撑伞站在路边，目送她掉头离去。

等看不见她的车了，徐砚清提着没能送出去的雨伞，回了家里。

冰箱里有他昨天才采购的食材，徐砚清洗了手，系上围裙，简单地做了一碗鸡蛋肉丝面。

面做好了，徐砚清看向窗外。

她现在还没到家吧？

按照她的说法，回家太早没有意思，再加上她临时送他，也没有打电话通知旁人，徐砚清推测，夏颜可能是独居的状态，没有男朋友，也没有与家长一起住。那她晚饭怎么解决？

夏颜又开了十来分钟车，才回到了她租住的酒店式公寓。

下雨天的外卖要等很久，夏颜饿了，不想干等。冰箱里除了啤酒、水果，就是速冻食品，夏颜拿出一包小馄饨丢下锅煮。等待的时候，她打开一罐啤酒，靠到一侧的柜壁上连喝几大口，解了渴，再慢慢地细品。

馄饨煮好了，夏颜将碗端到窗边的圆形小桌上，一边吹气吃馄饨，一边刷微信朋友圈。

才分别不久的徐砚清发了一条状态，文案简简单单的"晚餐"二字，配图是一碗面。不知道是灯光的关系还是他的厨艺真的不错，这碗面极其诱人——面条光润，肉丝粗细均匀、略带焦红，就连上面铺着的荷包蛋，都是近乎完美的圆形，外圈金黄，薄嫩的蛋白包裹着一圈金黄色的蛋黄。

只看这个荷包蛋，也能推断出做面的人拥有相当精湛的厨艺。

是徐砚清自己做的，还是他的家眷？

夏颜猜，应该是他的女朋友吧。男人自己做饭，通常不会有闲心拍照秀朋友圈，所以，大概率是女朋友为他做的爱心晚餐，所以徐砚清特意拍照留念，秀下恩爱。

关掉图片后，夏颜继续刷其他人的动态。一条消息毫无预兆地跳了出来。

妈妈：看天气预报，接下来一周都有雨，天变冷了，记得加衣裳，别感冒。

夏颜笑了。

妈妈虽然是个工作狂魔，可能隔一两个月才能见她一面，可从小到大，妈妈从没有断过对她的关心。

小时候，夏颜无法理解妈妈，只觉得妈妈天天忙工作不肯陪她，心里肯定没有她这个女儿；长大了，夏颜才真正理解妈妈的不容易，曾经的小心结便全部打开、释然，并且为能拥有这样优秀的妈妈而骄傲。

她回复妈妈：知道啦，我又不是小孩子，长袖长裤都拿出来了。

妈妈：有空吗？视频聊？

夏颜赶紧放下勺子，坐到飘窗上，确定简单的晚饭不会进入镜头，这才拨打视频电话。

夏瑾还在办公室，视频接通后，她先看女儿，再观察女儿身后的环境。

"还住公寓呢？"夏瑾问。

夏颜笑："是啊，这里离我们店近，开车拐两个路口就到了。"

夏瑾："你单身一人，住公寓不太安全，公司有交好的女同事吗？还不如一起合租，我当年就是这样。"

她想给女儿买房，女儿不要，坚持要自己打拼。夏瑾懂女儿的要强，但作为母亲，她还是放心不下。

夏颜嘟嘴："我不想跟别人住，一个人自在。"

夏瑾："那就去附近的小区租一套住宅房，一层才两三户，还省得抢电梯。"

夏颜考虑几秒，同意了，刚开始她选择单身公寓是考虑租金比较便宜，住宅小区的一居室难找，符合她要求的、两居以上的整租让她有压力，如今她工资大涨，自己租套三居室都绰绰有余。

"吃晚饭了吗？"

"吃了，跟同事聚餐，才回来，你呢？"

母女聊了一些日常，结束了通话。

馄饨还热着，夏颜心情好转，快速干掉晚饭，休息一会儿就去研究竞品车的资料了。做销售这行，不但要对自家店里的车了如指掌，还要对竞品有充分的了解，这样才能更好地为客户提供购车建议。

对于工作，夏颜干劲十足。

工作之余，夏颜联系了一位地产租赁中介，请中介帮忙物色4S店两公里内的房屋资源，并且对房屋新旧、小区物业管理情况等都提出了具体的要求。

白天忙工作，下班了就跑去看房子，结果房子还没找好，夏颜的身体出问题了，先是早饭后吐了一通，跟着便是上腹部持续地隐隐作痛。

夏颜上网搜索自己的症状，跟急性胃炎的症状有点像。

夏颜申请了第二天周三的调休，挂号去医院看病。

因为是临时起意，夏颜挂号太晚，周三的号已经所剩无几了，所以只抢到了下午最后一批的号。

反正都调休了，上午夏颜又跑去看房了，巧的是，今天看的几套房源所在的小区，就在江大附一医院的对面。

身体健康的时候，夏颜对小区与医院的距离没有要求，现在病了，夏颜忽然觉得，能住在医院附近也好，偶尔有个头疼脑热，就诊多方便。

这座名为明珠花园的小区属于高档小区，绿化物业都无可挑剔，唯一可挑的，就是租金太高。

夏颜实在是不舒服，看了三套，她就受不了了。对比这三套房源，夏颜跟中介定了刚刚看过的那套两居室，房间朝南，光线充足，房东第一次出租，家具看起来都还很新。

签了合同后，夏颜自己开车，强撑着身体把自己那点行李都搬过来了。

此时已经到了下午三点，夏颜匆匆冲个澡，换上便装，前往医院等待就诊。

夏颜来到医院，都快三点半了，让她头大的是，候诊区里竟然坐满了人。她站着等了会儿，直到一个患者去看诊了，才空出位置给她。

夏颜捂着肚子坐下，身体难受，心情也跟着低落起来。

她闭着眼睛待了会儿，感觉时间过去了很久，然而拿出手机一看，才刚过去三分钟。

状态不好，手机里的资料也看不进去，夏颜靠着椅背，漫无目的地观察四周。候诊区里面的，几乎都是病人，放眼望去，每个人都面带愁容，要么麻木地等着叫号，要么低头刷着手机，整个候诊区简直一片丧气沉沉。

夏颜正要收回视线，忽然看到一对五十多岁的夫妻离开导诊台，朝候诊区走来。这对夫妻的日常打扮大方得体，男人儒雅温和，女人穿着长裙，戴着珍珠耳环，肤色白皙，虽然上了年纪，却很有气质。

需要看病的应该是那位叔叔。长裙阿姨一手挽着他的胳膊，一边寻找空座椅。

"叔叔阿姨，你们坐这边吧。"夏颜站起来，笑着朝二人招手，低柔的声音在安静的候诊区传开。

夫妻俩走了过来，那位阿姨一看清夏颜的脸色，就赶紧劝夏颜坐下："你坐你坐，看你脸色差的，我们家老范就是过来开药，没啥大事。"说着就把夏颜轻轻按了下去。

夏颜还想谦让之时，她旁边的母女俩去看诊了，座椅空了出来。

这下大家都有座位了。

阿姨姓董，很是热情健谈，巧的是，他们夫妻俩的号就在夏颜前一位。

话题很快聊到了职业上，得知夏颜从事汽车销售，董阿姨眼睛一亮："真巧了，我们夫妻俩最近正打算买辆车，四处去自驾游呢，小夏你给我们分析分析，我们该买什么样的车？"

夏颜没想到自己来看病都能遇到潜在客户。虽然董阿姨夫妻可能只是随便聊聊，未必真的会买车或是在她手里买车，夏颜还是给予了热情的回应，先了解董阿姨夫妻准备去哪些地方自驾游，如果只是城市近郊，普通的SUV就够了，如果要开去一些地形复杂的地方，那么选购越野车更合适。

董阿姨认真听完夏颜的话，拿胳膊肘顶了顶范叔叔："咱们买辆越野车？"

范叔叔话不多，却一直在听，此时无奈道："B牌越野车可不便宜，估计得一百八十多万？"

夏颜保持得体的微笑，在董阿姨看过来的时候点点头，正想解释其他牌子的会便宜些，如果夫妻俩真的要买越野车，还要考虑价格因素，那可以去选其他牌子。董阿姨忽然俏皮地噘了噘嘴，对范叔叔道："一百八十万又怎么了，咱们又不是拿不出来,勤勤恳恳攒了一辈子的钱,把两个孩子都养大了,房子也给他们买了,咱们也该自己享受享受了。"

范叔叔看老婆的目光,带着无奈,也有几分宠溺。

董阿姨就知道老公同意了,转过来要加夏颜的微信,还要跟夏颜约去4S店看车的日期。

夏颜笑着通过了董阿姨的好友申请。

不过一百八十万算是一笔巨款,能够支付江城中心地段一套三居室的首付了,为保险起见,夏颜体贴地建议董阿姨:"现在市面上有很多种越野车,我卖B牌车,肯定会跟您多说B牌车的优点,等您跟叔叔回家了,可以跟年轻人多打听打听,或许他们有更好的建议。"

夏颜担心的是,董阿姨夫妻俩在她这里买了车,家中子女却不愿意,跑来骂她舌灿莲花、忽悠老年人。虽然董阿姨夫妻俩远远没到老糊涂的地步,可这样大手笔的消费,夏颜无法保证二老的子女一定会支持二老。万一二老瞒着子女买了车,回头又被子女说动,想找她退车,那可就麻烦了。

董阿姨听了夏颜的话,对这个女孩子更喜欢了:"你这孩子就是实诚,别的销售员巴不得多拉几个客户,你还劝我们去别的地方买。"

夏颜笑:"货比三家,我希望您买到最合心意的,将来自驾游的时候开起来也开心。当然,我们的品牌肯定是最好的选择之一,您了解得越多,就越放心找我买车了。"

董阿姨喜欢夏颜的性格,除了车,还与夏颜聊了很多。

陪客人聊天是销售员的必备技能之一,就算夏颜有病在身,也把董阿姨哄得笑容不断。

快四点了,轮到董阿姨夫妻进去了。

"那咱们说好了,周五店里见!"董阿姨道。

夏颜站起来,目送二老前往诊室。

没等她坐下,她的号码也被叫到了,提醒她去3号诊室看诊。

夏颜刚刚一心陪聊忘了身体不适,这一要去看病,顿时觉得肚子又疼了。

走到3号诊室门口,里面还有病人说话的声音,夏颜在门口等了十几秒,等前面的病人出来了,她才推开门走了进去。

这一抬头,夏颜惊讶地看到了一张熟悉的面孔。只是此时的徐砚清,穿着一件白大褂，正在电脑上敲着什么，忙碌中抬头看过来，目光诧异地在她脸上停留片刻，忽而一笑，示意她关门，过来坐下。

"真巧，您竟然是消化科的医生。"夏颜坐到徐砚清对面的椅子上，目光仍然带着惊讶。这叫什么缘分？候诊的时候遇到潜在购车客户，负责看诊的医生直接是她的客户，夏颜都要怀疑她的事业幸运值是不是被点满了。

"怎么，我看起来不像消化科的医生？"徐砚清接过她的就诊卡，一边操作一边微笑着答道。

夏颜不是这个意思，刚要回应，肚子又是一疼。

徐砚清收了笑，像对待每一个病人一样，不再叙旧，开始询问夏颜的症状出现的时间与饮食情况。

有些事情夏颜绝不会告诉关心她的亲人，但面对医生，夏颜乖乖说了实话："周一晚上跟同事吃了麻辣烫，回家后又喝了一罐冰啤酒，当时没有什么感觉，周二早上忽然吐了，然后肚子一直在疼。"

"以前有过这种情况吗？"徐砚清一边记录一边问，不曾抬头看她。

夏颜回忆着，这么严重的就这一次，以前只偶尔拉肚子，很快就好了。

"没有吧。"夏颜说。

徐砚清抬头，看着她的眼睛："没有就是没有，为什么要加个'吧'？你是在问我？"

这样的他看起来有些严厉，夏颜忙道："没有这么疼过，闹、闹过几次肚子。"

想到自己曾以销售员的身份在他面前侃侃而谈，如今换成病人的身份，却要交代一些不够体面的症状，夏颜越想越尴尬。

徐砚清继续问："平时饮食习惯如何？一日三餐有按时吃吗？经常喝冰啤酒？"

看他态度专业，夏颜慢慢变得自在起来，老老实实地交代："早饭都在饭馆吃，午饭、晚饭也吃，就是时间不固定。做销售嘛，都是客户走了我们再解决吃饭问题。喝啤酒是这两年养成的习惯，有时候看资料看累了，喝口冰的特别提神。"

徐砚清意味不明地笑了一下："我不知道冰啤酒有没有提神的效果，伤胃肯定是真的。你都来就诊了，提到冰啤酒似乎还很满意。"

夏颜脸色微红，尴尬地移开了视线。

徐砚清站起来，让她躺到一侧的病床上："做下触诊，确定疼痛部位，不用脱鞋，小腿微曲。"

夏颜看病的经历实在不多，依照他的指示躺好。

徐砚清走了过来。

他身形挺拔，现在夏颜躺着，从这个角度看去，他好像更高了，一丝笑容都没有，很是严格。

夏颜莫名紧张："什么叫触诊？"

徐砚清伸出一只手："简单来说就是按肚子，按到有炎症的地方会疼。"

夏颜更慌了："很疼吗？"她怕疼。

徐砚清见过她在工作中游刃有余的样子，今天还是第一次看到她露出这种表情，就像个小学生，漂亮的眼睛里充满忧虑。

他朝她笑了笑，目光温柔："不会，可能与你这两天感受到的腹痛差不多。"

夏颜紧张的肌肉瞬间放松了下来，作为一个成年人，临时来一次那种程度的疼还是能忍的。

正常触诊程序需要病人掀开衣服，露出整个腹部，但徐砚清没让夏颜这么做。他那修长白皙的手指在她腹部几个位置分别按了按，按到左上腹时，毫无准备的夏颜"哎"地轻叫出来，腹部肌肉马上缩紧了。

徐砚清已经收回了手，告诉夏颜可以起来了。

"急性胃炎，我给你开点药，按时服用，如果明早不适感仍然明显，最好请一天假，别勉强去上班。"徐砚清看着电脑屏幕，一边开药一边交代道，"接下来的饮食要清淡，不要食用辛辣刺激的食物，过烫过冷的东西都不要吃，今明两天以流质、半流质等好消化的食物为主，譬如汤粥、面条。"

夏颜一一记下。徐砚清将药单递给她，告诉她去哪里取药。

夏颜有些犹豫："不用验血吗？我看有些帖子说这种情况最好验血确认下。"

徐砚清笑得很好看："如果你坚持，我可以给你开验血单，还有粪便检查、胃镜……"

"不用不用，您是医生，您都确定了，那肯定就是这样了。"夏颜从同事那里听说过做胃镜检查的恐怖,抓起各种单子就要撤。

"等等。"徐砚清叫住了她。

夏颜回头。徐砚清神色如常地拉开办公桌左手边的抽屉,拿出一个颜色、形状都很漂亮的橙子。

夏颜不解地看着他。

徐砚清笑道:"我有朋友开果园,这个橙子送你尝尝,如果喜欢,以后可以联系我下单,正宗赣南脐橙,现摘现卖,保证新鲜。"

夏颜了然,走回去接了橙子:"谢啦,好吃我肯定买。"

徐砚清:"今晚别吃,身体好转了再说。"

夏颜就笑了。

下班了,徐砚清开车前往孟老师任教的高中。

医生说是五点钟下班,其实很少能有这么准时的,不过孟老师也是一样,下班后还要坐着轮椅回到办公室批改作业。徐砚清过来的时候,孟老师还要再忙一会儿。

办公室里还有几位老师,晚上要守晚自习的。孟老师因为带病,所以没被安排晚班。

"你这两个儿子,一个比一个帅,还都事业有成,看着就舒心。"看一眼坐下来帮孟老师批改作业的徐砚清,一位与孟老师年纪相仿的老师十分羡慕,"不像我们家那个,都结婚生孩子了,还得我们操心。"

孟老师马上道:"我羡慕你才对,我们家这俩到现在都没谈过几次恋爱,老婆没影,孩子更不用说,哪像你们,祖孙三代聚在一起多好啊。"

听两个人"商业互吹",徐砚清面带微笑,只管帮孟老师低头批试卷。高三生的数学他还能应付,更何况孟老师给了他标准答案。

全部批改完成,徐砚清与几位老师道别,推着孟老师离开了。

"橙子都送出去了吗?"上了车,孟老师坐在副驾驶位,笑着问儿子。

因为她骨折受伤,昨天邻居小邹送了两箱第一批采摘的新鲜橙子过来,有几十斤。孟老师就让大小儿子分别带点去办公室分给同事们吃,顺便替小邹家拉拉生意。

徐砚清一边开车一边笑:"送了,大家都夸好吃,已经给邹哥推荐过去了。"

邹家的橙子确实好吃，徐砚清还留了一个准备下班后吃，没想到叫号的时候，会在排号系统里看到夏颜的名字。

当时徐砚清还在想会不会是同名的，直到夏颜进来，他才确认就是她。

只是徐砚清没想到，夏颜的脸色会那么差，淡淡的妆容也掩盖不了她脸上的苍白憔悴。

早饭下馆子，午饭吃公司食堂，晚饭要么跟同事聚餐，要么用速食解决，夜里竟然还有喝冰啤酒的坏习惯，徐砚清更加确定她是独居了，否则身边但凡有个关心她的人，都不会让她把自己折腾成这样。

她要走的时候，徐砚清突然冲动地将自留的那个橙子送了她。

有什么理由吗？

没有，他就是觉得，那个橙子很好吃，颜色也漂亮，或许能让她的心情变好一些。

到了家，徐砚清让母亲休息，他去做饭。

孟老师看着厨房里小儿子忙碌的身影，提醒他："随便做点就行了，别费事。"

徐砚清背对母亲比了一个"OK"的手势。

他经常做饭炒菜，效率很高，孟老师刚看完《新闻联播》，就见小儿子已经摆好菜了，正举着手机挑选角度拍照。

孟老师觉得好笑："你什么时候喜欢玩这套了？"

徐砚清："给大哥看的，让他眼馋吃不到。"

夏颜离开医院，回到新租的家，身体已经疲惫到不行了，用温水服药，躺到床上休息。

这一睡竟然就睡到了晚上九点。肚子咕噜咕噜地叫唤，发出抗议，好在徐医生开的药很管用，夏颜已经感受不到疼痛了。

那么，晚上吃什么呢？

冰箱里只有她从公寓带回来的几罐啤酒。因为之前打算搬家，夏颜把水果、速冻食品的库存解决完了，并没有再买新的东西。

虽然徐医生嘱咐她少吃外卖，但碍于家里没有食材，夏颜还是点了一份三鲜粥的外卖。

外卖怎么也要半小时才能送到，夏颜捂着肚子坐在沙发上，视线在新家里四处乱扫，忽然看到了被她随手丢在门厅柜上的包。

夏颜走过去，从包里取出一颗圆滚滚的大橙子。

她真的好饿！

徐医生说，要等身体好转了再吃，她现在已经好转了，所以今晚吃掉也没有关系吧？

一秒钟做了决定，夏颜去厨房洗了洗橙子，都懒得切了，直接用手剥。饱满的橙子溅出酸酸甜甜的汁水，更加刺激了夏颜的味蕾。她就站在厨房的水槽前，毫无形象地啃光了这颗大橙子。

胃里有了东西，饥渴感顿时缓解。夏颜洗洗手和脸，心满意足地回到沙发上，边等外卖边刷手机。

每个微信好友发布的朋友圈基本都是他们原来的风格，没有什么新鲜的，但夏颜刷着刷着，手指一停。

徐医生七点多的时候又发了一条美食动态，饭桌上摆了两菜一汤，一盘虾仁炒蛋，一盘花菜炒肉，一道白萝卜玉米汤。最让夏颜汗颜的是，徐医生的饭桌上还摆了一盘橙子。人家那橙子切得一瓣一瓣的，摆盘就像艺术品！

看着这桌菜，夏颜突然又饿了起来，并且深深地羡慕徐医生，家里有个愿意为他做饭摆盘的贤内助。

休息一晚，第二天夏颜感觉自己已经完全没有问题了，换上套装神清气爽地去上班。

对于在医院候诊室遇见的董阿姨、范叔叔，夏颜并没有期待他们真的会来找她购买一辆将近两百万的越野车。然而出乎意料的是，周五上午，董阿姨、范叔叔真的来了，只不过来的并不只有他们夫妻俩，二老身边还跟着一对年轻人，一男一女。

夏颜的目光，落在了那个打扮时髦的女孩子脸上。

秦盛的小女友范小姐范馨宁。她也看到了夏颜，但与夏颜不一样，她前天就通过母亲手机上的微信好友头像认出了夏颜，那个让秦盛颇为在意的4S店里的美女销售顾问。

完美恋爱 / 043

范馨宁对秦盛没有多深的感情，跟秦盛在一起，除了喜欢秦盛的钱，也是追求一种与"大叔"款成功人士谈恋爱的刺激感。如今她对秦盛还没有厌倦，新鲜感犹在，所以，对于秦盛欣赏夏颜这件事，心中很不愉快。

本以为以后不会再有交集，哪想到夏颜竟然先来找她的茬，忽悠她的父母买那么贵的车！

她不高兴，哥哥也不愿意，只是兄妹俩无法改变母亲的决定，所以无奈之下改变计划，决定陪二老一起来看车，再对店里的新车各种贬低，采用迂回战术劝阻父母，再不济，也要换辆几十万的便宜国产越野车。

目光相对，范馨宁狠狠瞪了夏颜一眼。

夏颜再次感慨这个世界真小，看似与自己毫无关系的两个潜在客户，竟然也能通过这种方式七拐八拐地产生交集。

"阿姨叔叔来啦，怎么没提前联系我，我好出去迎接你们。"夏颜忽略范馨宁，快步走到董阿姨夫妻面前，热情地招呼道。

董阿姨很是喜欢夏颜，见夏颜气色好多了，一身工作套装漂亮又干练，她越发觉得来这边买车是个正确的决定。

"这是我的儿子范子文，这是我女儿馨馨，今天他们跟我们一起过来看看，帮忙参谋参谋。"

夏颜微笑着朝范家兄妹打招呼。

范子文笑得客气疏离，范馨宁更是敌意外露，当然，他们都是背着二老使的眼色。

夏颜问董阿姨："阿姨这次来，是确定要买越野车了，还是也看看其他款式？"

董阿姨充满期待地观察展厅："就看越野车，你带我们过去吧。"

她在网上已经查过资料了，B牌的越野车外形酷帅，质量更是没的说，年轻人喜欢，她也喜欢，想想以后开这辆车去自驾游，开得舒服，拍照也好看。

夏颜笑着引路，心中已经有数。董阿姨买车的决心非常强烈，问题是范家兄妹都反对，范叔叔大概是中立的态度。

阻碍太多，这单能不能成，夏颜没有把握，但她的时间是金钱。既然董阿姨都来找她了，也确实有财力购买本店的越野车，那她就不会考虑其他因素，她会使出自己掌握的所有销售技巧，促使客户下单。

夏颜不会原谅秦盛曾经犯过的错，虽不至于迁怒到范馨宁身上，却也不会因为顾忌范馨宁与秦盛的关系，白白放过一个主动上门的客户，同时辜负了董阿姨的期待。

众人搭乘电梯来到二楼展厅。在展厅的中心位置，摆放着两款豪车，一辆是S级豪华轿车，一辆就是B牌的G级越野车。

豪车自有豪车的魅力，董阿姨一眼就被越野车的外形吸引了，几乎目不转睛地围着展车转了一圈。就连中立派的范叔叔、反对派的范子文和范馨宁兄妹，也抗拒不了这车的魅力，只是，车主不是他们，所以两个年轻人很快冷静了下来。

在夏颜仔细介绍本车的性能时，范子文、范馨宁开始联合起来挑刺，强调几款低价车也有一样的功能，总之就是低价车物美价廉，豪车华而不实。

但谈起车来，业余都算不上的兄妹俩又怎么可能是夏颜的对手？

夏颜微笑着连续三次反驳了兄妹俩的观点，举出其他车的缺点，强调本店车的优势。她态度专业且温和，就好像只是在平静地叙述，不像范家兄妹，越说脸色越差，语气也越加不善，几乎就要明着指责夏颜了。

到了这个地步，夏颜不再强调什么，她相信董阿姨已经明白了兄妹俩的态度。

董阿姨是个体面人，她优雅了一辈子，没想到今日被孩子们推到了如此尴尬的境地。

董阿姨非常不高兴。如果孩子们反对她买豪车，可以在家里讨论，为什么表面同意了，到了店里又各种挑剔？

"小夏啊，我们再考虑考虑，你先去招呼别的客人，等我考虑好了再联系你啊。"董阿姨不想因为自己的决定让夏颜代替她承受孩子们的怨气，及时说道。

夏颜预料到了这种结果，她已经尽到了一个销售员的职责，无论董阿姨接下来怎么选，她都能接受。

"好的，那阿姨您仔细考虑考虑，有需要随时联系我就好。"

交易暂且不成，董阿姨夫妻与范家兄妹很快就离开了。

这一家人一进来就奔展厅里最贵的两辆展车而去，店里不少销售员都在悄悄关注着。与夏颜关系好的，希望她能做成这一单；看夏颜不顺眼的，自然见不得夏颜做成大单。

于是，当董阿姨一家人离开时，马上就有人来夏颜面前说风凉话了。

上个月的销售亚军李达貌似关心地问："我看那位阿姨买车意愿挺强的，怎么没成？"

李达长了一张奶油小生的脸，帅气是帅气，就是看起来有点油。此时他嘴角挂笑，难掩他对夏颜的幸灾乐祸。

夏颜淡淡一笑："毕竟是豪车，阿姨他们还要再考虑考虑。"

李达："那倒是，不过你得抓紧点，小心这条大鱼跑了。"

夏颜一脸云淡风轻："还行吧，这单成了，对我这个月的业绩是锦上添花，不成，也没什么影响。"

马上就要月底了，目前夏颜的本月业绩遥遥领先，就算把董阿姨这单给李达，李达也仍是亚军。

夏颜朝李达优雅一笑，就去接触新客户了。

李达先是被夏颜的笑容整得眩晕了几秒，随即便酸得咬牙切齿。月度销售冠军有一笔奖金拿，如果不是店里出了夏颜这匹黑马，别说这个月，前几个月的奖金也都是他的！

店内的竞争暗流涌动，夏颜反而享受其中，不想输就要保持进步，她将一切竞争都看成提升自己的动力。看车之旅出了意外，夏颜便没有再主动联系董阿姨。她想推销是真，但也要考虑客户面对的子女压力。

然而第二天上午，董阿姨、范叔叔再次出现在了店里。那时夏颜在带别的客户看车，只好先安排夫妻俩到休息间休息。

吧台小姐端来的茶水还有点烫，董阿姨坐在沙发上，看着夏颜陪同客户的身影，忽然笑了笑，对身边的范叔叔道："咱们馨馨如果有夏小姐一半能干，我都知足了。"

范叔叔苦笑一声，没有说什么。

每个孩子出生后，家长都恨不得为孩子铺好接下来一辈子的路，但孩子具体会长成什么样，并不以父母的意志为转移。自家的两个孩子，儿子范子文还算成器，名牌大学毕业，工作体面薪酬高；女儿范馨宁不爱学习，勉强考了个三本，混了四年大学毕业了，也没有找工作，整天跟着一群小姐妹吃喝玩乐。如果他们不联系女儿，女儿除了要钱，绝对想不到联系他们。

夏颜送走上一位客户，立即赶过来招待董阿姨、范叔叔。

董阿姨主动解释情况："小夏啊，我们商量好了，就买那辆越野车，今天是来签合同的。"

夏颜并没有露出什么惊喜的神色，反而有些担忧："范先生、范小姐那边……"

董阿姨冷笑一声，似乎某种情绪压抑了太久，如今终于找到宣泄口，一股脑地朝夏颜吐槽起来："钱是我赚的我攒的，他们凭什么管我？小夏啊，你给我评评理，就我们家那两个孩子，从小到大该我们父母尽的责任，我们都尽了。包括他们毕业之后，现在房价高，年轻人买房不容易，我们也给他们一人买了一套房。知道他们工作忙社交忙，我们平时没事尽量也不麻烦他们。结果呢，我们不图他们多孝顺，他们倒好，还不许我们花自己的钱享受了。难道说，只有年轻人花钱享受才是值，我们老人享受就是浪费钱？"

儿子说，车是贬值的东西，不如拿去投资房产，房产肯定升值。

女儿说，母亲都五十多岁了，还追什么潮流？买个几十万的车足够了。

董阿姨听得心寒。

她知道汽车贬值，房子升值，可问题是她辛辛苦苦工作了一辈子，终于退休可以好好享受一把了，攒下的积蓄除了养孩子就是为了老年有个幸福的生活。买车他们夫妻俩能享受十几年，买房他们能享受什么？房子升值了，他们死了也带不走，受益的只有子女。

该给孩子的，董阿姨都给了，现在她想提高自己的生活质量。她不欠孩子们了，孩子想过更好的生活，那就自己努力，而不是满脑子都想着父母的财产。

话匣子一打开，董阿姨滔滔不绝，夏颜与范叔叔都没有插嘴的机会。

对于这种情形，夏颜已经十分习惯了。

好的销售员，能让客户把自己当朋友，成了朋友，客户就容易倾诉，有些不能对亲朋好友吐槽的事情，完全可以拿来跟临时的朋友说一说，这样既宣泄了心中的郁闷，又不用担心小秘密从销售员这里传到熟人耳中。

夏颜听过客户对她吐槽老板、婆婆、老公、老婆、孩子等，别看她只是个小小的销售员,却仿佛已经通过这些客户体验了人生百态。

客户们倾诉的时候,夏颜其实做个好听众就行了,不能跟着客户吐槽他们的亲人朋友,不过可以提及自己的某些烦恼。人的心理就是那么奇怪,听说别人过得更不如意,自己的处境好像就比较容易接受了。

"其实我挺羡慕范先生范小姐的,有你们这样关心他们的父母。我爸爸妈妈早离婚了,从小我就告诉自己,一定要好好努力,靠自己养活自己。"夏颜仍然保持着微笑,笑容里却多了一丝无奈与遗憾。

董阿姨顿时从吐槽自家孩子的情绪中走了出来,开始安慰夏颜。

在夏颜巧妙的引导下,话题渐渐回到了车上。

董阿姨态度坚决,不管孩子们的想法,她就是要买车。范叔叔似乎也因为孩子们的自私寒了心,完全站到了夏颜这边。

确定买车后,接下来要谈付款方式。

董阿姨想付全款,没有负债去潇洒自驾。范叔叔却更想贷款。

夏颜笑着对董阿姨道:"其实我更建议阿姨贷款,这样留了部分现金,将来遇到好的楼盘,买车享受、投资升值两不耽误,正好还能缓和您与范先生、范小姐的关系。你们毕竟是一家人,闹得太僵,心情差了,对您的身体也不好。"

范叔叔也这么劝董阿姨,董阿姨就同意了贷款支付车款。

夏颜笑着去办理手续。

范叔叔悄悄对董阿姨道:"咱们贷款买车,小夏就能拿提成,所以她才那么建议。"

董阿姨哼了一声:"那你还劝我贷款?对咱们肯定也有好处,不然你能同意?互惠互利,我喜欢小夏,高兴给她提升业绩。"

范叔叔想到医院里夏颜好心给他们让座的举动,笑了笑,没再反驳。

今天的夕会由销售部的江经理主持,江经理点名表扬了夏颜,并鼓励其他销售员要像夏颜一样善于挖掘潜在客户,并且要时时刻刻保持干劲,不能因为提前完成了月度考核,后面就松懈了。

而董阿姨这一单给夏颜带来的提成,让李达羡慕嫉妒得眼睛都要红了。

夏颜肯定也在乎提成,可她更享受的是签单的成就感。她若真的只在乎钱,母亲愿意给她卡,甚至"渣爸"秦盛都想给她送钱。

夕会结束，夏颜整理好办公桌，开车前往超市。

虽然身体已经养好了，没有再难受，但短期内夏颜还是不敢胡乱饮食，她准备采购一批食材，自己做饭吃一阵子。

夏颜煮速冻食品拿手，并没有多少做饭的经验，照着搜好的早晚餐菜谱买了三天的食材，便回家练手了。

乘车库电梯直达十六楼，进了家，夏颜直奔厨房。

今晚她准备做一道芹菜炒虾仁练手。这道菜清淡又营养，很适合胃病调养期间食用。

让手机屏幕保留在菜谱页面，夏颜严格按照菜谱的步骤走。在处理芹菜时，楼下厨房突然传来爆炒的声音，很快，随着晚风，一股诱人的菜香顺着夏颜这边打开的窗户飘了进来，勾得夏颜直咽口水。

夏颜不禁加快了动作。

十五分钟后，米饭蒸熟了，夏颜的第一盘菜芹菜炒虾仁也出锅了。芹菜炒得有点焦，虾仁也微微泛黑，不过味道闻起来还不错。夏颜拿起筷子夹了一颗虾仁，吹了好几下，放进嘴里，尚未细细品尝，她突然跑到垃圾桶边，呸呸地吐了出去。

太咸了！

夏颜抱着一丝希望去尝芹菜，结果芹菜更咸！

作为一个胃病初愈的病人，夏颜没敢拿这盘菜挑战自己的身体，从冰箱里拿出一根黄瓜，洗净削皮，然后一边吃微微发硬的米饭，一边配黄瓜下饭。

食难下咽，夏颜刷手机转移注意力。

朋友圈第一条，又是徐医生的爱心晚餐秀。好家伙，一道红烧鱼，一道青椒炒肉，还有一碗汤。跟徐医生的这桌菜比，夏颜的晚饭连土都不如。

如果换个时候，夏颜会觉得徐医生过得很幸福，可她这么惨，徐医生那么滋润，夏颜就有一点点心理不平衡了。

夏颜一边看着徐医生的菜下饭，一边腹诽，就没见过这么喜欢秀恩爱的男人，尤其是徐医生有着清隽温雅的外表，真看不出来他竟然喜欢这一套。

夏颜点进徐医生的朋友圈，发现他以前没秀过照片，几张美食照都是半个月内的动态。

莫非，徐医生刚刚谈恋爱，又或者，最近才跟女朋友同居？

犹豫几秒,夏颜还是没有拉黑徐医生的朋友圈。

虽然这朋友圈看着很刺激人,可他毕竟是客户兼医生,以后或许还会有接触。

第二天,夏颜换上工作套装,出发去上班。

电梯短暂地下降后,停在了十五楼。

电梯里已经有其他两人了,夏颜下意识地往电梯左侧挪了挪,给即将进来的人挪地方。

电梯门打开,有人走进来。低头看手机的夏颜,注意到一双大长腿。

按照常理,那双腿的主人该转过去面朝电梯门了,可对方竟然一动不动,而且恰恰是朝着夏颜的方向。

夏颜抬头。徐砚清难掩吃惊,竟然真的是她!

确定自己没有看错,电梯里让人眼前一亮的套装女孩真的是夏颜,徐砚清迅速收敛了自己的震惊。

他朝夏颜笑了笑:"好巧。"

说完,他站到了夏颜身边,保持着恰到好处的距离,既足够接近、不至于像完全陌生的人,又不会给夏颜带去侵略感。

夏颜仍然没有回过神来,下意识地问:"你住这里?上次我送你回去……"

那个下雨天,徐砚清坐上她的车,明明报了一个距离这边有半小时车程的小区。

徐砚清微笑解释:"上次有事要回父母的房子里,其实我入职后一直在这边租房住。"

夏颜懂了。他在医院上班,确实没有比明珠花园这个小区更合适的地方了,走几分钟就到。

"你呢,以前好像没见过你,刚搬过来?"徐砚清反问。

夏颜点头:"周三刚搬的。"

徐砚清也明白了。前几天他负责接送母亲,一直住在父母那边,怪不得没有机会偶遇她。

电梯到了一楼大厅,两人并肩走了出来。

"我住1501，你住几层？"徐砚清主动介绍自己的住处。

夏颜立即想到了昨晚在厨房闻到的楼下的炒菜香，笑道："更巧了，我住1601，昨天在厨房还闻到你们那边飘上来的香味。"

徐砚清微微挑眉："你们？"

夏颜边走边聊："你不是跟女朋友一起住吗？"

徐砚清脸差点黑了，马上澄清："我没有女朋友，从出生到现在一直单身，租房也是自己住，你怎么会误会我在跟人同居？"

夏颜不禁停下脚步，看着他，有点结巴："你、你自己住？那你发的那些美食照……"

徐砚清的脸是真的黑了。他发美食照片是想在她的朋友圈动态里展现自己的优点，结果却造成了她坚信他有女朋友的误会？如果不是她碰巧搬到这边，两人偶遇，发生了今天的对话，再过一阵子，夏颜是不是该脑补他有孩子了？

徐砚清严肃地告诉她："我喜欢下厨。夏小姐，你不能因为那些菜色、香、味俱全就怀疑它们出自女人之手，这样有性别歧视的嫌疑。"

性别歧视？夏颜脑袋里"轰"地一下，这都什么跟什么啊，她怎么突然就被人冠上了"性别歧视"的大帽子？

考虑到徐砚清的另一重身份是她的客户，夏颜习惯性地挂上笑容，试图给自己解释一下："不好意思徐先生，我真没想那么多，就是那天看你发出来的是两个人的分量，我就以为是你女朋友做的，而你发照片是为了秀恩爱……"

徐砚清："跟我一起吃饭的是我的母亲。"

夏颜："……"

好吧，这点是她误会了，那他一个大男人，竟然还有秀自己厨艺的习惯？通常都是女孩子聚餐什么的会拍拍照片……

念头突然打住，夏颜终于意识到，她好像是有点性别歧视了，一边觉得女孩子拍美食很可爱，一边觉得拍美食照的男人很无聊……

"抱歉啊徐先生，我好像真的陷进了思维的误区。"夏颜及时承认自己的错误。

徐砚清也后知后觉地意识到，她对他的称呼，又变回了一个销售员对客户的礼貌称呼，明明在他替她看过病后，这种关系已经改变了的。

他还在沉默，夏颜已经开始发挥一个销售员的优秀品质，真心实意地羡慕道："徐先生的厨艺看起来就很好，不像我，做的东西难吃死了，我自己都不敢吃。昨晚我鼓起勇气买了食材下厨，结果盐放多了，浪费了一锅好材料。"

徐砚清顺着她的话问："那你昨晚吃的什么？"

夏颜苦笑："黄瓜配米饭。"

徐砚清抿了抿唇。

说话间，两人已经到了小区门口。

夏颜要去小区外围的商铺圈找家早餐铺子。经过昨晚的失败，她已经不想再浪费时间去做饭了。

徐砚清与她道别，站在人行道边等红灯的时候，他回头看看，发现她进了一家包子铺。

八点钟，夏颜到了4S店。

为一天的工作做准备，开晨会，这本该是个像以前一样寻常又忙碌的周日，没想到还没正式开门做生意，竟然来了一个找茬的。

范馨宁拎着她的名牌包，踩着高跟鞋，进店就嚷嚷着要见夏颜。夏颜人在销售办公区，都听到了她的声音。其他销售同事则投来各种复杂的目光。

夏颜以最快的速度来到了范馨宁面前。

"范小姐，这里是公共场合，请您注意社交礼仪。"来者不善，夏颜也不客气了。

范馨宁上下打量她一眼，发出一声冷笑："夏颜是吧？我看你是想赚钱想疯了，竟然忽悠一对五十多岁的老人买那种车。我告诉你，趁我妈昨天刚下单，银行可能还没开始贷款审核，你趁早把交易取消了，不然我联系记者揭发你们这家黑店，告你们给老人洗脑推销！"

夏颜笑了一下："本店的所有车型都面向大众，只要年满十八岁且有自理能力的成年人，都可以来本店购车。只要购车人持有有效驾照，便拥有合规驾驶私家车的权利。董阿姨、范叔叔均接受过高等教育，能理智清醒地做出决定，五十多岁更不属于限制开车的年纪，为什么不能开豪华越野车？"

范馨宁根本就没耐心听夏颜讲道理，环视一圈展厅，她拿起手机威胁道：

"我不管那么多，我只知道，只要这事上了新闻，你们店有理也会变成没理，严重了你连工作都得丢。你要是识相，赶紧给我办理交易取消手续去。"

夏颜刚要说话，范馨宁嘲讽地打断了她，斜眼看着夏颜的脸道："想赚提成是吧？我妈那一单你能拿多少提成？哼，看你长得也不错，随便忽悠几个男老板都能赚一笔，何必来坑退休的老年人？"

"怎么回事？"夏颜的顶头上司，销售主管陈英离开办公室，走了过来。

夏颜简单地解释了前因后果。

陈英笑笑，对范馨宁道："范小姐真想联系记者？现在的记者最擅长挖掘社会热点、挑拨舆论争端，本店按规章销售汽车，来多少记者想必也挖不出什么，反而范小姐极力阻挠父母花钱享受，甚至背着父母来店里闹，传到记者那里，我都能想象他们会给本次事件编个什么样的热搜。'女儿千般阻挠，老年人可配购买豪车？'。"

范馨宁白皙漂亮的脸蛋立即涨得通红。她说找记者，只是想吓唬吓唬夏颜，如陈英所说，记者来了，范馨宁还担心自己被骂呢。

陈英没有时间欣赏她变化的脸色，回办公室了。

夏颜笑着对范馨宁道："我还有工作要处理，如果范小姐没别的事，我就先失陪了。"

"站住！"范馨宁叫住夏颜，冷笑道，"你嘴上说得那么好听，那你摸着良心回答我，如果你爸妈一把年纪还要乱花钱买一辆两百万的车，你心里能高兴？"

夏颜面朝展厅入口站着，瞥一眼已经靠近的某个人，笑着问："在我回答这个问题之前，还想问问范小姐，一把年纪是指哪个年龄段？"

范馨宁哼道："超过五十就是老年人。"

夏颜："五十多岁的人可以谈恋爱，为什么不能买豪车？还是范小姐认为，人过了五十岁就不用在意精神或物质方面的享受了？可我怎么记得，上次陪范小姐来购车的那位男士，看起来也五六十了？你看，董阿姨都没有反对你跟老男人谈恋爱，你为什么要反对董阿姨买豪车？"

范馨宁被夏颜的一番话气得冒火："什么五六十，我男朋友才四十九！哦，你果然是嫉妒我男朋友有钱，你比不过我，就忽悠我妈买你的车！"

夏颜无语到想笑，同时也替董阿姨夫妻悲哀，养出这么一个女儿。

完美恋爱 / 053

话不投机，夏颜准备走了。

范馨宁还想拦她，手腕突然被人从后面攥住，范馨宁瞪着眼睛回头。

"你们俩怎么吵上了？"秦盛沉着脸问。

范馨宁先是吃惊于秦盛竟然来了这里，随即变得狐疑起来，甩开秦盛的手，指着夏颜的背影问："你们俩？你跟她很熟吗？还是说你早就跟她勾搭……"

"夏颜是我女儿，亲生的。"秦盛冷声打断了她。

范馨宁漂亮的樱桃小口生生地张成了鸡蛋大小。

据她所知，秦盛至少有几个亿的家产，他的女儿竟然跑来当一个汽车销售员？

"你糊弄谁，你姓秦，她姓夏……"说到一半，范馨宁再次把嘴张成了鸡蛋状。姓夏，秦盛那位比他还有钱的第一任老婆，就是姓夏！

"我不管你们之间发生了什么矛盾，总之你以后少来打扰颜颜。"秦盛指指门口，打发范馨宁先走，自己去找夏颜。

范馨宁站在原地，看着秦盛的背影，只觉得混乱。

夏颜是秦盛与夏瑾的女儿，而她竟然讽刺夏颜想赚自家爸妈的提成？

夏颜知道同事们都在暗暗八卦，于是来到展厅外面。

秦盛问女儿出了什么事，并不介意刚刚女儿讽刺他是老男人。

夏颜看着马路上的车辆，毫不客气道："与你无关，你真关心我，就快点带走你的小女友，我不想天天被人看笑话。"

提到小女友秦盛就理亏，妥协道："好好好，我马上带我的小前女友走。我来是跟你说一声，接下来我要出差一个多月，我不在江城这段时间，你有空的时候去看看秦扬吧。再怎么着你们俩也是亲姐弟，别太生分了。"

夏颜没拒绝也没答应，更不关心秦盛称呼范馨宁为前女友意味着什么。

她进了展厅。

秦盛叹了一口气，带走了范馨宁，还得花心思结束这段短暂的恋情。

夏颜的心情不太好。开完夕会，陈英叫她去了办公室，提醒她别让私人生活打扰了工作。

虽然陈英只是提个醒，没有批评她的意思，夏颜还是郁闷了，尤其是现在整个店的同事大概都知道她的父亲交了一个跟她差不多大的小女友，一个胡搅蛮缠、不讲道理的"极品"女人。这说明什么？物以类聚，说明她的父亲也是个超级"极品"。

微信"嘀"的一声，有新消息进来。

夏颜打开手机。

徐砚清发来的：下班了？晚上请你吃饭。

配图是他刚买的一袋食材。

夏颜不解：为什么要请我？

徐砚清：第一，作为医生，我不能忍受我的病人吃黄瓜配饭；第二，你之前冒雨送我回家，我还欠你一个人情；第三，作为还算熟悉的邻居，这顿饭算是庆祝你乔迁新居；第四，如果你觉得来我家里吃饭不安全，我可以把你的那份送到楼上，咱们分别进餐。

夏颜：……

三个请客理由，似乎已经足够充分。至于第四条，徐砚清都说出来了，她真要求分餐，简直明摆着告诉徐砚清，她对他的人品存疑。

诚然，夏颜对徐砚清的为人并没有多少了解，但直觉上，夏颜认为徐砚清不是那种人。

再想到徐砚清之前发的美食照片，夏颜可耻地流口水了。

靠在办公椅上，夏颜一个字一个字地慢慢回复：好吧，谢谢徐医生，在你家吃就好了，不用麻烦。

徐砚清回了一个"恭候大驾"的表情包。

正是他之前来买车，夏颜发他的那个。

夏颜下了班。

因为住处离得近，今早她没有开车，步行去的公司，现在回来，也只用了十来分钟。

进小区前，夏颜从旁边一家水果店买了一袋水果，总不能空手去徐医生那边吃饭。

电梯稳稳地上升，到了十五楼。

与十六楼同样的格局，夏颜看着走廊尽头的1501，回想自己与徐砚清的几度见面，不得不再次感慨缘分这件事。

房门虚掩，里面传来轻微的切菜声，夏颜按响门铃。

"进来吧，我在厨房。"清朗的男人声音，正属于徐砚清。

夏颜推开门，发现入口地垫旁已经摆好了一双崭新的女款拖鞋，纯色且简洁的样式，能满足各年龄段女性的审美。

夏颜关上门，手扶着玄关柜换拖鞋的时候，徐砚清从厨房出来了。这个身形颀长的男人系着一条白色的围裙，与医院里徐医生的形象迅速重合。他双手戴着白色的厨用手套，也像极了手术室里的外科医生。

夏颜笑了："徐医生就算穿着围裙，也像个医生。"

徐砚清："这顿饭有替你养胃的功效，本质上我确实在履行医生的职责。拖鞋是我刚刚在超市买的，穿着合适吗？"

夏颜低头看看，拖鞋有点大，不过只是临时穿一次，没关系。

"挺好的，谢谢徐医生，我很久没有正经吃顿家常菜了。"

"客气了，那你随意，我去炒菜，二十分钟后开饭。"打完招呼，徐砚清又进了厨房。

夏颜这才仔细打量徐砚清租的这套房子。

家具都是简洁风，比较新的状态，电视柜旁边摆着一棵绿意盎然的幸福树，手臂粗的枝干长达一米，树冠枝叶层叠、碧绿鲜翠，很是漂亮。夏颜的外婆住在郊区的小洋楼里，老太太平时最喜欢拾掇花草，所以夏颜对常见的绿植都能叫出名字。

除了电视柜旁边，客厅其他地方也随处可见绿色。大大小小的绿植点缀得这里充满了生活气息，阳台上更是绿植花草的乐园，几盆菊花、四季秋海棠、茶花，或是含苞待放，或是已经盛开，漂亮得令人难以抵挡。

夏颜来到阳台，情不自禁地给这些花拍了几张照片。

欣赏完阳台的景色，夏颜转身，从这个位置，能清楚看见对面厨房玻璃门内的情形。一米八几的徐砚清侧对着她，正在炒菜，旁边的煤气灶也点着火，不知道在蒸什么。

夏颜早上已经知道她在朋友圈见过的那几顿美食都是出自徐砚清之手了，但直到现在亲眼看见，夏颜才有了一种真实感，原来真有喜欢做饭的男人。她还以为除了厨师，所有男人都盼着找个上得了厅堂，下得了厨房的女朋友或老婆。

夏颜不想看电视，看手机似乎也不太合适，就继续欣赏里里外外的绿植。

厨房的门打开了，徐砚清笑着招呼她："准备吃饭吧。"

夏颜立即走过来，还想帮帮忙，徐砚清已经将三道菜端上来了，一盘铺了五彩蔬菜丝的清蒸鲈鱼，一盘颜色清亮的莲藕炒肉，一盘摆盘堪比星级餐厅的南瓜粉蒸肉，最后一盘是夏颜有幸目睹过的橙子。

主食是排骨萝卜粥，按照徐砚清的说法，萝卜粥养胃。

"你这厨艺，好像专门学过。"夏颜坐到餐桌一侧，真心地夸赞道。

徐砚清刚从厨房出来，手里端着两碗粥，笑道："都是照菜谱学的，我这人有个习惯，凡是我感兴趣的事，都会做到最好。"说着，他坐到了夏颜对面。

白色的餐桌中间，也就是徐砚清摆盘的中间，还放着一个精致的花瓶，里面插着几朵清新的花。

夏颜再次打量一圈客厅、餐厅，问徐砚清："这些绿植花草都是你种的？"

徐砚清点头。夏颜没忍住，露出了惊叹的表情。

徐砚清示意她吃菜，笑着闲聊起来："小时候，家里的长辈都说我投错胎了，应该是个女孩子，可我觉得他们的话充满了性别歧视。女人可以成为事业强人，男人也可以享受养花做饭的乐趣，你说是不是？"

夏颜连连点头："对对对，徐医生说得太对了，我是女人，可我就不喜欢做饭，更没有耐心养花。"

"看出来了。"徐砚清又想起了她的黄瓜配饭。那样的晚饭，都不知道她怎么吃得下去。

"现在还喝冰啤酒吗？"徐砚清拿公筷给她夹了一块鲈鱼最好吃的部位的肉，问。

夏颜摇头："不敢喝了，我现在都喝咖啡。"

"咖啡喝多了也不好，精神不济的时候不要强行提神。"徐砚清温和地建议。

夏颜好像又回到了医院的看诊室，开玩笑道："好，我谨遵医嘱。"

不说话的时候，夏颜的全部心思都在眼前这几道菜上了。有句话她不是随口说说应酬的，她是真的很久没有吃家里做的饭菜了。舅舅舅妈家离她上班的地方远，她平时懒得回去；外婆家离得更远，而且外婆喜欢对她进行一些旧时代的说教，夏颜听着心烦。

徐砚清的菜，看着赏心悦目，吃起来也美味得要命，鲈鱼鲜美，炒莲藕清脆，就连夏颜平时不怎么喜欢的南瓜由他蒸出来，也特别地甜。

"吃吧，不用客气，我一个人也吃不完。"徐砚清多次替她夹菜。

毕竟不是多熟的人，夏颜哪好意思放开吃，不过既然徐砚清都把菜夹到她碗里了，夏颜就装作盛情难却的样子，开开心心地吃了起来。

徐砚清个子高，饭量也不小，再加上夏颜胃口大开，两人把三道菜都吃光了。夏颜又吃了两瓣橙子，酸酸甜甜的，无比满足。

"上次送你的橙子，味道如何？"徐砚清忽然问。

经过这顿饭，夏颜与他的关系拉近了不少，实话道："挺好吃的，这两天太忙忘了跟你买，现在还有吗？"

徐砚清点头："你想买多少？我去朋友那里下单。现在咱们住得近，我让他直接寄到我这边，你回家的时候顺便来拿一趟就行了。"

夏颜觉得这样也不错，先要了十斤："多少钱？"

徐砚清报了价，比超市卖的单价还是便宜得多，果子又好吃。夏颜给他发了红包。徐砚清收了红包，放下手机，将餐具放进洗碗机。

好像没有什么需要夏颜帮忙的地方了，夏颜看看手机，七点半了。

有客户发来微信消息，夏颜坐在椅子上回复。

"很忙吗？"徐砚清走出来，笑着问。

夏颜一边敲字一边道："还好，都是一些小问题，只是客户问了，我们得及时回复，不然会影响客户的体验。"

徐砚清坐在旁边，默默地看她。

忙碌了一天，她耳边的一缕碎发掉了下来，让一身工作套装的她多了一丝慵懒。她的皮肤很白，刚刚饱餐一顿，脸颊呈现出蜜桃色的红润，长长的睫毛低垂，白皙的指尖熟练地在手机屏幕上敲打。

注意到她关了屏幕，徐砚清迅速移开视线。

夏颜抬头时，徐砚清有所感应般地看过来，两人的视线在半空中相撞。

窗外夜幕早已降临，孤男寡女，气氛多少有些微妙。

夏颜晃晃手机，很是无奈地道："还有一些零散的工作要收尾，那我就先上去了？"

徐砚清点头，站起来送她。

夏颜买的水果还放在玄关柜上，徐砚清随手拎起，还给已经跨出门口的夏颜："不是我跟你客气，我平时很注意养生，倒是你，应该多吃水果补充维生素，这些还是你带回去吃吧。"

夏颜不接："送你就是送你的，我想吃了再买。"

徐砚清只好将水果放了回去。

夏颜朝他笑笑："谢谢新邻居的款待，那我走了？"

徐砚清："嗯，住得这么近，以后遇到什么麻烦，随时联系。"

夏颜还是笑，挥挥手，转身走了。

徐砚清站在门前，等夏颜进了电梯，再关上门。

楼上的1601。

夏颜一回家，先躺到沙发上，舒服地摸了摸肚皮，今晚吃得太尽兴了，又美味又营养。

母亲夏瑾突然发来一个视频邀请。夏颜保持仰面躺着的姿势，接通。

夏瑾看到一个气色红润、神情惬意的女儿，像一只刚刚吃了鱼的猫，满脸餍足。

"你的状态好像很不错。"夏瑾笑。

夏颜小得意："当然，昨天签了一辆豪车，这个月的销售冠军又是我。"

夏瑾无法掩饰自己的骄傲，她看得出来，现阶段的女儿真心喜欢销售这份工作。或许遗传还是起了作用吧，二十年前的她，也是从一个小小的销售员开始的。

"这是新搬的房子？让我看看。"

夏颜从沙发上一跃而起，调整摄像头，沿着这套两居室走了一圈，还让母亲看了看小区对面的江大附一医院："就是舅舅工作的那家医院。"

夏瑾对女儿的新住宿环境很满意，开始关心女儿的饮食问题："我看你这边的厨房挺宽敞的，平时自己多做饭吃，别总吃外卖。"再女强人又如何，关心起孩子来，夏瑾与天底下别的母亲没有什么区别。

夏颜狡猾地打开冰箱，告诉母亲她已经开始学做饭了。

隔着网络，她成功地忽悠了母亲。

只是挂了电话，夏颜看看冰箱里的几样食材，想了想，拍了一张照片，发给徐砚清：昨天买的，还很新鲜，你看你用得上吗？我是不准备做饭了，与其放着浪费，不如送你，物尽其用。

徐砚清回得很快：可以，稍等，我上来拿。

夏颜去找了两个购物袋，将蔬菜、蛋放一起，冷冻肉放一起。

五分钟左右，门铃响了。

夏颜提着东西去开门，最先见到的却是一盆翠绿欲滴的绿萝，那颜色漂亮得，夏颜如果是只兔子，肯定忍不住要先咬一口。

"回礼，加班累了看一眼，比冰啤酒提神。"徐砚清笑着说。

夏颜有点担心："我养过几次绿植，都养死了。"

徐砚清："如果你不介意，我会定期提醒你浇水。"

夏颜："好吧，谢谢啦。"

两人交换了手里的东西，徐砚清便离开了。

夏颜将绿萝放到了书房。白瓷花盆里冒出一簇绿油油的叶子，确实令人精神一振。

第三章

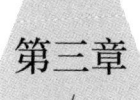

徐医生的饭局

接下来的几天，夏颜没在电梯里碰见徐砚清。一个忙成狗的销售员，一个应该也很忙的医生，上下班的时间应该也对不上，唯一的联系便是徐砚清送上楼的十斤橙子，徐砚清顺便提醒她给绿萝浇水。

4S店一月一度的月末会议准时到来，店总经理亲自主持会议，总结本月各部门的工作情况，再对各部门的优秀员工进行嘉奖。夏颜作为销售部的本月销售冠军，上台接受荣誉奖章，并发表了一番获奖感言。

回到销售部的办公位置，夏颜看到冯茜开心的笑脸，也看到了亚军李达的强颜欢笑。无论如何，他们都是同事，所以开完会后，夏颜在销售部的群里"艾特"全体人员，今晚她请客去酒吧。

要去的同事们纷纷响应，最后一共有十一人，其中还包括销售主管之一的张春和。有张春和在，李达也来了。

夏颜开车载了三个女同事，张春和、李达分别载剩下的男同事。

小李："夏颜姐给我们分享分享经验呗，我们也想拿奖金请客！"

小杜:"就是就是,你都拿了几个月的销售冠军啦!"

夏颜笑:"行,回头我把我看过的书都发给你们,在店里的时候你们也可以过来找我。今晚咱们一心玩,不提工作?"

冯茜回应:"就是就是,看了一天的车,再提车我都要吐了。"

小李:"提车吐,坐车你吐不吐?"

冯茜:"有点想吐,颜姐什么时候换辆迈巴赫?坐迈巴赫我肯定不吐。"

车里响起了一阵一阵笑声。

酒吧到了,销售部的十一人停好车聚在一起,浩浩荡荡地走了进去。

来酒吧就是放松的,夏颜除了不怎么搭理骚扰过她的张春和,跟其他人都玩得来,连柠檬精李达她也没撑。三个女同事里,小李、小杜都是老手了,只有冯茜第一次来酒吧,夏颜就带着冯茜一起玩,拉她下去跳舞。

张春和坐在吧台前,微微眯着眼睛,视线就没离开过夏颜的身体。

李达只想跟夏颜竞争业绩,对夏颜没有别的心思,见张春和这样,他假装没看见。说实话,如果张春和不是主管,对于这一个家有老婆还想勾搭女孩子的中年男人,李达也不想多跟他来往。

"你觉得夏颜怎么样?"张春和低声与李达聊。

李达看了一眼夏颜,实话实说:"能力挺强的。"

张春和意味不明地笑了下:"我是说身材。"

不知是不是酒精发挥了作用,李达耳根微微发热。夏颜的身材,很难不勾起男人的幻想。李达抬头,果然对上了张春和充满色欲的眼神。

"可惜啊,人家是真凤凰。"

在李达转移注意力的时候,忽然听张春和这么说。

真凤凰?

李达问张春和这是什么意思,张春和只是笑了笑,继续跟他喝酒了。

秦盛没出现时,张春和真没想过要查夏颜的背景,但秦盛几次去店里,张春和就留意了一下,然后知道了夏颜的身份。无论秦盛还是夏瑾,都是张春和不敢招惹的人物,自此,他只能在脑袋里想想,不敢真的对夏颜做什么。

酒吧某个角落,徐砚清、徐墨沉兄弟俩正面对面坐在一起。

孟老师左腿骨折,最近一直是兄弟俩轮流接送,终于徐教授休假回了江城,要住几天,给了兄弟俩喘口气休息休息的机会。一家人吃过晚饭后,徐墨沉心血来潮,带男人中的清流——他的亲弟,来酒吧感受一下人间烟火。

他给徐砚清倒酒。

"我不喝。"徐砚清直接拒绝。

徐墨沉看高中生似的看着他:"难道你们同学聚会、同事聚会,你都不喝?"

徐砚清:"必须应酬的时候我会喝,跟你,我没有强迫自己喝的必要。"

徐墨沉深知弟弟的脾气,干脆也不劝了,倒了一杯酒,靠坐在沙发上,视线漫不经心地扫过舞厅里的男女。

徐砚清无所事事,目光也投向了舞厅。然后,他看到了夏颜。

她穿着套装长裤,外套不知扔到哪儿了,只剩一件白色衬衫。衬衫的衣角被她绑在腰间打结,隐约露出一截白皙紧致的小腹。平时绑成马尾或高绾的长发早已散开,随着她热情的舞姿左荡右甩。

她旁边的女同事,完全成了一个跟班的,一开始还站在夏颜对面,很快就被一个男人挤走了。

徐砚清皱眉,看着夏颜与对方跳起了贴身热舞,腰臀转摆,荡出来的弧度让他喉头发紧。

徐墨沉自然注意到弟弟的视线在某个女人身上停留得太久,他眯目看了看,再看弟弟一身的柠檬酸气,轻笑:"认识?"

徐砚清不承认,徐墨沉也没有追问,都是成年人了,他对弟弟的感情没有兴趣,也不承担什么提醒弟弟追人的责任。

徐砚清还在看着夏颜,看着她与那个男人跳完舞,看着那个男人想请她喝酒,却被夏颜拒绝。直到夏颜拉着女同事回了吧台前,徐砚清才微微松了口气,分出一丝心思去看自己的大哥。然而,对面的座椅是空的,徐墨沉不知何时走了。

就在此时,手机振动,徐墨沉发来的消息:我结账了,你抓紧机会,年纪不小了,别让妈操心。

徐砚清:……

他翻出一张特别收藏的陈年照片,传给大哥。

照片里,某个烂醉如泥的人被孟老师拧住了耳朵,双手还在乱舞。

照片发送成功，如石沉大海。

徐砚清笑了，收起手机，继续透过人影缝隙寻找夏颜的身影。

明天还要开工的销售员是没有资格放纵到太晚的，九点多，大家就走出了酒吧。

张春和、李达纷纷联系代驾，夏颜拿出手机也正要联系时，身后突然传来一道有些熟悉的清朗声音："你好，需要代驾吗？"

那声音好听得，别说跟在夏颜这边的几个女同事了，就连张春和等男同事也都看了过来。

徐砚清眼里只有夏颜，看着她先是茫然继而惊讶的眼睛，再次开口："我是新来的代驾，如果您还没有联系代驾，可否给我一次机会？"

冯茜、小李、小杜已经眼冒星星了。

而夏颜眼中的徐砚清，穿着一件白衬衫，清隽俊美的脸，干净温和的气质，与他背后喧哗的酒吧格格不入，就像……就像一个初来酒吧打工的寒门大学生。徐砚清笑着等她回答。

"颜姐，就让他送咱们吧！"冯茜花痴地抱住夏颜道。

夏颜奇怪地去看冯茜。徐砚清在店里停留的时间短，别人可能不记得他了，但冯茜曾经那么花痴徐砚清的脸，怎么也不认识了？

冯茜脸红红的，醉眼迷离，根本就是醉得忘了事。

夏颜很想问问徐砚清怎么会在这里，不过，见徐砚清似乎很喜欢演戏，她就配合地装作不认识，将车钥匙交给了徐砚清。

徐砚清把车开过来，夏颜坐了副驾驶座，冯茜三人坐在后面。

几个女人喝醉的程度不一，夏颜喝得最多，反而是最清醒的。大概是冰啤酒喝了太多，酒量练出来了。夏颜提醒她们系好安全带，再分别问三人的住址。

这一圈绕下来，可能要花一个多小时。

"你今晚还有别的事吗？"夏颜低声问徐砚清。

徐砚清笑："没有，代驾就是我的工作。"

夏颜才发现，这人竟然还挺幽默。

夏颜与男同事们挥挥手后，徐砚清开车出发了。

醉酒的冯茜仍然是个花痴，伙同小李、小杜对徐砚清问了一堆问题，整个车程都热热闹闹的，轮不到夏颜与徐砚清说话。

车窗开着，晚风吹得夏颜散开的长发乱舞。她从口袋里取出头绳，随便将头发扎起来。旁边徐砚清还在回答三个花痴女的问题："没谈过恋爱，没有女朋友。"

"你这么帅，肯定有一堆女孩子追过你吧？"

"有，不过我对谈恋爱没有兴趣。"

"为什么呀？"

"怕失恋。"

"谦虚了，你这么帅，谁舍得甩你？"

徐砚清笑笑，余光瞥向身旁。夏颜靠在椅背上，嘴角带笑，仿佛听得津津有味。

小李住得最远，接下来是小杜，再是冯茜。因为冯茜醉得最厉害，夏颜跟着她下了车，要将她一直送到租住的地方。

徐砚清也下了车，他不方便扶冯茜，只跟在后面，给夏颜做伴。

终于，夏颜将冯茜交给了她的女舍友，功成身退，与徐砚清一起搭电梯下楼。

此时已经快十点半了，小区里行人稀少，夜色弥漫，路灯的那点灯光只会显得周围更加幽暗。

"今晚真是太麻烦你了，对了，你怎么会在酒吧那边？"

没有其他人打扰，夏颜总算可以清清静静地与徐砚清说话了。

徐砚清笑："去酒吧，当然是喝酒。"

夏颜震惊地看过去："你酒驾？"

徐砚清否认："陪朋友喝酒，我没喝。"

夏颜松了一口气，再瞥一眼徐砚清，就觉得他的确像那种去酒吧只陪人不喝酒的人。

"你在酒吧看到我了？"夏颜推测问。

徐砚清："嗯，看见你跳舞了。"

夏颜脸上微微发热，无论作为销售员还是病人，抑或是邻居，被徐砚清看到她跳得那么疯狂，好像都会影响她的形象。

她迅速转移话题："今天我们店开月末总结会，感谢徐医生的光顾，助我拿到了本月的销售冠军。"

徐砚清诧异:"这么厉害?"

夏颜有些得意:"怎么,只许你厨艺了得,不许我事业有成?"

徐砚清笑:"我的意思是,既然你的销售冠军里有我的一份助力,你是不是该请我吃顿夜宵?"

夏颜怔了怔,随即痛快地答应了:"行啊,你想吃什么?"

光是今晚徐砚清送她们的这份人情,夏颜也该请他的。

夜宵店还是很多的,徐砚清负责开车,夏颜坐在窗边观察。经过一片商业中心,夏颜看到一家烧烤店,就指挥徐砚清将车开过去。

晚风有点凉了,夏颜穿好外套才下了车。

一身黑色套装,完美隐藏了她在酒吧释放的性感与狂野。此时的夏颜,又成了徐砚清熟悉的那个销售员,只是因为喝了酒,她双颊鲜红,眼里的水汽也更明显,就像……就像一个已经洗净的桃,水珠犹挂,等着被人吃干抹净。

徐砚清将视线从她的侧脸移开,鄙夷自己竟然冒出这种念头。

不过,他趁机讨要夜宵,不也是因为想在这个荷尔蒙躁动的夜晚,多与她相处片刻?最后徐砚清不得不承认,他是个肤浅的男人,会被她的美色所诱。

"我看旁边还有一家奶茶店,你要喝奶茶吗?"

在烧烤店坐下,点完东西后,夏颜忽然问道。

徐砚清:"你请我吃夜宵,我请你喝奶茶,想喝什么?"

夏颜就没客气,与店家打声招呼,便跟着徐砚清一起去了。

奶茶店快打烊了,他们俩可能是最后一拨客人。夏颜本来想喝一杯冰的,瞥一眼邻居医生,她改选了一杯热饮。奶茶做好后,徐砚清付款,两人回到了烧烤店。

"你平时也吃烧烤吗?"夏颜坐徐砚清对面,笑着问,"感觉你这么注重养生的消化科医生,可能不会吃这些垃圾食品。"

徐砚清晃晃手里的奶茶:"奶茶与烧烤一样,都不建议长期食用,不过偶尔吃几顿很容易提升生活幸福感。毕竟,我还年轻健康,不需要严格戒断某方面的饮食。"

夏颜:"你好像在说教。"

徐砚清笑着看她："会让人讨厌吗？"

夏颜摇摇头，至少她没有讨厌。她有点"声控"，对声音好听的人有很大的包容性，如果声音难听，那么对方说一个字她也会抵触。

烧烤端上来了，两人边聊边吃。大家做的都是服务型的工作，夏颜吐槽一些脾气怪异的客户，徐砚清吐槽一些难以沟通的病人，竟然还挺有共同语言。

说得多，吃的还是重口味，夏颜将一杯奶茶喝完了，还是觉得渴。

她叫服务员过来，要点饮料。

徐砚清抢着道："两瓶常温矿泉水。"

夏颜咬唇，湿漉漉的双眼不满地看着他。

徐砚清接收到了，补充道："再来一罐常温啤酒。"

夏颜就笑了，拿起一串烤肉啃了起来。

夏颜喜欢喝啤酒，但前阵子因为胃病，很久没喝了，晚上在酒吧喝的也不是啤酒。现在就着烧烤，没一会儿她就把一罐子啤酒喝得一滴都倒不出来了。

夏颜回头，看向店里放饮料的地方。

徐砚清没有再给她放纵的机会："还吃吗？不吃就结账了。"

夏颜刚想说话，却拿手挡住嘴，打了个酒嗝。

桌面上的烧烤基本都吃得差不多了，徐砚清让夏颜解决剩下的，他要进去再拿瓶水。

夏颜没多想，后来才发现徐砚清抢着把账结了。

"说好我请你的……"

"一顿夜宵而已，你要是过意不去，以后再请回来。"徐砚清一手插着口袋，拒绝夏颜转红包的提议。

夏颜的红包发过去了，他不接收，她就没办法。

来到停车场，夏颜习惯性地走向驾驶座。

徐砚清轻轻拉住她的手腕。

夏颜茫然地回头，晚风吹起她耳边的碎发。那双眼睛湿漉漉地望过来，徐砚清心中一动，生出一股冲动，想将她拉到怀里，低头吻她。

冲动归冲动，徐砚清还是及时松开她的手腕，指了副驾驶座的位置。

夏颜反应过来，咧嘴一笑，绕去了另一侧。

喝酒、热舞、饱餐，再来一罐啤酒，一晚上下来，夏颜的身体与精神都在叫嚣着罢工。车开了没多久，她就靠在椅背上睡着了。

徐砚清升起被她按下的右侧车窗玻璃，免得她着凉。

她的呼吸带出淡淡的酒气，在封闭的车内空间散开。等红灯的时候，徐砚清偏头，就看见她歪搭的头，睫毛长长的，脸红红的，饱满的双唇微微张开。

徐砚清收回视线，俊秀的眉毛渐渐皱了起来。

因为觉得他是熟人，值得信赖，她才如此放松戒备，还是换成真正的职业代驾，她也会这么睡着？

徐砚清的车暂时给父母开了，他将夏颜的车停在了他租赁的车位。

解开安全带，徐砚清坐在椅子上，拿出手机。

夏颜睡得很香，突然被手机铃声惊醒。

她猛地醒过来，目光迷离地扫过驾驶座上的男人，本能地去包里摸手机。对于刚刚在黑暗里睁开眼睛的人来说，屏幕的亮光过于刺眼，夏颜都没看清来电显示，先把手机举到了耳朵边："你好？"

"你好，明珠小区到了，可以下车了。"

夏颜怔了怔，忽然看向驾驶座。

徐砚清放下手机，朝她笑了笑，再指指外面。

看到外面是地下车库，夏颜彻底清醒，哭笑不得地挂了电话。

打开车门，夏颜背对徐砚清，打了个大大的哈欠，眼泪都出来了。

徐砚清锁了车，走过来还钥匙。夏颜接住，与他并肩走向电梯。

"你很信任我？"徐砚清突然问。

夏颜看过去："……什么意思？"

徐砚清："你在车上睡着了，其实有点危险。"

夏颜明白他的意思了，忍住再打一个哈欠的冲动，想了想，笑着道："我好像确实相信你不会做那种违法的事。"

徐砚清好奇了："为什么？"

夏颜盯着他的脸看了几秒钟："因为你长得像个好人。"

徐砚清："……"

这算什么理由？有的杀人犯看起来还老实憨厚呢，她怎么能因为一个人的脸轻易做出判断？

夏颜当然不是完全看脸了，一个人的言行举止能说明一些问题，总之徐砚清给她的感觉就是值得信任。不过，这些东西解释起来太麻烦了，夏颜就没有继续深谈。

进了电梯，夏颜按下十六楼键，想到徐砚清，马上又按了十五楼键。

结果电梯到了十五楼，徐砚清没动。

夏颜："你……"

徐砚清正色道："太晚了，我送你上楼。"

夏颜觉得有点怪怪的，一直没有提起的警惕心终于冒了一丝上来。

十六楼转眼就到，徐砚清跟着夏颜走出电梯，但他只停在电梯厅，目送夏颜。

夏颜瞬间又放松了下来，进门前，笑着朝他挥挥手。

她关上门的同时，徐砚清进了电梯。

一条消息发到了夏颜的手机上：不是所有坏人都长了一张坏人的脸，以后与男人独处时注意安全。

夏颜准备洗澡前，看到了徐砚清的消息。

夏颜下意识地编辑文字：包括你吗？

但忽然觉得这么回复有点暧昧，夏颜就删掉了，简单回了一个：谢谢，记住啦！

夏颜的舅舅要去国外交流，舅妈休了年假跟着去，夫妻俩出发前给夏颜打电话，希望夏颜这周末回去陪表妹夏冉住一晚，周一早上再把夏冉送回学校。夏冉平时都住校，只有每周末的下午可以回家放松一下。

夏颜当然答应了，如果不是周末店里太忙，她都想周日中午就去学校接表妹。

到了周日，夏颜给表妹打电话，约好晚上她请表妹吃大餐。

夏冉对此表示热烈的期待。

高三生的每一天都处于备考的状态，夏颜不敢请表妹吃太刺激的东西，晚上带表妹去了一家评价很高的本地菜餐厅。

"我记得，秦扬跟你读同一所学校？"饭间，夏颜主动问道。

秦扬是她同父异母的弟弟，与夏冉同岁。在夏颜还渴望父爱的年龄阶段，秦盛有时会特意带上秦扬来见她,试图培养姐弟俩的感情。当时还是叛逆年纪的夏颜,对秦扬充满了排斥,而秦扬从小就沉默寡言,对她礼貌,却不热情。

但秦扬长得非常漂亮,又懂事,夏颜从来没有真正地讨厌过他。

夏颜读高中后,基本就没怎么见过秦盛、秦扬了,也没有试图去了解,还是后来升了高中的表妹提起,她与秦扬竟然读同所高中,夏颜才开始有途径接收秦扬的相关信息。

夏冉口中的秦扬,是个校园偶像剧中男主角般存在的高冷学霸,而有着有钱"渣爸"、母亲病故的身世,又为秦扬增添了几分惹人怜惜的"美强惨"气质。

提到秦扬,夏冉就打开了话匣子,滔滔不绝,譬如秦扬又得了什么奖,譬如都有哪些女生喜欢秦扬。

当然,夏冉敢这么说,也是知道夏颜并不反感秦扬。毕竟,当年夏瑾与秦盛离婚,与秦扬的母亲毫无关系,叮秦盛这个有缝的臭蛋的苍蝇是另一个女人。秦盛离婚两年后才遇见了秦扬的妈妈,追爱、结婚、再劈腿……

"姐,你怎么突然打听秦扬了?"说够了,夏冉疑惑而地问。

夏颜故意开玩笑:"你成绩这么差,我想利用我与他之前的亲情,托他给你补补课。"

夏冉嘟嘴:"谁成绩差了?我只要明年高考发挥稳定,考个二本没问题!"

夏颜:"嗯,心态够好,看来不用担心你会因为考前焦虑而斑秃了。"

夏冉气得嗷嗷叫。

第二天清晨五点半,夏颜就载着高三生出发了。

这个时间段马路畅通,她们抵达学校时才六点出头。

夏颜将车停在路边,正要解开安全带,夏冉突然拍拍她的手,指着校门口道:"快看快看,孟老师跟她的霸道总裁儿子!"

夏颜抬头,果然看见一个穿黑色西装的男人推着一辆轮椅在往里走。孟老师坐在轮椅上,脸被升降杆挡住了,穿黑色西装的男人高大挺拔,侧脸俊美到无可挑剔,就是气质太冷。

夏冉作双手捧心状:"是不是比电视剧里的明星还帅?"

夏颜扯扯嘴角,撵她下去:"好好复习,争取考个一本!"

夏冉进校了。

夏颜并没有马上离开。她坐在车里,注视着学校正门。

六点半没到,其他行业的职工可能还在睡觉,学生、教师们已经陆续抵达校园了。

这所高校是江城的重点高中之一,无论秦扬还是夏冉,当年能考进来,都属于初中学校的学霸了,只是两人进了高中后,成绩另有分层。秦扬一直都没有跌出过前三,而夏冉的成绩比较飘忽,好的时候能进全校前五十,差的时候跌到两三百。幸好夏冉心态够好,不然真有可能焦虑到斑秃。

秦扬……夏颜想,秦扬的学霸基因肯定是来自他的母亲。秦盛做生意还行,计算方面完全不行。还有一个不太充分的证据,夏颜读书时也不是学霸!

总而言之,夏颜希望秦扬只是继承了秦盛的高颜值,秦盛的缺点最好一点都没遗传过去。

据夏冉提供的消息,秦扬是走读生。

夏颜像只"守株待人"的兔子,目光在陆续抵达的学生们身上扫视。

一道黑色身影逆着人群走出校园,正是让夏冉花痴的孟老师的霸道总裁儿子。夏颜多看了两眼,不得不承认,这人从颜值到气质确实很出众,属于电视剧中的那种霸道总裁,而夏颜在工作中遇见的一些有钱高管,很少有长成这样的。

男人上了车,是辆竞争品牌旗下的豪车,价格在两百万左右。

一辆豪车刚刚开走,又一辆豪车开了过来,在靠近学校时提前降下车速。好巧不巧的,对方停在了夏颜的车前面。夏颜看着这车的标志,另一家竞品豪车,价位三百多万,车型低调中透露着一丝奢华。

车门打开,走出来一个穿蓝白色校服的男生。

男生下了车,手里提着书包甩到肩上,做这个动作时,他随意地朝后面瞥来,目光穿过车前玻璃,与夏颜四目相对。

夏颜愣住,对方也愣住了。

几秒之后,夏颜笑了笑,朝男生挥挥手。

秦扬便走了过来。夏颜下车,姐弟俩站到了路旁一棵香樟树下。

"好久没见,都长这么高了。"夏颜无奈又羡慕地看向秦扬的头顶,三年前在李阿姨的葬礼上，秦扬的身高还只是与她齐平，现在看起来都有一米八了，只是身形瘦削，脸庞充满了青春气息，有别于徐砚清那种成熟男人。

秦扬似乎也不太习惯俯视自己的姐姐。

两人过去经常见面的时候，他是个小孩子，姐姐比他高，气势比他强，眼里只有爸爸，并不怎么看他。

隔了很久的上一次见面，他个头追上了姐姐，姐姐看他的眼神也变了，有一种安慰和柔和。

如今再见，姐姐虽然穿着套装，像个职业女强人，却比他矮了那么多，看起来更像妹妹。

"你怎么在这里？"秦扬问。

夏颜看向学校："送冉冉上学。"

她收回视线去看秦扬，秦扬迅速回避。

夏颜笑了笑："会不会吃醋？"

秦扬白皙微冷的脸有那么一瞬的不自然，平静道："我有司机。"

夏颜点头："嗯，车也比我的好。"

她只是在调侃，而秦扬看着她的车，忽然想起父亲不久前在饭桌上的吐槽，说她竟然跑去4S店卖车，说他们姐弟俩都不听话，不肯接受他的安排去管理秦家的连锁餐厅。

看起来仍然年富力强的父亲，其实已经老了。

面对秦盛的吐槽，秦扬只回了一句："餐厅卖饭，4S店卖车，本质上没有区别。"

话虽如此，管理一家成熟的餐饮企业，肯定比一个人在4S店打拼、升职轻松，至少起步直接就是高层。

可秦扬也明白，姐姐怨父亲，怨父亲破坏了当年那个幸福的小家，绝不会轻易原谅父亲。不像他，从懂事起就知道父亲不爱母亲，母亲嫁给父亲也只是为了钱，属于他的三口之家，从来没有过什么合家欢。

"我该进去了。"他们是亲人，却不熟悉，秦扬不知道说什么，选择主动结束这场意外的见面。

"加个微信吧。"夏颜笑着说，"明年考得好，我给你发个大红包。"

秦扬一时不知要不要加，加了，好像他馋她的大红包，可手已经将口袋里的手机拿了出来。

夏颜扫了他的二维码，然后就叫他快进去。

好友申请发出，夏颜抬头，就见前面路上，秦扬正边走边看手机。

果然，申请迅速通过。

夏颜发了第一条消息过去：专心走路，不许玩手机。

远处的高三学霸看完信息，将手机放回口袋，进了学校。

夏颜这才发了第二条：我记得你是七月生日，也就是说，从现在到明年七月，你仍然属于未成年，如果这期间遇到什么麻烦，或者考前压力太大需要对人倾诉，可以找我聊哈。

消息发出去，夏颜准备发动车子时，收到了秦扬的回复：专心开车，别玩手机。

夏颜笑了。

高中校园。

秦扬与夏冉是邻班，上午课间操的时候，两班挨着。

做完操，夏冉与两个同学一起往教室走。

"夏冉。"

有人叫她，夏冉回头，看到了秦扬。大家都穿校服，偏偏秦扬个子高、长得好，将校服穿出了令人嫉妒的帅气。

在夏冉好奇秦扬为什么叫她时，秦扬开口了："你早上几点到的学校？"

听他一副班主任提问的语气，夏冉下意识地回忆几秒，乖乖回答："六点二十吧。"

秦扬回了个"嗯"，若无其事地走开，背影挺拔，自带避人光环，仿佛与世隔绝。

夏冉傻了，旁边的女同学追问她秦扬问这个做什么，她又哪里知道？

不过，期中考试马上来临，夏冉一心备考，很快就将这个小插曲抛到了脑后。

成绩下来，夏冉这次数学发挥得很好，一百五十分满分的试卷，她考了一百三十六，虽然与顶尖学霸没法比，但她自己非常满意。

夏颜的舅妈李玉兰也非常满意。她想了又想，觉得女儿是因为连累孟老师骨折心存愧疚，越愧疚就越对孟老师教的数学课上心，由内而外的刺激促使女儿的数学成绩得到了大幅提高。

休假回国的第一个周末，李玉兰提前在微信上联系孟老师，希望可以去徐家探望她。

孟老师一直在等着她呢。换成别的家长，她作为班主任私底下肯定要保持距离，可李玉兰是她联系夏颜的唯一途径，便欣然与李玉兰约好了时间。

李玉兰带上夏冉以及女儿的期中考试试卷，再提上她从国外买回来的礼物，如约而至。

母女俩乘电梯上了楼，按响门铃。开门的是徐砚清。

孟老师腿上的石膏已经拆了，但她预计还要一个月才能正常走路。这段时间兄弟俩继续轮流照顾母亲。

李玉兰朝徐砚清笑笑，纯粹把徐砚清当晚辈。夏冉偷偷地打量徐砚清，眼里满是崇拜。

孟老师有两个儿子，一个高冷如冰，一个清隽温雅，唯一的相似点是他们的高颜值。

以前班里的女生们不认得这兄弟俩，最近兄弟俩轮流送孟老师去学校，女生们早认识他们了，并且自发站队，分别成了两人的粉丝。

夏冉是徐砚清的粉丝。

徐墨沉气质太冷了，孟老师的腿又是她连累的，每次看到徐墨沉的脸，夏冉都不禁怀疑这位霸道总裁可能正在暗暗地记恨她。徐砚清就不一样了。夏冉第一次见徐砚清是在医院孟老师的病房，那时孟老师疼得最厉害，徐砚清对她都和和气气的，消解了她的紧张。

当然，欣赏归欣赏，夏冉对徐家兄弟俩可没有其他的心思——他们年龄比她大好多！

孟老师坐在沙发上招待母女俩。徐砚清去厨房洗了水果，切成块，备好竹签，端到茶几上。

"阿姨你们吃，我去写论文。"尽了地主之谊后，徐砚清笑着走开了。

李玉兰看着他的背影，朝孟老师夸道："徐医生可真贴心，会照顾人。"

孟老师心里笑，面上谦虚起来。

老师与家长坐到一起，话题很快就转移到了夏冉的数学学习上。

孟老师笑着拍拍夏冉的肩膀："我跟你妈妈谈，你去书房玩会儿电脑吧。"

说完，孟老师喊次卧里的徐砚清，让他带夏冉去书房。

徐砚清马上出来了，招呼夏冉。

夏冉频频朝亲妈使眼色，怕亲妈啰唆太多，给孟老师添麻烦。

奈何自己被带走了，夏冉只能乖乖待在书房看徐砚清给她找的英语电影，左右不了客厅里的谈话。

孟老师对夏冉的进步表达了充分的肯定，让李玉兰放心之后，她不着痕迹地将话题转移到对两个儿子婚事的忧虑上。

李玉兰："您的大儿子我没见过，但徐医生那么优秀，谈恋爱还用您操心？"

孟老师吐槽了一堆，最后期待地看向李玉兰："我刚住院那天，看冉冉的姐姐很投缘，不知道她交了男朋友没？"

李玉兰心中一动，跟着叹了一口气："没有，我们家颜颜太招人疼了，才六岁爸爸妈妈就离婚了，虽说两边家长都有钱，大把大把地给她花，可她一个孩子，没有爸爸妈妈在身边，心里多孤单啊。那孩子，小时候可怜，长大了就不相信爱情了，一心耗在工作上，好像也没有谈过恋爱。"

孟老师第一次听说夏颜的身世，没想到夏颜看起来阳光爱笑，家里竟然是那种情况。

不过，夏颜缺爱，小儿子足够温柔，简直就是缺什么补什么，天生一对！

夏冉在校读书时，李玉兰下班后的时间比较自由，今天就直接来4S店等夏颜了。

夏颜与舅舅舅妈的感情一直都很好，可她还是觉得，今天的舅妈对她似乎格外热情。

"看看，喜欢不？我给你们姐妹俩一人买了一条。"

到了餐厅，李玉兰从包里取出一个长条礼物盒，放到夏颜面前。

是条奢侈品手链。

舅妈的审美品位没得说，又熟悉夏颜的喜好，夏颜笑着戴好手链，晃了晃，表示很喜欢。

"谢谢舅妈。"

"跟我说什么客气话，我跟你舅舅就希望你多回家住住。"李玉兰感慨道。以前她还觉得家里有两个孩子事情多，偶尔累得仿佛喘不过气，一转眼大的搬出来自立了，小的也即将考入大学，会离家好几年，她是真怀念姐妹俩还小的时候。

矛盾的是，做长辈的既希望孩子常常回家，但看到孩子到了谈婚论嫁的年纪，又想让他们早点建立自己的小家庭，尤其是遇到条件好的相亲对象时。李玉兰现在就很满意徐砚清。

"颜颜啊，其实这次舅妈叫你出来，是有件事情想请你帮帮忙。"李玉兰笑容和煦地道。

舅妈的神情让夏颜诧异，有什么事不好意思说？

李玉兰："之前冉冉课间玩闹，害他们班主任孟老师骨折住院，这事你记得吧？"

夏颜点头，她还去医院跑了一趟。

李玉兰继续："孟老师对你的印象特别好，一直惦记着，正好她有个跟你年纪差不多的儿子小徐，这不，前几天我去探望她，孟老师特意跟我商量了，看看能不能介绍你跟小徐认识认识。颜颜，舅妈知道你不想谈恋爱，可人家孟老师……"

夏颜听明白了，别人请舅妈牵线，舅妈能拒绝，但孟老师因为表妹受伤，又是表妹的班主任，舅妈开不了那个口。

夏颜也不想让舅妈为难，没等舅妈说完，她便笑着道："行，舅妈看着安排吧。晚上七点以后我基本有空，白天的话，这周四我休息，您跟孟老师商量好了，跟我说一声就行。"

相亲吃顿饭而已，夏颜应付得来。

李玉兰没想到外甥女这么好说话，还想多说说徐砚清的情况，电话响了，她所在的社区医院接了急诊，叫她快回去。

病人重要，李玉兰只能约好与夏颜电话联系，匆匆走了。

夏颜看着舅妈走出餐厅，再看看对面空荡荡的椅子，笑了笑，习以为常地独自点单。

第二天，李玉兰忙完，打电话要跟夏颜详细介绍孟老师的儿子"小徐"。

夏颜："我见过的，那天送冉冉去上学，正好碰到他送孟老师去学校。"

李玉兰很高兴，难道外甥女正是对徐砚清满意，所以才答应了相亲？

"嘿嘿，小徐是不是长得很帅？"

夏颜："还行吧，舅妈，我这边有客户，先不说了啊，你直接把我的微信号发给徐先生吧，回头我们俩直接联系。"

李玉兰把外甥女的微信号发给孟老师，孟老师再把微信号转发给小儿子。

徐砚清看着母亲发来的熟悉的微信号，沉思了几分钟。

他认识夏颜这件事，他能瞒住母亲，但只要李玉兰将他的信息告诉夏颜，夏颜流露出来震惊的神情，这事就被拆穿了，因为李玉兰肯定会再把消息反馈给母亲。

可现在，母亲那么平静，没有质问他前因后果，难道夏颜也刻意瞒住了李玉兰？还是说，李玉兰向夏颜介绍他时出现了纰漏，连夏颜也不知道相亲对象是他？

朝两个方向深究下去，将引发出各种问题，徐砚清及时打住，让母亲问问李玉兰与夏颜聊的过程。

孟老师觉得小儿子这是心热了，便打电话问了问。

电话里，李玉兰透露了周一夏颜已经见过"徐砚清"的事。

孟老师了解情况啊，周一早上送她的是大儿子徐墨沉……

孟老师突然心情复杂，难道夏颜看上了大儿子？

一场相亲突然朝难以掌控的方向发展了，孟老师竟然不知该怎么跟李玉兰解释，只能暂且默认。结束通话后，孟老师立即给小儿子打电话："砚清，麻烦了，夏颜好像误会了，她以为要跟你大哥相亲。刚刚冉冉妈妈跟我说的，说是周一……"

徐砚清无法理解怎么会造成这种误会，因为只要李玉兰说出他的名字，根本就没有误会的空间。还是说，夏颜对大哥的印象特别深、特别好，李玉兰刚提出相亲对象是"小徐"，夏颜就先入为主，迫不及待地答应了，其他的都没打听？

这个猜测让徐砚清面色发黑，他与夏颜见了这么多面也没见她有心动的迹象,大哥那张冰块脸有什么好的?

虽然如此,徐砚清还是不想错过这次相亲——一个比较自然地向夏颜正式展开追求的机会。

冷静下来后,徐砚清分析道:"妈,夏小姐可能会被大哥的脸吸引,但一旦相处下来,大哥绝对没有机会,所以这事您根本不用跟大哥提,还是我去跟夏小姐联系、见面。如果我失败了,再介绍大哥跟她认识也不迟。"

孟老师听出来了,小儿子看了夏颜的头像,动心了!

"行,你先去试试,反正也是要介绍给你的,你不行再让你大哥上!"

夏颜收到了一个好友申请,昵称是"徐徐图之",申请内容:你好,我是小徐。

夏颜同意了他的申请,并且马上给他加了备注:徐先生-孟老师的霸道总裁儿子。

输完备注,回想起"霸总"那句"我是小徐",夏颜突然想笑,那么一个高冷气质的人,竟然会自称"小徐"。

刚成了好友,对方发来一个系统自带的微笑小人表情:你好,夏小姐,需要我发照片给你吗?

夏颜也是第一次跟人相亲,不了解别人的相亲程序,但这位"小徐"的语气,她不是很喜欢。

夏颜回复:不用了,周一早上我远远地见过你一面。

徐先生:不好意思,当时我照顾我妈,没有注意到你。

夏颜:应该的,应该的。

徐先生:你什么时候有空?我请你吃饭。

夏颜只想速战速决:今晚我六点半下班。

过了几分钟,徐先生发了一个餐厅定位过来,距离夏颜还挺近的。

徐先生:那咱们约七点见?

夏颜:好的。

徐先生:嗯,那我先去忙了。

夏颜回了个微笑表情。

忙碌的一天过去，夏颜比预估的时间提前十五分钟下班。她开车返回明珠小区，脱掉套装，换了一身浅色休闲装。她想着毕竟是替舅妈还孟老师的人情，基本的社交礼仪还是要遵守的，不能直接穿着工作套装去。

长发披散下来，夏颜化了淡妆，喷了点香水。

六点五十五分，夏颜抵达餐厅门外。之前徐先生已经发了餐桌号给她。

与前台打过招呼，夏颜跟着引路的服务员走进餐厅。

"在那里。"

服务员小姐功成身退后，夏颜看着坐在椅子上低头玩手机的西装男人，目光扫过对方的眼镜，感觉这人跟印象中的"霸总"有点像，又不太像。虽然他抿着唇，脸上没有表情，却并没有"霸总"那种生人勿近的气场。

观察着，夏颜来到了餐桌旁。

"你好，徐先生。"她笑着开口。

对方抬起头，镜框后面的黑眸温润如水。

夏颜："你，怎么是你？"

面对已经比较熟悉的客户兼医生兼楼下邻居，夏颜太过震惊，直接坐到徐砚清对面，盯着他问。

徐砚清取下眼镜，一边捏捏鼻梁，一边看着她道："从一开始长辈要撮合的就是你我，可你好像误会成是我哥了。"

夏颜将记忆回放，的确，舅妈说的一直是"小徐"，还没有继续补充信息，就被她打断了。

夏颜又想起，她第一次陪表妹见到孟老师的时候，孟老师的确说过，她有个儿子在江大附一当医生！

可、可……

"就算我误会了，加微信的时候你怎么不说，还弄了个小号？"夏颜有点生气了，觉得徐砚清在故意捉弄她。

徐砚清苦笑："我妈说，你可能对我大哥印象很好，所以答应相亲。她这么说，我也这么想，只好先假冒我大哥跟你联系，等见了面再问问你具体是怎么想的，如果你真喜欢我大哥，我……"

"我都不认识你大哥，只是见了一面，怎么可能喜欢他？"夏颜立即澄清道。

徐砚清松了一口气。

夏颜也算明白了。既然徐砚清不是故意的,她的气也就消了,并被这场乌龙逗笑了。

徐砚清默默地看着她的笑脸。

对上他的视线,夏颜喝了一口服务员端上来的茶水,然后对徐砚清解释道:"其实我根本不想谈恋爱,只是你母亲的腿伤是我表妹连累的,我舅妈不好拒绝你母亲,我也不想让她为难,才答应跟'小徐'见一面,过阵子再以不合适为由弄黄这场相亲。"

徐砚清神色认真,如心理医生面对病人,语气温和:"可以告诉我,你为什么不想谈恋爱吗?"

夏颜笑了笑,看向餐厅里的几对情侣:"因为我不确定我的男朋友会不会一直专情,如果他变心了,我岂不是要伤心?不谈恋爱就不会伤心,更何况,我也没遇到让我心动想尝试一下的男人。"

徐砚清完全理解她的话。

他没有谈过恋爱,但他见过大哥为情所伤的狼狈,并因此抗拒陷入爱情。

他也认为谈恋爱需要付出时间与心力,会累,还是单身的状态更舒服。

直到,他遇见了夏颜。她只是朝他笑了笑,说了一句销售员见到客户的开场白,一切就都变了。

"我以前跟你持一样的观点。"徐砚清笑着说。

夏颜微微挑眉,等他的下半句。

餐厅的灯光水波般流转,她的眼里亦流光溢彩。

徐砚清垂了垂眼帘:"后来我遇见一个人,都没怎么了解,就想多跟她见面,每天为她做饭。"

"每天为她做饭……"

徐砚清的这句话一出口,夏颜几乎无法相信自己的耳朵。

没吃过猪肉也看过猪跑,从小到大,夏颜看过很多电视剧,各种甜言蜜语、浪漫告白听了一堆,今天还是她第一次听见一个男人说,他的愿望就是每天给喜欢的女孩子做饭!

这句话给夏颜带来的震撼,比意识到徐砚清想追她的震撼还要强烈。

看着徐砚清略显不自然的神情,夏颜移开视线,端起茶杯浅浅地抿了一口。

在这短暂的沉默中,夏颜想起了她与徐砚清的几次见面。

买车的时候徐砚清的表现似乎一切正常;她去看病时,他送的那个橙子有一点点出乎意料;他亲手做的那顿晚饭,虽然当时的理由似乎充分,如今回想,他应该就是想在她面前表现他的厨艺;再到上次他在酒吧外主动给她当代驾……

"徐徐图之",徐砚清的小号名称,似乎更是证明。

徐砚清二十七岁,年纪不算轻了,但今天是他第一次向喜欢的女孩子表白。他觉得自己的脸应该没有红,只是有一点点升温。

等那温度降下去,徐砚清抬眸,看向对面的夏颜。

夏颜感觉到了,朝他笑了笑,有一点点尴尬。

徐砚清迅速恢复理智,解释道:"我对你,算一见钟情吧。我知道你对我没感觉,不过,我还是想借这次相亲的机会,正式追求你一次,看看最后能不能打动你。"

夏颜想了想,实话实说:"你长得挺帅的,人也很有风度,做饭更好吃,这些都是我欣赏的优点,只是我因为家庭原因,对恋爱的兴趣真的不大,更不相信什么一见钟情。所谓的一见钟情,说到底看的还是脸,那你能喜欢我的脸,说不定哪天也会喜欢别人的脸,尤其是恋爱谈久了,再漂亮的脸也不如新人的有新鲜感。"

漂亮的人,无论男女,都容易提高让别人一见钟情的概率。

夏颜的母亲也很漂亮,年轻时候的照片拿出来,至少夏颜觉得,母亲比她好看。当年秦盛追母亲,似乎也下了一番功夫,最后呢?追爱三年,婚姻六年,白月光变成了蚊子血。母亲那么好,父亲还是因为一个哪里都比不上母亲的女员工精神出轨了。

母亲当机立断,及时止损。

夏颜那时候还小,好像没见母亲哭过,也不知道母亲有没有偷偷掉眼泪,可夏颜记得她童年时期的所有委屈、思念、埋怨与心酸。

作为子女,她已经尝过父母情变、离异的苦,作为一个女人,夏颜不想再承受母亲当年遇到的背叛。

她不能确定追求自己的男人一定会变心或专情,所以保护自己最好的办法,是不谈恋爱,不动心。

如果哪天夏颜也对某个男人产生了一见钟情的感觉,面对对方的追求,她可能会内心挣扎一下,一边想爱一边又怕受伤,但现在她并没有遇到那样的男人。虽然徐砚清很好,可她没有感觉,那又何必强迫自己去接受,去尝试?

夏颜向徐砚清投以抱歉的目光。

被这样的一双眼睛看着,徐砚清还没有陷入恋爱,也没有失恋的资格,胸口却闷了一下。

幸好,他是一个理智的成年人,且做好了准备。

他大方地笑了笑:"谢谢夸赞,其实一见钟情还是可信的,就像我对你,只是你还没有遇到能让你一眼动心的男人。我长得帅,却不够帅,或者说,没长在你的审美点上。"

他笑得温润,仿佛两人只是楼上楼下的邻居,仿佛这次不是相亲,只是一次普通的小聚会,两人恰好谈到了一些感情问题。

夏颜被他感染,不再担心他会因为自己的拒绝受伤,精神便处于一种很放松的状态。

她仔细审视一遍徐砚清的脸,说真的,很帅,气质也让人舒服,并非不在夏颜的审美点上,只能说,她不相信一见钟情,所以也不会对别人产生一见钟情、一面倾心的浪漫情绪。

"别因为我的话妄自菲薄,我的同事们就很喜欢你,你去追她们,保证成功。"夏颜开了个小玩笑。

徐砚清配合地笑了一下:"她们很好,可我很挑。"

这话让同事们听见了肯定要飞徐砚清几个白眼,落到夏颜的耳朵里却是捧她了。

这么会撩,一点都不像生手。不过这些都与夏颜没太大关系。

"先点餐吧,我饿了。"面对熟人,夏颜不想客气,销售这工作耗体力,她真饿了。

桌子上贴着码,两人分别扫了一下,分别点单,最后再对着购物车商量菜品取舍。

等菜的时候,徐砚清主动跟她聊了起来:"你见过我大哥,感觉如何?"

夏颜笑道:"冉冉跟我介绍过,说他是孟老师的'霸总'儿子,气质确实非常高冷。"

徐砚清点头："他从小就这样，好像谁都欠他，常常惹我妈生气，不过现在的女孩子似乎都很迷高冷霸道总裁这款。"

"你好，再给我们这边续两杯柠檬水。"

徐砚清刚刚说完，隔壁一桌的客人便朝不远处的服务员小姐招了招手。

徐砚清瞥了对方一眼。

夏颜被他的眼神逗笑了。他要是不看对方，她还没品出他话里的酸味。

听说有些姐妹之间存在攀比，兄弟之间也会吗？果然人类的情感都是共通的，哪分什么男女。

"那你们兄弟的性格差异还挺大的。"夏颜用两边都不得罪的语气微笑着点评道。

徐砚清感受到了她的愉悦，只是不懂她的愉悦来自哪里。

徐砚清好奇："如果今晚过来见你的是我大哥，你准备怎么跟他谈？按照你之前的意思，似乎想先跟我大哥相处一段时间？"

夏颜语气轻松："那肯定要的啊，毕竟我同意相亲是替我舅妈还孟老师的人情，怎么能刚见到你大哥就一口拒绝，真那样不是得罪孟老师了？不过，我都计划好了，你大哥是'霸总'，肯定特别忙，我也恰好特别忙，连周末都没有，两个大忙人，他性格高冷不会迁就我，我也不会迁就他，晾一阵子，你大哥一定会先提出结束相亲。"

徐砚清很诧异她竟猜得这么准："他的确不会迁就人，你不给他发消息，他可能想不到要联系你。"

夏颜默默地遗憾，如果今晚真是那位"霸总"大哥来，她的应酬会轻松很多。

想什么来什么，念头刚落，就听徐砚清问："现在换成我，你是打算当场拒绝我，还是也试着跟我相处一段时间，再回复两边长辈说没感觉？"

夏颜面露苦笑。

徐砚清善解人意："放心，如果你选择当场拒绝我，我会告诉我妈，说你本人长得太漂亮了，比照片带来的冲击力强百倍，跟你在一起我会有压力，时时刻刻担心你出轨，所以相亲就此结束。"

明明他一本正经，夏颜却被他逗得直笑。

完美恋爱 / 083

"你都要伤害我了,怎么还能当着受害人的面笑得这么开心?"徐砚清表示无辜、受伤。

夏颜不能再看他越正经越搞笑的脸,拿起包挡在两人中间,试图平复情绪。

徐砚清没再开口,喝了一口他之前点的柠檬水。

淡淡的酸,还能接受。

可如果夏颜愿意照顾大哥的面子,却选择无情地拒绝他,徐砚清不知道自己的内心会变多酸。

不公平,就算他是电视剧里男二的人设,她也不能这么明显地偏心。

凭什么"霸总"就可以拿特权?

"服务员。"徐砚清朝刚刚给隔壁桌端去柠檬水的服务员小姐招招手。

服务员小姐微笑着转到他们这桌。

夏颜放下包,有点好奇,不知徐砚清要做什么。

徐砚清:"你们这里有柠檬吗?"

服务员小姐一脸不解:"有是有……"

徐砚清瞥一眼同样感到意外的夏颜,神色如常地道:"我要一个新鲜的完整的柠檬。"

服务员小姐看看这桌颜值超高的男女,隐约猜到徐砚清可能有什么套路,笑着去准备了。顾客就是上帝,一个柠檬而已,店里供得起。

周围有客人朝这边看来,显然听到徐砚清的话了,好奇什么人如此会玩。

夏颜低声问徐砚清:"你要柠檬做什么?"

徐砚清意味深长地看着她:"如果你决定对我们兄弟区别对待,让我承受不公平的待遇,作为惩罚,你要吃掉一个柠檬。"

夏颜又想笑了:"为什么拿柠檬惩罚?"

徐砚清:"因为我要你对我感同身受。"

夏颜一怔。徐砚清别开眼。

桌子旁边摆着一瓶插花,徐砚清的视线落在了花瓣上,长睫低垂,仿佛在释放怨念。

作为"迫害方"的夏颜,竟然开始愧疚。

这次相亲,她都准备陪陌生的高冷"霸总"应付一段时间了,没道理一换成给予过她关心与帮助的徐砚清，她就毫不留情。

夏颜做不到那么狠。

"好吧，我同意跟你试试约会一段时间。"注意到服务员真的拿了一个黄黄的柠檬过来，夏颜牙齿发酸地开了口。

徐砚清马上看了过来。

夏颜强调："一个月，一个月为期，如果一个月内我对你还没有感觉，咱们和平结束。"

徐砚清笑了："好，我接受。"

"先生，您要的柠檬。"服务员小姐笑着递上柠檬，体贴地发问，"需要我提供刀具吗？"

徐砚清表示不用。

等服务员小姐再次离开，徐砚清转转手里的柠檬，看着夏颜道："吃过柠檬排骨吗？"

话题有点跳跃，夏颜摇摇头。

徐砚清笑："味道不错，明晚请你吃。"

夏颜："……"

行啊，拒绝他就只配吃柠檬，答应约会，待遇就换成了柠檬排骨！

结了账，徐砚清真的带走了那个黄黄的柠檬。

"你怎么过来的？"夏颜问。

徐砚清："走路，你开车了？"

夏颜点头："是啊，那就坐我的车回去吧。"

毕竟两人住在一个小区，又是熟人了，而且答应要作为相亲对象约会一个月，夏颜总不能把徐砚清抛下。

于是，徐砚清再一次坐上了夏颜的车，只不过，这次夏颜开车，他坐副驾驶座。

路程虽然短，但路上非常堵，车子开开停停，让夏颜想快点结束这微微尴尬的相亲之约都不行。

"对了，医生的工作好像很忙吧，你还有时间天天做饭？"夏颜忽然问。

她的舅舅舅妈都是医生，一个在三甲大医院，一个在社区医院，相似点便是夫妻俩都很忙。

徐砚清解释道:"医生都忙,但我因为住得近,节省了通勤时间,除了排夜班或突然出急诊,其他时候都会选择自己做早、晚两餐。其实,做饭并没有听起来那么麻烦,简单点的十几分钟就能搞定,营养且健康。"

夏颜表示佩服:"还是你喜欢下厨,我一想到切菜刷碗就没了动手的兴趣。"

徐砚清:"所以你适合找个会做饭的男朋友,譬如我。"

夏颜一边开车一边笑:"我也可以找个会做饭的家政阿姨,或是天天下馆子。"

徐砚清欣赏她的巧辩,道:"的确可行,可家政阿姨做的饭未必会合你的胃口,阿姨的人品也需要观察。下馆子的话,遇到人多的时候需要排队等待,浪费时间。综合比较,还是男朋友最划算,经济实惠,贴心安全。"

经济实惠?这个字眼让夏颜想到了一些家庭主妇,难道徐砚清对他在婚姻中的定位竟然是既能赚钱又管做饭的全能家庭煮夫?

作为一个女人,夏颜反感一些男人给女人安排的贤妻定位,但当一个男人主动请缨要为她提供类似的贤夫服务时,夏颜都情不自禁地想要发出一声感慨:这可真是一个难得的好男人啊!

只是,男人女人婚前婚后都容易露出两副面孔,虽然徐砚清现在说得好听,但谁能保证他会在婚后的几十年光阴中一如既往地做个贤夫?

所以,徐砚清目前表现出来的贤夫优点,并不能打动夏颜。

车子终于开进了明珠小区。

停车下车,两人进了电梯。电梯里有其他住户,两人默契地停止对话。

徐砚清再次跟着夏颜来到了十六楼。

"我送你到家门口。"徐砚清解释说。

相亲对象的表现肯定与普通熟人不一样,夏颜表示接受。

"长辈那边,咱们怎么说?"徐砚清需要确认她的态度。

夏颜想了想,道:"就说先处处看吧。"

徐砚清懂了,最后站在距离她门口五六步的地方,在夏颜回头看过来的时候道:"你我的工作都没有正常双休,白天也基本没有时间约会,唯一能利用的就是早晚饭时间,所以我提议,接下来的一个月,在我可以下厨的时候,你去我那边吃饭吧,这样既能增加彼此的了解,对你的身体也好。"

夏颜理智地想要拒绝,却又可耻地"胃动"了。

徐砚清的厨艺,真的没得话说。

可她并不看好这一个月的约会尝试,如果最后还是要拒绝他,白白蹭了他一个月饭,也太难看。

徐砚清似乎能看穿她的想法,补充道:"都是家常菜,做两个人的量并不会消耗双倍时间,所以你不用觉得麻烦我什么,更不用担心相亲失败,最后我会要求你把一个月里吃下去的饭都吐出来。"

夏颜又被他一本正经的自黑逗笑了。

"好吧,那我就不客气了,可你买菜要花钱,我得支付一半饭钱。"

徐砚清:"可以,我会留下每次购物的小票。一个月后,如果我能从相亲对象变成男朋友,那些小票会被丢进垃圾桶;如果我们变成普通邻居,我会拿着小票跟你核对账单。"

夏颜笑着说"好"。

"明早七点吃饭?"

"嗯。"

关上门,夏颜脱掉外套,先趴到了沙发上。穿着高跟鞋站了一天,她太累了。

疲乏的身体得到缓解,夏颜改成靠坐的姿势,抱着抱枕回复几条客户消息,然后给舅妈打电话。

李玉兰一直在期待外甥女的电话,几乎秒接,迫不及待地问了起来:"跟小徐吃完饭了?感觉怎么样?"

夏颜笑道:"还可以,徐医生很温和,相处起来挺舒服的,动心的感觉暂且没有,先试着接触吧。"

李玉兰有点失望,失望于徐砚清那么好的条件都没能令外甥女动心,但也松了一口气。以她对外甥女的了解,更怕外甥女约会一次便彻底否决。

"嗯,是该这样,相亲不比自由恋爱,哪有一次就看对眼的,多接触接触可能就找到感觉了。"

夏颜安静地听舅妈说了一些过来人的经验,然后提醒道:"舅妈,我跟徐医生不一定能成，你们先别告诉我妈，也别告诉外婆，免得她们都跟着操心。尤其是外婆，她要是知道了，马上就得让我带徐医生回家给她看看。"

手机里传来李玉兰的笑声："知道知道，放心吧，事情没有确定之前，我连冉冉都不告诉。"

夏颜放心了，挂掉电话，就去洗澡了。

洗完出来，她发现徐砚清用小号给她发了一条消息，内容是明早的早餐菜单，问她是否可以。

夏颜不挑食：挺好的，为什么用小号发？

发消息间夏颜顺便给他的小号修改备注，改成了"徐医生"。

她觉得，这个昵称比"徐砚清"看起来更亲切。

徐医生：还在试用期，转正再用大号。

夏颜好奇：转正失败？

徐医生：那你删了小号，大号还能继续做朋友。

夏颜鬼使神差地，仿佛又看到了眼帘低垂、落寞看花的徐砚清。

她怀疑这是徐砚清以退为进的套路，快速敲字：明早见。

徐医生：早点睡，别熬夜。

夏颜没有什么娱乐休闲活动，工作效率又高，每天还是能保证规律作息的。

睡前练了半小时瑜伽，简单冲个澡，定好闹钟，夏颜在十一点准时入睡。

第二天六点起床，夏颜换上运动服，去楼下晨跑。

经过小区西门附近，夏颜绕过一栋楼，一抬头，就看到了拎着购物袋、正在刷门禁卡的徐砚清。夏颜先躲到了一片树丛后，看看腕表，六点二十。

这家伙起得真早！

等徐砚清走远了，夏颜才继续跑步。只是想到自己晨练健身的时候有个男人正在为自己准备营养早餐，夏颜心底便浮起一丝陌生的情绪，就像，江城十一月中旬早上的阳光，温暖明媚，洒在身上很是舒服。

六点五十五，夏颜穿着套装走出电梯。徐砚清的消息同时到了，提醒她下楼吃饭。

夏颜转过来，发现1501的门又是虚掩的状态。

她走过去，敲敲门，见徐砚清的身影直接从餐厅那边冒了出来，穿了一件抹茶绿的毛衫。阳光照亮大半的客厅，清新的抹茶绿衬得他的肤色更白，清隽温和的气质在这一瞬间达到顶点，仿佛他家里的某盆绿植成了精。

不知道是他出现得太突然，还是怎么回事，视线相撞的瞬间，夏颜的心跳竟然漏了一拍。

"进来吧，已经做好了。"徐砚清笑着打招呼，转身去了厨房。

夏颜不禁庆幸他走得够快，让她有时间将漏掉的那拍心跳找了回来。

像上次一样，门前摆了一双女式拖鞋，一样的款式，但夏颜一穿上就感觉到了区别——上次的那双有点大，这次的刚刚好。

这点小细节，徐砚清竟然留意到了？

夏颜诧异地关了门，放好包包，去了餐厅。

餐桌上摆着两碗南瓜小米粥，两碟水果——红色的小番茄、切块的橙子，还有几片猕猴桃，红、橙、绿三色，看一眼就勾起了夏颜的食欲。

徐砚清端着两个盘子走出厨房，盘子里分别摆了五块……夏颜竟不认识这个蒸食小吃，以前从来没有吃过！

可她被这份小吃的卖相俘虏了，薄薄的一层面皮仿佛开出了一朵四瓣花，花瓣里分别卷着鲜绿的青豆豆粒、酱红色的火腿丁、金黄色的蛋丁以及黑色的木耳。

昨晚徐砚清提供的菜单里，只有南瓜粥、蒸饺、水果，难道这个漂亮的小东西就是蒸饺？

"四喜蒸饺，看着好看，做起来也不费事。"徐砚清放下盘子，笑着解释道。

夏颜近距离观察自己这份四喜蒸饺，很是怀疑徐砚清的说法。

"你捏的？"夏颜坐下来问。

徐砚清点头。

夏颜发自肺腑地感叹："你的手真巧。"

这么说着，她就将目光投向了徐砚清的手，只见那双手白皙修长。虽然喜欢做饭，可他有戴手套的习惯，所以手部皮肤保养得非常好，几乎无可挑剔。

直到徐砚清拿起筷子，夏颜才意识到这种窥视行为的不妥，也开始吃了起来。

"蒸饺刚拿出来，可能有点烫，粥已经凉了，温度刚刚好。"徐砚清及时提醒。

夏颜就把刚夹起来的漂亮蒸饺放了下去,先舀了一勺粥。

徐砚清忽然从旁边的椅子上拿出一张A4纸递过来。

夏颜低头一看,好家伙,是一张打印出来的饮食日历表,一个月中,有快一半的日期都被徐砚清标注了早晚餐的菜式。

"其他空着的日期,要么是医院夜班,要么是轮到我照顾我妈,所以不能陪你。"徐砚清解释说。

夏颜已经很不好意思了:"其实简单点就好,不用这么麻烦的。"

徐砚清笑了笑:"不麻烦,除了休息日菜式丰富一点,上面列出来的基本都是我常做的。饮食是长期习惯,如果我只在这一个月里搞特殊,追到你了就懈怠偷懒,你肯定会对我失望,我也不想给你留下那种虚伪的印象。"

夏颜:"……"

好一个清纯不做作的贤夫!

第四章

徐医生的情话

吃过早饭,徐砚清步行去医院,夏颜开车去公司。

下车前,夏颜对着镜子检查妆容,确定没有问题,才进了公司。

"颜姐今天气色真好,用的什么粉底?"正在擦拭展车的冯茜扶着车门望过来,笑着打招呼。

夏颜报了粉底品牌名。

另一个女同事对冯茜道:"跟粉底没关系,人家夏颜是天生丽质,她不化妆也照样气色好。"

冯茜当然知道夏颜漂亮,可她就是觉得,今天的夏颜跟以前不太一样。

店里的工作按部就班,八点半,销售部又开起了晨会。

今天的晨会是江经理主持的,夏颜坐在主管陈英旁边,认真聆听,偶尔记下笔记。

散会了,夏颜因为座位关系走得比较晚。当她与李达走到会议室门口时,会议室里面只剩下江经理、陈英、张春和。

李达穿了一身黑色西装，绅士地请夏颜先出去。

夏颜笑笑，就在她半个身子已经跨出会议室的时候，张春和调侃的声音突然在空旷的会议室响起："陈英，国家现在都推行三胎了，你们家的一胎准备什么时候安排上？"

夏颜皱眉，然后被李达推了一下，两人同时离开了会议室。

夏颜回头看李达，李达奶油小生般的脸上浮现出苦笑："难道你想听主管们斗嘴？"

夏颜没有怪他，可张春和那种卑鄙小人，竟然在升职竞争的场合利用孩子问题攻击陈英，实在令人不齿。因为李达又总狗腿子般地围在张春和身边，夏颜此时难免看李达也不太顺眼。

李达知道她的想法，一边并肩走一边道："没办法，女人要生孩子，就要付出一定的代价，公司肯定要以业绩为主。"

夏颜想要反驳什么，却又沉默了。

毋庸置疑，陈英的能力比张春和强，可如果陈英真的开始备孕，休产假什么的肯定耽误时间，除非她选择不生。

夏颜想到了那天无意间听到的陈英跟人打电话的内容，好像陈英最近三年都没有备孕计划，可她的老公想要孩子了。

夏颜嘲讽地笑了一下，如果男人也能怀孕多好，谁想要谁去生。

中午的时候，夏颜去食堂吃饭，看见张春和与江经理坐在一张餐桌前，相谈甚欢。

回到一楼，夏颜下意识地寻找陈英的身影，然后发现陈英坐在她的办公室里，一手拿着手机与人通话，一手在键盘上敲着什么，很是忙碌。

似是有所察觉，陈英抬头看了过来。

夏颜笑了笑，拿出手机发给她一条消息：今天食堂做了你最爱吃的干炸带鱼。

夏颜经常与陈英一起吃饭，知道陈英的饮食喜好。

陈英挂掉电话才看到这条消息，再去看夏颜时，夏颜已经去接待客户了。

陈英继续填完手里的表格，便去餐厅吃饭了。

今天夏颜运气不佳，并没有签单，不过加了两个潜在客户的微信，努努力或许还有希望。

开完夕会，夏颜与冯茜没去挤电梯，从楼梯那边下来。

"颜姐，那个好像是英姐的老公！"

冯茜突然拉住夏颜的胳膊，指着展厅外面道。

透过展厅高大的落地玻璃窗，夏颜果然看到了陈英的老公蒋池。

有一年销售部聚餐，陈英带蒋池来过。蒋池是个颜值可以打七分，气质很好的男人，从事金融行业，但夏颜对蒋池最深的印象，是他唱歌很好听。在KTV里，蒋池开嗓的瞬间，销售部的同事们不约而同地安静了下来。

蒋池站在一辆黑色轿车前，望着展厅的方向，显然是来接陈英的。

夏颜有点好奇夫妻俩现在的情况，毕竟那天的通话显示，他们夫妻之间似乎存在矛盾。

过了一会儿，陈英出来了，发现蒋池，笑了笑。

夫妻俩站到一起，蒋池在陈英额头上亲了一下，之后二人便上了车。

"英姐好幸福，什么时候也有男人来接我下班啊。"

夏颜还在想蒋池与陈英的简单一吻。那个吻落下的瞬间，陈英闭着眼睛，嘴角挂着幸福的笑。

夏颜就放心了。

手机传来消息，夏颜拿出来一看，是徐砚清用小号发来的，说他刚刚下班，问她大概什么时间回小区。

夏颜回复：我也刚准备下班，十分钟内到家。

徐医生：嗯，那我回去就开始做饭。

夏颜将手机放回包里。

冯茜还在等她："颜姐，今晚一起吃？"

夏颜笑笑："不了，我最近胃不舒服，都自己做。"

冯茜了解了，自行去找其他女同事约饭。

夏颜收拾收拾办公桌，开车回家。

乘电梯的时候，夏颜想了想，按了"15"。虽然说是徐砚清自己要做饭请她吃的，可她一个大活人，总是白吃人家的也不合适，提前过去，看看能不能帮上什么忙。

站到1501门前，夏颜按响门铃。徐砚清在切菜，系着围裙来开门。

"这么早？"看到夏颜，徐砚清难掩诧异。

夏颜笑:"我来帮忙,你刚开始吧,有什么需要我做的吗?"

徐砚清瞥一眼她的手:"凉拌黄瓜?"

见他的笑容充满了调侃,夏颜脸色微红。早知道会被他记住,之前闲聊时她就不提自己下厨失败只能吃黄瓜配饭的糗事了。

"天气预报说今晚会有大风,你帮我将阳台上的花搬进来吧。"徐砚清给她分配了一个不需要太高技术含量的任务。

夏颜换上拖鞋,就去阳台上搬花了。

"只需要搬小盆的,大的等会儿我自己来。"徐砚清进厨房之前,补充了一句。

夏颜回他一个"OK"的手势。

站到阳台上,夏颜简单数了数,光小的盆栽就有二十多个,还不包括其中一个专门放多肉的花架。

夏颜来来回回搬了不知道多少趟,后来干脆将外套脱了,方便行动。

厨房里炒菜的香味不断地飘出来,夏颜吸吸鼻子,觉得用这种简单的体力劳动换顿美食也值了。

饭做好了,一道柠檬排骨,一道蒜蓉粉丝娃娃菜,一道紫菜蛋汤,如徐砚清所说,的确都是家常菜,只是徐砚清太会摆盘,硬是将家常菜摆出了星级餐厅的格调。譬如那道柠檬排骨,他先是摆了一盘子的柠檬片,再在每片柠檬上摆一块排骨,一个盘子不够用,直接摆了两盘。

"平时你自己吃,也是这么摆盘?"夏颜忍不住好奇,问了出来。

徐砚清想了想,如实回答:"看心情,心情好了会摆,心情不好就不弄花样了。"

夏颜懂了,他今天心情不错。

排骨太诱人,夏颜夹了一块放进嘴里,属于柠檬的酸甜一下子传遍了味蕾,排骨细嫩爽滑,一点都不粘牙。

"好吃。"以夏颜匮乏的词汇量,她只能说出这两个字。

徐砚清笑道:"这道是我妈的拿手菜,我从小看她做,跟她学了很多。"

夏颜羡慕道:"原来你的厨艺是家传的。"

徐砚清:"可惜只传给了我,我哥只会吃。"

夏颜笑:"我怀疑你在'踩'你哥。"

徐砚清并不否认。

"对了，孟老师的腿怎么样了？"夏颜关心道。那么爱护学生的孟老师，夏颜很尊敬。

"快好了，不出意外，月底可以自由行动。"

夏颜点点头，夹了一筷子娃娃菜，黄亮亮的颜色，看着就开胃。

她吃得享受，徐砚清看得也很享受。

饭菜再次吃个精光，徐砚清让夏颜去沙发上坐，他将盘子碗筷放进洗碗机。

"晚上要加班吗？"重新走出来后，徐砚清坐在一把餐椅上，看着沙发上的夏颜。

夏颜今晚不用加班，原本计划是研究各款车型，但听徐砚清的意思，他有安排？

对上她猜测的视线，徐砚清解释道："有个老同学结婚，请我去喝喜酒，我不知道该穿什么衣服，如果你有空，我想请你陪我去商场看看。"

夏颜参加过一次大学同学的婚礼，有点经验，道："男士的话，穿西服就可以了吧？"

徐砚清："我衣柜里没有西服。"

夏颜懂了，正好她也有点吃撑了："那我就陪你去挑一套。"

徐砚清："麻烦你了。"

夏颜笑："反正我也没什么事做。"

商量好后，夏颜让徐砚清等等，她去楼上换套休闲装，不然穿着套装出去，人家还以为她是服装店里的导购小姐。

夜晚温度低，夏颜换了一件杏色毛衣，长发披散下来，少了金牌销售员的干练，增添了几分小女人的风情。

两人一左一右站在电梯里，透过电梯光可鉴人的金属壁，夏颜注意到，徐砚清用余光往她这边瞥了几次，然后便怕会被她发现似的，迅速移开了，远远不如在餐桌上那么自然。

难道他还会因为她这样的扮相而紧张？

"追过你的女孩子应该挺多的吧？"夏颜挑起话题。

徐砚清终于看了她一眼："怎么想到问这个？"

夏颜用手转了下一缕发梢："想多了解了解相亲对象，不行吗？"

徐砚清咳了咳，回忆片刻，回答她的问题："我也不知道多少算多，可能有十几个？"

夏颜："她们都是怎么追你的？"

徐砚清："有的送情书，有的当面约我。"

夏颜笑："敢当面追你的，肯定都是美女。"

徐砚清似乎在回忆，然后道："都没印象了，当时不想谈恋爱，没有太关注别人的脸。"

夏颜："……"

这话要么是实话，要么就是他太会撩了。

到了地下车库，徐砚清提议由他开车，夏颜便跟着他走向他的停车位，有一点点远。

远处有汽车发动声传来，徐砚清回头看看，示意夏颜往旁边站。两人退到安全的角落，一辆红色汽车闪着刺眼的灯光从面前开了过去。

"走吧。"徐砚清轻轻拉了一下她的袖子，转瞬便放开。

夏颜看着前方修长挺拔的身影，忽然好奇，她的什么地方让这位抢手的贤夫的一见钟情。

夏颜坐进了徐砚清的车。

这车还是她推销给徐砚清的，贵是贵了点，坐起来非常舒服。

"你买车的时候就说要照顾病人，我怎么没想到是孟老师。"系好安全带后，夏颜笑着回忆两人的初次见面。当时她已经知道徐砚清是江大附一的医生了，这点孟老师也对她提过，多么明显的线索。

徐砚清笑了一下："幸好你没想到。"

夏颜奇怪："什么意思？"

徐砚清还没有发动车子，看她一眼，对着方向盘解释道："如果你知道我是孟老师的儿子，那李阿姨试图撮合我们的时候，你肯定会先确认是不是我，然后直接单独联系我，再拒绝我，让我连跟你坐下来交谈的机会都没有。"

夏颜："……"

好吧，如果她提前知道的话，极有可能会这样发展。

徐砚清开车了。车子驶出明珠小区,到了马路上,夏颜随意地观察路边,看见一个穿西服的男人。

有什么画面从脑海里闪过,夏颜偏头去看开车的男人:"昨天咱们相亲,你穿的不就是西服?"

徐砚清眼睛都没有多眨一下:"跟我哥借的。"

夏颜:"去喝喜酒的时候怎么不借了?"

徐砚清沉默了几秒:"想听真话还是假话?"

夏颜双手抱胸:"都听。"

那张清隽俊美的脸上已经泄露了一丝笑意:"假话是我觉得总借别人的西服穿不方便,还是要自备一身。真话就是,我们兄弟感情不和,他嫉妒我妈更喜欢我,不愿意再借我了。"

夏颜:"……"

她信他才怪!这两条明明都是假话,真相是他在套路她!

什么贤夫,花花肠子一环套一环的!

夏颜偏头看窗。

徐砚清在开车,不敢分心,等红灯的时候才看过去,却也只看到夏颜白皙的侧脸,轻抿的红唇。

"生气了?"他低声问。

夏颜不理他。

徐砚清立即承认错误:"好,我说实话,我想约你出去,可我不知道你喜欢什么。看电影怕选了你不喜欢的电影,浪费你两个多小时;逛公园怕你不喜欢运动觉得累;吃夜宵,咱们刚吃完晚饭,也不合适。"

愿意说实话便还是可以原谅的,夏颜斜了他一眼:"我刚刚在你家里待了一个小时,这还不算约会?"

绿灯亮了,徐砚清继续开车,分心道:"吃饭只能让你了解我的厨艺,厨艺这种优点,经过这几顿相信你已经了解了。"

夏颜:"那我陪你去买衣服,能了解你什么?"

徐砚清从容应对:"细节往往更容易展现一个人的性格,好比有时候我在街上走,我会发现有人喜欢随地乱扔垃圾;有人喜欢在安静的场所大声讲电话;有人有选择困难症,挑来挑去浪费太多时间;有人看到小孩子玩闹会嫌弃吐槽,有人却会觉得可爱。"

"所以,我觉得出来约会,能够方便增进你我之间互相了解。"

夏颜竟然被他的理由说服了。

确实,在家里吃饭,她看到的全是徐砚清的优点,徐砚清也只能看到她的外表。只有其他方面了解得足够深入,两人才能注意到彼此的缺点。

也许,多外出几次,徐砚清会动摇对她的一见钟情,她也能发现徐砚清特别讨人厌的点。

"行吧,那就去逛商场,正好我也该买两件冬装了。"

徐砚清悄悄松了一口气。

到了商场,一到三楼都主打服饰,两人直接从一楼开始逛了起来。

夏颜是真的打算买今年的冬装,路过每家店都要往里面看看。

在她驻足观看的时候,徐砚清的视线在过往的情侣身上扫了好几回。别的情侣都是女孩子亲热地挽着男孩子的胳膊,或是两人手牵手,只有他与夏颜,始终保持一定的距离,各走各的。

当然,他与夏颜只是处在相亲阶段,还不是情侣。

可徐砚清还是觉得,如果夏颜挽着他的胳膊,做探头探脑的动作时会更方便。

徐砚清悄悄靠近夏颜,并将左臂缓缓地曲了起来。

就像猎人摆了一个套子,说不定猎物就会自己钻进来。

然而每当夏颜扫视完店内偏过头来时,徐砚清必然会第一时间放下胳膊,仿佛他什么都没做过。

夏颜对此毫无察觉。

终于,她看到一家风格比较喜欢的店,带着徐砚清走了进去。

夏颜看中一件白色大衣,回头问徐砚清:"好看吗?"

徐砚清平时没有打量女性穿着的习惯,但这件白色大衣面料舒适、款式简洁,确实不错。

他点点头:"穿上试试?"

夏颜便把包交给他,去试衣间换衣服了。

徐砚清随意地看看其他款式,感觉每件衣服夏颜穿起来应该都会好看。

试衣间的门打开，夏颜换好了，走出来的时候她无意间做了个将头发往后撩的动作，将黑色的发拨到脑后，完全露出了漂亮明艳的眉眼，自信又自然，像电视剧中万人瞩目的女明星，抑或是从小富养的大小姐。

徐砚清目不转睛地看着她。

夏颜在找镜子，对上他的视线时，她笑了笑，随即走向斜对面的镜子。

徐砚清脸上云淡风轻，心跳已然失常。

他早就知道夏颜漂亮，可平时总是看她穿套装，她身为销售员的态度又亲切随和，就给了徐砚清一种她很好相处的错觉，但就在今天，他已经有两次不敢直视她。夏颜的五官，是一种让大多数男人都高攀不上的漂亮。

如果刚刚才是徐砚清与夏颜的初见，他可能不敢追她。

夏颜双手插在大衣口袋里，左右看看，自己觉得不错。想起男伴，夏颜再次朝徐砚清看来，然后就看到了徐砚清不太自然的脸色。平时的徐医生，温和从容，此时的徐医生，似乎有一点点拘谨。

夏颜朝他走来。徐砚清强迫自己迎上她夺目的美丽与光芒。

"好看吗？"夏颜笑着问。

徐砚清点头，眼睛看着她的衣摆："很好看。"

夏颜可是金牌销售员，察言观色的能力一流。徐砚清闪躲回避的眼神，微微泛红的耳根，全都说明一件事：他太纯，不敢看这样的她。

人靠衣装是有事实根据的，颜值普通的人穿对衣服会让人眼前一亮，更何况夏颜这种人见人夸的美女。

夏颜也没有想到，她与徐砚清出来逛街，发现的徐砚清的第一种新性格，竟然是他的清纯。之前做饭时游刃有余、面不改色地对她玩套路的徐医生去哪儿了？

夏颜心里有数，没有再捉弄徐砚清，去试衣间换回衣服后，去收银台结账。

徐砚清终于走了过来，站在夏颜背后，试探着问："这件我送你？"

他想付钱。收银小姐瞥了过来。夏颜给徐砚清面子，同意了。

等徐砚清付钱时，夏颜半倚着收银台，微微仰头，目不转睛看着徐砚清。

徐砚清脸色不变，耳朵却更红了。

走出这家店后，徐砚清忍不住问她："你刚刚在看什么？"

夏颜笑："观察你啊，看你知道金额时会不会肉疼。我可不想自己的相亲对象是个吝啬或打肿脸充胖子的男人。"

徐砚清知道她在开玩笑，但他还是认真思考了一番夏颜的话，正式给夏颜交底："我目前年薪二十万出头，以后资历上去了还有增长空间，可是医生这行业，增长空间有限，不知道你能否接受。"

他喜欢夏颜，想追求夏颜，与她谈恋爱，能结婚更好，但是，如果夏颜对相亲对象的年薪有要求，而且是他怎么努力也达不到的要求，徐砚清也只能遗憾地放弃。

夏颜只是随便出来逛逛街，没想到徐砚清会突然给她报工资。

搞得这么正式，夏颜都不知道该怎么应付了。

难道她也要自报收入？

"你想知道我的年薪吗？"夏颜试着问。

徐砚清怔了怔，然后笑了："我没有想过这个问题，一见钟情的情况，应该都不会考虑那么多。"

夏颜："你就不怕我负债累累？"

徐砚清认真回答："看金额，看负债原因，如果是你身不由己，且你我共同努力能够还清，那我不会介意。"

话题好像越来越沉重了，夏颜连忙摆摆手："好啦好啦，我没有负债，今年的年薪应该会比你高，我也没想占你便宜，等会儿你买西装，我来结账，就当咱们作为相亲对象互相送对方一件衣服。"

徐砚清："……"

她长得这么漂亮，年薪还比他高，到底是谁给他的勇气？

这一瞬间，徐砚清想到了自己的"霸总"大哥。

如果早能预料到这一天，他还会报选医科专业吗？

拎着购物袋陪夏颜继续逛商场的时候，徐砚清认真思索了这个问题。

答案是，会。因为他喜欢医生这个职业。

做一名消化内科医生，他或许无法为夏颜提供肆意挥霍的金钱，可他能为夏颜提供健康营养的饮食，随时关注她的肠胃健康，而他的"霸总"大哥，除了钱，什么都没有。只有那种肤浅的女人，才会闻着金钱的气息去贴大哥的冰块脸。

当夏颜再次跨进一家女装店时，徐砚清已经找回了差点丧失的信心。

只是，他仍然不敢直视突然光彩照人的夏颜。

夏颜买了两套衣服，心满意足，不再关注女装店，开始替徐砚清挑选西装。

白色太亮，容易抢了新郎官的风头，何况徐砚清还长了一张男主角的脸。

最后，夏颜替徐砚清挑了一套休闲风的黑色西装，内搭经典白衬衫。

徐砚清去试衣服了。

夏颜坐在沙发上，拿出手机翻看新消息。

店里只有他们两名客人，当身后传来导购小姐的夸赞声时，夏颜立即放下手机，转身去看。

不同于夏颜，徐砚清出来后没有找镜子，直接朝她看了过来。

视线相碰，夏颜刚露出欣赏之意，徐砚清突然快步走开了，仿佛急着去照镜子，结果差点撞倒店里的模特。

夏颜脸上绽开一个愉悦无比的笑。

夏颜买衣服的时候津津有味，买完衣服腿脚开始疲惫。

"回去吧，我已经站了一天了，不想再站了。"

她在商场逛到九点，又买了几样并不是生活必需品却颜值很高、很可爱的小物件后，真的逛不动了。

徐砚清提着所有的购物袋，陪她往回走："你在店里，是不是每天都要站很久？"

夏颜："是啊，没客户的时候可以坐在办公室做电话回访，有客户就要陪着看车，动嘴动腿动脑。"

她有吐槽的意思，徐砚清却想到他去买车那天，夏颜令人如沐春风的笑容。

"动嘴动腿我懂，动脑是什么意思？"徐砚清循循善诱。

夏颜此时完全把他当相亲对象看待，说话时就没有想太多，详细地解释起自己的工作："动腿只是体力劳动，动脑动嘴才是最关键的部分。一个客户进门，你要根据他的言行举止猜测他的性格，是大手大脚还是斤斤计较型，还要挖空心思问出他的买车需求，从而推销合适的车型。你不知道，有的客户话少要求高，很难沟通，销售顾问得挖空心思诱导他说话，稍微不注意，就会失去这位客户,眼睁睁看着他走进其他4S店。"

徐砚清:"所以,当时你夸我姓氏好听、气质儒雅,也只是一种聊天技巧?"

夏颜:"……"

她送了徐砚清一个让他自己体会的微笑。

徐砚清只觉得她笑得很好看。

对于一见钟情的他来说,当时当刻她说了什么不要紧,她在他面前才是最重要的。

到了停车场后,徐砚清将东西放到后排,等他拉开驾驶座的车门,瞥见夏颜停下揉捏小腿、靠向椅背的动作。

他会简单的按摩,不过两人的关系还没进展到可以提供这种服务的地步。

回到小区,徐砚清将夏颜送到1601的门口,就此结束了今晚的约会。

第二天,夏颜仍然去1501吃早饭。

"今晚该我去接我妈,接下来两天都在那边,周六该我值夜班,所以下次请你吃饭,要等到周日晚上了。"结束早餐后,徐砚清看着夏颜通知道。

夏颜拍过他列的饮食日历表的照片,对此情况已经了解,笑道:"我没关系,你专心照顾孟老师吧。"

徐砚清:"嗯,下周可以连续三天请你吃饭。"

夏颜喜欢他做的菜,但也不是非吃不可,对此真的不是特别在意。

当天傍晚,徐砚清下班后直接开车去学校接孟老师。

"你跟夏颜进展怎么样了?"孟老师非常关心小儿子的相亲进度。

徐砚清没有告诉母亲他与夏颜住楼上楼下的情况,暂时也没有这个打算,便熟练地忽悠起来:"昨晚一起吃饭了,我给她买了一件大衣,她替我挑了一身西服。"

孟老师听到前半句心里一喜,毕竟女孩子一旦接受男孩子送的礼物,多少都有点心动的意思了,没想到紧跟着就得知夏颜送了儿子回礼。

好像不太妙啊。

"还有别的情况吗?"孟老师问。

徐砚清想了想，提前给母亲打个预防针："其实我们相亲那天，她跟我说，她并不想谈恋爱，答应去相亲纯粹是给您和李阿姨面子。可能我态度够好吧，她提议先与我相处一个月，一个月后如果实在没有感觉，再结束这种相亲关系。"

孟老师研究过心理学，想到李玉兰透露过的信息，轻轻叹了一口气："夏颜爸妈早早离婚了，好像是她爸爸先精神出轨，夏颜很有可能是因此抗拒恋爱，担心自己重蹈她妈妈的覆辙。"

徐砚清握了握方向盘。他的确没想到，笑起来那么甜的夏颜，竟然是在离异家庭长大的。

"只有一个月啊，那你今晚就回去吧，好好利用时间多陪陪夏颜，我这边不用你了。"孟老师马上做了决定，"你们俩的工作本来就忙，再分心照顾我，一个月能有几天见面？"

徐砚清："那你这边……"

孟老师："你大哥要出差，说要请个高级护工代替他照顾我，直到他回来。其实一开始就可以请护工，你们俩没提，我也没想多花那个钱，现在你们俩都有事，那我就用护工好了，反正咱们家用得起，更何况还是你大哥雇的人。"

徐砚清也想充分利用这个月，便表示他与大哥平摊请护工的费用。

孟老师笑他："得了吧，你那点工资，扣掉租金、车贷，还能剩多少？"

徐砚清也没穷到这个份上，之前买车的首付并没有耗光他的存款。

孟老师："那也不用你出钱。对了，你跟夏颜聊天的时候，巧妙地提提你名下还有套大三居的学区房。"

提到儿子的房子，孟老师就特别庆幸。当年他们给两个孩子分别买房时，江城的房价还没有起来，结果就这十年，江城的房价跟背了炮仗似的往上涨，两个儿子的房子价格早翻了五六倍！

大儿子创业时拿房子做抵押，如今事业蒸蒸日上正红火。

小儿子追求的是治病救人，工资不高，幸好他们做父母的提前做了打算，免了儿子的后顾之忧。如今他手里有套学区房，追求女孩子也多些底气。

徐砚清左耳进右耳出："妈，作为一名光荣的人民教师，您能不能别这么俗？"

孟老师声音抬高:"谈房子怎么俗了?老师不用买房子住吗?还是你们医生不用?"

徐砚清立即投降。

回到徐家,徐砚清做饭时,孟老师已经跟徐墨沉请的护工联系上了。护工明早就到,也就是说,等会儿徐砚清吃完饭,就可以回租住的明珠小区。

徐砚清离开之前,孟老师还没忘提醒儿子:"记得聊学区房!"

徐砚清:"……"

他以最快的速度从外面关上了门。

晚上九点半,夏颜关掉电脑,甩开脑海里密密麻麻记录着各种汽车参数的表格,走到阳台上,让眼睛放松。

最近降温,空气冷飕飕的,吹得夏颜回房加了一件厚外套,戴上帽子,坐在靠椅上看星星。

有风的夜晚,星星似乎会特别明亮。

客厅茶几上,手机嘀嘀响了两声,夏颜懒得动,又待了两三分钟,才进去看手机。

徐医生:要吃夜宵吗?

配图是一盘星星形状的芝士焗红薯。金红色的红薯,隔着屏幕夏颜都能闻到那股馋人的甜香。

桌布、盘子都是夏颜熟悉的,她很意外:你在家?

徐医生:八点多回来的,想知道真假理由吗?

夏颜笑:说。

徐医生:真理由是我妈请了护工不用我去照顾了。假理由是怕你肚子饿,回来给你做夜宵。

真假理由分成两条消息发送过来,夏颜看到真理由笑了,至于那条假理由,竟然让她的心轻轻地荡了一下。

多奇怪,他都说是假的了,但她竟然被一句假甜言蜜语撩到。

徐医生:下来吗?芝士凉了不好吃。

夏颜:嗯,马上过来。

她本来不饿的,都怪他半夜"投毒"。

衣服不用换，夏颜去卫生间梳了梳乱糟糟的头发，把钥匙放进口袋，换上鞋子，打开门。

走廊灯竟然开着，有道修长的人影靠着墙，偏头朝这边看来。

如果不是灯亮着，夏颜一定会被突然出现的徐砚清吓一跳。

"你……"

"我上来后才给你发消息。"徐砚清一边观察她的神色一边解释，"怕你看了照片马上出来。"

夏颜不懂："马上出来又怎么了？"

她刚说完，走廊里的灯暗了，黑漆漆的。

徐砚清清朗的声音响了起来："太晚了，怕你怕黑。"

黑暗之中，那短短的几个字好像就说在她耳边，带着一种别样的温柔。

夏颜沉默几秒，然后咳了一声，走廊顶上的声控灯重新亮起。

再看对面的徐砚清，微微别开脸，强装自然。

夏颜双手插进外套口袋，很是嫌弃地道："我才没你想的那么胆小，倒是被你吓了一跳，还以为有人故意堵在这里。"

徐砚清马上道歉。

夏颜哼了哼："下不为例。"

徐砚清瞥向她仿佛散发柔光的脸："好，下次提前告诉你，我在外面。"

夏颜扭头看他。徐砚清目视前方。

夏颜就觉得这人虽然纯情，胆子却不小，该撩的都敢撩，一点都不像生手。

到了1501，夏颜换上拖鞋直奔餐桌。

然后，她发现餐桌上摆了两份芝士焗红薯，一份是徐砚清拍照发她的那个星星形状的，一份竟然将锡纸折成了完美的心形，金红色的烤红薯也变成了一颗金红色的心。

夏颜："……"

"味道都一样的，不知道你喜欢什么形状。"徐砚清一本正经的声音从后面传了过来。

夏颜回头，看着他道："你真的很闲。"

徐砚清笑："追人要有追人的诚意。"

夏颜实在受不了那颗"心",坐在了星星焗红薯这边。叉子已经准备好了,夏颜迫不及待地尝了一口。

甜糯的口感驱散了冬夜的寒冷,这一瞬间,夏颜觉得自己是世界上最幸福的人。

徐砚清看着她享受地眯起眼睛,眼里浮现笑意。

连着吃了三口后,夏颜开始与徐砚清聊天:"孟老师怎么突然想到请护工了?"

徐砚清:"她听说我只有一个月的时间追你,不想浪费我的时间。"

夏颜震惊地放下叉子。

徐砚清看着她道:"我妈对你,也算一见钟情。在医院看到你那天,她就想帮我牵线,因为我那时候不认识你,拒绝了。"

夏颜真不知道自己还有迷倒女性长辈的魅力。

徐砚清举着一块红薯补充道:"我妈还让我转告你,说我名下有套全款的学区房。"

夏颜:"……"

徐砚清咬掉红薯,垂下他长长的睫毛:"我妈还说,如果我追不到你,她会换我大哥来。"

夏颜:"……"

孟老师是非她不可了吗?

还有徐砚清,为什么要露出这种深闺怨妇的表情!

鉴于徐砚清的种种表现,夏颜有理由怀疑他是一只披着兔子皮的公狐狸。

乍一看人畜无害,其实满腹套路。

"孟老师真的这么喜欢我?"喝了一口徐砚清准备的柠檬水,夏颜收起惊讶,微笑着问。

徐砚清点头。

夏颜笑得更加愉悦:"那你觉得,如果你跟你大哥一起追我,谁更有可能成功?"

徐砚清一改之前的怨妇风,斩钉截铁:"我。"

"为什么?"

"因为他想追你，还得先过我这关。"

夏颜嘴里的柠檬水差点喷出来："你这关很难过吗？"

徐砚清笑了笑："我握有他绝不想曝光的黑料。"

夏颜闻到了八卦味："什么黑料？"

徐砚清看着她道："目前来说，只有我和我妈知道的黑料，如果将来我有了女朋友，在她答应保密的前提下，我也可以分享给她。"

夏颜在他说到一半的时候，就猜到了他的套路。

她垂下睫毛，避开他的视线，端起玻璃杯抿了一口微酸的柠檬水。

她对面，坐着一个清隽温和的男人。

他不笑的时候散发着一种平易近人的气场，非常符合他的医生职业，而他稍微流露出笑意，便让人落进了和煦的春风中。这样的徐砚清，认真说教的时候令人情不自禁地信服，当他开玩笑的时候，也会先让人信以为真，稍后才能反应过来。

正是那短暂的延迟与反差，产生了一种似有若无的撩。

盘子里的芝士变凉时，夏颜也吃得差不多了，没有接徐砚清的话，她端起盘子要去厨房。

"我来吧。"徐砚清手快地抢走了她的盘子。

夏颜就坐在餐椅上，看着徐砚清端着两个盘子走到水槽边上，熟练地刷干净，摆好。

"我送你上去？"

"嗯。"

深夜的电梯里只有他们两人。出了电梯，徐砚清仍然只站在电梯厅，听到夏颜关门的声音，才折返下楼。

回到1601，夏颜看着眼前空荡荡没有一盆绿植的客厅，忽然觉得，还是1501的房间布置更舒服。

江城连续下了一周的雨，这一周4S店客流量大跌，成交量惨淡。

天气终于放晴，销售经理派夏颜、李达带着四个销售新人到本区新开业的地标级商业中心做推销活动。

夏颜、李达是推销主力，冯茜、小刘等主要负责打下手。

展区一共摆了四辆展车,看车的人来来往往,夏颜招待完这个马上招待下一个,高跟鞋踩得嗒嗒响,润喉的水也喝了一杯又一杯。

"夏颜?"

忽然被人叫了一声,夏颜回头,看到一个化了淡妆的年轻美女。美女手挽着一位微微发福的短发男人,中等个头,很有成功人士的气质。

夏颜记性很好,没等美女走到她面前,夏颜就想起来了,这是她的高中同学林文雁。高中时,大家都不太会打扮,无聊的男生们还是偷偷地评比出了班花,夏颜是公认的六班班花。但也有人觉得林文雁更漂亮,是那种清新的初恋感觉,输给夏颜只是因为她戴着近视眼镜,不如夏颜给人的第一印象深刻。

"林文雁,六班的学霸美女!"

迎着林文雁期待的目光,夏颜笑着走过去,好闺密般抱了林文雁一下。

"什么美女,你才是咱们班的班花。"林文雁好像也很高兴与夏颜重逢,亲昵地拉着夏颜的手,给她的男伴介绍,特别夸赞了夏颜的美貌。

夏颜惭愧道:"这都是男生乱编的,我一直都觉得你比我漂亮,尤其是你成绩那么好,大学考了名校,哪像我这个学渣,只考了省内普通大学。"

林文雁或许在颜值上输了夏颜一点点,可成绩上完全把夏颜甩开了,这点是无可争辩的事实。

两个美女互夸了一番,林文雁再给夏颜介绍男伴:"这是我老公曹强。下周末我们举办婚礼,夏颜你有空吗?来给我当伴娘好不好?我原来约好的一个伴娘临时有事来不了了,我正发愁请谁呢。"

伴娘一般都会请交好的闺密,夏颜与林文雁从高中毕业后就没有联系了,哪够资格?

猜测林文雁只是随口说说,夏颜遗憾道:"我倒是想去,可我们店里周末最忙,主管肯定不批我假。"

林文雁看向她身后临时布置的汽车展厅:"你现在做销售?"

夏颜笑道:"是啊,怎么?学霸要不要来我这里买辆车,给我加加业绩?"

林文雁似乎很是心动,晃了晃曹强的胳膊:"反正我是要买车的,不如就在夏颜这里买?"

曹强散发着一身不差钱的气息,痛快道:"行,就在这儿买吧。"

林文雁便松开他的胳膊，转而挽住夏颜的胳膊，一边往展厅走一边笑："我给你加业绩，你周末请假给我当伴娘，就这么定了！"

夏颜心想，看林文雁夫妻俩的富贵气息，如果林文雁真的在她这里买车，她去当回伴娘又何妨？

不知道林文雁是真的太喜欢B牌车，还是太想照顾夏颜的生意，半个小时后，就真的在夏颜这里签了一辆S级轿车，价格一百五十多万，甚至都没怎么砍价。

趁曹强去给林文雁买奶茶的时候，夏颜恭维林文雁："你老公对你可真好。"

刚刚刷的是曹强的卡，而且看林文雁的姿态，是希望熟人羡慕她的，所以夏颜拿了提成，当然会满足她的心理。

果然，林文雁笑着谦虚了一番。

两人互加了微信，离开之前，林文雁将婚礼地点发给夏颜，再三强调夏颜一定要去。

夏颜同意了。

林文雁、曹强走后，暂且不用招待客户的李达走过来，意味深长地道："怎么样，羡慕人家不？明明没你漂亮，却找了个有钱的老公，你在这里辛辛苦苦地卖车，人家随手就是一辆S级车。"

夏颜反问："你就不羡慕？她老公没你高没你帅，却能拥有女神级老婆，你在这里辛辛苦苦卖车，人家随手就给老婆买了辆S级车。"

李达被她噎到了，转身继续去拉客。

夏颜根本没把林文雁的炫耀放在心上，只是有点头疼自己周末还得请假去应酬。

利用人情签的单，就是这点麻烦。

今天活动效果非常不错，傍晚夏颜、李达联手在夕会上交了个漂亮的成绩。

夕会结束后，夏颜去陈英的办公室，商量周末请一天假。

得知新娘夫妻很有钱，有钱到临时买车只为了请夏颜去参加婚礼，陈英笑着同意了："行，去吧，记得带上名片，说不定还能拉几单。"

夏颜眨眼睛："我就是这么打算的。"

第二天，林文雁单独来了4S店，确定何时能提车是次要的，主要是给夏颜送伴娘礼服。

"你去卫生间试试，不合身我马上带回去，还能改。"林文雁热情地说。

夏颜展开伴娘礼服，是一条樱粉色的露肩长裙，婚礼在酒店举行，倒也不用担心会冷。

夏颜快速地去卫生间试了一下，她的身高与原来的伴娘相似，不过原定的伴娘可能过于纤瘦，以夏颜这样的身材，穿进去胸口有点紧，却又没到非改不可的地步。

"好看好看，你这身材绝了！"

林文雁就站在女卫生间里面等，夏颜一出来，她一眼就注意到了夏颜的身材。林文雁也是那种纤瘦的身材，瘦是瘦了，但曲线略有不足。

夏颜照照镜子，行吧，还能接受。

夏颜换回套装后，两人重新回到展厅休息区。

"你交男朋友了吗？"林文雁很是好奇夏颜现在的生活状况。没人知道，高中时期，夏颜一直是她羡慕的对象。因为两人颜值相当，夏颜家里却明显比她家有钱，身上的衣服鞋子全是名牌，乃至夏颜的自信，也是她深深羡慕的。

幸好，她遇到了一个有钱的老公，总算弥补了当年的落差。

如今再看夏颜，林文雁有种俯视的感觉，从夏颜手里买车，让她很有成就感。

夏颜苦笑："太忙了，一直没机会。"

林文雁眼睛一亮："要不要我给你介绍一个？曹强还有很多单身的朋友。"

夏颜忙道："不用不用，我其实也在相亲了，只是差点感觉，还要继续处处看。"

林文雁便打听夏颜相亲对象的情况。

夏颜挑着徐砚清的信息介绍道："是个内科医生，长得还行吧。"

林文雁眨眼睛："医生很好啊，家里有钱吗？"

夏颜谦虚道："听他说，家里有套大三居的学区房。"

学区房？林文雁现在可瞧不上区区一套学区房了，曹强家里别墅都好几栋，但她还是一副很替夏颜高兴的样子："学区房好啊，以后结婚不用发愁学区了，你不知道，现在给孩子找个好学校有多难……"

夏颜耐心地陪聊，等林文雁满足了倾诉欲提着包离开，夏颜才重获自由。

晚上下班后，夏颜先把伴娘礼服放回楼上，再下楼到1501蹭饭。

"今天生意怎么样？"

徐砚清一盘一盘地把菜端上来，闲聊道。

夏颜："还不错，签了两单。"

徐砚清："恭喜，明晚庆祝一下？"

夏颜刚刚在看手机，闻言抬头，看着他问："怎么庆祝？"

徐砚清："看电影，有个科幻爱情片，不知道你感不感兴趣。"

夏颜问他电影名，然后去搜了搜，竟然是她喜欢的一个外国男星主演的，那肯定要去看了。

"等等，如果我说今天一单都没签，你打算用什么理由约我看电影？"

徐砚清笑："我发表了一篇论文，请你看电影。"

夏颜："……你天天做饭，还有时间写论文？"

徐砚清："做饭又耽误不了多少时间。"

夏颜突然对他的论文产生了兴趣，让他找出来看看。

徐砚清直接发了她一份电子稿。

夏颜看个开头就关掉了，学霸的世界，她一个学渣还是不要擅闯的好。

"明天我休息，可惜你上班，不然可以出去玩。"吃完晚饭，送夏颜上楼时，徐砚清表达了遗憾。

夏颜叹道："我请假了，不过要去参加一个高中同学的婚礼，吃完酒席才能回来。"

徐砚清："婚礼？"

夏颜点头。

徐砚清："哪个酒店？"

夏颜报了酒店地址。

"离这边有点远，我送你过去？"徐砚清问。

夏颜："不用，我自己开车去。你也难得休息，在家待着吧。"

徐砚清笑了笑："好，我想想晚饭做点什么好吃的。"

到了1601，夏颜跟他道声晚安，进去了。

徐砚清从楼梯这边下去，回到家里，拿出手机，确认一遍明天他要参加的婚礼的地址。

同一家酒店，会是同一场吗？

早上六点，夏颜就从小区出发了，开车前往新娘子林文雁的家。

虽然夏颜与林文雁不熟，可既然答应要给林文雁当伴娘充数，夏颜就要履行好一个伴娘的职责。

六点四十，夏颜比约好的时间提前十五分钟抵达林家。

据说一共有五位伴娘。

原来的五位伴娘，其中三位是林文雁的大学舍友，一位是林文雁高中最好的朋友，还有一位是林文雁的同事。失约的是其中一位大学舍友，对方的爷爷突发脑梗，做孙女的必须回家瞧瞧，所以林文雁才临时找了夏颜当替补。

夏颜的车刚停下来，一个身穿西装的男人快步走了出来，透过降下的车窗玻璃问夏颜："你是文雁的朋友吧？"

夏颜笑："对，我叫夏颜，来给文雁当伴娘。"

西装男人笑着自我介绍："我是文雁的哥哥林君行，她还在化妆，你车子就停那边吧。"

夏颜被他的名字惊艳了一下。

不得不说，林家父母很会给孩子起名字，林文雁优雅美丽，像个古典才女；林君行也人如其名，戴着一副金丝眼镜，西装笔挺，温润如玉，仿佛古代的翩翩君子。

夏颜按照他的指导停好车。

林君行跟着车走了几步，等夏颜下来。只见她一条樱粉色的长裙垂到脚踝，上面披了一件米色风衣，晨风吹拂她披散的长发，露出一张白皙素净的脸，林君行已经准备好的客气话突然就在喉咙里卡了一下。

"会不会很冷？"在夏颜看过来时，林君行终于回过了神。

夏颜笑笑："还好，我这不是提前准备好了嘛。"

林君行发现，这是一个很爱笑的女孩子，笑起来漂亮动人。

"吃过早饭了吗？"

夏颜惊讶："文雁该不会没给伴娘准备早饭吧？"林文雁发来的行程表里明明写了提供早餐。

林君行马上解释："有的有的，怎么可能饿着伴娘？"

夏颜就笑着跟他走进去了。

林文雁的父母、比夏颜先到的两个伴娘都出来迎接夏颜。夏颜擅长交际，三言两语就与两个伴娘融入到了一起。此后伴娘们一起行动，林君行去招待林家的客人们了。

夏颜去看了看林文雁化妆，知道这边还要等很久，就与陆续到齐的四位伴娘先去吃早饭。

林文雁的高中闺密余晓露也是夏颜的同学，两人聊得最多。

"那天文雁跟我说她请了你，我还不敢相信。夏颜，你这些年好像一点都没变，还是那么漂亮。" 余晓露坐在夏颜身边，一边吃一边盯着夏颜的脸，不时往夏颜胸口瞥两眼。

樱粉色的伴娘长裙，衬得夏颜的肌肤欺霜赛雪。

这种设定，余晓露只在言情小说里看见过，没想到夏颜、林文雁都拥有传说中的好肌肤。

"晓露你好像个色狼。"另一位伴娘笑着揭穿了余晓露。

余晓露哈哈一笑："女人看美女是欣赏，色狼只能用在男人身上。"

"不过夏颜，你发现没，文雁的哥哥一直在关注你呢，每次他从这边经过，都会看过来。"

夏颜真没发现。

"来来来，他又要过来了，大家都注意一下。"

四个女人嘿嘿偷笑，夏颜若无其事地吃着早饭。

林君行端了五盒酸奶过来，请伴娘们喝。

临走的时候，他果然往夏颜那边看了一眼。

伴娘们一起哄，夏颜假装不知道都不行了，只能任由四个女人开玩笑说要撮合她与林君行。

完美恋爱 / 113

吃完早饭，婚庆公司的化妆师给伴娘们化简妆，夏颜是最后一个。等她来到新娘的房间，余晓露她们四个正在给林文雁讲林君行频频偷看夏颜的事。

林文雁笑着朝夏颜看来："夏颜，你觉得我大哥怎么样？要不要抛弃跟你相亲的那位徐医生，给我大哥一次机会？"

余晓露起哄道："夏颜你要好好考虑呀，文雁的哥哥可厉害了，在银行做高管，年薪百万！"

林文雁澄清道："也没有那么夸张，我哥资历浅，目前只能拿一半。"

一半就是年薪五十万，林君行看起来还没有三十岁，这种职业与薪酬，已经非常不错了。

林文雁又朝夏颜眨了一下眼睛："我们家只有一套小三居的学区房，不过我哥有套市区大平层哦！"

"啊啊啊，我都羡慕夏颜了，可惜我没有夏颜那么漂亮，不配拥有高富帅！"

夏颜任由女人们打趣她，反正她们都是随口说说，当不得真。

八点钟，新郎官曹强率领伴郎团来接亲了。

主伴娘是余晓露，她带着伴娘们阻拦新郎进门。夏颜就是个凑数的，排在后面增加点气氛就行。

五位伴郎全是一水的瘦高个，统一得令人怀疑曹强请了专业伴郎团。

大家的注意力都集中在新娘身上，伴娘们都称职地做了绿叶。

女方家里的流程走完了，接下来要去男方家。

林君行自然也要去，他邀请伴娘们坐他的车。

夏颜是唯一开车过来的伴娘，正好让余晓露她们坐林君行的车，自己松了口气。

到了男方家里，又是一阵忙碌，十点钟，众人再上车前往举办婚礼的酒店。

夏颜还是自己开车，紧跟林君行的黑色路虎。

那车崭新崭新的，夏颜十分惋惜，她大概拉不到林君行这个银行高管客户了。新郎曹强家里那么有钱，宾客里或许有想买车或换车的潜在客户，等会儿到了酒店，夏颜准备多多留意。她的手包里装了一沓名片呢。

到了酒店，伴郎伴娘们还要跟在新郎新娘身后迎宾。

宾客们如约而至。

夏颜陪一位客人说了会儿话,目送对方进去后,刚要转身,突然听到曹强开心的声音:"老徐怎么才来?我还以为你要放我鸽子。"

"刚刚找停车场入口耽误了时间,恭喜老同学新婚。"

这声音?夏颜难以置信地看过去。

徐砚清穿着她为他挑选的那身西装,正微笑着将红包递给曹强。曹强高兴地揽着他的肩膀,给林文雁介绍:"这是我的高中同桌徐砚清,超级学霸,总是年级前几名,现在在做医生,年初我的胃病就是找他治的。"

林文雁笑容满面:"那徐医生可要多管着曹强点,他饮食习惯不好,三天两头胃疼。"

徐砚清笑:"只要他出挂号费,我随叫随答。"

伴娘们哈哈笑了起来。

徐砚清终于将目光投向伴娘团,并在第一时间锁定了夏颜。看过她穿套装,看过她穿休闲服,这样穿着礼服长裙的她,他还是第一次见,粉粉嫩嫩的颜色,明亮耀眼的灯光,让她雪白的肌肤都浮上了一抹樱粉。

视线在她胸口停留几秒,徐砚清迅速收回视线。

在伴娘们炽热的目光注视下,徐砚清淡然地走向了婚礼宴会厅。

他走了,新的宾客还没来,林文雁立即替伴娘们向曹强打听徐砚清的情况:"徐医生还是单身吗?有没有机会给晓露她们介绍介绍?"

曹强还是很了解徐砚清的,笑道:"有点难,学霸眼里只有学习。我还记得上高中的时候,常常有女孩子给他写情书,他看都不看,放进书包,离开学校,再找个垃圾桶扔掉。他这人还特别细心,怕情书被人捡走让女孩子没面子,他每次扔情书前都会先撕掉,撕成一条条的,堪比专业碎纸机,我都服了。"

余晓露:"天啊,这样的徐医生好温柔,我想嫁!"

林文雁朝曹强使眼色:"等婚礼结束,你想办法让晓露她们加一下徐医生的微信。读书的时候他一心只想学习,也许现在想谈恋爱了呢。"

曹强无奈:"好吧,他脾气好,就算不喜欢你们,加微信应该还是可以的。"

余晓露兴奋得直跺脚。

客人都到了以后,新娘要去换礼服,伴娘们也都跟着去帮忙。

余晓露她们四个伴娘的话题一直围绕着徐砚清。

"徐医生好帅,看起来跟文雁哥哥好像是一个类型的,不过文雁哥哥明显是外热内冷,只对感兴趣的人真温柔。"余晓露一边分析,一边朝夏颜眨了下眼睛,"徐医生就不一样了,刚刚他对咱们几个伴娘一视同仁,这说明他看女人不只是看脸,咱们都有机会啊!"

"你跟芳芳有机会,我们两个都是外省的,婚礼结束就要坐高铁回去了,加了微信也没用。"

余晓露:"芳芳,你不许跟我抢!"

芳芳:"我不跟你抢,咱们分别加他微信,各凭本事。"

僧多粥少,她们讨论得激烈,夏颜都没机会开口。

想到今天估计是她与这些伴娘的最后一次见面,夏颜就没有多嘴解释她与徐砚清的关系。

终于,婚礼开始了。

余晓露帮忙拿婚戒,夏颜与芳芳等人坐到了席面上,隔壁是伴郎桌,后面两桌分别坐着新郎新娘的年轻朋友,其中男桌那边,就有徐砚清。

大家都在观看入场的新娘,夏颜趁机偷偷往徐砚清那边瞥了一眼。

徐砚清似乎一直在等她,夏颜的视线刚投过去,他已经张开大网接着了。

夏颜瞪了他一眼。

徐砚清笑了笑。

夏颜就知道,他是个套路王"狐狸",昨晚问她酒店地址的时候肯定就猜到两人参加的是同一场婚礼了。

新郎新娘在众人的注视下交换戒指,又走了几套流程后,主持人请伴郎伴娘们上去。新娘子要扔捧花了。

夏颜跟着伴娘们上了台,故意走在最边上。她面带微笑,并不会给人不合群的印象。

林文雁往后扔出捧花。余晓露等人兴奋地去抢,只有夏颜,对那束捧花唯恐避之不及。

她脸上小小的表情,凡是关注她的人,都能发现。

徐砚清想到了她的家庭关系,想到了相亲那天她说的话。

看来他的努力，还远远不够。

婚礼结束，婚宴正式开始。

夏颜当了半天伴娘，不比在店里售车轻松，早已饿了，入席后与余晓露等人聊了两句就开始认真吃东西了。

后面还有甜点、水果自助，那时适合她去结交潜在客户、发放名片，现在吃饱肚子最要紧。

新郎新娘开始挨桌给宾客敬酒，从长辈们那边开始。

宾客太多，等新郎新娘绕了一圈终于来到夏颜她们这桌附近时，夏颜已经吃得差不多了。

按照顺序，新郎新娘先到徐砚清他们那桌敬酒。

伴娘团齐齐转身看着，夏颜也随了大流，面带微笑围观。

新郎曹强肩负使命，在替伴娘们要徐砚清的微信之前，谨慎地先打听了一下："老徐有女朋友了吗？什么时候请我喝你的喜酒？"

听他这么一问，余晓露等人看徐砚清的眼神就更热切了。

徐砚清笑笑："有是有了，不过还没敢求婚。"

此言一出，余晓露第一个转过身来，一脸肥肉被人抢走的悲痛欲绝。

夏颜感觉徐砚清似乎要朝这边看来，也跟着转了过去。

名草有主，伴娘们都对徐砚清失去了兴趣。

倒是徐砚清那桌，有其他单身男士要求曹强替他们介绍伴娘们。

"可惜了，徐医生已经脱单了。"来这边敬酒时，林文雁悄声对几个伴娘道。

余晓露："徐医生是谁？我们认识吗？"

大家就笑了起来。

该吃甜点了，夏颜跟着伴娘们离开了餐桌。

来拿自助食品的大多数都是年轻人，有的早就认识，有的排队取甜点时顺便聊了起来。

徐砚清只是与同桌的胖男客聊了会儿肠胃问题对啤酒肚的影响，一抬头，就见甜点自助那边，夏颜身边多了两位西装笔挺的男客。夏颜正带着她曾经令他怦然心动的招牌笑容，分别给两位男客发了一张名片。

两位男客拿了名片后没有走,继续跟着夏颜缓缓移动,目光有意无意地扫过夏颜的胸口。

徐砚清站了起来。伴娘服是统一的款式,夏颜长得最漂亮,身材也最好,但这不是那些人光明正大揩油的理由。

然而没等徐砚清走过去,夏颜已经端着盘子与一位伴娘会合,自然无比地甩开了那两位男士。

徐砚清临时停在水果台前。

夏颜就像不认识他一样,与同伴回到了原来的餐桌旁。

婚宴渐渐接近了尾声。

夏颜一共发出去二十多张名片,其中一位气质干练的女客正打算换车,约了明天下午去4S店找夏颜,还有几位男客表达了去看车的兴趣,但是否会去还不一定。

宾客们陆续离开。林君行朝几位伴娘走了过来。余晓露疯狂起哄。

夏颜便在林君行走得足够近的时候,用他能听到的声音道:"别闹了,我有男朋友。"

余晓露:"什么男朋友?文雁都说了,你跟对方只是在相亲,而且你对那人不是很满意,说差了点感觉!"

余晓露是伴娘团里最活泼的,嗓门也大,听她这么一咋呼,夏颜下意识地往斜后方那桌看去。

徐砚清还坐在那里,与同席的男客说着什么,似乎并没有听到余晓露的话。可夏颜还是被余晓露弄烦了。

她收敛笑容,就那么看着余晓露。

骨子里,夏颜是有些冷情的,她平时爱笑,完全是做销售这份工作养成的习惯,即便面对再讨人厌的客户,夏颜也能保持得体的露齿微笑。但如果她想表达厌烦,需要的只是一个眼神。

刚刚还咋咋呼呼的余晓露,对上这样的夏颜,突然就笑不出来了,尴尬地沉默下来。

林君行温和的声音及时响起:"在聊什么,笑得这么开心?"

夏颜恢复笑脸,只是没有说话。余晓露讪讪的。

林君行只当不知道,笑道:"终于忙完了,我送你们回酒店。"
余晓露等四人纷纷站到了他身边。
夏颜微笑:"你们先走吧,我开车了。"
林君行点头:"嗯,以后有机会再见。"
他绅士地带着四个伴娘离开了。
夏颜等他们走远了,注意到徐砚清还跟人聊着,便拿上包往外走去。

夏颜离开宴会厅,见徐砚清发了一条微信过来:我没开车,可以蹭你的车吗?
夏颜:不可以。
徐砚清:那我打车,你接不接单?
夏颜笑了,回他一句:去正门等着。
她搭电梯去了地下停车场,路上遇见几拨婚礼上的客人,包括林君行。
夏颜站在路边,朝降下车窗玻璃的林君行挥挥手,继续朝自己的停车位走去。
"林哥,你是不是喜欢夏颜?"车里,坐在副驾驶座上的余晓露打趣地问道。
林君行笑笑,没有回答。
余晓露哼了声:"那你可做好心理准备,夏颜长得漂亮,人也挺傲的。听文雁说,她现在的相亲对象是医生,家里有套大三居学区房,条件够好了吧,就这夏颜还说没感觉。你去追她,成功的概率大概只比那位医生高一点点。"
余晓露与林文雁做了十多年的闺密,对林家的情况非常了解。林君行去年才升职得到了五十万的年薪,那套大平层也是贷款买的,背着房贷。算起来,林君行也算很厉害了,却还是比不上林文雁嫁给曹强,别墅豪车都有了,一步登天。
"感情这种事,还是顺其自然的好。"林君行打开音乐,屏蔽了余晓露的唠唠叨叨。
黑色的车从停车场出来,绕着酒店开了半圈,进入主道。
酒店正门前,徐砚清目送那位能聊的男客上了车,站在一棵景观树下,等人。

熟悉的车子从路口拐了过来，徐砚清笑了。

夏颜在他身边停车。徐砚清熟练地拉开副驾驶的车门，坐上去，才发现夏颜虽然还穿着伴娘礼服，但披了一件外套，系着扣子，挡住了那片雪白的肌肤。

"昨晚你就猜到咱们要参加的是同一场婚礼了，是不是？"夏颜一边开车一边没好气地问，"这有什么好瞒的，难道在婚礼上见面还能带来什么惊喜？"

徐砚清主动承认错误："我这人有时候是很无聊。"

夏颜："……"

"你穿这条裙子挺好看的。"徐砚清看她一眼，对着前方道，"我们那桌的男客，都说你是伴娘里最漂亮的那个。"

夏颜："……"

话题要不要变得这么快？

她只好说："彼此彼此，我们那桌的伴娘也都夸你帅。如果不是你撒谎说自己有女朋友，她们早找你要微信去了。"

徐砚清："一共五个伴娘，都夸我帅？"

夏颜刚要点头，突然反应过来，她不就是五个伴娘之一？

于是她的头没有点下去，一本正经地道："四个夸你，还有一个觉得你长得一般般。"

徐砚清同样认真地推测："是不是正在跟我相亲，却对我不够满意，说差了点感觉的那个？"

夏颜："……"

原来他都听见了！

徐砚清继续发问："新娘的哥哥似乎对你有兴趣？"

夏颜笑了一下："对我有兴趣的人多了，你有意见？"

徐砚清没意见，她这样的美女，又怎么可能无人问津。

两人沉默下来，徐砚清转向车外，仿佛路边清一色的高楼大厦非常值得欣赏。

夏颜打开音响，挑了一首《卡门》送他。

这首歌的歌词，女人听了会拍手称快，男人听了，恐怕会气得咬牙。

四分钟的歌，简单又朗朗上口的歌词，变成魔曲在徐砚清的脑海里盘旋又盘旋。

这首歌放完后，系统自动播放其他曲目，都是夏颜平时收藏的，节奏欢快，主题要么与恋爱无关，要么就是劝女人别太在意男人。

徐砚清一直听一直听，听了一路。

终于，车子来到了熟悉的小区，进地下车库前，夏颜关了音乐。

此时已经三点钟了。

两人下车后，夏颜拿出手机，通过了几个陌生人的好友申请，都是酒席上认识的潜在客户。

这趟电梯只有他们两个。

夏颜看着显示屏上跳跃的数字，想了想，还是开口了："我的工作性质就是这样，不停地开发新客户，开发完了还要保持联系。我无法保证每个客户都对我没有兴趣，甚至遇到那种不正经的，只要不触犯底线，我也会忍。哪怕不喜欢对方，我也要陪他们聊天，不主动接近，但也尽量不得罪。你要是能接受，咱们继续相处，你要是不能，那以后也不用见了。"

说完，电梯停在了十六楼。

夏颜径直走出去，头也没回一下。

徐砚清站在电梯里，沉默地抿着唇。电梯门自动合上，却因没有升降指令保持不动，不知过了多久，一楼有人要上来，电梯才带着徐砚清下降。

电梯停在一楼，徐砚清看了一眼外面的人，走了出去。等对方上去了，他再去按旁边的电梯。

夏颜回家后先洗澡，洗完换上家居服，躺在床上休息。

她心情不太好。她不喜欢林文雁、余晓露等人自以为是的起哄。好像林君行有多优秀似的；好像林君行喜欢她，她就占了大便宜；好像她是那种没有原则的人，因为遇到了一个更优秀的选择，便能马上抛弃正在相处的相亲对象。

她也不喜欢徐砚清提起林君行时的试探，仿佛她与他已经确定了什么关系，但凡她身边出现一个异性，她都有必要向他解释。

她也不太喜欢，刚刚的自己。

其实，徐砚清那么问，只是在吃林君行的醋吧，毕竟他连他亲哥的醋都要吃的。他只是试探着问了一句，她却借机将积攒了一肚子的不满全都发泄在了他身上，专门欺负老实人。

夏颜闭上眼睛，一手搭上额头。

果然还是一个人最好了，见什么人说什么话都不用顾忌，不会被人伤害，也不会伤害别人。

夏颜坐起来，拿起手机，给徐砚清发消息。

她还在打字，两人的聊天框突然跳出一条新消息。

徐医生：我接受你的工作性质。你只需要陪聊，而我给病人看诊，有时需要触碰女患者的腹部，不知道你能否接受？如果你接受，我们继续相亲；如果你不能，那我以后也不见你了。

夏颜："……"

他是来搞笑的吗？

夏颜都没想好怎么回，又收到一条消息。

徐医生：还有那首歌。或许爱情在你眼里很普通，但在我这边它很稀奇，因为我从青春期算起到现在，十几年了，每天擦肩而过的异性加起来成千上万，只有遇见你那天，它才发生在了我身上。

徐医生：还有，如果男人在你眼里只是消遣，那我愿意被你消遣。

徐医生：前提是你能接受我与女患者的身体接触。

徐医生：希望你在下午五点前给我答案，因为我要决定今晚做几个人的菜量。

徐医生：对了，昨晚你答应陪我看电影的，如果你毁约，请补偿我两张票钱。

第五章

徐医生的初吻

夏颜知道，徐砚清索要电影票的补偿只是在开玩笑，并不是真的极品。

夏颜重新看了一遍徐砚清的几条信息。

说实话，因为电梯里的那番狠话，夏颜对徐砚清存了几分愧疚。那么温和的人，无辜承受了她的怒火。结果，明明是她过分了，徐砚清非但没有生气，反而用这种办法缓解两人之间的气氛。

这么好脾气的徐医生，谁能狠心继续欺负他？

所以，夏颜放弃了给他发红包补偿电影票、故意气他的打算，回复：为什么要我补偿你两张票钱？

只有一张电影票是给她买的，要补偿也是补偿一张。

徐医生：如果不是为了请你，我自己不会去看电影。

夏颜还是没忍住恶作剧的冲动：好，多少钱，我发你红包。

隔了足足一分钟，徐医生：我手机没有绑卡，你给我现金，一张五十，两张一百。

完美恋爱 / 123

夏颜：行，你上来拿吧。

消息刚发出去，门铃响了。

盘腿坐在床上的夏颜，惊讶地抬起头，这家伙又跑到她家门口给她发的消息？

夏颜穿上拖鞋，去抽屉里拿了一张放着备用的红钞票，随手理理半干的头发，踢踏踢踏地来到了门前。

透过猫眼，她看到了一身西装的徐砚清。

夏颜笑笑，调整表情。打开门时，她一脸漠然，与同样漠然的徐砚清对视一眼，伸手交钱。

徐砚清看看她手里的钞票，再去看她，似是不敢相信她真的这么绝情。

他没有接钱，平时温和从容的黑眸，在沉默的对视中渐渐沉寂下去。

夏颜仿佛看到一只纯白色的大狐狸，期待地跑到人类的门前，以为能从善良的人类这里得到食物，没想到人类只拿出一块冰砖。

夏颜先破功了，轻叹一声，晃了晃手里的钞票："还要吗？"

这话说出来，倒像催他快点拿钱走人。

徐砚清直接转身，朝电梯厅走去。

夏颜心一软，小声嘀咕道："几点的电影？"

已经走出几步的身影蓦地停下，却没有回头。

夏颜无奈，对着他的背影道："只许你开玩笑要钱，不许我开玩笑赔钱吗？"

徐砚清这才转身，一脸严肃地看着她："你开的玩笑，一点都不好笑。"

夏颜挑眉："你还想不想去看电影？"

徐砚清不说话了。

夏颜看看手机，四点二十几分了，她一个人在家无聊，叫徐砚清等一会儿，回去换了身休闲装，穿着小白鞋走了出来。

"我最近很穷，电费都快交不起了，去你那边看电视。"夏颜用理所应当的口吻道。

徐砚清就笑了。

到了1501后，夏颜靠坐到沙发上，拿起遥控器找感兴趣的节目。

徐砚清去了厨房，一阵响动之后，他端了一盘切好的水果出来。见夏颜坐姿舒适，他直接将餐盘递给夏颜，免得她还要弯腰从茶几上拿。

"服务这么好？"夏颜瞥了他一眼。

徐砚清笑："将功赎罪。"

他有什么罪？夏颜心虚地低头扎水果。

"你看节目，我去准备做饭，咱们早点吃完早点出发。"徐砚清准备回厨房了。

夏颜提醒道："随便做点就行了，才吃完酒席没多久，一点都不饿。"

徐砚清没说话，退回来，在她身边坐下："那我也休息一会儿，五点半再开始做饭。"

说着，他从果盘里拿了一片水果。

夏颜就把果盘放到两人中间，另一只手不停地操控遥控器。

对首页推荐的影视剧都没有兴趣，夏颜想了想，决定重温今晚那场电影的主演演过的一个老片，也是科幻探险题材。

"你喜欢这个演员？"徐砚清推测道。

夏颜点头。徐砚清默默观察电影里的男主角，是个肌肉结实的硬汉，是在探险片里会给人十足安全感的那种类型。更巧的是，这部电影里还出现了一个男医生配角，饰演反派，安全的时候摆弄一些高科技的东西，似乎很有范儿，遇到危险便只会没头苍蝇似的逃窜。

"有没有医生当主角的电影？"

夏颜正看得津津有味时，徐砚清突然问。她不解地看过去，看到了一张"柠檬"脸。

"没什么印象，不过有很多医生做主角的电视剧吧，有部美剧……"

"你说的都是外科医生。"徐砚清知道她想举的例子。

夏颜仔细一想，好像还真是，医生职业剧都以外科医生为主，没人去拍经常坐门诊的内科医生。

夏颜好心安慰他："没关系，我这行业跟你的一样，都不够高大上。你比我强点，我的老同学一听说我在卖车，都以为我日子混得多惨呢。"

林文雁为什么要请她去参加婚礼，还不是为了炫耀？夏颜看破不说破罢了。

徐砚清幽幽道："你年薪比我高。"

夏颜："我赚的是辛苦钱，天天站着，口干舌燥。"

徐砚清："我在门诊连坐八小时，口干舌燥，钱还没你多。"

夏颜："……"

怎么就变成比惨了？

幸好，电影发展到最危险刺激的剧情了，陡然变调的背景音乐转移了两人的注意力。

电影演完时，都六点多了。

徐砚清快步进了厨房，夏颜去阳台看他的那些盆栽。

今天的晚饭的确简单，主食是番茄疙瘩汤，配一盘青椒小炒肉，一盘爆炒明虾，都很刺激食欲。

七点半，两人出门。因为电影院距离小区只有十几分钟的路程，徐砚清提议步行，夏颜同意了。

电影八点半开场，两人还有半小时左右的闲逛时间。

夏颜去买了两杯奶茶，一杯请徐砚清喝。

进场后，两人专心看电影，不再交流。

新电影的剧情更加令人投入，两个小时不知不觉就过去了。两人走出电影院时，已经晚上十一点了，马路上少有车辆，只有看完电影的观众们分别涌向不同的方向。

夏颜困了。

她这一天，下午三点前过得太疲惫，下午三点后，又过于舒适安稳。"饱暖思睡眠"，此刻她只想睡觉。

"不想走了，打车吧。"来时不觉得路程有多远，现在夏颜一步都不想走。

"很困？"徐砚清注意到她一直在打哈欠。

夏颜拢拢围巾，垂着睫毛点头，眼皮早开始打架了。

此时的她，更像个邻家小女孩，少了清醒时的美女气场。

徐砚清忽然就说出口了："我背你回去。"

夏颜缓缓闭合的眼皮突然睁开，难以置信地看向对面的男人。

徐砚清目光躲闪，咳了咳，垂眸道："我最近也很穷，能够走路，就不想打车。"

多么明显的套路。

如果夏颜想,她完全可以以招破招,用自己的手机叫车。

可……夏颜想起了那个"渣爸"秦盛。

童年的记忆里,秦盛喜欢将她放到肩膀上,让她抓着他的脑袋,在公园里,在观景河边。

自从父母离婚,她越长越大,就再也没有人背过她了。夏颜有点怀念,被人背着的感觉。

"行吧。"夏颜掩面打个哈欠,含糊不清地说,仿佛她只是太困太困了,随随便便做了一个没有任何意义的决定。

对徐砚清来说,这已经足够。

他转身,屈膝蹲在夏颜面前,方便她不费力气地趴下来。

夏颜犹豫几秒,趴到了他的背上,双手松松地钩住他的脖子。

晚上出门时,两人穿得都很暖和,不存在什么敏感的身体接触。夏颜感受到的,是记忆中熟悉的凌空感;徐砚清感受到的,是一股比一见钟情更让人踏实的悸动。她肯让他背了,是不是说明他距离正式男友更近了一点?

下午在电梯里,他被她凶得有多无措,此时就有多踏实。

满足之后,徐砚清一边抱稳她的腿弯,一边小心观察路况,开始当一个合格的人力车夫。

夏颜趴在他的肩头,没有那么困了。他走路引起的规律的身体晃动,让她觉得很舒服,很温暖。就像记忆里的秦盛带给她的感觉。

可秦盛变心了,背叛了母亲,也丢弃了她。

现在背着她的这个人呢,他会不会也只是图一时新鲜?等两人真的在一起,一起生活了很久很久,他是不是也会被另一个漂亮的年轻女孩吸引,跑去陪那个女孩逛街、买车、看电影,在那个女孩走不动路的时候,背起她?

夏颜想到了余晓露,想到了那几个伴娘,想到了那些被他体贴地撕毁的情书。

徐砚清的魅力,不比秦盛差,等他到了三四十岁,会是那种更令少女着迷的温柔大叔。

"你是不是对女孩子都这么体贴?"夏颜闭着眼睛问,声音轻轻的,她也不清楚到底想不想让徐砚清听见。

可徐砚清听见了，脚步不停，偏头疑惑："为什么会这么说？"

夏颜："听曹强说，你以前收到情书，怕女孩子的情书暴露被人嘲笑，都体贴地撕了再扔。"

徐砚清笑了："这也算体贴？我只是处事谨慎。万一情书暴露，女同学承受不住压力出了什么意外，你说我要不要担责任？"

夏颜没想到会得到这样的解释，还是高中生的徐砚清，就已考虑得这么周全了。

"那，如果有个特别漂亮的女孩子追求你，对你死缠烂打，非你不可，你会不会动心？"

徐砚清边走边道："会动心的人，不会跟你说实话；不会动心的人，跟你说了实话，你也未必信。如果你非要知道，那我明确告诉你，在我已经有相亲对象、女朋友或老婆的条件下，无论多特别的女人来追我，我都不会动心，哦，也不会动身。"

夏颜"扑哧"笑了出来，这人总会突然幽默一下。

"说得好听，谁知道真发生了，你会怎么做。"夏颜果然不信他的话。

徐砚清："是啊，除非你嫁给我，监督我一辈子，否则永远不会知道那种情况下我的选择。"

夏颜哼了哼。

徐砚清反问："你呢？如果有个比我有钱、比我帅，比我做饭好吃、比我更体贴的男人跑来追求你，你会不会踹掉你的相亲对象、男朋友或老公，投入对方的怀抱？"

夏颜不假思索："不会。"

她以为，徐砚清会问她理由，没想到，沉默一段时间后，徐砚清只说了三个字："我不信。"

夏颜："……有什么不信的？女人比男人专情多了！"

徐砚清："你说的是大多数情况，凡事都有个例，除非你让我做你的老公，监督你一辈子，我才相信通过长期观察得到的结果。"

夏颜："……"

这人套路怎么就这么多呢？

"不用了，你信不信跟我没关系。"

徐砚清停在一个路口，虽然此时是红灯，但路面上一辆车都没有。有人大摇大摆地走过来，但徐砚清依然继续等他的绿灯。

看到如此守法的好公民，夏颜笑了笑，歪着头，右手转动他领口的一颗扣子，转了几下，道："或许我不可信，但你放心，在咱们结束相亲关系之前，我不会给其他男人插队的机会。"

徐砚清的注意力，都在她转动扣子的手上。

明明她玩的是扣子，他却觉得自己的心被她捏得死死的，任她消遣。

徐砚清一直将夏颜背进了小区，背到了他们租住的楼栋门前。

夏颜歪着头趴在他的肩上，呼吸很轻，仿佛已经睡着了。

徐砚清偏头，只看到她的头顶，看不见她的眼睛。

他便没有叫醒她，跨上台阶，进了一楼大厅。

声控灯亮起，大厅亮如白天。

夏颜往他的肩膀方向缩了缩，继续趴得稳稳的。徐砚清还背得动，只是呼吸已经开始变重，但既然她不想下来，他就继续背。

进了电梯后，徐砚清看着那两排按钮，犹豫几秒，按下"16"键。

电梯很快到了十六层。

徐砚清跨出电梯，轻轻咳嗽一声，走廊也亮了起来。

他朝1601走去。

背上的人醒了，做了什么动作，然后，一把钥匙被递到了他面前。钥匙串上系着一只白毛小狐狸，挂着四把钥匙，最明显的是车钥匙，在她白皙的指间捏着。

徐砚清心跳加快，喉咙发干，就像被她玩弄领口扣子的时候。

是他想的那个意思吗？

徐砚清接过钥匙，站到1601门前，低头去插钥匙，手微微发抖。

门开了，她的声音在他耳边响起："别开灯。"

徐砚清伸向玄关灯按键的手停住了。

他跨进门来，还在想要不要换拖鞋的时候，背后的门被人关上了。轻轻的"嘭"的一声，他心中仿佛发生了一场地震。

玄关黑漆漆的，哪里都是黑漆漆的。

夏颜不再装睡，松开他的脖子跳下来，然后重新拉开门，站在门后走廊灯照不到的地方，笑着跟他说："谢谢你背我回来，晚安。"

一句话，结束了徐砚清心里的地震，只剩余波造成的快速心跳，以及怅然若失。

他看向门后，她处在昏暗里，眉眼都看不清。

徐砚清还想说点什么，可面前房门大开，她都道别了，他好像也没有继续逗留的理由。

"晚安。"徐砚清低声说，笑着跨了出去。

房门轻轻关上，锁扣卡紧，宣告今晚的约会，正式结束。

徐砚清回头，看着那扇关得牢牢的门。

声控灯突然熄灭，黑暗笼罩，徐砚清苦笑一声，走向电梯厅。

夏颜绑好头发，去了卫生间。

刷牙时，看着镜子里的自己，夏颜有一丝懊恼。

夜晚就是容易令人感性。电影院外，徐砚清提议背她时，她该拒绝的。如果当时拒绝了，她就不会享受在他背上的舒适，就不会去转动近在咫尺的他的纽扣，就不会因为不想在亮光下面对他，一直让他背到家里。

夏颜想到了徐砚清开门时颤抖的手。可怜的徐医生，纯情得让人想补偿他点什么。

由于下午洗过澡了，夏颜洗完脸敷上面膜，就靠到床上刷手机。

她不但加了林文雁、余晓露的微信，还加入了李文雅的伴娘团小群。余晓露是群主，里面还有夏颜、林文雁以及芳芳等三位伴娘。

群里分享了很多今天婚礼上的美照。

新娘子林文雁此时肯定跟新郎在一起，度过一个美好浪漫的夜晚。余晓露似乎很闲，一直在刷着消息，仿佛对这场婚礼充满了怀念。

夏颜想了想，发了一条消息：其实今天我对大家隐瞒了一件事，想想怪不好意思的。

余晓露马上回应：什么事？老实交代，坦白从宽！

夏颜笑了。余晓露这个人虽然有时候挺烦人，但她大大咧咧的，很会活跃气氛。就像现在，婚礼结束时夏颜与余晓露明显发生了不快，余晓露却可以表现得像已经忘了此事一样。这种性格的人，或许她心里没有把你当朋友，但表面上一定会搞好关系。

只要余晓露别来烦她，夏颜并不讨厌这种性格。

她解释：我跟文雁说过，我在跟一个医生相亲，只是差了点感觉，所以还没有确定关系，其实那个医生就是徐医生。我没想到今天会在文雁的婚礼上遇见他，当时他装不认识我，我也只好配合他，没有告诉你们。

消息发出去后，余晓露、芳芳，还有另外两个伴娘，甚至林文雁都被炸出来了，几人排队发了一溜感叹号！

余晓露：文雁，你不用洞房吗？

林文雁：忙了一天哪还有力气，等你结婚的时候就知道了。先别说我，夏颜你赶紧交代，婚礼结束后你跟徐医生是不是又有发展了？

夏颜：也不算发展吧，就是听曹强说了他撕情书的事，觉得他还挺细心体贴的，然后他约我晚上看电影，我答应了。可能了解得多了，我开始觉得他这人越看越顺眼了。她打完这段话，还附上一个脸红的表情。

林文雁：你们俩要是成了，我们家曹强就是媒人！

夏颜：你千万别跟曹强说，我怕他告诉徐医生。

林文雁：明白明白，放心，这是咱们女人的秘密。

余晓露：嗷嗷嗷，我太嫉妒夏颜了，身边全是优质男性，为什么我连一个及格的男人都遇不到！

芳芳：别说了，说多了都是泪。

大家又七嘴八舌地聊了一堆，夏颜陪聊一会儿，以去洗澡为由退出了聊天。

这就算是她给徐砚清的补偿吧。

他吃林君行的醋，夏颜就通过林文雁、余晓露打消林君行对她的兴趣，如果林君行有的话。

夏颜退出聊天后，余晓露跟林文雁开启了视频私聊。

余晓露："夏颜眼睛怎么长的？徐医生各方面条件都不如你哥吧，医生能有什么前途？你哥现在都年薪五十万了。徐医生好像还是内科医生，医院里赚钱的是外科医生吧？"

林文雁："也不能这么说，谈恋爱又不只看工资，而且医生职业很体面啊，这年头谁没有个头疼脑热，医院有熟人，怎么都好办事。再说了，徐医生的工资可能没有我哥高，他们家的条件可能比我们家好呢。想想，大三居的学区房，光这个条件就够不错了。"

余晓露："那倒是，把徐医生给我，我立即扑上去。"

林文雁："就是可惜了，我哥好像挺喜欢她的，我还想撮合他们呢。"

余晓露："别撮合了，夏颜特意跑来跟咱们说，不就是想借你的嘴拒绝你大哥嘛，当谁看不出来似的。哼，我看她对徐医生也未必是真心，可能就是利用徐医生拒绝你大哥，然后她继续去物色有钱人。想一想，高中时她是咱们班的班花，你一直被排在她后面，如今你嫁得这么好，她能不眼红？我可看见了，她今天发了一堆名片，对象全是曹强那边有钱的亲戚。"

林文雁开玩笑："职业习惯吧，夏颜不也给你们几个伴娘发了？"

余晓露："幌子呗，反正她这人挺有心机的。"

林文雁并没有附和余晓露这句话，不痛不痒地聊着。

可能是情况变了，见夏颜种种条件差她那么多，林文雁对夏颜和余晓露都是俯视的感觉，她们积极追求的，她已然拥有。

"对了，这事你要告诉你哥吗？"视频里，余晓露问。

林文雁："看看吧，如果我哥找我要夏颜的微信，我再告诉他，他不来要，说明他对夏颜没兴趣，我也就不用多嘴了。"

视频结束，林文雁还在刷夏颜的朋友圈，曹强洗完澡回来了。

林文雁看着自己的老公，有钱，对她热情，唯一的不足是，外形条件太普通。

林文雁脑海里浮现出一身西装的徐砚清——被伴娘们热切谈论的徐医生，放下手机，朝曹强挑挑眉毛："你知道吗？夏颜刚刚跟我们说，她的相亲对象就是徐医生。"

曹强眼睛一瞪："这么巧？"

林文雁："是啊，人家夏颜本来对徐医生没什么感觉，听你说了徐医生撕情书的事，就觉得徐医生还不错，今晚两人一起看电影了。"

曹强嘿嘿笑了："这么说，老徐真追到人了，还得感谢我？"

林文雁摇摇头，意味深长道："我感觉成不了，徐医生太老实了，驾驭不住夏颜。今天晓露她们对徐医生表现出了浓厚的兴趣，显得徐医生很好，激起了夏颜的胜负欲，夏颜才答应了徐医生的约会。过个几天，这件事的影响淡了，夏颜对徐医生的感觉也就淡了。"

曹强不了解夏颜，所以他相信林文雁的判断，皱眉道："老徐也太惨了，夏颜要是真不喜欢他，我就介绍晓露给他认识。"

作为男人，曹强不希望自己的老同学被一个美女玩弄感情，宁可给老同学介绍一个对他热情无比的、长相普通一点的女孩子。

林文雁感叹："有些话我不方便说，你找机会提醒提醒徐医生吧。"

曹强与徐砚清当了三年高中同桌，友情还挺深的，何况徐砚清在三甲大医院当医生，多少算个人脉关系。

第二天中午，估摸徐砚清在休息，曹强给他打电话："老徐，我听我老婆说，你跟夏颜在相亲？"

徐砚清："你老婆怎么知道的？"

曹强："夏颜说的呗，说你们昨晚一起去看电影了。"

徐砚清的情绪又不稳定了，夏颜为什么要告诉林文雁她们？

曹强："对了，你跟夏颜处得怎么样了？她那种美女，挺难追的吧？"

徐砚清："还行吧，暂且还处着。"

曹强："啧啧，这语气，大美女是不是不待见你啊？老徐你没谈过恋爱，不懂女人，我跟你说，有的女人可坏了，一边拿咱们老实人当备胎吊着，一边找机会物色更好的结婚对象。就说昨天婚礼上，夏颜竟然假装不认识你，这态度，我看你有点危险。"

徐砚清心想：你懂什么？昨晚夏颜都让我背了，还玩我的扣子，还让我送进家，甚至还向伴娘团宣告了与我的关系。

"是我先装不认识她的，她配合我而已。"

曹强："呦呵，你还挺自信，那我就祝你早日转正吧。不过话说回来，万一这事吹了，你也别难受，我认识一堆好女孩，到时候我给你介绍！"

徐砚清："……"

他可以将昨天送出去的份子钱要回来吗？

不，等他跟夏颜举行婚礼的时候，第一个邀请的就是曹强！

傍晚五点半，徐砚清还在医院写病历，就收到夏颜的消息，说她今晚加班，预计八点才回来，晚饭在公司吃了，让他不用做她的那份。

徐砚清回：知道了，加班辛苦，注意休息。

夏颜可能很忙，没有再回。

徐砚清继续写病历，一天的工作结束时，已经六点多了。

徐砚清离开医院，走向马路对面的小区。

站在电梯里，徐砚清想起了昨晚两人之间那似有似无的暧昧，想到了曹强打来的电话。

夏颜的确是那种容易让男人没有安全感的美女，从脸庞、身材到气质，但徐砚清并不认为，夏颜想把他当备胎。再说，这一个月的相处期限，是他用了心机争取来的，即使夏颜是个渣女，徐砚清也愿意被她渣。

如果夏颜真的对他没感觉，他大概会失落一段时间，却绝不会像大哥当年那样酗酒乱舞。徐砚清对自己有信心。

进了家门，徐砚清照例先去看一看阳台上的花草。

花草都很好，护栏上多了一件印着卡通动物图案、可爱风的浅色睡衣。

徐砚清忽然想到了夏颜家里的拖鞋，虽然是不同的图案，但跟这件睡衣是一个风格。

他拿出手机，对着护栏，睡衣拍了一张照片，发给夏颜：是你的吗？掉下来了。

隔了几分钟，夏颜回他：嗯，先放你那里吧，我回家的时候去拿。

徐砚清：好。

确认了睡衣的主人后，徐砚清捡起睡衣，上下看看有没有沾到护栏上的灰尘，结果没发现灰尘，却发现衣摆下方有块豆粒大小的污渍，像滴落下来的果汁，因为与睡衣的底色相近，可能没被夏颜注意到。

这种果汁，洗衣机很难洗掉。

秋冬的睡衣样式保守，涉及不到什么隐私，徐砚清便将睡衣拿到卫生间，重新洗了一遍，然后放进烘干机里烘。

吃完晚饭，七点出头，睡衣还没有烘好，徐砚清去阳台上看书。

看了四十五分钟书，睡衣烘干了，徐砚清将睡衣挂到衣架上，出了门。

店里要参加一场汽车展会，销售部的所有人都在为此加班。

终于忙完，夏颜与同事们打声招呼，开车离开。

车子刚拐出去驶入马路，夏颜忽然注意到路边有一道修长清瘦的身影。此时他刚好走到路灯下，露出一张清隽温和的脸。

夏颜按下车喇叭，将车停到了路边。徐砚清立即走了过来，伸手拉副驾驶位的车门。

夏颜秒懂，他是来接她的。

她给车门解锁，徐砚清坐了进来。

"别告诉我你是来接我的。"夏颜一边开车一边问。

徐砚清："不是，我丢了一元钱硬币，所有地方都找遍了，只剩你的车，所以过来看看。"

夏颜："……"

徐砚清先笑了："晚饭吃的什么？"

夏颜肚子立刻饿了："没吃，叫了外卖，难吃死了，基本没动。"

徐砚清："回去给你煮面，下次再这样，你告诉我，我做好饭给你送过来，距离这么近，很方便。"

夏颜心想，方便是方便，可胃被他养娇气了怎么办？

今晚这家外卖她以前也点过，当时没觉得难吃，今晚吃不下，可能就是因为最近一直在吃徐砚清做的饭菜。

她理智上清楚地知道该与徐砚清保持距离，但人都有惰性，如果有人愿意送上美味可口的饭菜，谁还会去吃味道待确定的外卖？

夏颜瞥了一眼徐砚清。

她感觉自己变成了一只青蛙，不知不觉就掉进了徐砚清准备的大锅里，等她意识到危险想要跳出来的时候，水已经太热，被煮得半熟的她已经跳不动了。

几分钟后，夏颜跟着徐砚清去了1501。

徐砚清去厨房煮面了，夏颜坐在沙发上，找电视节目看的时候，看见衣架上挂着她的睡衣。

她暗暗庆幸，还好只是一件睡衣，要是内衣内裤掉下来，徐砚清拍照问她，她绝不承认！

面很快就做好了，徐砚清看看沙发上的她，问她要在哪里吃。

既然可以选择，夏颜就指了指沙发，她喜欢一边看电视一边吃饭。

徐砚清便找出锡纸裹在碗边、碗底，再给她端过来。

简简单单的青菜虾仁面，上面卧了一个形状完美的荷包蛋。

"刚出锅，很烫，慢点吃。"徐砚清坐在她身边，隔了一个沙发位，温声提醒道。

夏颜对着电视点头。她小心地用筷子卷起面条，卷到不能再卷，这样几乎不会洒出汤水来。

徐砚清见她巴不得一直盯着电视看，开玩笑地问："要不要我喂你，你专心看电视？"

夏颜瞪了他一眼，又想搞暧昧，她才不上当。

徐砚清还是担心她这种吃相会弄脏衣服，去厨房拿了围裙，要夏颜系上。

"你比我舅妈还像舅妈。"夏颜将碗交给徐砚清，虽然配合地系围裙了，却忍不住嘀咕了一句。

徐砚清反对："如果我真是你舅妈，就该叫你去餐桌上吃，并且关掉电视。"

夏颜被他噎住了，因为舅妈确实是这样的！以前她跟表妹坐在电视机前吃饭，就会被舅妈唠叨。

乖乖系好围裙后，夏颜继续边吃边看电视。

徐砚清靠在旁边的沙发上，看似在陪夏颜看节目，其实在想她的话。

正常来说，她应该拿母亲举例，可她说的是舅妈。

难道她的父母离婚后，她既没有跟着父亲，也没有跟着母亲，被寄养在了舅母家？

应该是，就连安排这场相亲，也是她的舅妈李玉兰做的主。

那夏颜的父母都去哪里了？谁也不管她了？

夏颜的面吃完了，综艺节目刚演了一半。徐砚清让她继续看，他去洗碗。

正是广告时间，夏颜的目光，投向了厨房。

只是洗一个碗，他没有开灯，挺拔的身影立在水槽前，双手熟练地擦拭着碗筷。

夏颜的记忆里，无论秦盛还是舅舅，都没有去厨房里帮过忙。

徐砚清要出来了。夏颜迅速收回视线。

两人一起看了下半段综艺,节目播完,晚上十点了。

"我上去了。"

"我送你。"

夏颜顺势取下了衣架上的睡衣,站到玄关前,准备换上高跟鞋。

徐砚清站在她身边,问:"穿高跟鞋不累吗?"

夏颜无奈:"累啊,可工作需要。"

说完,她已经熟练地换完了鞋。对于才放松了两个小时的脚来说,重新挤进高跟鞋,那种不适更强烈了。

夏颜刚要出去,徐砚清突然挡住门,关上了玄关灯。

夏颜惊讶地抬起头。

黑暗中,徐砚清低声说:"我背你上去。"

夏颜:"……"

他背人背上瘾了吗?

"距离一个月试用期只剩半个月的时间,我想多加表现,加深你的印象。"徐砚清在她拒绝前抢先道。

可夏颜觉得,他是在给大锅里的水加温。也许她现在跳一跳,还能跳出去。

"如果你怕被人看见,我们可以走楼梯。"

夏颜:"……好吧。"

这一瞬间,她好像听见了徐砚清闭嘴微笑时鼻腔里轻微的出气声。

夏颜趴到他的背上,顺手将睡衣搭在他的肩膀上。

清新的柠檬香气引起了夏颜的注意,她仔细闻了闻,再去嗅嗅徐砚清身上的衣服,猜测道:"你帮我重新洗了?"

徐砚清侧身关门,被她的鼻子弄得有点痒,解释道:"你衣服上有点果汁印,你可能没注意。"

夏颜脸热,她早知道有个果汁印,洗衣机洗不掉,她又懒得用手洗,想着只在家里穿,没人看得见,就没费力去弄。

"你给洗掉了?"

"嗯。"

声控灯亮起,夏颜展开睡衣,找了一圈也没有找到那个污点。

"会做饭,还会洗衣服,长得还帅,家里还有学区房,如果我把你的信息放到相亲网站上,你的电话会被打爆。"夏颜低声感慨道。

"你也准备在咱们相亲失败后给我介绍其他优秀的女孩子?"徐砚清笑了一下,开始攀登楼梯。

夏颜有点担心他们会摔倒,想下来。

"放心,我不做没有把握的事,除了追你。"徐砚清用手紧了紧她的腿。

夏颜就选择相信他了。然后她反应过来,问:"有人要给你介绍女孩子?"

徐砚清:"嗯,今天曹强给我打电话,他从他老婆那里知道咱们的关系了,打听我们的进展,并且认为我成功的概率太低,提前安慰我别太难过。"

曹强,林文雁?

"他为什么不看好你?你这样的条件已经很难得了好不好?"

"他说我是老实人,老实人难驾驭你这样的美女。"

夏颜冷笑:"他老婆也很漂亮,他都能驾驭,难道他不是老实人?"

徐砚清感受到了她的态度变化,是介意曹强的看法吗?

"其实我跟他不太熟,我也不赞成他的看法。"

"什么意思?你认为你能驾驭我?"夏颜的语气已经很硬了。

徐砚清仍然心平气和:"不,我从来没想过要驾驭你,我是老实人,我更喜欢被你这样的女强人驾驭。"

夏颜:"……"

驾驭,两人现在又是这样的姿势,她骑在他的背上。

如果不是处于楼梯上,贸然跳下来太危险,夏颜肯定要踹了他这个假老实人。

过了几秒,夏颜哼道:"我不喜欢曹强,以后你跟我在一起的时候,别在我面前提他。"

徐砚清:"嗯,他看不起我,我也不想跟他多聊。"

十六层到了。

夏颜还是气不顺。等徐砚清打开门走进来,两人再次陷入黑暗。夏颜趴在他肩头撇撇嘴,突然将手贴上他的脖子,温热的指尖划过他绷紧的喉结,意味不明地问:"如果你所有的朋友都说我的坏话,你会怎么做?"

在她的手下,徐砚清的大脑已经短路。

这次不是扣子,是喉结。她真的在撩他。

"谁说你坏话，我就拉黑谁。"徐砚清忍着吞咽的冲动，声音发哑。

夏颜笑了，这一听就是谎话，荷尔蒙刺激下的甜言蜜语罢了。

谁说他是老实人？一点都不老实。可她喜欢这个答案。

用手掰过他僵硬的脸，夏颜微微抬头，在他的嘴角蜻蜓点水地亲了一下："谢谢送我回家，晚安。"

徐砚清觉得，夏颜的嘴唇很软，轻轻地在他的嘴角一压，像医用棉球。

然后，他就被夏颜推出来了，面前只剩熟悉的、1601的深红色门板。

一切发生得太快，徐砚清甚至怀疑那个浅浅的吻是不是他的错觉。

可徐砚清想起来了，她真的亲他了，为了亲到他，她还掰了掰他的脸，像偶像剧里的霸道总裁。

徐砚清晕乎乎地回了楼下。

夏颜洗了澡，靠在飘窗上看了一小时资料，十一点半的时候，熄灯睡觉。

快要睡着之际，她听见新消息提示音。

夏颜闭着眼睛摸到床头柜上的手机，皱着眉头阅读，发现是徐砚清发来的信息。

徐医生：睡了吗？

夏颜按语音发送：被你吵醒了，有事吗？

徐医生：没事没事，你睡吧，明早见。

夏颜关机，躺回床上秒睡。

徐砚清睡不着，反正都是醒着，为了充分利用时间，他去写论文了。

夏颜一觉睡到了六点半，起床收拾收拾，习惯性地坐电梯来到楼下。

1501的门开着，如今夏颜过来也不用敲门了，换拖鞋的时候，她探头往里瞧，就见徐砚清坐在餐桌旁，面前摆着一台笔记本。他白皙修长的手指游龙般地在键盘上挪移，发出噼里啪啦的敲击声，宛如一个电竞高手。

他敲得那么认真，都没有发现夏颜来了。

夏颜悄悄关上门，再悄悄地往餐桌那边移，整个人几乎贴着墙，使自己的身体最低限度地出现在徐砚清的余光中。

等夏颜来到厨房的玻璃门这边，位于徐砚清的正后方时，他还在敲键盘。

夏颜刚想凑过去拍拍他的肩膀，忽然在笔记本屏幕中看到了自己的倒影。

就在这一瞬间，两人的视线在屏幕上相遇。

徐砚清做了一个让夏颜笑哭的动作，这家伙，竟然伸手摸向屏幕。这是怀疑自己出现幻觉了？

屏幕中的夏颜，绽放了一个灿烂无比的笑。

徐砚清猛地回头。

夏颜朝笔记本扬扬下巴："写什么写得这么认真？"

徐砚清不知想到什么，又转了回去，一边敲键盘一边冷静地回答："论文，在收尾了，我想一口气写完。"

屏幕中的倒影显现出学霸专心致志的表情，可他的耳根泛起一层红色，对比他白皙的肤色，效果喜人。

夏颜不想打扰他工作，笑道："那你继续，我去拿吃的。"

徐砚清手指顿了顿，然后点点头。

夏颜去了厨房，早饭是海鲜粥搭配紫薯饼，水果拼盘也准备好了。

夏颜将自己的这份端了出去，徐砚清的那份继续在锅里温着。

她坐到徐砚清对面，就着他打出的噼里啪啦的声音吃饭。

对于习惯一边看电视一边进食的人来说，干吃饭太无聊了，夏颜的目光就落到了徐砚清的脸上。这一看，夏颜惊讶地发现，徐砚清眼下有两抹明显的黑眼圈，眼睛里也有点红血丝，显然是严重熬夜的结果。

夏颜咽下惊讶，等徐砚清完成论文，合上笔记本，夏颜才看着他问："你昨晚几点睡的？"

徐砚清瞥她一眼，垂眸道："睡不着，通宵写了一篇论文。"

夏颜听出了一丝幽怨，难以置信道："别告诉我，你是因为我才睡不着的？"

徐砚清递给她一个自行体会的眼神，转身去厨房拿吃的了。

看着他的背影，夏颜忽然想起昨晚零点他发来的消息。

徐砚清端着早餐回来了，坐下后就开始低头吃饭，动作不紧不慢，脸色也一如往常，只是全身都在散发一种无形的低气压。

明明他什么都没说，夏颜却觉得自己好像有点过分了，毕竟，他大多时候都是个纯情的老实人。

"那个，你昨晚发消息做什么？我通常十一点半就睡了。"夏颜主动问道。

徐砚清："抱歉，打扰你休息了，下次我会注意。"

那语气太平静，反而不正常。

夏颜："……"

"你的心情好像不太好。"夏颜看看已经被自己吃光食物的碗碟，总结道，"如果你不想聊天，那我先去上班了。"

徐砚清低垂的睫毛动了动，却什么都没说。

夏颜提起包，去卫生间漱漱口，潇洒地离开了。

徐砚清坐在餐桌旁，听见她换上高跟鞋的声音，听见鞋跟"嗒嗒"几声，她走了出去，关门。

徐砚清突然没了胃口，靠在椅背上，对着窗外出神。

然而他也要上班，没有太多时间可以浪费在思索充满悬疑剧情的感情问题上。

徐砚清强迫自己吃完早饭，设置好洗碗机，去漱了一下口，披上外套准备离开。

来到玄关，徐砚清愣住了。

夏颜靠着玄关柜，在玩手机。余光瞥见他的大长腿，夏颜收起手机放进包里，斜着眼看徐砚清："再给你一次机会，昨晚想问我什么？"

她脸上化了淡妆，唇是大红色，斜睨睨人，更加像那种喜欢玩弄纯情少女的花心"霸总"。

徐砚清已经被那个问题折磨了一晚，骨气作祟也矫情了一次，见如今她还愿意给他机会，徐砚清不想再折磨自己。

"昨晚，算我提前转正了吗？"徐砚清看着她臂弯挎着的包问。

夏颜笑："不算，说好相处一个月，一天都不能少。"

不假思索的否定，让徐砚清抬起视线，直视她的眼睛："那你……"

他想问她为什么亲他，但对上夏颜漫不经心的笑脸，忽然问不出口了。

有句歌词蓦地浮现在他的脑海中，出自她喜欢听的那首歌，他也表达过，愿意被她消遣。

徐砚清真的愿意，只是事情发生了，他才发现"被当作消遣"没有他想得那么简单。

"为什么亲你?"夏颜替他问了出来。

徐砚清偏头,这回耳根没红,倒是露出一丝真心被玩弄的受伤感。

夏颜叹气。她算是败给他了。

将包放到柜子上后,夏颜甩掉高跟鞋,往前走几步,踩到换鞋用的抹茶色小沙发上,这样,她总算比徐砚清高半头了。

徐砚清诧异地看着她。

夏颜朝他招招手。

徐砚清僵硬地走过来。

沙发表面充满了弹性,导致夏颜站得不是那么稳,徐砚清一靠近,她便双手扶住了他的肩膀。

徐砚清下意识地,扶住了她的腰。

陌生的碰触,让夏颜身体微僵。她低眸看徐砚清,他马上松手,像只被调教过的狐狸,并且因为犯错被主人发现,他的耳根又悄悄地红了。

夏颜很满意,后背靠向墙,一手搭着徐砚清的肩膀,一手轻轻碰了碰他的喉结。徐砚清的呼吸急促起来,因为通宵写论文而布满血丝的眼睛沉沉地盯着她,预示着某种危险。

可夏颜知道,他不会带来危险。

她朝他笑,目光无辜:"我没相过亲,不知道约会期间可不可以有比较亲密的身体接触,如果惯例不允许,那我为昨晚的越线行为道歉。"

清晨的光辉洒满客厅,玄关这边是最暗的地带。

徐砚清眼里的她,笑得像志怪小说中专门挑书生蛊惑的狐狸精,伺机在暗处下手。

他不敢直视她,视线一垂,落在了她的制服外套上。

黑色外套,白色衬衫,包裹着一具万年狐狸精的身体。

徐砚清再次面临大脑短路,他都不知道自己说了什么:"不用道歉,我、我可以接受。"

"真的可以接受?"夏颜确认道。

徐砚清点头。

夏颜强调:"你能接受,我不能接受,所以约会期间,我可以对你做在你接受范围内的亲密举动,但你不能反过来这样对我,除非提前征得我的同意。"

徐砚清还是点头,心里想的是,他没有接受范围,随便她做什么,都不会越界。他整张脸都是红的,只因光线昏暗不那么明显罢了。

"既然你能接受,以后还失眠熬夜吗?"夏颜转了转他外套的扣子,看着他的黑眼圈问。

徐砚清摇摇头。一回生二回熟,他相信自己的心理素质。

夏颜难得看不出他在想什么,视线落到他干净的唇上,突然想补偿他的通宵失眠。

她扶着他的肩,慢慢地靠了过去。

嘴唇相碰,夏颜还想细细体会,徐砚清突然掐着她的腰将她提下来,抵在旁边的柜子上深深地吻,仿佛憋了一晚的情绪终于找到宣泄口。

夏颜震惊于他的狂热,抬起手想要压压节奏。

徐砚清双手分别扣住她一只手腕,不许她拒绝,同时也用这种方式,强迫自己不要过界。

学霸就是学霸,在她设定的接吻"框架"内,徐砚清将这次亲密接触的机会利用得淋漓尽致。夏颜刚刚在卫生间精心涂抹的口红被他吃个干干净净,完美的发型也被彻底破坏,长发松散下来,发绳掉在了地板上。

漫长的一吻结束,夏颜伏在他的胸口,浑身发虚。

徐砚清就尴尬了,既要扶着她,又不想让她发现自己的异样。

余光乱瞟,瞥到客厅墙上的挂钟,七点五十!

徐砚清上午的工作时间是八点,平时他都提前半小时左右到医院,今天难道要迟到?

"你,你几点上班?"

夏颜终于缓过神来,扭头一看,眼睛瞪圆!

夏颜一把推开徐砚清,捡起地上的发绳,手扶着柜子穿上高跟鞋,拉开门跨了出去,一边跑向电梯一边甩甩头发,决定开车到公司停车场后再补妆。

徐砚清也想追过去,可……

他低头看看,去了卫生间。

冰凉的水拍在脸上，身体的热度慢慢降下去，他的嘴角却始终平不下来。

十分钟后，医院。

"小徐中彩票了吧，笑得这么高兴。"

"黑眼圈，红血丝，熬夜了？"

"通常熬夜后的人都会精神萎靡，小徐这么亢奋，莫非脱单了？"

"那就不是单纯的脱单了，哈哈哈……"

徐砚清坦然接受同事们的调侃，穿好白大褂，走路带风地去了他的诊室。

这场意料之外的吻给夏颜带来的影响，止步于停车场。当她补好妆跨下车，就又变成了专业且干练的金牌销售员。

上午她接待了两位客户，介绍车型，到了十一点左右，就看到林文雁在曹强的陪同下来提车了。

客户都是上帝，夏颜不会将私人情绪带到店里。

她为林文雁提供了一次周到细致的提车服务。

林文雁的兴趣却不在车上，只是跟着夏颜心不在焉地看了看，细节让曹强去研究。林文雁笑着与夏颜聊私事："你跟徐医生怎么样了？"

曹强给徐砚清打电话的事，林文雁已经知道了，曹强还告诉她，徐砚清似乎很喜欢夏颜，一心想追到手。

林文雁不想承认，她心里有一点酸。

她与曹强站到一起，所有人都会心照不宣地认为她嫁给了物质财富，而如果夏颜与徐砚清结婚，没人会这么想，大家会认为这是天生一对。

所以，林文雁耍了一点小心思。

夏颜笑道："还行吧，他最近好像要赶一篇论文，没时间出去玩了。"

林文雁惊讶道："不愧是学霸，毕业了还要写论文。"

夏颜露出一丝尴尬，仿佛很介意相亲对象竟然为了论文忽略她。

"车没问题，有夏颜看着，还有什么不放心的？"曹强走了过来，说道。

夏颜重新露出销售员的招牌微笑，引导二人办理提车手续。

见她拿着相关文件走来走去，曹强坐在沙发上，看了一会儿，低声对林文雁道："老徐这次要栽了，夏颜这样的，玩他就跟耍猴一样容易。"

先入为主,他很相信林文雁的判断。

林文雁笑了笑。徐砚清可能已经接受了曹强的提醒,决定放弃夏颜了,不然怎么会突然要搞论文。小小的心机得逞,林文雁突然又有一丝同情夏颜。

顺顺利利地提了车后,林文雁、曹强开车离开了。

夏颜站在交车区外,微笑着朝渐渐开远的新车挥手,心想,这应该是她与林文雁最后一次打交道了。

她与徐砚清到底发展到了什么地步,没必要告诉一个表面朋友。

下午四点,夏颜收到徐砚清的消息。

徐医生:晚上我要替一位同事值夜班,等会儿下班我会回去做好晚饭温起来,你下班后直接去我那边吃吧,门锁密码等下发你。

夏颜想笑:我可以吃外卖,煮速食也行,你不用那么赶时间。

徐医生:我高兴,我愿意。

夏颜先去处理工作,过了会儿空闲下来后想起他要值夜班,问他:你昨晚都熬通宵了,晚上还值夜班,坚持得住吗?

徐医生:还好,不忙的时候可以打盹儿休息。

夏颜:嗯,注意身体。

徐医生:我平时会晨跑,身体很好。

夏颜觉得这家伙好像在暗示什么。

等夏颜下班的时候,都快七点了。

冬季天黑得早,夏颜开车回家,进入电梯时习惯性地按了"16",电梯升到一半她想起徐砚清做了晚饭,马上补按了"15"。

徐砚清这边装的是电子锁,夏颜输入密码,正是她与徐砚清初见那一天。为什么夏颜记得这个日子,因为她给徐砚清的微信大号的备注就标记了徐砚清签单的日期。

夏颜想,换个女人,可能都感受不到徐砚清的小套路。

夏颜关上门,打开灯,无人的1501静悄悄的,却因为各处的绿植充满了生活气息。

夏颜的目光,落到了那张抹茶色的换鞋小沙发上。

早上的吻突然清晰起来,夏颜仿佛看见自己被徐砚清压在柜子上,看见他一改平时的老实温和，吻得又急又投入。

夏颜笑了笑，她只是想小小地补偿他一下，没想到竟然演变成了一场持续二十多分钟的深吻。

不过，并不让人讨厌。毕竟他是个讨人喜欢的相亲对象。

晚饭很简单，一盘炒菜，一锅炖汤，足以证明徐砚清回来得很匆忙。

冰箱上贴着便笺，教她怎么使用洗碗机。

餐桌上还摆着徐砚清的笔记本，打开便是一个开通过会员的视频网站，看来他已经了解了夏颜喜欢边看电视边吃饭的坏习惯，并且愿意纵容。

夏颜心情愉悦地吃了饭，把碗筷放进洗碗机。洗碗机开始操作运行之后，她拍了张照片，发给徐砚清。

等夏颜回到1601，洗了澡，徐砚清才回了消息：好吃吗？

夏颜：还可以，你明早几点下班？

徐医生：理论上八点，不过忙完交接，可能十点回家，你要自己解决早饭了。

夏颜：我明天要去上海参加厂内培训，周五晚上回来。

等了几分钟，徐医生：周五我上白班，你晚上几点的高铁？

夏颜：九点半的，晚上有饭局，所以订了最晚的一班。

徐医生：好，到时候我去接你。我要去查房了，你早点休息。

聊天结束，夏颜揉揉头发，去衣帽间收拾行李箱。

上海。

夏颜在B牌培训中心接受了两天的销售骨干培训，李达去年参加过，今年店里只派了她一人。

不过，夏颜在这里认识了江城其他店的几个销售员，大家约好晚上在上海找家清吧喝喝酒，再一起打车去坐高铁。

销售员都能说会道，凑在一起天南海北地聊，非常热闹。

"夏颜？"

一个有些熟悉的声音从身后响起，夏颜回头看去。人群之中，林君行一身黑色西装，出色的容貌与金融精英的气质，让他鹤立鸡群。

"这么巧？"眼看林君行朝这边走来，夏颜面带惊喜地站了起来，顺便给几位销售界的新朋友介绍林君行,"这是我高中同学的哥哥林君行,现在在咱们江城某家银行做高管,别告诉我没给你们机会哦。"

听她的语气,仿佛他们是一群鲨鱼,林君行就是主动送上门的"傻白甜"猎物。

销售员们纷纷笑了起来,态度友好地与林君行打招呼。

林君行从夏颜的介绍中得知了众人的身份。

在这家清吧,林君行与夏颜算熟人了,他约夏颜单独去旁边坐坐。

夏颜来参加培训会,林君行是过来谈一份合同,巧的是,两人都将在今晚坐高铁回江城,且订的是同一车次的车票。

"这算不算缘分?"林君行与夏颜碰碰酒杯,眼神和话里都带上了暧昧。

酒吧灯光闪烁,打在夏颜雪白的肩膀上。一袭黑色长裙,将她的魔鬼身材完美地勾勒了出来。这样的地点与气氛,林君行无法掩饰他对夏颜的兴趣。

夏颜笑了笑,轻轻晃着酒杯:"文雁没跟你说吗?我有相亲对象了。"

林君行看着她卷翘的睫毛:"我只听文雁说,你对你的相亲对象缺少感觉。"

夏颜斜他一眼:"女人善变,我对他又有感觉了。"

林君行笑容微变。

夏颜朝自己的肩带看了一眼:"知道我今晚为什么会穿这件衣服吗?"

林君行不知道,但心中已经有了不好的猜想。

夏颜见他懂了,不再多说,握着酒杯回到了同行们这桌。

"怎么,美女对你没兴趣?"一个西装男人凑到林君行身边,揶揄道。

林君行默默地喝酒。

"确实挺漂亮的,好像是个汽车销售员?那应该好追啊,你去她那儿买辆车,她肯定对你另眼相待。"

林君行想到了在妹妹婚礼上见过的徐砚清。

徐砚清是曹强那边的客人,林君行对他既不了解,也没什么印象,但事后余晓露发了一张徐砚清的照片过来,告诉他这就是夏颜的相亲对象,两人还约了看电影。

林君行承认徐砚清的外形条件与他不相上下,但一个医生,能比他有前途？

所以今晚偶遇夏颜，林君行才试着去撩了一下。

林君行再次朝夏颜看去，只见她背对他坐着，银色的长耳环随着她的动作来回摇曳，纤长的脖颈，如吸血鬼眼中的最佳猎物。

徐砚清能驾驭这样的女人？

林君行不太信。

聚会结束后，林君行与夏颜一行人同时离开酒吧，前往高铁站。

夏颜与两个女同伴搭了一辆车。外面温度低，夏颜披上了长达脚踝的风衣。黑色的风衣一直裹到她的脖颈，只露出一张饮酒后泛着浅浅酡红的脸。她一上车，司机忍不住悄悄往车内后视镜处瞥了几眼。

夏颜垂着睫毛，用手划动手机屏幕。

徐医生刚发来的消息：我到高铁站了，你的饭局结束了吗？

夏颜：结束了，我正往车站走。你傻啊，我十点半到站，你去这么早干什么？

徐医生：在家坐着也无聊。

夏颜：不用写论文？

徐医生：写论文需要灵感，我现在满脑子都是追人。

夏颜笑了：看来你通宵那晚，脑袋里一点都没有我，根本不是因为我失眠的。

徐医生：如果有你，你能接受吗？

夏颜："……"

老实人又开始不老实了，如果不是他幻想了一些不该幻想的，谈何接受不接受？

她回复：不能。

徐医生：所以你可以亲我，我连想你都得先得到你的允许？

夏颜：对。

徐医生：行吧，谁让我喜欢被你驾驭。

夏颜扣住手机，笑着看向窗外。

灯火辉煌的冬夜，此刻似乎有点热。

高铁站到了。

众人纷纷下车,夏颜一手拢着大衣,一手提着行李箱,余光瞥见林君行走在不远不近的位置。

车站这边的风有点大,夏颜的长发都被吹到了后面,冷得她缩了缩脖子。

一条温暖柔软的围巾突然飞到了她的脖子上,夏颜脚步一停,回头看去。

两步之外,站着穿白色短款羽绒服的徐医生,黑色休闲裤衬出一双大长腿。

夏颜真的惊到了。

徐砚清笑:"我说过,我到车站了。"

夏颜:"……"

"走吧。"徐砚清走过来,一手抢走她手里的行李箱,一手仿佛很熟练地揽住她的肩膀,余光朝林君行瞥去。

林君行看得清清楚楚、明明白白。他冷笑,加快脚步,率先进站。

夏颜虽然没有看见徐砚清朝林君行示威的眼神,可平时很有分寸感的老实人突然揽住她的肩膀,夏颜转个念头就猜到他的小心思了。

看在他竟然跑到上海站来接她的分上,夏颜没有推开徐砚清,满足了"柠檬精"的占有欲。

"夏颜,这是你男朋友?"同伴们笑着围了过来。

夏颜笑着点头,拉下徐砚清的胳膊挽着,给几人介绍:"徐砚清,是个医生。"

两人站在一起,仿佛偶像剧里的男女主角,大家都表示羡慕。

不过这个地点场合并不适合长时间闲聊,几分钟后大家就分别进站了。

一行人买票的时间不同,车厢座位也不同。

徐砚清先把夏颜送到她的座位,帮她放好行李箱。这时夏颜隔壁座位的乘客也来了,是个提着行李箱的年轻大学生。徐砚清笑着与对方打招呼,先介绍他与夏颜的恋人关系,再介绍自己买到的车厢,然后询问可否与对方换个座位。

夏颜买的是普通二等座,徐砚清买的是商务座。

大学生很热情,可能还没意识到车厢的差别,已经欣然同意了。

完美恋爱 / 149

徐砚清想帮对方提行李箱,大学生笑着表示不用,接过徐砚清的车票往前走了。徐砚清终于坐到了夏颜身边。

"二等座没位子了?"夏颜有些疑惑,因为这趟高铁看着还挺空的。

徐砚清:"我不知道你买的什么座,如果要换位置,我买商务座最保险。"

不然夏颜在商务座,他拿二等座去跟邻座换,邻座可能不愿意,徐砚清也不想让别人吃亏。

夏颜:"……"

这人为了顺顺利利接她、陪她,想得可谓十分周全了。

夏颜偏头,比较长时间地瞥了徐砚清一眼。

徐砚清以为夏颜想说什么,迎着她的视线等她开口,等他意识到夏颜只是在看他的时候,徐砚清忽然就想起了周二早上的那场深吻。

不知是心虚还是心悸,徐砚清掩饰般垂眸,调了调座椅的倾斜度。

算起来,从周二一早到周五晚上,他已经有四个白天、三个晚上没有见到夏颜了。

这几日,徐砚清很容易走神。他会想,夏颜有没有因为那个吻生气;他会想,如果夏颜没有生气,是不是意味着她也喜欢;他会想,如果夏颜喜欢,他转正的概率是不是又增加了。

徐砚清第一次陷入爱情,第一次知道,与对象发生的每一次互动,无论大小,都能引发一系列的问题,就像一棵分析树,衍生出茂密繁杂的树枝。

譬如现在,他的爱情分析树又增加了新枝——夏颜为什么看他?那个长长的注视是什么意思?

徐砚清从小到大都是学霸,可如果导师让他以爱情为主题写篇论文,徐砚清写出来的文档,可能会占几个G。

夏颜打开包,拿了一小瓶纯净水。

余光瞥见她的动作,徐砚清松了一口气。

他将准备的零食袋,放到她那边的置物板上,里面除了各种各样的零食,还有两瓶水。徐砚清拿了自己那瓶水喝。

夏颜靠着椅背,好像没什么胃口吃零食,目光在零食袋里挑了挑,懒懒地问徐砚清:"那包深色的是话梅?"

徐砚清马上就把那包话梅拿了出来,问她要不要吃。

夏颜点头。徐砚清见她的姿势,秒懂,扯开包装袋,双手捏着袋子,挤出一颗话梅,递到夏颜嘴边。夏颜笑了,低头咬了过来。

她在出租车里补过妆,画的是大红唇,与周二早上用的是同一个色号。

徐砚清心慌意乱,拿着话梅靠到自己的座位上,心乱了会儿,他也吃了一颗。酸酸的,味道冲人,果肉少,还有个大核。

徐砚清取出前面座椅背后的垃圾袋,将核吐了进去,再把夏颜那边的垃圾袋也拿出来,撕开,递到夏颜下巴前。

夏颜将话梅拨到嘴巴一旁,腮帮子鼓了一小团出来,不太满意地斜了他一眼:"还没吃完。"

徐砚清马上移开垃圾袋,目视前方。

夏颜吃够了,抢过他的袋子,偏向玻璃窗,吐核。

"还要吗?"徐砚清一副五星级酒店服务生的姿态。

夏颜摇摇头,闭上眼睛靠到椅背最凹的位置:"困了,我睡会儿。"

徐砚清立即不再出声。

酒精的作用下,夏颜的确有点困,可能无法深睡,但也不想睁开眼睛。

徐砚清喝了一口水,视线偷偷朝她这边瞥来。

她穿着黑色长风衣,从脖子到脚踝捂得严严实实,只露出一张酡红的脸庞。

她身上有淡淡的酒味,美人醉酒,诱惑更深。

她的头慢慢朝他这边歪过来。

徐砚清及时靠过去,正好让她的头枕到他肩上。

夏颜蹭了蹭,姿势舒服了,她睡得更沉。她的脸朝徐砚清仰着,徐砚清微微偏头,对上的就是她蜜桃似的脸,红艳的唇。

徐砚清陷入了冰火两重天。

一边高兴此时陪她的人是自己,一边又忍不住担心,如果他今晚没过来接她,陪在她身边的,会不会是某个销售同行,甚至是林君行?

对了,林君行,他怎么会在这里?

各种问题不停地冒出来,徐砚清忽然感受到了压力。

九点半的地铁，十点半抵达江城，车厢里播放"即将到站"的消息时，夏颜醒了。徐砚清悄悄活动了一下麻木的左肩。

夏颜还愣怔着，朝外看看，认出来了，这是江城高铁站。

她给自己灌了一大口水，彻底清醒。

车停稳后，徐砚清先站起来，取下夏颜的行李箱。

乘客排队下车，夏颜跟在徐砚清身后，跨出车厢。深夜清冷的风瞬间吹散车厢内的温度，夏颜迅速将徐砚清送她的围巾系好。

"会不会冷？"徐砚清还是觉得她这件风衣有点薄，现在白天都很多人穿羽绒服了，更何况晚上。

夏颜无所谓："一会儿就上车了。"

徐砚清："我坐地铁来的。"

夏颜猛地看过来，对上徐砚清骗人成功的笑脸。

夏颜：……无聊的男人。

到了停车场，徐砚清去放行李箱。等他上来，夏颜已经调好了车内空调温度。徐砚清脱了羽绒服，放到后排座椅上，他里面穿了件浅色薄毛衫，很显身材与气质。

夏颜窝在座椅里，瞥他几眼，还是决定继续穿着风衣，不然他定力那么差，容易出交通事故。

深夜的江城，一路畅通，徐砚清的车开得非常稳。

夏颜："没有什么想问我的吗？"

徐砚清已经尝过矫情的教训，马上道："曹强老婆的哥哥怎么会跟你们在一起？"

他记得林君行的脸，真不知道对方的名字。

夏颜还以为他故意的，便也学着他的称呼解释道："曹强老婆的哥哥去上海签合同，晚上跟朋友聚会，恰好跟我们选了同一家清吧，更巧的是，我们订的一个车次的高铁。"

徐砚清发挥了学霸的推理能力："他在清吧认出你了，还请你喝酒了？"

夏颜笑道："是啊，你介意？"

徐砚清握着方向盘，用八分心思注意路况，留两分心思回答她："按理说，我不该介意，因为你们在高铁站分开走的，显然他对你有兴趣，你对他没有兴趣。"

夏颜品味他的话："不该介意，那就是说还是介意了？"

徐砚清："嗯，我心眼比较小，介意有人搭讪我的相亲对象。"

夏颜轻哼："跟我搭讪的人多了，你每个都要介意，那可有的忙了。"

徐砚清解释道："分对象，曹强老婆的哥哥对我比较有威胁力。"

夏颜拿出手机，边刷边道："放心吧，就凭他那个妹妹，我也不会给他机会。"

徐砚清疑惑："曹强老婆得罪你了？"

女人的小算计，夏颜不想跟徐砚清多说，让徐砚清专心开车，她回母亲的消息。

徐砚清还是分心回忆了一番婚礼上的情形，然后想起来，有个伴娘说过，是新娘告诉伴娘们，夏颜对相亲对象不是很满意！

就算夏颜对他不满意，这种私事，新娘怎么能四处宣扬？一点都不考虑夏颜的心情。还有曹强，莫名其妙看衰他，好像曹强更了解夏颜一样，估计也是新娘对曹强说了夏颜的坏话。

就在这一瞬间，徐砚清决定跟曹强保持距离。

电话突然响起，徐砚清看一眼屏幕，是亲哥徐墨沉。

徐砚清按了接听键。

徐墨沉："明天我回江城，妈最近怎么样？"

徐砚清："恢复得还可以，你请的护工还算靠谱。"

徐墨沉："你在开车？"

徐砚清瞥一眼夏颜："嗯，约会。"

刷手机的夏颜："……"

徐墨沉："……你忙，有空聊。"

通话结束。

夏颜盯着徐砚清若无其事的脸，总觉得他刚刚有向亲哥炫耀的成分。

这还没转正就迫不及待地炫耀了，他也不怕相亲失败打脸。

"对了，需要我提前向你介绍我哥的情况吗？"徐砚清偏头看她一眼，问，"万一你觉得我哥有让你讨厌的点，我会劝他改正，免得因为他影响你对我的看法。"

完美恋爱 / 153

刚刚她明说了，因为曹强老婆不会考虑对方的哥哥，那徐砚清就要考虑亲哥带来的威胁因素。生活里有"极品"小姑，也有"极品"大伯哥。

夏颜只远远地见过徐墨沉一面，谈不上有什么交情，但在这一刻，夏颜对徐墨沉涌起了深深的同情。他知道他的亲弟弟在相亲对象面前损过他多少次了吗？

心中一动，夏颜悄悄打开手机录音，然后语气天真地问："你哥看起来挺好的，他还有缺点？"

徐砚清神色微凛，开始细数他眼中徐墨沉的种种缺点。

最后，夏颜保存了一份长达十五分钟的音频。如果不是到了小区，他们要下车了，这份音频可能会更长。

下车前，夏颜将徐砚清吐槽亲哥的录音文件命名为"大狐狸尾巴"。

如果将来徐砚清敢得罪她，就别怪她将他的"尾巴"送到"霸总"亲哥脚下踩。

锁好车后，徐砚清拖着行李箱走到夏颜身边："饿不饿？要不要吃点夜宵？"

夏颜摸摸肚子，跟他点餐："煮点面条吧，半碗就够了，主要是想喝汤。"

冷冷的冬夜，会让人情不自禁地想来碗热汤。

既然要吃夜宵，进了电梯，徐砚清只按了"15"。

夏颜拿手挡住嘴，打了个哈欠。

虽然坐高铁只需要一小时，但赶来赶去她还是觉得累。

"吃完夜宵就赶紧休息吧。"徐砚清看着她脸上的神色道。

夏颜叹气："还得洗澡、吹头、换床单、换被套，今晚一点能睡都知足了。"

徐砚清攥了攥行李箱扶手，没说什么。

回了1501，徐砚清让夏颜随意休息，他脱掉羽绒服去了厨房。

空调开着，温度刚好，徐砚清进去后，夏颜也脱了外套，坐在沙发上，打开电视机找节目。

厨房里传来连续的切菜声，夏颜好奇地朝那边看了看，一碗面而已，他还想弄得多复杂？

五六分钟后，徐砚清熄火，盛出半碗面条，再舀好汤。

知道她喜欢边吃边看电视，徐砚清提前在碗外包了锡纸，双手捧着面走出厨房。

徐砚清抬头，只见沙发上坐着一个穿黑色吊带长裙的女人。

她坐姿慵懒，长发略显凌乱地披在脑后，露出一片雪白的脖颈与肩膀和纤长白皙的两条手臂，一手手肘拄着沙发扶手撑着下巴，一手拿着遥控器搭在小腹上。裙摆下露出同样修长匀称的小腿，在客厅灯下泛着润泽的柔光。

心跳加快，徐砚清的手也微微发抖。

原来她大衣里面，穿的是这样。

见他停下脚步，夏颜终于从电视屏幕上分散一丝注意力，朝他看来。她慵懒的姿势不改，目光散漫自然，仿佛并不认为她单穿这件裙子与穿着外套会对徐砚清造成不同的影响。

她盯着徐砚清的脸，目光带着疑惑，仿佛在询问徐砚清为什么停下来。

徐砚清口干舌燥，不经大脑冒出一句："你这样，会不会冷？"

说完了，徐砚清真想缝上自己的嘴。

夏颜愣了几秒，然后被他逗笑了："是有点冷，可穿着大衣又热。"

徐砚清脑袋里的线路仍然有点乱，下意识地道："我去给你找件衬衫。"

夏颜笑着点点头。

徐砚清目不斜视地走过来，将碗放到茶几上，再目不斜视地去了他的卧室。

夏颜靠在沙发上，直到余光里徐砚清的身影消失，夏颜这才摸了摸自己的锁骨。所以，她穿着新买的裙子给徐砚清看，他在意的只是她冷不冷？

卧室里，徐砚清用头抵着衣柜的门，一脸懊恼。

怎么每次看到夏颜的新扮相，自己都会犯傻？

反思一分钟后，徐砚清深深地吸口气，打开衣柜，取出一件白衬衫，神色如常地回了客厅。

夏颜确实有一点点冷。既然徐砚清对她的美色没有兴趣，夏颜从善如流地穿上衬衫，并且将每一颗纽扣都扣上了。

徐砚清坐在旁边的沙发上，再想看，就只能看她的两截小腿。

完美恋爱　/ 155

夏颜专心吃面、喝汤、看电视。

徐砚清看她快吃完了，才试着提议："我送你上去，你洗澡的时候，我帮你换被套？这样你可以早点休息。"

夏颜看过来："你会换被套？"

徐砚清笑："任何家务，没有我不会的。"

夏颜打量一眼干净整齐的客厅，对此毫不怀疑。

"可我带你回家，算不算引狼入室？"夏颜开玩笑地问。

徐砚清也笑了："我要是狼，那你现在已经进了狼窝。"

天底下再没有比他更老实、更守法的男人。

这点，夏颜还是相信他的，不然也不会频繁地来他这边吃饭。

喝完汤，夏颜来了几分精神，穿着徐砚清的外套走向衣架。

等徐砚清放好碗筷从厨房出来，夏颜已经脱掉他的衬衫，披上了大衣。

徐砚清瞥了一眼衣架上她穿过的白衬衫，率先走出家门。

行李箱滑轮滚动的声音，先是响在十五楼的走廊上，过了会儿，又从十六楼传来。

这是徐砚清第一次跨进夏颜居住的地方。里面的家具都很新，只是几乎没有摆放任何装饰品。徐砚清几乎能想象出夏颜的生活，每天早出晚归，没有兴趣装饰客厅，也没有必要。

夏颜一路开灯，将徐砚清带到了她的卧室。

卧室总算多了些生活气息，床头摆着一只玩具熊。

夏颜拉开封闭多日的窗户，透透气，再去找出一套新的床单、被套，交给徐砚清。

"那就麻烦你了，我去洗澡。"

她抱着一套冬季睡衣，感激地朝徐砚清笑了笑。

"稍等。"

徐砚清先去了卫生间，很快将拖把、抹布之类的用具拿了出来。

"我动作很快，替你简单打扫打扫。"徐砚清将卫生间让给她，说完先去收拾卧室了。

夏颜看了一眼他的背影，笑着摇摇头，进了卫生间，将门反锁。

洗澡、护肤、吹头发，一连串的事情结束，等夏颜重新打开卫生间的门，已经是半个多小时后的事情了。

夏颜先去主卧看了看,被子铺得整整齐齐,床头柜、地板都擦过了。书房虽然没开灯,但门开着,透进去的光亮显示地板被擦拭过。

她来到客厅,发现这边的地板也拖过了,徐砚清人在厨房。

"我平时都不怎么用厨房,不用打扫得那么干净。"

夏颜靠在门边,笑着对擦拭油烟机的"徐家政"说。

徐砚清回头看看,笑道:"因为你不用,厨房并不脏,我只是擦擦浮尘,再有五分钟搞定。"

夏颜就看着他搞。

五分钟后,徐砚清将各种工具带去卫生间,快速清洗一番,洗洗手,收工。

此时已经是零点十分。

"睡吧,明天一起吃早饭。"徐砚清看看腕表,主动告别。

夏颜点头,送他去门口。

徐砚清穿着他自带上来的拖鞋,到了玄关,背对夏颜,低头,准备换鞋。

"啪嗒"一声,玄关灯灭了,客厅那边的灯光传过来,介于亮与暗中间的光线,朦胧又暧昧。

徐砚清全身僵硬,玄关灯的开开关关,似乎已经成了两人之间的暧昧信号。可徐砚清怕自己会错了意,不敢回头。

"又是去上海接我,又是半夜替我打扫卫生,我要是不给你点报酬,会不会显得我太坏,喜欢占相亲对象的便宜?"夏颜站在他身后,拿手轻轻戳了戳他的脊骨。

徐砚清差点被她戳出"膝跳反应"。

他浑身发热,偏转过身来,看着她的脸道:"不用你给我报酬,我喜欢接你,喜欢照顾你,做这些事的时候我只觉得高兴,不会觉得累,所以算不上你占我的便宜。"

夏颜挑眉:"可我喜欢给你报酬,这样才公平,免得将来相亲失败,你拿这些事做文章。"

徐砚清神色认真起来:"我不是那种人。"

夏颜："看着是不像，可坏人也不会把'坏'字写在脸上，还是公平来往省心省事。说吧，你想要什么报酬？好好想，只要在我的接受范围内，我都能给。"

徐砚清的喉结滚了滚，目光躲闪间，掠过她的唇。

夏颜轻笑："数到三，说不出来就算了。"

她真的开始数。

一、二、三。间隔不长不短，可徐砚清脸都红了，也没能开口。

"真不用，你早点睡，我下去了。"徐砚清再次低头，想去穿鞋。

夏颜伸出两个手指，捏住他背后的毛衣。徐砚清呼吸更重了。

夏颜将他推到一侧的墙上，她抬起头，不高兴地瞪着他："我对你就这么没有吸引力？"

她穿得性感，他给她加外套，毛遂自荐来帮忙打扫房间，结果真的只是打扫房间？

夏颜都不知道该怀疑自己的魅力，还是怀疑他其实只是想找个女朋友秀一秀他的贤夫技能。

徐砚清屏着呼吸看着面前的夏颜。毕竟刚做了半个小时的体力活，本来就热，再被她这么一刺激，他额头便冒出汗来，从耳侧滚落。

夏颜见了，嫌弃地松开手。

徐砚清抹把汗，结巴了："我，我去洗个脸。"

说完，不等夏颜反应，徐砚清匆匆往卫生间的方向走去。刚刚擦过的地板有点滑，他走得又急，身形一趔趄，差点摔个大跟头。

夏颜："……"

她突然就笑了出来，也不想再捉弄他了。

打开玄关灯，夏颜往卧室走去，经过卫生间时，她轻轻拍了拍关着的门："我回房休息了，你走的时候替我关上外面的灯。"

通知完了，夏颜继续往前走。

就在她走到书房门前时，身后突然传来急促的开门声，开得那么急。夏颜吃了一惊，回头，还没看清什么，一道身影突然冲过来，一只大手攥住她的胳膊使劲一拉，夏颜就被迫跟着他进了书房。

"砰"的一声，书房门被狠狠关上，隔绝了外面的一切光亮。

夏颜被徐砚清紧紧地抵在了墙上。他手是湿的，打湿了夏颜的睡衣袖子，他的发梢、脸庞也在往下滴水，滴到了夏颜的领口，凉凉的。

可他的呼吸就像一团火，炙烤着夏颜暴露在他面前的侧脸。

"我不要报酬，我只想亲你。"

黑暗中，徐砚清的声音哑得像即将脱水的人。

夏颜哼了哼："亲了就等于给了你报酬。"

徐砚清："好。"

他根本不想再跟她玩文字游戏，对准她的唇吻了下去。

夏颜不由自主地弓起背，双手挣脱他的手，环住了他的脖子。

这简直是无声的鼓励。

在夜色的掩饰下，他用行动回答她刚刚的问题。

她不是没有吸引力，而是吸引力太强，他怕吓到她。

第六章

徐医生正式恋爱了

白天是大狐狸，过了午夜，他化身为狼。

夏颜终于感受到了自己对徐砚清的吸引力。

此刻的他，褪去了徐医生的清隽温和，只是一个被她诱惑的男人。

头后仰，夏颜无力地抓着他的短发，目光迷离。

她也不知道自己到底想要什么。

如果徐砚清像林君行那么会玩，夏颜可能连相亲的机会都不给他。她无心陷入男女的感情，却在面对纯情克制的徐砚清时，忍不住想撩他，想看看能把他撩成什么样。就像现在，感受着徐砚清的迷恋，夏颜很有成就感。

夏颜不想太欺负老实人。可徐砚清的吻，渐渐停了，他发烫的手也停下了。夏颜疑惑地低下头。徐砚清慢慢站直了身体，仍然贴着她。

书房一片漆黑，双眼习惯了黑暗之后，徐砚清能看清夏颜的脸，特别是她的眼中，混合着欲与迷茫，让他想继续亲下去。

可徐砚清只是亲了亲她的额头，扣着她的双手，问："我可以转正了吗?"

夏颜没想到,他会在这个时候,问这么不合时宜的话。

"转不转正,有区别吗?"

"有,不转正,你我只是普通的相亲对象关系,随时可以结束。转正了,你我便是正式的恋爱关系,除非遇到原则性的大问题否则不会轻易提分手的那种,时机成熟后会介绍给家人认识,甚至会考虑结婚。"

"你问这个,跟咱们现在做的事有关系吗?"

"有,我不想只有这一两次,转正了,说明我还有很多机会。如果最后不能转正,那我宁可没有发生过。"

他要的不是随便玩玩,不是成年人的放纵,他想认真地与她谈恋爱。

夏颜突然不知道该怎么回答。

她对徐砚清有好感,享受他投喂的美食,这点毋庸置疑,但是否要确定长期的恋爱关系,夏颜还没有仔细考虑过。

她不知道自己的好感能维持多久,更不知道徐砚清的爱情保质期。

"还有十天,我等你的答案。"

声音恢复温和,徐砚清摸摸她的头,低声说"晚安"。

他转身离开,依次关上客厅、玄关的灯,直到传来关门声。

夏颜靠在墙上,不知过了多久,她回了卧室。

翻了几次身,夏颜给徐砚清发了一条消息。

1501。

徐砚清到家后先去洗澡。

相亲的时候他就知道了夏颜的恋爱观——不想谈恋爱,徐砚清对这种观点并不诧异,因为他曾经也有一样的想法。他只是想努力,看看自己能不能成为改变夏颜观点的那个人。就在今晚,徐砚清差点就以为自己已经成功了。

可双手抚在她腰间的时候,徐砚清忽然想起了她在酒吧里风情万种摇摆的模样,想起了她与一个陌生的男人跳了一场贴身舞。

徐砚清不是老封建,不介意夏颜一时兴起的一场热舞,但徐砚清忍不住去想,夏颜没有谈过恋爱,不代表她没有过男伴。她会不会也主动亲过别的男人,会不会也把他当成了那样的男人,有好感,玩一玩,动身不动情,玩够了随时散场？徐砚清不想他们变成这样。

  他宁可再等十天，也要夏颜给他一个答案。如果夏颜接受与徐砚清谈恋爱，徐砚清会让她领教他的热情；如果夏颜拒绝，徐砚清就继续追她，继续等待转正的机会，直到看不到希望，彻底死心。

  水温偏低，洗完澡，徐砚清的身体也完全冷静了下来。

  吹干头发，徐砚清坐到床上，熄灯前，他拿起手机。

  只想随便翻翻的，竟然有她的消息。

  夏颜：转正的问题，我会好好考虑。前面二十天，我对你该了解的已经了解得差不多了，最后十天就先不要见了，我不想一边享受你的照顾一边考虑要不要拒绝你，就算你不介意，我也会良心不安。

  夏颜：睡了，不用回。

  泡在他的温水大锅里，夏颜难以做出理智的选择。

  最好的办法，就是跳出他的锅，冷静地分析要不要接受他。

  这是对徐砚清负责，也是对自己负责。

  她的消息，徐砚清一个字一个字地看了不知道多少遍。

  明明她还没有给出确切的答复，徐砚清却好像已经猜到了结果。

  这就是失恋的滋味吗？徐砚清笑了笑，关机关灯，躺平睡觉。

  他不是大哥，不需要借酒消愁。

  第二天早上，徐砚清跟着闹铃起床，做早饭的时候，他放完米，才发现自己放了两个人的量。

  吃完早饭，徐砚清去等电梯。电梯从顶楼下降，停在了十六楼。

  徐砚清抿了抿唇。电梯又动了，停在十五楼，缓缓打开。里面有五个人，男女老少，没有她。

  徐砚清面无表情地走了进去。

  步行几分钟，抵达医院。

  "小徐又熬夜了？黑眼圈那么明显。"

  "嘘，情况不对，还是别开小徐玩笑了。"

  夏颜今天接待了一位新客户王女士。

王女士四十多岁的年纪，看起来比较传统，卷发应该是刚烫的，还带着一点味道，不过并不难闻。

夏颜刚跟王女士打了招呼，王女士便开门见山，让夏颜带她去看店里一款百万级别的"轿跑"。

夏颜从对方的眼神与语气中，感受到了一丝火气。

夏颜先带人去看那辆展车，路上还在与王女士交流，王女士收到一条语音微信，一个女人问她在做什么。

王女士一边走一边用语音回复："我来买车，王八蛋不是给小情人买了一辆轿跑吗，我也给自己买一辆，他不给我买，我自己买，反正花的都是他的钱！"

夏颜："……"

又听了一位客户的八卦啊。

王女士跟朋友吐槽完了，看一眼夏颜，想到自己的破事已经被夏颜听去了，她就干脆跟夏颜吐槽起来。

原来王女士与她的老公邓先生都是农村人，邓先生很有生意头脑，年轻时肯吃苦，遇到机遇牢牢抓住，如今也有了可观的身家。王女士从来不掺和邓先生的生意，留在家里做邓先生的贤内助，主要负责照顾邓先生与两个儿子。

如今，两个儿子一个在读博士一个刚升了大学，王女士终于清闲下来，却发现邓先生竟然在外面有了年轻漂亮的小情人。

"你说他还算人吗？我给他生孩子，给他做饭、洗衣服，老妈子似的辛辛苦苦伺候他这么多年，他连件衣服都没给我买过，我心疼他赚钱不容易，也从来不跟他要，结果我不要的，他都拿去哄别人了！"

"反正卡在我这里，他给别人买的，我也给我自己买一份，我看他有脸说什么不！"

王女士说得义愤填膺，头顶都快冒火了。

夏颜便随着王女士的叙述露出了相应的表情，仿佛王女士就是她的家人，她像王女士一样痛心。

不过这种冲动消费，夏颜还是试着劝了下。

"你不用劝，为了买这个车，我连驾照都考下来了，今天我不管说什么都要买。"

王女士购车意愿坚定，并且只要全款付，连贷款手续都懒得去办了。

夏颜就替王女士办理了购车手续。

约好提车的时间，王女士风风火火地离开了。

夏颜将她送到门口，看着王女士的背影，她想到了自己的母亲。

如果王女士是她的朋友或亲人，她一定会劝王女士分割家产再与渣男离婚，但客户就是客户，夏颜不想掺和客户的家事，以免引起其他麻烦。

忙忙碌碌的一天过去，晚上七点，夏颜工作收尾，可以下班了。

今天她没有直接回小区，约了冯茜一起去逛街。

吃吃喝喝逛逛，九点多，夏颜才回了小区。

停车场里很安静，夏颜并不着急上楼，她靠在椅背上，低头玩钥匙扣上的白毛小狐狸。

今天吃了三顿饭，都不好吃。

大概刚从温水锅里跳出来，一下子不习惯吧，希望明天能够恢复一点。她可是从高中开始就很少再吃家常饭的人，胃不该那么娇气。

最后捏捏小狐狸的尾巴，夏颜推开车门。

电梯直接升到十六楼，夏颜一手挎包一手转着钥匙扣走出来，一抬头，就见家门口的墙壁上，靠着一个熟悉的男人。

是徐砚清。

他似乎也没料到她会突然出现，目光短暂地对视后，他垂下眼睑，头偏向一旁。他的脸色不太好，尤其是与昨晚在高铁上的样子对比。

昨晚的徐砚清，精神焕发得像一盆翠绿的绿萝，眼前的徐砚清，像一盆七天没有浇过水的绿萝。

不用想，肯定是因为她的那条消息。

夏颜真没觉得自己做错了，她本来就需要时间确认自己对他的心意，是一时的好感、感兴趣，还是愿意对他负责，展开一段正式的恋情。

可徐砚清这副模样，弄得她好像是个恶人。

夏颜停在门前，目不斜视，将钥匙对准钥匙孔。

余光中，他仍然偏着头，只露出侧脸，睫毛低垂，唇角紧抿。

夏颜转动钥匙，门开了。她走进去，关门。

手机放到玄关柜上，三分钟后，屏幕按照夏颜以前设置的时间，自动锁定,变暗。

夏颜打开门,探头出去,看见徐砚清的侧脸,他保持着跟刚刚一模一样的姿势。

夏颜服了:"你来做什么?"

徐砚清:"想找你谈谈。"

夏颜:"歪着脑袋跟我谈?"

徐砚清:"还没想好怎么谈。"

夏颜:"那你继续想,我进去了。"

说完,她退后两步,准备关门。一只胳膊伸了过来,手放在了门内。

夏颜探头,好家伙,他还歪着脑袋,有脸拦门,没脸看她是不是?

"不是说好了这十天不见面吗?"夏颜拿手机敲他的手,那只昨晚还在她身上"点火"的手。

徐砚清的声音绕过一个直角传进门内:"你说的,我还没有答应。"

夏颜:"用不着你答应,要不要跟你相处、要不要见你,都是我说了算。"

徐砚清:"那你关门吧。"

耍无赖吗?谁怕谁!

夏颜慢慢关上门,门板边缘碰到他的手,夏颜微微用力,开始施压。

那手一动不动:"你夹吧,真夹坏了,就算你决定跟我恋爱,我也没法再给你做饭。"

夏颜:"……"

她不敢真夹,做饭不做饭的,真坏了,她承担不起责任。

夹不走,夏颜忽然笑笑,低头凑过去,拿舌尖舔了下他的指尖。

像被烫了一样,那手迅速撤回。

在徐砚清缩回手的时候,夏颜关上了门。

"砰"的一声,砸在了徐砚清的心上,他站在门前,听见里面脚步声走远。

徐砚清抬起左手,无名指上还残留着那湿润的触感。

她竟然……

徐砚清闭上眼睛,额头抵着门板,他吻过她两次,已然领教过那悸动与美好。徐砚清按响门铃,他什么都不想管了,只想夏颜放他进去,只想将她抵在

完美恋爱 / 165

墙上。

夏颜靠在沙发上，一边缓解双脚的疲惫，一边给他发消息：回家吧，早点睡，你是医生，这副鬼样去面对病人，谁敢相信你？

徐砚清看到消息，目光定在"鬼样"两个字上，久久无法移开。

过了一会儿，徐砚清打开照相机，调至自拍模式，看向自己的脸。

只看一眼，徐砚清就放下了手机。

可他通宵失眠，怪谁？

徐医生：你不见我，我睡不着。

夏颜：昨天没见？今天没见？是你说还有十天，你等我的答案。

徐医生：可我没说这十天不能见面。

夏颜：你总要给我认真考虑的空间吧？曾经有人追我追了半年，人家半年都能坚持，你只需要等十天，有什么受不了的？

徐砚清说不出话了。

他没有追过人，没有这方面的经验，他只知道，前几分钟两人还关系密切，突然她就说十天不能见，且十天后他还有可能面临被她拒绝的结果，一想到这里他就无法保持理智，无法安然入睡，无法控制自己不去想楼上的女人。

徐医生：你亲过追你半年的那个人吗？

夏颜：有关系吗？

徐医生：有，你先回答我，说实话。

夏颜对他的反应很好奇，便如实回答：没有。

徐医生：那就对了，你没给过他希望，所以他能冷静地追求你，可你给了我希望，突然又拉开距离，我受不了。

夏颜：你就是缺乏锻炼，多追求几次，多失败几次，以后就能坦然面对了。我是在磨炼你，你得感谢我。

夏颜：就算我现在给你转正，咱们真的恋爱了，以后也有分手的概率，看你这心理素质，连十天不见面都难以接受，真分手了，你可能做出更偏激的事情，让我怎么敢跟你在一起？你说对不对？

徐砚清觉得她在讲歪理，他能做出什么偏激的事，顶多像大哥那样在家耍次酒疯。

徐医生：我心理素质很好，曾经有个满身文身的凶脸黑社会老大找我看诊，我都没怕他。

夏颜：你怎么知道他是老大？

徐医生：直觉。

夏颜：那我还直觉你在瞎编呢。行了，接下来的九天你能做到不联系我不见我，我就相信你的心理素质，做最终决定的时候不会再顾虑这一点。

徐砚清无言以对。

夏颜：现在开始计时，好好休息，勿回。

徐砚清只好离开。

回到楼下，徐砚清躺在沙发上，对着左手发呆。

爱情的分析树在脑海里疯长，乱得让他头疼。坚持到十一点，徐砚清受不了了，给亲哥发消息：你追过几个女人？

徐墨沉：记不清了。

徐砚清一怔：你有那么花心？

据他对亲哥的观察与了解，亲哥并没有"花心"这个缺点。

徐墨沉：你能记住小时候追过多少玩伴？

徐砚清被亲哥的冷幽默"冻"到了。

徐砚清：我说恋爱方面的追求，你认真点。

徐墨沉：我为什么要告诉你。

徐砚清：行，当我没问。

徐墨沉：昨晚还在约会，今晚就失恋了？

徐砚清咬了咬牙，考虑到亲哥是他唯一能求助的对象，徐砚清咽下怒气，简单地解释了情况：没失恋，她说要先跟我分开一段时间，仔细考虑要不要跟我谈恋爱，之前我们只是处于相亲阶段。

徐墨沉：相亲多久了？

徐砚清：二十天，之前也见过几面。

徐墨沉：约过几次？

徐砚清：几乎每天都见，我请她吃饭，我自己做的。

徐墨沉：她说分开前你做了什么？总得有个导火索。

徐砚清犹豫了几分钟，才回复：她应该喜欢我，只是我分不清是那种想恋爱的喜欢，还是随便玩玩过阵子就好聚好散的喜欢，所以我让她考虑清楚了，给我一个答案。对了，她好像是那种不相信爱情的人。

徐墨沉：不相信爱情还跟你相亲？

徐砚清耐心解释：咱妈让李阿姨介绍的，李阿姨就是咱妈舍己救人的那个同学的母亲，我的相亲对象是李阿姨的外甥女，人家不好意思拒绝咱妈。

徐墨沉：懂了，那你等她考虑清楚了不就行了？

徐砚清：我是要你替我分析分析她同意跟我恋爱的概率！

徐墨沉：可以，你把那个视频以及所有照片删了。

徐砚清等了一分钟，回：删了。

徐墨沉：你当我傻？答应这个条件，我现在过去找你，陪你分析一晚，不答应，免谈。

徐砚清：等等，我考虑考虑。

1601。

夏颜都准备睡觉了，徐砚清突然连续发了几张图片过来。

是徐家兄弟俩的聊天记录。

徐砚清估测的时间很准，夏颜刚看完最后一张，他的文字信息就来了。

徐医生：视频跟照片是我大哥的黑料，以他的性格，这可能是他这辈子唯一一次的黑料，你说我要答应他的条件吗？

夏颜被这个问题深深地吸引，都不介意徐砚清违反刚才的约定了：黑料发我，我替你保存。

徐医生：涉及我哥的隐私，此黑料只有进了我们家家庭群的人可以分享。

夏颜：那你删吧。

徐医生：你觉得，他能帮我分析出准确概率吗？

夏颜：分析需要提供数据，你准备提供什么？提供你给我做了多少顿饭，还是咱们接吻的时间与深度？

徐医生：我不找他分析了。

夏颜：晚安。

徐砚清心跳还乱着，这边的聊天结束，他果断拒绝了亲哥的条件。

徐墨沉：其实不用分析，她就是要拒绝你，谁会喜欢一个优点只有做饭的相亲对象。

徐砚清：一个优点只会赚钱的单身老男人有什么资格替我分析。

配图是一张视频截图照片。

徐墨沉没再回复。

徐砚清去睡觉了，看看夏颜那句话，这晚徐砚清竟然没有失眠。

今天是周末。

店里很忙，夏颜像个陀螺一样在店内四处旋转，一直忙到下午五点，她这边还有个客户。

接待客户的时候，夏颜瞥见一抹熟悉的身影。

是表妹夏冉。高三生每周只有半天的放假时间，小丫头竟然来找她玩了。

夏颜让夏冉去休息区等着，她继续上班，店关门了还要开夕会，等夏颜终于与夏冉会合时，已经快7点了。

"饿坏了吧？"夏颜很是抱歉地走过来。

夏冉摇摇头，挽住表姐的胳膊一起往外走："没饿，吧台小姐姐请我吃甜点了。"

夏颜笑道："那晚饭就随便凑合凑合？"

夏冉立即抗议："不行，我难得放假，我要吃大餐！"

夏颜就开车带表妹去吃大餐了，吃完饭逛街，她给夏冉买了一双鞋。

夏冉没跟表姐客气，表示等她以后工作赚钱了，也会请表姐吃饭，给表姐买漂亮裙子。

高三生像只脱了笼子的小鸟快活地换鞋照镜子，夏颜看着看着，突然想到了秦扬。

都是高三生，她做姐姐的，不能厚此薄彼。

曾经因为读书、工作没机会见面了解，上次在他学校前的见面，夏颜发现姐弟间存在亲缘的双向吸引。

要送秦扬什么礼物呢？

买完鞋子，夏颜让夏冉帮她想想，毕竟，夏冉就在秦扬的隔壁班，见面的机会多，夏冉更了解秦扬一点。

夏冉对此表示头疼："我是经常见他，可他是高冷范儿，我们俩连点头之交都算不上，我哪里知道他喜欢什么礼物。"

夏颜惊讶："点头之交都算不上？"

夏冉："是啊，他人气太高，我不想表现得好像要巴结他一样，他又没兴趣跟我说话。"

夏颜想了想，也能理解，毕竟她作为亲姐姐，与秦扬都不熟。

商场很大，姐妹俩走着走着，经过一家玩具城。

夏颜心血来潮，牵着夏冉走了进去。

夏冉早过了玩玩具的年龄，夏颜逛到乐高专卖店这边，看到一盒"卫星发射中心"。

"你要送他这个？他没那么幼稚吧？"夏冉瞪大了眼睛。

夏颜笑道："他好像要考飞行器设计专业，送这个多少是份心意吧。"

说着，她取下了这盒乐高。

夏冉有点吃醋："你都知道他想考什么专业，那你知道我要考什么吗？"

夏颜："你喜欢吃，新东方烹饪？"

夏冉尖叫一声，跳起来趴到了表姐的背上。

逛够了，夏颜将表妹送回家，并把那盒乐高留给表妹转送。

第二天周一，夏冉早早到了学校，可她再早也比不过住校生，两个班级都坐满了早自习的学生。夏冉提着一盒乐高，先去了秦扬的教室门口，朝里张望。

她也不知道秦扬坐哪个位置，找了一圈，没找到人，反而引起一些男生朝她看来，还有一个讨厌的家伙在吹口哨。

夏冉瞪对方一眼，转身。

"找我？"秦扬不知什么时候走了过来，一手插着裤子口袋，一手拉着肩上书包的背带。

夏冉马上将乐高礼盒递了过去，同时秀了秀脚上的新鞋："昨晚我跟表姐去逛街了，她给我买了一双鞋，怕你吃醋，又给你挑了这个。"

秦扬瞥一眼她的新鞋，接过了属于自己的礼物："谢谢。"

里面又有男生吹口哨，夏冉懊恼地跑了，暗暗决定以后再也不要替表姐转送东西。

秦扬看着夏冉跑进隔壁班,这才进了教室。

后排吹口哨的男生起哄:"嘿,第一次看'校草'收女生礼物哎!"

秦扬冷冷地瞥对方一眼,坐到了自己的座位上。

乐高盒的表面,画了卫星发射中心的图,上面有火箭发射台,细节应有尽有。

这是他从小到大,收到的最合心意的礼物。

送完夏冉,夏颜开车回小区,等红灯的时候刷了刷手机,看见徐砚清发了一条朋友圈,只有四个字:今晚夜班。

夏颜笑了笑,至少今晚徐砚清肯定不会因为她失眠了。

接下来的一周,夏颜非常忙碌。

周末夏颜要参加车展,前面几个工作日既要忙店里的工作又要为车展做准备,她白天几乎不会分心想自己与徐砚清的事,但每晚睡觉前都会刷刷朋友圈,会看到徐砚清发的一些天气预报、养生须知,每日早晚一条,不带重复的。

舅妈李玉兰给夏颜打了一次电话,问她与徐砚清相处得怎么样了。

夏颜:"这周末忙车展,忙完基本能确定要不要在一起了。"

李玉兰:"那没几天了,你先告诉舅妈呗?"

夏颜:"不行,我还得再想想。"

李玉兰拿外甥女没办法了。

车展举办得很顺利,两天时间,夏颜的业绩遥遥领先。

只是身体太累,等到展会结束,夏颜的喉咙跟着了火似的,双脚长时间束缚在高跟鞋里,也快废了。

收尾工作忙到晚上九点多,夏颜精神抖擞地走出4S店,一上车,人就像皮球泄了气一样,靠在椅背上,腰酸背痛。

这一刻,夏颜最想徐砚清,想身边有个人,温柔又体贴地照顾她。

她拿出手机,看了看,又放下去了。

这个时候找他,算什么?利用的目的未免太明显。

夏颜提出分开十天,不仅仅是给自己时间考虑清楚,也是让徐砚清冷静冷静。一见钟情后总有一段头昏脑热的追求期,处于这个阶段的徐砚清可能会忽

完美恋爱 / 171

略夏颜的很多缺点,而夏颜在恋爱方面的最大的缺点,就是绝不会像徐砚清那么热情、投入。

就算她答应与徐砚清恋爱,她也不会给予他毫无保留的热情。一来她的工作很忙,没有太多时间也不想浪费太多精力去讨好取悦自己的男朋友;二来她很自私,少投入,就等于感情变质时少受伤。

总的来说,她会是一个比较冷情的女朋友。

这十天,夏颜就是让徐砚清尝尝她的冷情,她真的可以对他不闻不问。

汽车发动,夏颜在夜色里开车回小区。

下车时,夏颜直接穿着开车备用的平底鞋,一手拎包一手拎着高跟鞋,疲惫地走向电梯。

绕过一个路口,前面就是电梯厅了,夏颜记得,徐砚清租的车位就在电梯厅对面。

她朝那个位置瞥去。熟悉的、崭新的B牌车里,驾驶位上坐着人。

除了车主徐砚清,还能是谁?

徐砚清也看到夏颜了,立即收起手机,下车朝她走来。

夏颜:"你在等我?"

徐砚清点头。

夏颜故意提醒他:"今天是第九天,按照约定,截止到明晚零点,你都不该来找我。"

徐砚清认真道:"我连续八天没有见你没有联系你,足以证明我有应对被分手的心理素质。今晚找你,是想在截止日期前最后表现一次,除了做饭好吃、擅长做家务、随时提供养生建议,我还有一个优点,想让你知道。"

夏颜笑了笑:"什么优点?"

徐砚清往上指了指:"去我那边,最多耽误你一小时。"

夏颜:"……"

排除做饭、做家务,什么优点要表现一小时左右?

如果不是夏颜对徐砚清已经非常了解了,她都要怀疑徐砚清图谋不轨。

她还在犹豫,徐砚清递了一盒东西过来。

夏颜低头,看到一盒主治咽喉疼痛的含片,她刚当销售员的时候经常买。

"看见你发的车展照片了。"徐砚清解释说。

夏颜苦笑:"工作需要,估计很多客户都屏蔽我了。"

徐砚清也笑:"等你甩了我,我也屏蔽你。"

夏颜瞪了他一眼。徐砚清直接挤出一颗含片,递到她嘴前。夏颜不客气地含住了。

好像得到了可以进一步照顾她的暗示,徐砚清抢过夏颜的包与高跟鞋,率先走向电梯。

夏颜看着他宽阔的肩膀,诱惑摆在眼前,她又想让他背了。

电梯一路升到十五楼。

走出电梯时,夏颜忍不住跟徐砚清开玩笑:"都快十点了,你不会打算对我做什么不纯洁的事吧?"

徐砚清偏头看了看她:"要说纯洁也纯洁,不过你非要往不纯洁了想,的确也带点不纯洁的性质。"

夏颜一听,停下脚步。

徐砚清笑:"还敢去吗?"

夏颜:"不敢。"说完就转身。

徐砚清立即赶过来,拦在她面前,快速解释道:"我学了足疗按摩,你连着两天参加车展,脚肯定不舒服。"

夏颜的脚是很不舒服,可徐砚清这么一说,她不但脚不舒服,心里也不舒服了。

他简直就是一个"煮青蛙大师",一边煮着"青蛙",还能让"青蛙"愧疚,愧疚于让他烧了那么多火。

"你就不怕我拒绝你,你白献殷勤一个月?"夏颜对着电梯门问。

徐砚清看着她,低声道:"我不喜欢'献殷勤'这个词,有贬义的成分,我只是喜欢你,因为喜欢所以在意你的身体健康,想让你觉得舒适。就算最后你还是拒绝我,我也享受了追求你的过程,没什么可后悔的。"

夏颜不说话。

徐砚清走过来,因为两手都是她的东西,他拿手臂推了推她的背:"走吧,站了一天,有什么话去沙发上坐着说。"

夏颜还是不开口,被他一下一下地推到了1501面前,再推进门。

里面灯都亮着,空调也开着,夏颜站在门口,徐砚清见她不动,蹲下去,将摆在一侧的她的拖鞋摆到她面前。

他这不是请她穿鞋,是请她再一次跳进他的大锅。

夏颜就不穿,脱了平底鞋,只穿袜子走了进去。

她一转身,就发现客厅里的陈设发生了变化,茶几被移到了电视柜那边,沙发前摆了一个白色的泡脚盆。泡脚盆旁边,还有疑似装着精油的瓶瓶罐罐。

窗帘已经拉好,就等她这个足疗客户。

"去吧,就当我这里是家足疗店。"徐砚清还在开玩笑,先去卫生间洗手了。

夏颜人都过来了,也不再矫情,坐到沙发上,打开泡脚盆。白色的雾气飘出来,里面有一盆到小腿肚深的热水,还真像煮青蛙,水里还泡了夏颜说不出来名字的草药。

徐砚清过来了,毛衫袖子高高撸到胳膊肘以上,搬着一把小椅子,坐到夏颜对面。

"先泡十五分钟。"徐砚清指挥道。

夏颜抿抿唇,脱了袜子,一双白皙的脚丫子,因为长时间挤在高跟鞋里,有些浮肿。

见徐砚清盯着自己的脚,夏颜故意伸到他面前:"好看吗?"

徐砚清认真地看了看,点头:"好看。"

徐砚清笑着将她的脚按到泡脚盆里。夏颜则靠到沙发上,玩手机。

徐砚清坐在小椅子上,泡脚的时候不用他做什么,他就看着对面的夏颜。

整整八天没见。

想她,但也没有一直想到失眠了,在医院的时候专心工作,下班了才满脑子都是她。

脑海里的分析树已经变成了参天大树,转正的概率每天都在0%和100%之间跳动,那晚的深吻是支撑100%的证据,八天的毫无音讯则让概率倒向了0%。

不过,就算现在是0%,也不代表以后就不可以继续追求她。

泡脚结束,徐砚清捞出夏颜的脚,擦干,再涂上精油。

这样的接触是很暧昧的,夏颜虽然手机不离手,心思早不在屏幕上了。她偷眼去看徐砚清,他神色温和而专注,仿佛又变成了医院里的徐医生,她只是找他理疗的病人。

有的地方按起来有轻微的痛感，有的地方很舒服。

身体的疲惫渐渐退去，夏颜彻底放松了下来。

"你还没说过，你对女朋友有什么要求。"夏颜突然开口。

徐砚清抬头，似乎不太懂她的问题。

夏颜："恋爱是两个人的事，你对女朋友好，肯定也会希望女朋友对你好吧。例如希望女朋友对你温柔体贴，希望女朋友给你洗衣做饭，或者希望女朋友换个朝九晚五的工作，经常有时间陪你约会，等等。"

徐砚清明白了，给她按了会儿脚，理好思路，开始回答："遇到你之前，我没考虑过这种问题；遇到你之后，如果真能做你的男朋友，那我对你只有三个要求。"

夏颜笑："你说。"

徐砚清："第一，你对我的感情要认真。认真的意思，不是说你要爱我多深，多么死心塌地非我不可，而是你会尝试了解我的喜好，会尝试把我放在心里，把我当成长期伴侣相处，而不是一时放纵的对象。"

夏颜没说话。

徐砚清："第二，我希望你能三餐规律，注意饮食健康，别再折腾出胃病或其他病。"

夏颜笑了。

徐砚清："第三，我希望你能爱上我，永远不跟我提分手。当然，这点只是我的希望，不算对你的要求。"

夏颜挑眉："那你的要求还真够简单的。"

徐砚清看着她："简单的前提是你同意跟我谈恋爱，如果你不同意，我连提要求的资格都没有。"

夏颜无法反驳。

徐砚清给她换了一只脚按："你对男朋友有什么要求？"

夏颜瞥一眼窗帘，说："没什么要求，能当我男朋友的人，说明我对他已经基本满意了，相处起来比较融洽。那我对他只有一个要求，喜欢我的时候一心一意，不喜欢了，跟我说一声，分手了再去找别的女人。"

爱过，后来没了感觉，这可以原谅，毕竟感觉这事无法强求，勉强在一起大家都难受。

夏颜憎恶的是虚伪、背叛。

徐砚清一直在看着她，看着她垂下睫毛，神色变冷。

徐砚清低头，在她没有涂抹精油的小腿一侧亲了亲。

轻微的触感拉回了夏颜飞走的思绪，她诧异地看向捧着她脚的男人。

徐砚清笑容温和："我想更改一下我的回答，其实我对女朋友也只有一个要求，我希望她足够相信我，相信我不会惹她哭。"

夏颜不会因为徐砚清一时的甜言蜜语就相信他能做到永远忠诚，不过这并不重要，因为她只是要跟他开始一段恋爱关系。恋爱很简单，发现要变质的苗头随时可断，婚姻就复杂多了，牵扯到方方面面。

"这么会说，一点都不像新手。"夏颜再次拿起手机，仿佛对这样的谈话失去了兴趣。

徐砚清替自己辩解："新手只是没有经验，不等于一无所知，更何况，我只是说了实话，做了关心一个人时会做的事。"

夏颜真服了，徐砚清这种人，他若真想当个花花公子，恐怕没有女人能治得了他。

"足疗师傅话都这么多吗？"夏颜嫌弃地瞪过去。

徐师傅马上闭嘴，认真工作。

长达半小时的足疗服务结束，客户夏小姐还在刷手机，徐师傅手脚麻利地搬走各种用具，仔细清洗双手，然后去厨房端了一碗红枣银耳汤："多吃点，这个能改善口干舌燥的症状，补气养阴。"

夏颜接过汤碗，转了转里面的小勺子，问在旁边坐下的人："你拿美食俘虏我，就不怕我只是图你的厨艺？"

徐砚清笑："怕什么，你要真图我的厨艺，那我能拴你一辈子。你如果只图我的色，我才要担心，毕竟我都快三十了，你们店里全是'小鲜肉'。"

夏颜："你怎么知道我们店里都是'小鲜肉'？"

徐砚清："之前去买车，观察过潜在的竞争对手。"

夏颜低头喝汤了。

"要不要看电视？"徐砚清拿起遥控器。

夏颜可看可不看。徐砚清就打开电视，挑了夏颜曾经看过的一个综艺节目,节目又出了两期新的。

夏颜吃完最后一口银耳汤,十一点了。

在他的温水锅里舒舒服服地泡了这么久,夏颜全身的细胞都变得懒懒的,不想动,如果这个沙发是她的,她会直接在沙发上睡过去。

综艺节目还在继续,夏颜知道,今晚何时结束的主动权在她手里。

所以,她窝在沙发里,好像还在看电视,其实眼睛慢慢地闭上了。

夏颜真的睡着了,她的头枕在沙发一头的扶手上,腿蜷曲着,怀里松松地抱着一个抱枕。

徐砚清见了,关掉电视。他坐在沙发上,一动不动,等了五分钟,她仍然没醒,发丝凌乱,呼吸均匀。

徐砚清能想象到她这两天的工作强度。

她的包放在玄关柜上,徐砚清拉开看看,取出里面的钥匙扣,装进口袋,然后退回沙发处,一手绕到她的脖子下面,一手抱住她的腿弯,将人抱了起来。

电梯里有摄像头,两人这样可能会引起别人不好的联想,徐砚清抱着夏颜走了楼梯。

绕到十六层,走廊里空空荡荡,虽然心中坦荡,可徐砚清还是怕被人看见,以最快的速度开门进门。

来过一次她的家,徐砚清熟门熟路地将夏颜抱到卧室,放到了床上。

她穿的是工作套装,睡觉肯定不舒服,但徐砚清不可能帮她换衣服,只能替她盖好被子。

徐砚清没有开灯,他坐在床边,默默地看了几分钟,准备走了。

然而他刚站起来,床上突然传来翻身的动静。

徐砚清低头。

夏颜在揉眼睛,声音含糊:"你送我上来了?"

徐砚清有点紧张:"嗯,你看电视的时候睡着了,继续睡吧,我下去了。"

夏颜放下手,闭着眼睛跟他说话:"我还没卸妆,带妆睡觉,对皮肤不好。"

徐砚清想起了她的脸,化妆不化妆的他不懂,他只能分辨出她涂了口红。

问题是，她明知道没有卸妆，却是一副躺在那里不想起来的样子。

　　"我，我帮你卸？"徐砚清忽然领会过来。

　　夏颜"嗯"了声："洗脸台上有两个收纳盒，左边那个你拿过来，我教你怎么用，再接盆水。"

　　徐砚清："好，我先用下洗手间，你等我五分钟。"

　　夏颜是随时可以睡死的状态，不介意等。

　　徐砚清去了卫生间，果然看到洗脸台上摆了两个收纳盒，右边的分三层，左边的少一点。

　　徐砚清靠着门板，用手机搜索如何卸妆。作为一个学霸，徐砚清习惯先预习课程，他不想在夏颜面前表现得笨手笨脚。

　　分别看了一个文字说明和视频教程，徐砚清有了底气，拿上东西去了卧室。

　　他打开床头柜的小台灯。夏颜歪过头来，方便他操作。

　　夏颜底子好，化的淡妆，卸起妆来比视频教程里的简单多了。她半眯着眼睛告诉徐砚清那些东西要怎么用，徐砚清已然心中有数。

　　事实证明，徐师傅不但足疗手艺好，卸妆手艺也很不错。

　　因为非常不错，夏颜都清醒了几分，盯着他问："你是不是帮别人弄过？"

　　这也太冤枉人了，徐砚清果断找到手机搜索记录让她看，他还特别收藏了两个书签。

　　夏颜："……"

　　是她低估了贤夫的贤。

　　卸好妆，夏颜想起来，她还没刷牙。

　　徐砚清将东西放回卫生间，洗手的时候，瞥见夏颜走了过来，长发乱乱的，毫无形象地揉着眼睛。

　　"我刷牙。"夏颜困倦地解释。

　　徐砚清赶紧给她让地方，出去了。

　　夏颜在关门前，让他先别走，等会儿她有话问他。

　　徐砚清就靠在外面，猜测她要问什么。

　　几分钟后，夏颜开门，走了出来，还是那个凌乱的发型。

别的地方都关着灯，夏颜把走廊灯打开了，她好像很累，靠在墙上，朝徐砚清勾了勾手指。

徐砚清紧张地走到她面前。

夏颜仰起脸，闭着眼睛问他："我化妆跟不化妆，哪样好看？"

徐砚清心跳加快。

此时的夏颜，人是慵懒的，可她的脸白里透光，长长的睫毛被水珠打湿还没有干，密密地合拢，她的嘴唇红润饱满，像鲜艳的玫瑰花瓣。

"都好看。"徐砚清目光躲闪，怕她突然睁开眼睛看他。

"头发这么乱，也好看？"

"嗯，好看。"

"谢谢你替我卸妆。"

徐砚清一怔，怎么突然跳了话题？

夏颜自然有目的，她踮起脚，勾住他的脖子，邀请他："作为报酬，奖励你亲我一次。"

徐砚清呼吸一重，随即伸手关掉走廊灯，一边将她抵回墙上，一边低头亲了下去。

九天前徐砚清也有过一次机会，被他自己作没了，不但没了，还得了个十天不许见面的凄惨下场。今晚机会再来，徐砚清不想再琢磨那些有的没的，就算夏颜只想玩弄他，他徐砚清也愿意配合。

他一步一步地试探，她像那晚一样，并没有抗拒。

徐砚清就将夏颜抱去了床上。

房间没有开空调，夏颜贪恋徐砚清身上的暖，倒成了另一种热情。

徐砚清的额头浮上了细密的汗珠，他明明尝过一次教训，却在第一次做到如此亲密的地步后，还是没忍住，亲到她耳边时又问了："我这算转正了吗？"

问完了，徐砚清迅速后悔，怕她推开他，怕她嫌他烦，怕再来一次"别再见面"。徐砚清怕到不敢乱动。

当年高考结束徐砚清胸有成竹，一点都不担心成绩，而此时徐砚清却好像回到了当年查询高考成绩的时候，他也变成了一个模拟成绩经常卡在分数线的普通考生，为接下来出现的结果忐忑不安。

夏颜的确嫌他烦，旁人抢都抢不到的机会，他非要在意这个。

"转了转了，行了吧？"她没好气地说。

惊喜来得太快，徐砚清差点怀疑自己的耳朵，抱着她坐起来："真的？"

夏颜冷啊，一把扯过被子躺回床上，将他晾在外边："假的，你走吧。"

徐砚清刚刚不敢相信是真的，现在却坚信她在撒谎，他也不与她争辩，重新挤进被窝，亲在她的颈后。

早上六点半，夏颜的闹钟响了，睁开眼睛看看，床上就她自己，床头柜上的手机下面，压着一张字条。

"我先下去准备早饭，你醒了就过来。"

夏颜放下字条，对着天花板发了会儿呆，脑海里全是昨晚冲动时的情景。

冲动归冲动，夏颜并不后悔，她喜欢与徐砚清在一起，她想要一个这样的男朋友，至于这份恋爱能维持多久，走着瞧好了，现在她只管享受。

洗脸化妆后，夏颜拿上包，去了楼下。

门依然开着，门板上用胶带固定了一朵红色的重瓣山茶花，乍一看像极了玫瑰。

夏颜本来就不错的心情，被这朵山茶点缀得更好了。

她取下花，走进去。餐桌上直接摆了一盆花团锦簇的山茶，徐砚清人在厨房，背对着她，穿得很是休闲，但他个子高，穿什么都显气质。

看着那道挺拔的身影，夏颜不可避免地想到了昨晚，想到他在被窝里点起的那些火。

夏颜若无其事地走了过去。

徐砚清听到脚步声，端着平底锅看过来。目光相对，夏颜转了转手里的山茶花，徐砚清清隽的脸突然就红了，速度堪比刚被丢进锅里的河虾。

夏颜："……"

行吧，新上任的男朋友比她纯情。

她坐到餐桌前等开饭。

徐砚清陆续端过来两菜一汤，作为早饭，这已经很丰盛了。

"你几点起来的？"夏颜看着再次走出厨房的男朋友。

"五点。"徐砚清垂着眼睑坐到她面前，脸还行，两只耳朵都是红的。

夏颜倒要看看，他准备什么时候面对她。

结果一直到早饭结束，徐砚清要么不看她，要么就偷窥几眼，被夏颜抓到，他还被饭呛了。

"我走了。"眼看他去厨房用刷碗的方式逃避正面交流，夏颜只好识趣地道别。

"晚饭一起吃？"徐砚清终于看过来。

夏颜瞪他："不然呢？刚追到手就要罢工了？"

徐砚清立即低头，面红耳赤。

他在厨房回味昨晚，夏颜一路进了车库，准备开车，有人发消息过来。

是徐砚清，这回用的大号：我转正了，这事可以告诉我妈吗？

夏颜：不用这么急吧？

徐砚清：我想让她早点放心，不然她还惦记着介绍我哥给你。

夏颜：行，那你说吧。

徐砚清：晚上见。

夏颜没再回复。

开车开到半路，舅妈李玉兰来了电话，夏颜隐隐猜到了什么，接听之后，得到确认：徐砚清真告诉了孟老师，孟老师马上又通知了舅妈！

"惊喜"不止这一个，徐砚清还发了一条朋友圈——一张今晚的电影订票截图，影院地点打了马赛克，只有票数"2"被他画了一个显眼的红圈。

夏颜："……"

拜徐砚清所赐，夏颜的舅舅舅妈知道她恋爱了，舅妈又第一时间转告了她的母亲。

确定夏颜这边不忙，夏瑾给女儿打了一个电话。

在母亲问起徐砚清是个什么样的人时，夏颜想了想，笑着总结："他是一个，我跟他在一起会觉得很放松很舒服的人。"

电话那头，夏瑾的声音也带着笑："舒服就好，好好享受恋爱的甜蜜吧，有什么进展随时告诉我，过年的时候我回江城，有空一起吃顿饭。"

夏颜算算时间，哭笑不得："距离过年只剩一个多月了，哪有这么短时间就见家长的？"

夏瑾:"孟老师都见过你了,我为什么不能见见小徐?再说了,我们家颜颜千挑万选才看上一个男孩子,我当然要见见,看看他到底哪里入了我女儿的眼。"

夏颜投降:"行吧,如果过年的时候我们俩还在一起,我就安排。"

夏瑾:"对他这么没信心?"

夏颜开玩笑:"我是对自己没信心。"

夏瑾:"我有,我们家颜颜最漂亮、最可爱、最讨人喜欢。"

夏颜都觉得肉麻了:"我又不是小学生,好了好了,快去忙吧。"

通话结束,夏颜投入到了工作中。

中午,夏颜送走一位客户匆匆去三楼食堂吃饭,刚吃两口,来了一个陌生电话。夏颜疑惑地接听。

秦盛带着讨好的声音传过来:"颜颜,是我,你先别挂,我在医院。"

夏颜的手就停在了挂断键上。

接下来,秦盛没说一句废话:"前几天我去体检,胃镜报告显示我得了一个什么癌,还好还好,医生判断应该是早期。下午三点做手术,一周后病理分期会出结果,结果好的话那就没事了,很快就能出院。"

"本来不想告诉你,可手术需要直系亲属签字,秦扬明年高考,我怕影响他心态,只能先试着联系你,你要是不想过来,那我再去找秦扬。"

夏颜:"不用找他,我现在去请假,你在哪个医院?"

秦盛:"江大附一,你舅舅工作的那家。"

夏颜:"病房号发我,等会儿医院见。"

挂了电话,看着餐盘里的午饭,夏颜再也没有一点胃口。可她上午消耗了很多的体力,如果这顿饭不吃,到了医院可能承受不了。

秦盛说得再轻松,那都是癌症。

夏颜低头,快速地吃掉所有饭菜,也不管好吃还是难吃。

她去找陈英请假,陈英得知情况后,先给夏颜批了三天假:"去吧,后面有事再联系我,先照顾好你爸爸,不用着急回来。"

夏颜道谢,匆匆离开了4S店。

坐到车上,夏颜握住方向盘,这时她才发现,手有点抖。

她不知道,秦盛的癌到底有多严重,因为未知,才更让人心慌。

手机振动,夏颜松开方向盘,拿起手机。

徐砚清:吃饭了吗?

夏颜突然想起,自己新转正的男朋友,是消化科医生。

她问他:胃癌早期,危险吗?

徐砚清直接打了电话过来。夏颜冷静片刻,这才接听。

徐砚清:"怎么突然问这个?"

夏颜:"刚知道我有个亲戚得了胃癌,医生说应该是早期,我就找你问问。"

徐砚清便解释道:"确定是早期的话,手术成功率还是很高的,基本能在百分之九十以上。术后做好巩固治疗,定期检查,其他方面跟正常人没什么区别,不用太担心。"

他的声音温和又带着一种令人信服的力量,夏颜忽然就没那么慌了。

"谢谢你,只是这两天我要去亲戚那边看看,没时间跟你约会了。"

徐砚清笑:"病人重要,我不急,对了,你亲戚住哪家医院?"

夏颜随口编了江城另一家三甲大医院的名字。

在她看来,徐砚清只是一个坐门诊的内科医生,告诉他,他对秦盛的病也帮不了什么忙,她更不想让徐砚清知道,所谓的亲戚就是曾经背叛她与妈妈的"渣爸"。

在徐砚清这里吃了定心丸,夏颜先回小区换了一套休闲装,带上充电宝,然后步行去了马路对面的医院。

医院有门诊楼、住院楼,想到徐砚清在门诊楼,夏颜放心地去了住院楼,搭电梯,找到了秦盛的VIP病房。

秦盛的司机小刘也在,看到夏颜,小刘先离开了。

四十九岁的秦盛穿着病号服靠在病床上,脸色差了一点,却并没有影响他钻石大叔的气质。

夏颜忍不住就刺了一句:"你的小女友怎么没来?"

秦盛笑女儿道:"你这语气,好像在吃她的醋。"

夏颜脸色一沉。

秦盛连忙解释道:"早分手了,她因为一辆破车跑去店里找你的麻烦,我怎么可能还会跟她在一起。就算她长得跟天仙一样也没有我女儿重要，更何况她长得也就那样。"

夏颜仿佛听了冷笑话："我真那么重要，当年你为什么搞那套？"

秦盛无言以对。夏颜坐到病床旁边的沙发座椅上，面朝窗外。

秦盛看着女儿的脸，记忆回到了二十年前。那时候的女儿还是一个喜欢各种公主裙的小女孩，喜欢爸爸送的各种礼物，喜欢穿上漂亮裙子去镜子前臭美。再后来，他与夏瑾离婚，女儿归夏瑾抚养，他与女儿见面的次数就越来越少。

最初，见女儿多少次掌控在他手里，只要他不忙，只要他去见女儿，女儿都高兴。

等女儿大了，她开始抗拒他，不想多看他一眼。

"爸爸错了，你看，这不也得到了报应。"秦盛闭上眼睛，苦笑着道。

夏颜仰起头，不想在他面前掉眼泪。

她不稀罕这报应，她想要的，从来也不是报应，更何况，无论秦盛怎么弥补怎么遭报应，她想要的，这辈子都拿不回来了。就像已经度过的二十年，秦盛再有钱，科技再发达，他也做不到逆转时间。

"你得这病，还有谁知道？"夏颜转移话题。

秦盛叹气："除了医生，就我跟小刘，我也懒得告诉别人，说了又没什么用，如果不是必须要亲属签字，我连你都不会说。"

夏颜瞥他一眼："秦扬那边呢？他走读，你长期不回家，他怎么想？"

秦盛神色尴尬："他知道我忙，从来不会过问。那小子，比你还冷，你好歹还会讽刺我，他眼里就跟没我一样。"

夏颜："谁让你是个让人放心的'好爸爸'，哪需要孩子担心你。"

秦盛露出投降的表情："今天我做手术，你就破例一次，好好跟我说话行不行？"

夏颜抿唇，再次看向窗外。

秦盛："吃饭了吗？"

夏颜："刚要吃，你的电话来了。"

秦盛："你还饿着？那我让小刘给你买份外卖过来。"

夏颜："不用，你的电话又没有什么影响，我还多添了一碗饭。"

秦盛："……"

无语过后，秦盛突然想笑："虽然你讨厌我，可你的脾气最像我，你妈不会这么怼人，秦扬基因突变，不像我也不像李阿姨。"

夏颜冷笑："会怼人就像你了？"

秦盛举手投降。

医生来了，带来一堆通知书、责任书等文件，秦盛躺在病床上，看着夏颜面无表情地签了一张又一张。

"手术大概需要多久？"签完字，夏颜终于问了一句。

医生："顺利的话四个小时吧，你爸爸的情况属于比较乐观的，不用太有压力。"说完医生拿着文件走了。

夏颜看向病床。

秦盛笑着问她："怕吗？"

夏颜："不怕，不过再有半年秦扬就高考了，你从来就不是个好爸爸，但你别在关键时刻拖秦扬的后腿。"

秦盛笑得更厉害了，他知道，女儿希望他好好的。

"放心，爸爸还等着参加你的婚礼呢，不会有事的。"

夏颜偏着头，她也相信秦盛不会有事，没心没肺的人总是活得比别人好。

秦盛的手术，如医生预估的，持续了四个多小时。

他被推回病房的时候，还处于全麻状态，闭着眼睛，就像平常睡着一样，只是脸色苍白。

手术很顺利，如秦盛之前在电话里说的，后续要如何治疗，得等切除物的送检结果。

趁秦盛还没有醒，夏颜去医院食堂吃了晚饭，回来给徐砚清发了几条消息。

秦盛醒了。还在打着麻药，秦盛暂且感觉不到疼痛。可他身上插着各种管子，夏颜总算没有再拿话刺激他，转达了医生的话。

秦盛身体虚弱，目光一直在她脸上，是那种老父亲的慈爱的眼神。等夏颜说完，他开口的第一句话便是问她："吃饭了吗？"

夏颜眼眶一热，快步走出了病房。

完美恋爱 / 185

医生、护士来了几次,夏颜在走廊里靠了很久,才重新进来。

谁也没有说什么,秦盛在药物的作用下睡着了。

夏颜躺在陪护床上,什么都没做,就看着病床上的人,最后也不知道几点才睡着的。

第二天七点多,夏颜去吃饭,回来就一直在病房待着。秦盛有一句没一句地跟夏颜聊着,她想回答的时候就开口,不想理他就当没听见。

医生例行查房,护士先进来。

夏颜放下手机,走到秦盛床边,随时准备帮忙。等她抬头去看查房医生时,呆住了。

徐砚清还在翻看秦盛的病历,翻完正要跟秦盛说话,视线一转,看到了对面病床边的夏颜。

陪床一晚后的夏颜,气色不太好。

穿着白大褂来查房的徐砚清,看起来比做饭的徐医生更帅。

视线相对,夏颜先移开视线。

徐砚清配合地去看秦盛,这一看,有些眼熟。

徐砚清先笑了笑,与秦盛闲聊,也是想缓和病人可能会有的紧张情绪:"咱们是不是在哪里见过?"

秦盛记得徐砚清。

那次他陪前任小女友去消化科门诊看病,看诊的就是眼前这个医生。秦盛之所以对一个门诊医生印象深刻,一是因为徐砚清长得帅气,二是因为徐砚清的"毒舌"。离开医院的路上,范馨宁气得想投诉徐砚清,被他劝住了。

可秦盛能当着女儿的面,承认他在陪前任看病时见过医生吗?

"没印象,你记错了吧。"秦盛给了徐砚清一个不怀好意的眼神,仿佛非常不待见徐砚清这种搭讪方式。

徐砚清很识趣,同时也判定,这位病人没什么紧张的情绪。

他开始询问、观察秦盛的情况。

秦盛说很疼,因为麻药给停了。

徐砚清:"正常反应,等会儿可以试着下地走一走,有利于肠胃蠕动。"

说完,他看向夏颜:"建议你请个护工,他这么高,你一个人照顾可能不太方便。"

夏颜点点头，始终没与他对视。

徐砚清交代完毕，继续去查其他的病房。空闲的时候，徐砚清突然想起他在哪里见过秦盛了。

他给夏颜发消息：你亲戚？

夏颜：我爸。

徐砚清：……

夏颜的假算起来只有两天半，这两天半她除了回家洗澡换衣服，剩下的时间都是在医院过的。

秦盛的手术很成功，只是麻药过后初期的痛苦他避免不了。

夏颜不可能一直留在医院照顾他，请了一位护工，还有司机小刘陪着他。这天早上陪秦盛吃了早饭，夏颜就准备去上班了，等医院的分期结果出来她再过来一趟。

分别的时候，秦盛没跟夏颜说什么，等夏颜走出住院楼，收到了秦盛的消息：爸爸错了，爸爸会改，不奢望你会原谅爸爸，只求不会让你更讨厌爸爸。

之前夏颜拉黑了秦盛的所有联系方式，这次他生病，她才把他从黑名单里放出来。

看完那条消息，夏颜随手删除。

她对秦盛，谈不上什么原谅不原谅。

原谅的前提是有恨，成年后的夏颜，对秦盛不会再有那么激烈的感情，秦盛留给她的，只有一道伤。随着时间的推移，这道伤带来的疼会越来越淡，直到变成一条陈年旧疤，怎么碰触都不会再有任何感觉。

这一场手术对夏颜的工作没很大影响，重新回到店里，夏颜表现得像往常一样。

她刚回来的时候陈英找她简单了解了一下情况，安慰两句也就不再对她区别对待。

下午五点多，徐砚清发来消息：刚刚去住院部看了看，你去上班了？

夏颜：嗯，你今天什么班？

徐砚清：白班，六点左右回小区，晚饭一起吃？

夏颜：好，想吃点刺激胃口的。
徐砚清：接单，预计七点开饭。
夏颜笑了。

她六点多下班，开车回小区，先回十六楼洗了个澡，头发吹得半干，换上毛衫、裙子去了楼下。

门虚掩着，夏颜走进去，厨房里传来锅铲翻动的声音，一丝诱人的饭香躲过油烟机飘了过来。夏颜走向厨房。

徐砚清回头看了一眼，目光自她身上快速扫过，笑道："你还真踩着点来的，还有五分钟。"

夏颜就去餐桌旁坐着了，面朝厨房的方向。

她很好奇，今晚徐砚清会端上来什么刺激味蕾的菜。

厨房里面，徐砚清给燃气灶熄火，端着炒锅往盘子里装菜，好像还摆了摆，第一道端出来的是椒盐明虾。

夏颜咽了咽口水。

第二道是剁椒鱼头，鱼头上铺满了鲜红色的辣椒丁。

夏颜想催徐砚清快点拿筷子了。

第三道是汤，酸菜丸子汤，徐砚清先盛了半碗，让夏颜尝尝。

有点酸有点辣，夏颜趁徐砚清去盛米饭时，一口气将半碗汤都喝光了。

"我想嫁给你了。"等徐砚清出来，夏颜认真地看着他说。

徐砚清愣在厨房门口，直到夏颜笑出来，徐砚清才反应过来，她只是在开玩笑。

"我还没求婚。"徐砚清走过来，将一碗饭放在夏颜那边，跟着坐在她对面，"等我求婚了，你再说一遍。"

夏颜不接话，开心地吃起饭来，酒店做出来的这三道菜可能都没有徐砚清做的好吃。

"哪天你不做医生了，可以去开个饭馆。"夏颜充分肯定他的厨艺。

徐砚清笑："开饭馆太累了，我只喜欢服务我自己，以及我喜欢的人。"

夏颜哼了哼，将一个丸子塞到嘴里。

徐砚清一边吃一边看着夏颜，注意到她好像瘦了一点，不提亲人生病她心理上的焦虑，光陪床就够辛苦了。

徐砚清又想到了夏颜的爸爸秦盛。

他已经从母亲那里知道，当年夏颜父母离异，好像是因为她爸爸先精神出轨，他联想到秦盛快五十岁的年纪还在交往年轻漂亮的小女友，可见是个花心的男人。

徐砚清不知道该怎么在这件事上表达他对夏颜的关心，他感觉得到，夏颜不喜欢她的爸爸，可能不希望挑起关于秦盛的话题。那就先陪她吃饭吧。

"对了，那天的电影票，是不是浪费了？"夏颜吃完一口鲜美微辣的鱼肉，抬头问道。

徐砚清："不能退票，但也不算浪费，靠那两张电影票的订单，我微信上的所有同学同事老师领导家人亲戚，都知道我脱单了，物超所值。"

夏颜瞪他："你还好意思提，我妈都从我舅妈那里知道了，说是过年的时候要我安排饭局。"

徐砚清忽然心跳加速："你怎么说？"

夏颜笑笑："我说行啊，如果那时候咱们俩还在恋爱的话。"

徐砚清脑袋里乱了一会儿，注意到夏颜吃饭吃得很开心，他也有了几分底气："你刚刚还说想嫁给我，我有信心，过年肯定能见到阿姨。"

夏颜："你很期待跟我妈见面吗？说不定她能挑出你一堆缺点，并把我说服了呢？"

徐砚清笑得更自信了："我除了年薪没你高，工作不能朝九晚五，其他方面没有缺点。"

夏颜像第一次认识他一样："原来你脸皮这么厚。"

徐砚清："我只是实话实说。"

夏颜抵着下巴想了想，认识徐砚清也有两个月了，她还真没发现徐砚清有什么明显的缺点。

吃完饭，徐砚清去收拾厨房，夏颜靠坐到沙发上，回了几条客户的消息。

徐砚清走了出来，夏颜朝他挥挥手机："我买了两张九点开场的电影票，去看吗？算是补偿那晚的失约。"

徐砚清表示惊喜："什么电影？"

夏颜："就你买的那个。"她看过他的朋友圈，记住片名了。

女朋友主动提出约会，徐砚清当然愿意。

出门的时候，徐砚清穿上了那件白色的羽绒服，夏颜便也去楼上取了一件短款羽绒服，两个人穿得暖暖和和地下了楼。

一楼大厅，迎面走进来一对情侣，女朋友挽着男朋友的胳膊。

徐砚清双手插进羽绒服口袋，目视前方，将左臂弯摆到夏颜面前。夏颜笑笑，挽了上去。

路上夏颜主动提到了秦盛："你真看他眼熟？"

徐砚清看她一眼，道："可能叔叔以前也去看过病，所以说身体有任何异常都要及时做检查，早发现早干预早治疗，叔叔这次就很幸运。我跟他的主刀医生聊过，叔叔的情况比较理想，只等分期结果出来确定一下，没问题的话很快就能出院了。"

夏颜："你要是能提前看到报告，通知我一下吧。"

徐砚清："那肯定的，对了，我毕竟是你的男朋友，现在也知道叔叔住在我们医院，你说，我要不要去叔叔面前表现表现？不然好像不够礼貌。"

夏颜冷笑："不用去，我跟他好几年没见了，如果不是他生病，我也不会去医院看他。"

徐砚清明白了，看来夏颜与秦盛的父女关系非常冷淡。

去电影院之前，两人先去商场逛了逛，时间到了再去电影院取票，关于秦盛的话题也彻底结束。

从电影院出来，又是十一点了。

"困不困？我背你？"徐砚清主动争取表现的机会。

夏颜不困，只是不想走路了，递了他一个"蹲下"的眼神。

"晚饭吃了那么多，是不是比上次重了？"趴在他的背上，夏颜笑着问。

徐砚清："没觉得，可能我最近健身效果不错，力气更大了。"

他刚说完，两人正好走到一个路口，一股冬夜的冷风吹来，夏颜立即从徐砚清的左肩趴到右肩上，利用他的脑袋挡风。

徐砚清加快脚步，走过这个地段，风被旁边的建筑挡住了。

夏颜歪着脑袋，视线里是长龙一样的路灯，是深夜空旷寂静的马路，是偶尔出现的行人。

突然就想说点什么。

"我挺喜欢让人背着的。

"男性里面,你是第二个背我的人,第一个就是他。

"其实我小时候很喜欢他,高大英俊,比别的同学的爸爸都帅。

"他那样的外形条件,其实很难让人讨厌,他只会让喜欢他的人难受。"

秦盛有一句话好像说对了,她的确吃过范馨宁的醋。在亲眼看到秦盛耐心地陪范馨宁逛街买衣服时,夏颜想的是:为什么你有时间陪一个明显只图你钱的女人,却没有时间陪当初还是小学生、中学生的女儿。

亲情会让人吃醋,爱情更会吧。

夏颜也曾埋怨母亲忙工作没时间陪她,可懂事以后,夏颜只庆幸母亲是个强大的女人,她能将变心的秦盛视为粪土,一脚踹开毫无留恋,一眼都不再多看,专心去经营自己的事业,并且做得比秦盛更成功。

夏颜在想母亲。徐砚清见她不说话了,停在一棵绿化树下,偏头对肩膀上的女朋友道:"论外形条件,我可能比不过叔叔,但我可以保证,我不会让我的老婆、孩子难受。"

夏颜被他温和的声音拉回了注意力,她笑了笑,一只手伸过去,在他年轻俊美的脸上摸了一把:"不用妄自菲薄,你也很帅,不比他年轻的时候差。"

一边说着,她的手还在他的脸庞、鼻子、额头又摸又捏,好像古代的风流老爷去喝花酒,抓到一个小美人肆意地戏弄。

徐砚清抬头看看,提醒她:"那边有监控,你注意点形象。"

夏颜不服:"我摸我的男朋友,谁还能来抓我不成?"

徐砚清喜欢听,笑道:"行,你随意。"

夏颜的手,慢慢地从他的脸滑到他领口。徐砚清喉结一动,呼吸乱了节奏。

就在此时,夏颜对着他的耳朵道:"其实我不怕你变心,男朋友变心,比父母变心好处理多了。"

徐砚清逐渐攀升的体温线忽然一停。

夏颜缩回手,从他背上跳了下来,往前跑了几步。她转身,对着徐砚清笑:"如果你变心,我就把你当成一只苍蝇,标上记号丢到窗外,以后都不会再给你机会。"

徐砚清："……"

他不想当苍蝇，这辈子都不要当苍蝇。

回到小区，走进电梯，徐砚清看一眼夏颜，按了"16"。

夏颜的视线从变亮的按钮上扫过，笑了笑。徐砚清一直将她送到1601门口。

夏颜打开门，逗他："要进来坐坐吗？"

徐砚清笑得温和："你知道我想，不过现在不合适。"

他没提为什么不合适，夏颜明白，他还是在意秦盛的病情。

"晚安，谢谢你的晚餐。"夏颜踮脚，在他唇上轻轻亲了一口。

徐砚清的手都抬起来了，最终还是没有碰上她的腰，克制地放了下来。

无论如何，今晚都是一个美好的晚上。

接下来的几天，两人都是正常工作，时间对得上就一起吃饭，如果徐砚清上夜班，夏颜就跟冯茜在外面吃。

秦盛周一做的手术，之前医生说过，周日会出病理分期结果。

夏颜请了周日的假，这个结果太重要，拿到结果之前，她工作起来都没有什么好的状态。不过夏颜也没有去医院守着，她就待在家里，坐在沙发上看综艺节目，转移注意力。

昨晚徐砚清上的夜班，早上八点多，他发了一张电子报告截图过来，附加文字解释：没有转移扩散，无须化疗或药物治疗，再休息几天就可以出院回家休养了。

夏颜紧绷的精神终于放松下来。

她回了徐砚清一个"谢谢"，然后躺在了沙发上。

不管怎样，她都希望秦盛身体健康，她宁可他还有心思去追求小女友，也不想看他插着各种管子躺在病床上。秦盛好好的，见了面她还能拿话讽刺他，秦盛若病倒了，她有话也得憋着，否则害他病情加重，她还得担责任。

大脑放空，不知不觉竟躺到了九点半，夏颜去洗脸化妆，出门了。

小区外面有家花店，夏颜想了想，去买了一束花。

老男人也算从鬼门关晃荡了一圈，送他一束花提提精神。他早点恢复，秦扬那边也不用担心了。

抱着花束走进住院部，在一楼大厅，夏颜看到了徐砚清，他已经脱掉了白大褂，穿着休闲服，手里也捧着一束花。

夏颜抿唇，他还真想在秦盛面前表现啊？

徐砚清走过来，一本正经地胡说八道："前几天我用我神奇的医术治好了一位老大爷，刚刚他送了我一面锦旗还有这捧花。正赶上叔叔这边出了好消息，我就想着把花送你，你拿去给叔叔，咱们借花献佛，心意到了，还不用花钱。"

夏颜直视他的眼睛："锦旗呢？给我看看。"

徐砚清："在我办公室，我带你过去？正好给我的同事们介绍介绍，之前我说我找了一个特别漂亮的女朋友，他们都不信，说我急于脱单得了幻想症。"

夏颜："……"

他这么能说会道，哪里像老实人了？

懒得理他，夏颜刚要走开，忽然注意到秦盛的司机小刘站在一个走廊拐角，正目瞪口呆地看着她与徐砚清。目光相对，小刘一摸后脑勺，脚底抹油般消失在了走廊里。

夏颜皱了皱眉。

徐砚清注意到了，问："刚刚那人，你认识？"

夏颜语气淡淡："我爸的司机。"

徐砚清攥紧手里的花："那咱们的关系……"

夏颜瞪他："怎么，你还想跟我一起上楼？"

徐砚清咳了咳："我上不上都行，就怕叔叔误会你找了一个很差劲的男朋友，差劲到你都不好意思把人带到他面前，怕被他嘲笑。"

夏颜被他的激将法逗笑了，从他的花束里抽出一朵花，然后再将那朵花别进徐砚清的领口："我恋爱不恋爱跟他没关系，男朋友怎么样也不用给他介绍向他报备。你要是下班了就赶紧回家，我今天请假了，等会儿去你那边吃午饭。"

徐砚清当然选择听女朋友的话。

夏颜看着他走出住院楼，这才去搭电梯。

到了秦盛的病房，透过门上面的玻璃，夏颜看见小刘坐在病床边的椅子上，上半身前倾，好像正在跟秦盛汇报什么。

夏颜推开门。

秦盛、小刘同时向她看过来，小刘"嗖"地站起来了，秦盛惊喜地看着女儿手里的花。

"今天预约来提车的客户临时有事改期了，我白白让人订了花，拿来送你吧。"夏颜面无表情地解释了花束的来历，随手将花放到了柜子上。

她穿的是套装，这话很有说服力。

秦盛依然很高兴，哪怕女儿只是不想浪费，才送花给他，他也知足了。

"报告出来了吗？"夏颜站在病床前问。

秦盛让小刘把医生刚刚送过来的纸质报告递给女儿，高兴地解释自己的情况。

跟夏颜从徐砚清那里听到的差不多。

"那你好好养着吧，我回公司了。"夏颜似乎并不在意这个结果，走完程序般就要走了。

秦盛叫住她，上半身抬起来有点急，牵扯到伤口，他疼得吸了口气，赶紧重新躺好。

见他这样，夏颜只好站在原地。

秦盛瞥一眼已经溜到病房门口的司机小刘，笑着问女儿："刚刚小刘说，他看见你跟一个长得挺帅的年轻人在一起，手里还拿着花，你们俩一起来的？交男朋友了？"

夏颜冷笑："年轻人？那肯定不是我男朋友，我男朋友六十岁了，现在的女孩子都喜欢跟老男人谈恋爱。"

秦盛险些被这话气出个脑血栓。

夏颜反而被他的表情逗笑，笑着问："还有事吗？"

秦盛哼道："没了没了，你走吧，让你那个'老男人'等着，等我能行动了，我肯定要去找他。"

就凭他这句话，夏颜可以怼他一百句，只是考虑到他还在手术恢复初期，夏颜才放了他一马。

她走出病房，看见小刘躲得远远的。

夏颜没去找小刘的麻烦，离开医院走向小区。

路上,她给徐砚清发消息:到家了?

徐砚清:刚到超市,你这么快就要回来了?

夏颜:嗯,就要过马路了。

徐砚清:那你去我那边坐着吧,我买完菜就回去,密码你还记得吗?

夏颜笑:记得,你跟我签订购车合同的日期。

说完,夏颜还给两人的聊天框截图发了过去。

徐砚清这才知道自己的大号在夏颜那边是什么备注。

第七章

徐医生的浪漫生活

买完东西,徐砚清以最快的速度离开超市,回到1501,就见夏颜舒舒服服地靠坐在沙发上看电视。

徐砚清一边换鞋一边探头提醒她:"你给我的备注是不是该改改了?"

夏颜回他一个心不在焉的眼神:"改成什么?"

徐砚清垂眸换拖鞋:"男朋友或老公什么的。"

夏颜看过来。徐砚清仿佛突然发现鞋柜要收拾,蹲了下去。

夏颜看不见他的脸,却能脑补出他的样子,至少耳朵是红了。她继续看电视。

过了两三分钟吧,徐砚清拎着两个购物袋走过来,在夏颜充满玩味的目光下目不斜视地走到厨房那边。他将各类食材分别放进冰箱,塑料袋的声音响了很久。过了一会儿,徐砚清一只手背在后面,来了沙发这边。

"我在超市买了一样东西。"他看着夏颜说,"送你的。"

夏颜第一个想到的,是那晚他坚持要买的用品,可此时的徐砚清那么镇定,甚至还带着一丝微笑,显然不符合他偶尔纯情胆小的性格。但夏颜还是睨他一眼。如她所料,徐砚清白皙的脸刷地红了,几乎红透的那种。

"你能不能纯洁一点。"尴尬过后,徐砚清用批判的语气道。

夏颜心情愉悦地看向电视,不陪他猜。

徐砚清伸出手,递过来一只粉色的——苍蝇拍,还是那种已经流传了几十年的经典样式。

说实话,追求过夏颜的男人能把这套两居室挤满了,送的礼物也五花八门,可徐砚清的这个礼物,绝对是独一份。

徐砚清举着他的苍蝇拍,神色认真:"首先,我不会变成苍蝇。但如果哪天我被人下了什么高科技的毒变成了苍蝇,你也不用标记我,直接拍死我就可以,我绝不会躲。"

夏颜:"……"

她拿过苍蝇拍,先朝徐砚清的肩膀拍了一下:"行了,你死了。"

徐砚清配合地倒向她。

夏颜想躲,却被徐砚清拦腰抓了回来,他随之将她压在了沙发靠背上。

夏颜看着这张近在眼前的脸,笑道:"刚刚还不敢看我,现在胆子大了?"

徐砚清喉结动了一下,红着耳朵道:"我还可以更胆大。"

夏颜微惊,徐砚清的唇已经覆了过来。夏颜怔了怔,随即闭上眼睛,双手去抱他的脖子。

还没抱稳,徐砚清突然支起身体从沙发这边跑开,跑到阳台那边拉上窗帘,挡住了对面楼层可能传来的视线,然后再一步一步地朝她走来。

太阳光几乎完全被隔绝,电视机屏幕的光芒明暗变幻。

徐砚清坐到夏颜旁边,拿起遥控器,侧对着她问:"关了?"

夏颜笑:"关了做什么?"

徐砚清没有回答,关掉电视,再次压了过来。

成年人的恋爱,一旦有了亲密接触,很容易更进一步。

徐砚清抱起夏颜,前往卧室。夏颜伸手捏了捏他的裤子口袋,有盒物品。

"昨晚不是夜班吗?还买了东西?"夏颜低声调侃他。

徐砚清觉得,她的每句话、每个动作,都是在点火。

"你拿出来看看。"他哑着声音说。

拿就拿,她难道还怕他?然而东西拿出来,竟然是盒绿色包装的口香糖。

夏颜:"……"

到了卧室,徐砚清反锁门,拉上窗帘。他低下头来,一边吻她的颈后一边说:"周一早上就买好了。"

是她低估了他的迫不及待。

空调呼呼地吹着热风,窗帘将窗户挡得严严实实,外面的光进不来,卧室里面的声音也逃不出去。

夏颜到徐砚清这边蹭饭,来了不知多少次,这一次,她终于有了掉进狼窝的感觉。

随着时间的推移,夏颜甚至开始怀疑昨晚徐砚清上了一个假夜班,他这表现,明明像个翘班宅家三天的人,攒了无数精力,只等着猎物送上门。

"饿不饿?"余波散去,徐砚清亲在女朋友的额头上,笑着问,声音里带着一丝暗哑。

夏颜浑身疲惫。她不回答,徐砚清继续亲她。

夏颜终于有了点力气,躲开他的吻:"几点了?"

前面是他,后面是被子,夏颜现在的样子,就像一个被男朋友卷起来的蚕宝宝,不好转身,她也懒得转。

卧室的墙壁上装了挂钟,徐砚清抬头看看,差五分钟十二点。

他买完东西回来,才十点左右。

徐砚清暗暗庆幸,第二场拉高了他今天的平均成绩。

"十二点了,我去做饭?"

"你还有力气做饭?"夏颜是真的震惊于他的好精力,如果让她熬一个夜班,她能睡到第二天下午,饭都不想吃。

徐砚清笑了笑,重新压住她。几秒钟后,夏颜毫不客气地将他推出被窝。

徐砚清先去洗澡了,几分钟后便走出来,去了厨房。夏颜饿不饿徐砚清不知道,但他饿了,需要吃食物补充体力。

从冰箱里取出食材,徐砚清突然想到一件事,洗洗手,来了卧室。

夏颜正准备起来,听到脚步声,就又躺好了。

窗帘拉着，也没有开灯，卧室里光线很暗，徐砚清去了衣帽间，找出一条新浴巾，朝夏颜晃了晃："没用过的，放这里还是挂到卫生间？"

夏颜："扔床上吧。"

徐砚清照做，之后回了厨房。

夏颜裹着浴巾、抱着衣服走出卧室，客厅开了灯，徐砚清似乎很专心地在准备午饭。

夏颜溜进卫生间。徐砚清的卫生间与外面是一个风格，打扫得干干净净。

他好像格外偏爱柠檬，洗衣液、沐浴液都是柠檬香的。

这个澡夏颜洗了半个小时。

等她吹干头发出来时，徐砚清已经做好饭了，两个炒菜和一个紫菜蛋汤。

火气烘烤，他白皙的脸上多了两抹浅红，这让平时温和清隽的徐医生多了几分魅惑力。

而徐砚清眼中的夏颜，长发蓬松，双颊潮红，眼中湿漉漉的，俨然一只刚吸完书生的阳气还没能完全炼化的狐狸精。

"过来吧。"徐砚清垂下睫毛，替她拉开座椅。

夏颜懒懒地走了过去。徐砚清端了所有饭菜出来，又开始回避与夏颜的目光接触。

夏颜发现了，开灯与关灯时的徐砚清，是两个样子，有光的地方他是斯文医生，没了光，他就是一匹午夜凶狼。

"下午是不是得补觉？"夏颜不信夜班对他真的没有影响。

徐砚清反问她："你有什么安排？"

夏颜："我去店里，之前请了一天假，还以为报告要等下午才出来。"

徐砚清懂了："那我补觉，傍晚去接你。"

夏颜笑他："走路去接我，然后蹭我的车？"

徐砚清飞快地看了她一眼："等会儿我开车送你过去，傍晚再去接你。"

夏颜想想，拒绝了："还是你走路去接我吧，我怕你疲劳驾驶。"

疲劳驾驶？徐砚清不知想到什么，又低下了头，一心吃饭。

饭后徐砚清将夏颜送到楼上去拿东西，两人靠在玄关柜前又亲了十几分钟，徐砚清才松开了她。

夏颜去上班了，徐砚清回到1501，拉开卧室窗帘，准备换条床单。

完美恋爱 / 199

拿开被子，徐砚清一低头，怔住了。

所以，夏颜撩他的时候好像很熟练的样子，其实并没有过什么"动身不动心"的短期男伴？

徐砚清感到荣幸。追求过夏颜的男人那么多，只有他得到了夏颜的青睐。

下午五点，徐砚清发消息问夏颜大概什么时候下班。

夏颜估计要七点下班，周日总是特别忙。

徐砚清便先做好了晚饭，六点四十左右到了4S店外，他站在出口一旁的绿化树下，低头看手机，仿佛只是一个偶尔停下来的行人。

夏颜开车出来，一眼看到了他，不用看脸，徐砚清的身形与气质，便足以让人很快将他与旁人区分开来。非要形容的话，夏颜觉得他像他送她的那盆绿萝，只不过他是修炼成精的绿萝，拥有人的外形，绿萝的清新。

即便在床上，他也是温和的，温和一层层堆叠，让浪潮的到来有所预兆，却什么都做不了，只能清醒地迎接，在他执着的注视下被席卷，被淹没。

那时候的徐砚清，充满一种温和的掌控欲，令人无法"控诉"他其实很霸道。

夏颜更加坚信，他根本不是什么老实人。

车子停到徐砚清旁边，他收起手机，笑着拉开车门，坐了进来。

经过一个下午的缓冲，徐砚清又敢与她对视了。

"中午吃的菜口味重，晚饭比较清淡，不知道你喜不喜欢吃。"徐砚清系好安全带，报了三个菜名。

夏颜看着路况："我不挑食，好吃就行。"

徐砚清："晚上要出去逛吗？"

夏颜："太冷了，没兴趣，宁可窝在家里看电视。"

徐砚清："也行，我跟你一起看。"

夏颜斜了他一眼："谁说要跟你一起看了？"

徐砚清摸了一下头。

开车到了小区，上电梯，夏颜先去1501吃饭。

一进客厅，夏颜就看见阳台上晾了一张熟悉的床单，她视若无睹，去厨房拿碗筷。

吃完饭，夏颜跟徐砚清分开了，她有几份汽车资料要熟悉。

徐砚清知道她要忙工作，没有跟上去。

夏颜背资料背到十点，刚伸展双臂活动活动筋骨，徐砚清就像在她这边装了摄像头似的，发消息问她要不要吃夜宵。

夏颜：什么夜宵？

徐砚清：鲫鱼汤，很鲜的，好消化易吸收，不用担心变胖。

除了文字，还有附图一张，奶白奶白的汤，还有几块豆腐。

夏颜：不想动了，你给我送上来。

徐砚清：稍等。

楼上楼下的，徐砚清来得很快，夏颜过去开门，只见徐砚清双手捧着汤碗，里面还冒着热气。

"有点烫，我给你端进去。"徐砚清一边往里走一边说。

夏颜挑挑眉，没有拆穿他的小套路。

夏颜的餐厅不常用，她也没有加什么装饰，显得冷清多了。

徐砚清坐在她对面，看她吃。

"光给我做，你没吃？"夏颜看着碗里完整的鲫鱼，问道。

徐砚清笑："我喝汤了，鱼你先吃，吃不完的我解决。"

夏颜哼了哼，去厨房拿了一个碗出来，筷子使劲一夹，夹了半条鱼分给徐砚清，还给他舀了几勺汤。鱼汤非常好喝，喝完全身都热乎乎的。

徐砚清就在夏颜这边刷了碗。

"工作忙完了？"端着擦干的碗走出厨房，徐砚清看着沙发上的女朋友问。

夏颜在找电视节目，点点头。

徐砚清将碗放在餐桌上，走到沙发这边，若无其事地坐下："要看什么？"

夏颜瞥他一眼："恐怖电影，你敢看吗？"

徐砚清："不要低估医生的承受力。"

夏颜还真想试试他的承受力，故意挑了一个恐怖片。

随着电影的播放，徐砚清与夏颜中间的距离也越来越近。当一个恐怖画面突然出现时，徐砚清终于低头，询问女朋友："可以暂停吗？"

夏颜笑着配合："害怕了？"

徐砚清偏着头，大大方方承认："没看过这种。"

夏颜："那你走吧。"

徐砚清："走廊太黑，你送我下去。"

夏颜："……"

她这算不算挖坑埋自己？

徐砚清见她不动，瞥过来道："你不送也行，今晚我在你这边睡，你睡沙发。"

夏颜想了想，笑道："行，你去里面睡吧，等会儿我下楼去你那边。"

徐砚清："那你现在就下去看，我不想听到声音。"

夏颜继续配合，关掉电视，穿上一套厚厚的冬季睡衣，这就出门了。

结果徐砚清跟着夏颜一起出来了，面对她询问的眼神，徐砚清正色道："我送你下去，免得你怕黑。"

夏颜："那你一个人上来的时候，就不怕了？"

徐砚清："不怕。"

夏颜不陪他玩了："那你现在就自己下去吧。"说完，她掏出口袋里的钥匙，回头去开门。

徐砚清从后面抱住夏颜，仗着夏颜对着门板看不见他，他低头亲她的耳朵："一起睡。"

温热的气息吹到夏颜的耳朵上，也吹软了她的心。

她打开门，两人一起走了进去，灯刚刚都被徐砚清关了。

四周都是黑漆漆的，徐砚清果然又变身了，还在玄关就抵着夏颜开始亲。

夏颜捏他的耳朵："刚刚真怕了？"

徐砚清回答得断断续续："电影不怕，怕你真赶我让我自己睡。"

夏颜笑："你都自己睡了二十七年了，有什么不习惯的？"

徐砚清："以前没有女朋友，现在有女朋友了，不抱着你睡，我怕你被人偷走了。"

夏颜："谁会偷我？"

徐砚清："不知道，外面有那么多没被你标记过的苍蝇。"

夏颜再也忍不住，拧了他一下，长这么一张嘴，他当什么医生，跟她一起去当销售员得了。

热吻过后，徐砚清抱着夏颜去了卧室。

今晚他带上来的可不仅仅是一碗鲫鱼汤，夏颜熟练地去掏他的口袋，这次总算不是口香糖了。

她惊讶于他准备的数量："你……"

徐砚清笑："不是一晚的量，我那边还有一盒，这些都放你这边。"

夏颜："……"

他准备得可真够充分的!

他们连着在一起三个晚上，终于又轮到徐砚清值夜班了。夏颜有种被男朋友放假的轻松感。

不是不喜欢那种亲密，而是亲密的关系来得太快，夏颜还没有完全适应。

晚饭时，夏颜与冯茜去了附近的大商场。

冯茜今天的情绪不太好，她的一个单子被一个同事截了。冯茜去找主管陈英理论，本以为陈英会站在她这边，没想到陈英反而教育了她一顿，让她反思为什么单子会被别人抢走。

冯茜很委屈，吃饭的时候跟夏颜倒苦水："那个客户是我维护了很久的，本来约好在我上班的时候他来看车，可偏偏在我请假那天，客户不打招呼自己来了，还在同事那里签了单。这种情况按照公司制度，单子本来就该归在我头上，颜姐你说对不对？"

制度的确是这个制度，但制度是死的，人是活的，那个同事能把车卖出去就是人家的本事，让人家完全把提成算在冯茜头上，人家也不会愿意。

陈英坐在主管的位置上，看重的是业绩，不可能完全按照制度一板一眼地走。

冯茜还在诉苦："我这个月业绩本来就差，都快垫底了，这单到手能好看很多。"

这个事，夏颜不能责怪冯茜，也不可能跟着吐槽陈英。

"给我看看你跟那个客户的聊天记录。"夏颜安慰安慰冯茜，提议道。

冯茜就拿出手机，找到聊天框，递给夏颜。

聊天记录很长，大多时候都是冯茜在推销或主动找话题。

夏颜快速地划动屏幕，划到最后，发现原来客户已经提出要昨天来看车了，可前天冯茜就请好了昨天的假。当双方时间出现冲突时，冯茜选择继续请假，希望客户今天再过来，客户在微信上答应了，然而还是挑了昨天来。

"如果是我，我会放弃假期，来店里等李先生。"夏颜把手机还给冯茜，拍了拍她的手说，"你刚联系李先生的第一天，李先生已经介绍过他是程序员，程序员基本都是'996'，他能提出周三来看车，说明他那天也是请了假的，而且另有请假原因，看车只是充分利用时间，不然他完全可以周末再过来，你说是不是？"

冯茜一愣，反应过来，可她还是有点委屈："那他不满意我说的日期，他可以告诉我啊，怎么还偷偷来。"

夏颜道："李先生并不知道咱们店里的规矩啊，就算知道他也未必在乎。在与销售员不熟悉的情况下，客户在意的只是买到喜欢的车，哪个销售员来接待他们都没关系。咱们销售员在客户眼里，就是个工具人，有的客户，就算跟咱们签了单，隔两天再见面，他们可能都认不出咱们了。"

冯茜陷入了思考。

夏颜补充道："其实与客户打交道，咱们要试着代入客户的角度，他们需要什么咱们就提供什么，他们怎么方便咱们就怎么操作，多揣摩客户的职业与性格特点，坚持下来，一次两次或许没有效果，时间长了，你就得心应手了。"

冯茜一直都很佩服夏颜，夏颜这么一说，冯茜就好像一个初入江湖的新手，突然得到武林高手的指点，瞬间对未来的闯荡充满了信心。

"谢谢颜姐，我知道该怎么做了！"一扫之前的郁闷，冯茜端起饮料，笑着跟夏颜碰杯。

逛完商场，夏颜特意开车将冯茜送了回去，再返回小区。

晚上九点，徐砚清发来消息：明早我要去查房，叔叔的司机在吗？会不会认出我？

夏颜靠坐在沙发上跟他聊：我并没有承认你是我的男朋友。

徐砚清：你果然嫌弃我。

夏颜：我是嫌弃他。

徐砚清：如果叔叔盘问我跟你是什么关系，我该怎么回答？

夏颜：就说你看我漂亮想骚扰我，被我狠狠地拒绝了，我还毁了你的花束。

徐砚清：这个谎言太容易拆穿了，根本不符合我的气质。

夏颜：你什么气质？

徐砚清：三好男人的气质。

夏颜：要我给你颁发一张奖状吗？

徐砚清：可以，以后每年初遇纪念日发我一张，我都收藏起来。

夏颜：你这个夜班真是太闲了。

徐砚清：明天中午回来吃？我去接你。

夏颜发了一张让他"滚蛋"的表情图。

周五早上，徐砚清照例去住院楼查房，出发前他特意戴上了口罩，还跟一个娃娃脸的同事借了一副眼镜。娃娃脸同事总是因为年纪显小被病人质疑，所以买了一副有增龄效果的眼镜镇场子。

秦盛的VIP病房里，护工不在，司机小刘陪在秦盛身边。

徐砚清与护士进来了，他一身白大褂，还戴着眼镜，小刘并没有认出他。

秦盛对徐砚清印象深刻，又怕徐砚清当着女儿的面揭他的短，所以哪怕徐砚清做了掩饰，秦盛也一眼就认出他了。

幸好，今天女儿不在，秦盛就不用怕什么。

徐砚清检查过秦盛的情况，通知他今天可以办理出院手续了。

秦盛不懂："我得的是胃癌，这么快就可以出院了？"

徐砚清："胃癌早期，手术很成功，恢复得也好，回家静养就行。"

秦盛反而是一副有些遗憾不能再住几天的样子，住院时间长说明病得重，跟女儿说一声，或许女儿还能再来看看他。

徐砚清继续交代他出院的事项。秦盛心不在焉，小刘听得十分认真。

交代完毕，徐砚清走了。

秦盛看着他的背影，想到出院后就不用再看到这位医生，忽然又觉得今天出院也挺好。

小刘去办手续，秦盛躺了一会儿，给夏颜打电话："颜颜，我等会儿出院了。"

夏颜刚开完早会，对秦盛出院的事并不感兴趣。

秦盛："今晚你去我们那边一趟吧，秦扬毕竟还没成年，我怕说出来吓到他，你们俩年龄接近一点，到时候你替我开导开导他。"

夏颜皱眉："你可以不告诉他实话，就说你做了一个小手术。"

秦盛："我倒是想，你太低估秦扬的智商了，瞒来瞒去让他自己猜到，他还得胡思乱想。"

秦扬的确不像好糊弄的，夏颜犹豫几秒，同意了："我下班后直接过去。"

秦盛："嗯，秦扬五点半左右到家，我等你来了再说。"

夏颜挂了电话。她知道，秦盛是想培养她与秦扬的姐弟情，但秦盛不了解，秦扬比他讨人喜欢多了，不用他特意牵线，她与秦扬也能相处得很好。

应付完秦盛，十点多，徐砚清又发微信来问了：中午真的不过来吃？

夏颜：没空，你早点补觉吧，对了，晚上我去你叔叔那边，不用等我。

徐砚清差点没反应过来"你叔叔"是谁。

他问：要在那边过夜吗？

夏颜心中一动：嗯，明早直接去公司。

徐砚清：好，你慢点开车，有事随时联系我。

夏颜笑着收起手机。

秦扬的母亲去世时，夏颜来过秦盛、秦扬父子俩现在居住的别墅，这栋别墅位于城西，她回忆中的那个家，位于城东。

车子开进别墅，秦扬竟然已经在楼下等着了，高中生回家后脱掉了校服，穿着一套休闲装，气质清冷，像一本拒绝被人打开的书。

夏颜飞快对比一番她与秦扬的经历，忽然发现，她比秦扬幸福多了，秦盛好歹给她当过几年好爸爸。除此之外，她还有一个虽然忙碌却时常通过电话关心她的妈妈，有一个虽然喜欢唠叨却偏心她的外婆，有家庭和睦的舅舅、舅母、表妹。秦扬呢，没有外婆没有舅舅，最关心他的母亲也去世了，只剩下一个花心大萝卜"渣爸"。

"这么早就放学了,是不是该放寒假了?"下了车,夏颜笑着对秦扬道。

秦扬扯扯嘴角:"还有一个月。"

姐弟俩并肩往里走,夏颜问:"上次送你的乐高,拼好了吗?"

秦扬:"还没拆封,小学生玩的。"

夏颜弹秦扬脑袋,秦扬没躲,被她弹中后脑勺。

大厅里面,秦盛坐在沙发上,看到姐弟俩相处的情形,很是意外。

夏颜的笑容,在看到他的时候止住了。秦扬也板起了脸。

秦扬完全理解姐姐为什么抗拒父亲,他的母亲与父亲之间没有爱情,夏阿姨那边不一样,据说当年是父亲对夏阿姨死缠烂打,却又很快背叛了婚姻与感情。

"好了好了,先吃饭吧,一个上班一个学习,都挺辛苦的。"秦盛招呼阿姨上饭菜。

长长的餐桌,夏颜与秦扬挨着坐在一边,聊聊学习聊聊工作,谁也没给秦盛多余的目光。

晚饭结束,夏颜看看时间,对秦盛道:"有话就说吧,我晚上还有事。"

秦盛咳了咳,看向秦扬,解释了他的病情。

秦扬点点头,表示知道了。

秦盛瞪眼睛:"我是你爸,亲爸得胃癌,你就这个反应?"

秦扬淡淡道:"不是治好了吗?"

秦盛:"……"

夏颜笑得很爽。

秦扬看她一眼,对着秦盛补充道:"下次再有这种事,你叫我过去,不要打扰我姐。"

秦盛气得肚子疼:"下次?你还盼着我做几次手术?"

秦扬垂眸:"我是说如果。"

秦盛不想听他的解释,叫来护工,让护工扶他去楼上,留在这里只会被姐弟俩联手攻击。

他走了,夏颜低声问旁边的高中生:"他这病,你真不担心?"

秦扬看着桌面:"我相信医生。"

即将成年的高三生,脸庞仍显青涩,夏颜心中感慨,轻轻揉了揉他的头。

秦扬一动不动,等夏颜的手收回去,他一直放在左边长裤口袋里的手拿了出来,递给夏颜一个包装精致的长条礼盒:"回礼,用零花钱买的。"

夏颜惊喜地接过来,刚想打开,被秦扬按住,秦扬让她回家看。

夏颜笑他:"害羞了?"

秦扬一脸不为所动。夏颜尊重秦扬的意思,又陪他待了十几分钟,便走了。

车子开出别墅不远,夏颜停在路边,打开秦扬送的礼物的包装盒,里面竟然是一条铂金项链,链坠是一只可爱的小狐狸,铂金的身体上点缀着细碎的钻石。

夏颜怦然心动,摸了摸金质的小狐狸,她发消息给秦扬:你怎么知道我喜欢狐狸?

秦扬:那天看到你的车钥匙扣了,上面挂着一只白狐狸。

夏颜服了,学霸就是学霸,临时一次见面观察都这么细致入微。

她回:好弟弟,有前途。

秦扬:专心开车,我去写作业。

收到了喜欢的礼物,夏颜心情超好,打开音响,一路哼着歌回了小区。

洗完澡,夏颜戴好项链,再给徐砚清打电话。

徐砚清迅速接听。

夏颜:"在做什么?"

徐砚清:"想你。"

夏颜:"……那就上来吧,我刚回家。"

徐砚清上来得很快,手里居然还端着一份小蛋糕。

"你做的?"夏颜被小蛋糕的"卖相"吸引了。

徐砚清解释说:"有段时间没做了,练练手,味道还行,要吃吗?"

夏颜在秦家别墅都没怎么吃,正需要一份饭后甜点。

两人去了餐厅。

夏颜穿了一件V领毛衫,小狐狸链坠贴在她白皙的肌肤上,很难不让人注意到。

徐砚清的视线往那里瞄了好几次，他印象中，夏颜没有这样的项链。

"这条项链挺别致的。"

在夏颜几次撩头发、秀脖颈之后，徐砚清隐隐明白了女朋友的意思，笑着夸道。

夏颜微笑："别致吧，一个'小鲜肉'送的。不得不说，现在的'小鲜肉'太懂女孩子的心思了，只是看过我的钥匙扣，就猜到我喜欢狐狸。"

说完，她好像只是随口提到一样，又叉了一口蛋糕吃，一脸愉悦。

"小鲜肉"？

徐砚清再看那个铂金小狐狸，忽然就没那么顺眼了，小狐狸身上镶嵌的钻石闪闪发亮，好像在挑衅他。

"哪儿来的'小鲜肉'？"徐砚清问。

"秦盛介绍给我的。"夏颜还是笑。

徐砚清眯了眯眼睛："所以，他想用美男计讨好你？"

夏颜点头："有这种可能。"

她笑得那么开心，徐砚清突然将她面前那吃了一半的蛋糕抢过来，一副夏颜不解释清楚就没有蛋糕吃的表情。

夏颜真没想到他会做出这么幼稚的事，不过关子已经卖得差不多了，夏颜托起项链看了看，笑着解释道："'小鲜肉'是我同父异母的弟弟，叫秦扬，还在读书，明年高考。"

徐砚清睫毛动了动，默默将蛋糕给她推了回去。

"看来你们姐弟关系还不错。"他猜测道。

夏颜拿叉子戳了戳蛋糕，有些怅然："我读小学、初中时，他还是个小屁孩，我讨厌他，每次秦盛带他来见我，我都没给过他好脸色。后来上了高中、大学，我跟他再也没有见过，直到他母亲死了，我去参加葬礼，那时他已经变成了一个沉默寡言的初中生。"

徐砚清："沉默寡言不代表没有感情。"

夏颜笑笑："是啊，所以我稍微对他好一点，他就回应我了，想想也是个小可怜。"

徐砚清咳了咳："其实我也挺可怜的，父亲在外地做教授，母亲教高中，他们除了寒暑假，每天都是早出晚归。亲哥除了耍酷什么家务都不会做，迫使我早早学会了做饭、洗衣等各种家务,如果不是我智商高成绩好,在这么忙的情况下,可能都考不上大学。"

夏颜只想抹他一脸蛋糕。

徐砚清又看了一眼她的项链:"你弟弟虽然可怜,至少应该很有钱,不像我,每周的零花钱有限。"

夏颜笑了:"再有钱也没有你厉害啊,一套大三居的学区房。"

徐砚清终于不再装可怜。

吃完蛋糕,两人不知不觉就拥在了一起。

事后洗澡,夏颜发现自己的锁骨下方,多了一块明显印记,竟然像极了一只小狐狸。

夏颜:"……"

怪她低估了柠檬男友的酸劲儿。

快圣诞节了,各个4S店也提前搞起了圣诞活动。

不过对于本店来说,近期最值得员工们关注的乃是人事上的变动,门店总经理老汪升职去北京已经是板上钉钉的事,店总一职花落谁家,马上也要知晓了。

董事长亲自来店里走了一趟,在老汪的办公室坐了很久,然后开始陆续点名。

这种时候,没被叫到的员工反而该沮丧,被董事长见过的,才有可能升职。销售部的两位主管,张春和、陈英都去过了。

夏颜在协助确定展厅的圣诞布置方案,忙了一圈,接到老汪的电话,叫她过去。

夏颜轻轻地呼了一口气。放下手头的工作,夏颜走向电梯,路上接收到李达复杂的目光。

半个小时后,夏颜下来了。

李达远远地张望几次,最后还是忍不住凑了过来:"老董叫你?"

夏颜笑着默认。

李达的脸都快变成柠檬色了:"要升了?"

夏颜如实道:"没说,就是问问我的职业感想,对以后有什么计划之类的。"

李达更酸了。

过了两天，夏颜收到这次人事变动的通知，正如之前大家的猜测，江经理升任店总，主管之一的陈英升了销售部经理，而陈英原来的主管职位，交给了夏颜。

夏颜看着这封邮件，她对自己的升职并不感到诧异，反倒是陈英升为销售部经理令人惊讶、惊喜。

夏颜还记得，有一次开会，张春和故意在江总面前问陈英打算什么时候生孩子。今年三十岁的陈英确实也处于生育敏感期，而且，夏颜还见过江总与张春和一起吃饭，两人一副相谈甚欢的样子，没想到，张春和白拍了一堆马屁，最后还是陈英赢了。

夕会结束，夏颜被陈英留了下来，她们要完成工作交接。

夏颜给徐砚清发了一条消息，说今晚她加班，等会儿叫外卖，让徐砚清不用等她。

"陈总你吃什么？"选外卖时，夏颜问陈英，称呼她陈总时语气俏皮。

陈英笑着点了一份盖浇饭。点完单，两人坐在陈英原来的办公室忙了起来。

销售主管，在销售部起到一个承上启下的作用，既要分配好销售部经理交代下来的任务，又要管理一线销售员。不过夏颜在店里工作了快三年，对销售部的同事们都非常熟悉了解，有些事陈英一交代，夏颜就心里有数了。

外卖到了，两人暂且不聊工作，面对面坐着吃饭。

陈英忽然问夏颜："那次在二楼展厅，我跟我老公打电话吵架，你真的没听见？"

夏颜隐约猜到，陈英可能是想跟她分享升职感想，便不好意思地笑了笑："听见了，当时我在那边休息，没想到你会突然过来，出去打招呼怕你尴尬，就戴上耳机听歌了，不过我就听到一两句，后来真的在听歌。"

陈英笑她："滑头，整个销售部就你最机灵。"

夏颜试着问："现在你老公还会催你吗？"

陈英吃口饭，很随和地道："不催了，其实一开始我们就商量好了，等我三十四或三十五的时候考虑生孩子。上次吵起来是因为他妈一直在唠叨，他心烦就问我的意思。当然，被我骂了一顿，他再也不提这茬了。"

夏颜笑着道："还是你们俩感情好，那长辈那边呢，还催吗？"

陈英朝夏颜眨了下眼睛："我婆婆很会算账的，我跟她说我正处在升职的关键期，现在备孕耽误事。她一听说可能会影响我赚钱，马上就不催了。"

夏颜佩服："这样好，长辈自动放弃，一家人相处起来还和睦。"

陈英笑了笑，意味深长道："还是要赚钱，我年薪跟我老公差不多，如果我工资低，长辈未必会是这个态度。当然，不管别人什么态度，关键还是要咱们自己坚持。好比这次，就算我没升职，只要我自己不想生，长辈也别想逼我，实在过不下去了，大不了离婚，咱们又不是没法养活自己。"

夏颜很欣赏陈英的这种心态，在陈英身上，她好像看到了三十多岁时的母亲。

"哎，你才二十五，现在跟你聊这个还早，等你到了我这个年纪，才能真正理解吧。"

夏颜："你这是年龄歧视，我很早熟的，别说你才大我几岁，我跟我外婆都是忘年交。"

陈英笑着摇摇头。

夏颜小声道："你升了经理，张春和这两天都沉着脸，李达都被他训了两次。"

陈英一副早有预料的样子："他可能会跳槽去别的公司。咱们俩都是新官上任，接下来要一起努力。我还行，尤其是你，以前是销售顾问，跟同事们打成一片，很好说话。现在你是主管了，你得树立起自己的威严，不能让老同事们拿住你，该狠就得狠，无论何时，业绩最重要。"

夏颜明白，这三年她从陈英、张春和身上偷学了不少。

吃完饭就是继续加班，八点半的时候，陈英的老公蒋池来了店里，到办公室打声招呼，然后就去休息区坐着玩手机了。

夏颜的工作快要收尾时，徐砚清发来一条消息：还要多久？

夏颜：十来分钟吧。

徐砚清：嗯，我在路口等你。

夏颜瞄眼陈英，回复：外面冷，进来等吧，现在店里没什么人，你去休息区。

徐砚清：好。

夏颜放下手机。

陈英抬头："男朋友？"

夏颜笑笑："嗯，月初才确定的关系。"

陈英："他做什么的？"

夏颜："医生，就在附近的江大附一上班，消化科，上次我胃病还是找他看的。"

陈英羡慕道："医生好啊，工作稳定还能随时提供医护建议，长得也挺帅吧？"

夏颜一边打字一边笑："还行吧，主要是做饭好吃。"

两人忙了一会儿，一前一后走出办公室。展厅空空荡荡，休息室那边坐着两个男人，一个一身西装，一个穿得休闲，似乎在讨论什么话题，聊得很投机。

看到她们，蒋池、徐砚清都站了起来。

陈英抱着外套，上下打量徐砚清一番，朝夏颜使眼色："你管这样的叫还行？"

夏颜笑而不语。

四人简单地打招呼认识了下，在展厅外分开了，两家的车停在不同的位置。

夏颜挽着徐砚清走向停车位。

徐砚清低声问："刚刚陈总是不是跟你说我什么了？"

夏颜："是啊，她问我挑来挑去，怎么挑了个这样的。"

徐砚清不信："我比她老公帅多了。"

夏颜呸他："没见过你这么自信的，再说了，我们女人找男朋友又不只看脸。"

徐砚清语气随意："不看脸，那你看上我什么了？"

夏颜刚要回答，视线在他脸上一转，笑了："什么也没看上，我眼瞎了。"

徐砚清突然停住脚步，一把将夏颜抱了起来。

夏颜还是第一次在工作地点被人横抱，有点慌："你做什么？"

徐砚清看着心虚得前后观察的女朋友，低声道："你眼睛看不见，我抱你上车。"

就在此时,陈英的车转过来了,车灯照得这边一片明亮,让人无所遁形。

夏颜突然就脸红了。徐砚清却只是抱着她走到一旁,并没有要放她下来的意思。

夏颜头埋在他胸口,偷偷拧他。

陈英的车开走了,这边又暗了下来。

徐砚清一直将夏颜抱到她的车前,放进副驾驶位,他绕过去开车。

夏颜假装生气,低头玩手机。

陈英发了一条消息过来:年轻真好,不用不好意思。

夏颜:其实你什么都没看见,晚安!

车子开进小区停车位,停好,徐砚清让夏颜先别动。

夏颜奇怪地看着他。

徐砚清离开驾驶位,绕过来,像酒店服务生般拉开夏颜这边的车门,一手挡在车顶,一手去牵夏颜的手:"可以下车了。"

夏颜改成用看神经病的眼神看着他。

徐砚清笑:"不是看不见吗?我扶你。"

夏颜:"……"

他真会玩。不过,夏颜今天高兴,愿意陪他玩。

车里放了一条备用丝巾,夏颜拿出来,系在眼睛上,再把手交给徐砚清。

徐砚清锁好车,牵着她往电梯的方向走。

晚上九点多了,这个时间段用电梯的人不是很多,两人顺顺利利地到了十六楼。其实在哪边过夜都没关系,只是夏颜要卸妆,在1601比较方便。

进了门,徐砚清便将夏颜抵在了门板上。

夏颜抓他的短发:"你到底好看不好看,太丑了我不喜欢。"

徐砚清将她的手贴在脸上:"自己摸。"

夏颜笑着去摸他的脸。

"对了,以后别叫我名字,叫我夏主管。"

"好,夏主管,我可以开始为你服务了吗?"

"嗯,服务好了,下次还找你。"

"谢谢,请记住我的工号,1501。"

圣诞节这天,江城应景地下了小雪。

昨晚徐砚清夜班,两人没有在一起,夏颜提前准备了一份小礼物,只能晚上再送他了。

到了傍晚,徐砚清来接她,因为今天是圣诞节,徐砚清订了餐厅,两人在外面过节。

江城市中心有一片湖,湖边分布着大大小小的餐厅,徐砚清订的是一家高档餐厅。包间朝湖,打开窗户,能看到小雪纷纷扬扬地落进湖水,能看到湖岸一圈的灯光,也能看到远处青山连绵的轮廓。

夏颜趴在窗边,作为一个工作忙碌的销售员,今晚对她来说,景色好,气氛好,舒适得就像度假。

"圣诞节,你竟然能订到这么好的地方。"夏颜对男朋友的安排表示了肯定与赞许,原本她还以为徐砚清想不到这种浪漫的事,最多在家里自制一顿比平时丰盛的晚餐。

徐砚清笑着站在她身边:"提前抢了很久,想着如果订不到,就在家里吃。"

夏颜奖励了他一个吻。

"还有一份礼物,体积有点大,回家再送你。"徐砚清从后面抱着她说。

夏颜好奇:"什么礼物?"

徐砚清:"秘密。"

夏颜猜测:"大玩偶?"

徐砚清:"接近吧,先去点餐,吃完饭去坐船游湖。"

想到要出去玩,夏颜有点后悔:"我该回去换身衣服的,穿套装一点气氛都没有。"

徐砚清认真打量她一遍,道:"对,下次记得换衣服,不然咱们俩在一起,好像女主管包养了小白脸。"

夏颜笑着从下面踢了他一脚。

服装倒是好解决,游湖之前,夏颜拉着徐砚清去了附近的湖滨商场,只用半小时她就买了一身满意的时尚冬装,从帽子搭配到鞋子,再把换下来的制服放进包装袋。

"现在还像女主管包养小白脸吗?"夏颜戴好帽子,挽着徐砚清的胳膊问。

徐砚清看着她笑:"不像,现在是穷医生诱拐了大小姐。"

夏颜哼道:"那你该庆幸,我是一个可以自由选择恋爱对象的大小姐。"

徐砚清并没有深思这话,以为夏颜只是跟他斗嘴。

走出商场,很快就到了岸边。

今晚游船生意很好,夏颜做主挑了一艘手摇船,既有船顶遮雪,又方便赏雪。船夫专心划船,夏颜与徐砚清并排坐在后面。

路过的手摇船上坐着的几乎都是情侣,有人在拍照。

夏颜也拿出手机,让徐砚清坐近一点,确定恋爱关系这么久,他们还没有拍过合照。夏颜照了几张。

"发给我。"徐砚清拿出手机,让她现在就传过来。

夏颜挑了拍得最好看的一张发给他。

"可以发朋友圈吗?"徐砚清跟她商量,"我想炫耀一下。"

夏颜故意问:"你找女朋友就是为了炫耀吗?"

徐砚清:"不是,只是看别人炫耀了那么多年,我也想品尝一下秀恩爱的快感。"

夏颜就让他炫去了,她偏头看雪。

"发好了。"徐砚清提醒她。

夏颜打开手机,看到徐砚清发的不是两人的合照,只有一张她的背影,景色够好,徐砚清拍照技术也不错,让这张背影照很有一种朦胧的意境美。

"你太漂亮了,我怕发了合照,他们偷偷保存下来,再把我截掉。"徐砚清靠过来,在她耳边说,"合照收藏起来,万一哪天你甩了我,我还可以睹物思人。"

夏颜看着他近在眼前的脸:"你不是挺自信的吗?"

徐砚清:"装的,每晚都做梦被你甩了。"

夏颜信他才怪!

不过,徐砚清装可怜还是起了效果,船行了一段距离,夏颜让徐砚清伸出手,两人合作在空中比一个心。比了好几次,拍了好几张,然后夏颜挑了效果最好的那张，发在了自己的朋友圈，算是正式宣布自己恋爱了。

得到名分的徐砚清快速地点赞，再探头看夏颜的手机，就见已经有一堆人点赞、评论了，其中好几个女生夸他的手好看。

徐砚清的嘴角再也没有放下来过。夏颜及时放下手机，免得他自恋过头。

游湖一圈，两人重新回了岸边。

湖边游船的管理非常规范，像这种手摇船的出发、停靠点都在固定位置。

一心约会的夏颜，没注意到在她与徐砚清上岸的时候，有人偷偷拍了两人手牵手的照片。

回家的路上，徐砚清负责开车，夏颜开始按照之前徐砚清给的"大体积"的提示，一样一样地猜他的圣诞礼物。可惜猜了一堆，也没有猜对。

礼物放在1501，夏颜推门进去，打开灯，下意识地先扫视客厅，然后就看见面对电视机、挨着沙发的地方，摆了一张米白色的按摩椅。

夏颜难以置信，回头问徐砚清："别告诉我，这就是你的圣诞礼物。"

徐砚清看着她的眼睛："不喜欢？"

他没有送女生礼物的经验，更想不出能把秦扬的小狐狸项链比下去的惊喜，既然虚的无可选择，徐砚清就准备了一样实用的礼物。夏颜每天都要工作那么久，回家后坐在按摩椅上休息半小时，轻松解乏。

夏颜没有不喜欢，她只是吃惊于徐砚清的脑回路，吃惊完了，夏颜就想到这份礼物承载的关心了。

确实，无论徐砚清送夏颜什么男人常送女人的礼物，譬如包、香水、项链、鞋子等等，都很难给她惊喜感，反而这个按摩椅，先是达到了"惊"的效果，随即也让夏颜心里一暖。

按摩椅的"颜值"很高，夏颜坐上去先享受了一番。

徐砚清打开电视机，找到她喜欢的综艺，点开播放。

双重享受下来，夏颜更满意了。

第二天早上，徐砚清送夏颜上楼，顺便把按摩椅搬到了她这边。

圣诞过后就是元旦，不过别人放假，夏颜、徐砚清都得上班。

今天徐砚清值门诊。排在系统里的号陆续减少，有的病人情况复杂，在门诊室逗留的时间就长一点，有的开药就行，很快就能出去。

上午的号快叫完了，徐砚清扫了眼剩余的名单，忽然看到一个熟悉的名字——秦盛。

徐砚清想了想，难道秦盛在家休养期间出了什么健康问题？

秦盛排的是上午最后一个号。

秦盛坐着轮椅，司机小刘将秦盛推到门诊室，然后走了出去，守在门外。

此时此刻，秦盛在徐砚清眼里只是病人。

"身体哪里不舒服吗？"徐砚清态度温和。

秦盛盯着他打量很久，忽然哼了一声："我没病，专门来看你的，你是颜颜新交的男朋友？"

徐砚清还在看电脑上秦盛的病历，听秦盛这么说，他脸色严肃起来，对秦盛道："如果叔叔想见我，可以在我下班的时候过来，或是打电话约个时间。现在这样，您没病却占用了一个号源，会耽误其他病人看诊。"

秦盛没想到，他还没跟徐砚清算账，徐砚清竟然先批评了他一顿。

"真等不及的人早去挂急诊了，谁来看门诊。"秦盛毫不客气地道。

徐砚清不再跟他理论，双手放在桌子上，平静问道："叔叔怎么知道我跟颜颜的事？"

秦盛哼道："昨晚我看见颜颜的朋友圈了，知道你们在湖边后，我立即派小刘过去瞧了瞧。我当父亲的，想看看女儿的男朋友长什么样，这总没错吧？"

徐砚清："何必这么麻烦，您直接让颜颜发您一张我的照片，不就行了？"

秦盛皱眉："颜颜没跟你讲过我们父女的关系？"

徐砚清："说过一点，她说，您的长相与气度，很难令人讨厌。"

秦盛一怔，跟着竟然开始紧张，语气也变了："她，她不讨厌我？"

徐砚清摇摇头："她没这么说，她的原话是，您不会令人讨厌，只会让喜欢您的人难过。"

秦盛原本充满期待，此刻瞬间颓废下去，眼睑下垂，挡住了眼中的种种情绪。

徐砚清看向电脑，修长的食指敲打键盘，做些工作补充。

秦盛听到声音，抬头，看见一个专心工作的年轻人。

"我住院的时候，你怎么不跟我打招呼，查房的时候还缩头缩尾的？"

秦盛想起了他今天过来的目的，昨晚回想徐砚清的表现，总觉得这小子做贼心虚，可能做了什么对不起女儿的事，怕长辈跟他算账。

徐砚清仍然在敲键盘，解释道："如果让小刘看见我的脸，认出我，那我的处境会很尴尬。不跟您打招呼是不懂礼貌，可我懂礼貌了，颜颜知道了可能会不高兴。"

秦盛："……"

他怎么有一种不好的预感，女儿的男朋友看起来温和无害，其实也很会怼人？

"你们俩什么时候在一起的？"

"您做手术的前一天，那天我们本来要约会的，后来她请假去陪您了。"

那一天，徐砚清当然记得很清楚，他早上准备好的东西，因为秦盛的手术，迟了好几天才用上。

想到这里，徐砚清瞥了秦盛一眼："叔叔问这么多，似乎对我不太满意？"

秦盛："我都不了解你，凭什么要满意？"

徐砚清笑笑："确实，不过昨晚颜颜才说，她对恋爱有自主权，所以您满不满意都没有什么关系。当然，如果叔叔深入调查一番，会发现我这个人也没有什么缺点让您不满意的。"

秦盛气笑了："你倒是挺自信。"

徐砚清："自信是优点，自负才是缺点。"

秦盛不跟徐砚清耍嘴皮子，环顾了一下诊室，忽然问徐砚清："你是医生，工资有限，你爸妈是做什么的？"

徐砚清又瞥他一眼："他们都从事教育工作，工资也有限。"

秦盛笑了："那你知道吗，光是我将来留给颜颜的，都值几个亿。"

徐砚清真不知道，虽然他猜到秦盛应该很有钱，却也没想到秦盛的资产数以亿计。

短暂的惊讶后，在秦盛审视的目光中，徐砚清正色问："所以叔叔今天过来，是想给我几百万或几千万，让我离开颜颜吗？"

秦盛："……"

他一点都不欣赏徐砚清的冷幽默，只讽刺道："我过来，是想让你知道我们家的情况。我算有钱吧,但我告诉你,颜颜她妈妈的资产是我的十几倍,你想跟颜颜在一起,先考虑清楚你能不能满足颜颜的物质要求。"

徐砚清终于不再敲打键盘,目光定在秦盛的脸上。

就在秦盛以为年轻人被他唬住的时候,徐砚清又开口了,声音里充满真诚的疑惑:"叔叔,我想不礼貌地问一次,阿姨能生出颜颜那么漂亮的女儿,年轻时肯定也很漂亮,一个漂亮又有钱的优秀女人,叔叔为什么会选择离婚?"

秦盛:"……"

秦盛悲哀地发现,徐砚清那张嘴,比夏颜还狠。

最可气的是,面对夏颜,他会提前做好被怼的准备,可徐砚清温和的气质太容易迷惑人,他完全没想到徐砚清的嘴皮子这么厉害。就刚刚的对话,徐砚清哪里是在怼他,简直就是在往他身上插刀子,插得又狠又准。

偏偏,他还那么"礼貌",一个难听的词都没有。

"我牙疼,你给我开点消炎降火的药。"秦盛准备走了。

徐砚清对此表示遗憾:"牙疼该看牙科,我不能乱开药。"

秦盛:"……"

他推着轮椅转过去,气冲冲地往门口走,一眼都不想再多看徐砚清。

考虑到秦盛毕竟是个刚做完手术不久的病人,徐砚清一边敲键盘一边低声道:"叔叔放心,您两次来看我的门诊,我一次都不会跟颜颜说,凡是白白给她添堵的事,我都不会做。"

秦盛耳朵一动,两次?

好家伙,他陪前任范馨宁看病那次,徐砚清果然还记得!

所以,徐砚清最后的话哪里是让他放心,分明是在威胁他!

"谢谢,作为回礼,我也祝你能跟颜颜长长久久。"秦盛皮笑肉不笑地道,开门离开。

诊室的门重新关上,徐砚清继续忙完手头的工作,然后才靠着椅背,看向门板。

几分钟后,徐砚清给亲哥发消息:你现在的公司价值多少亿?

徐墨沉显然是个大忙人,到午饭时间才回复弟弟:有事?

徐砚清:有人跟我炫耀他哥家产十亿,我看看能不能炫回去。

徐墨沉:那你说我家产百亿。

徐砚清：真的？

徐墨沉：假的。

徐砚清：你太让我失望了。

兄弟俩今日的聊天到此画上了句号。

傍晚夏颜下班到家，徐砚清刚刚做好晚饭，夏颜去卫生间洗个手，充满期待地坐到了餐厅旁。徐砚清端菜上来，夏颜看到一道熟悉的菜——柠檬排骨。

她也没有多想，只是在吃了一口后点评："排骨有点酸，柠檬放多了吧？"

徐砚清看着她道："嗯，今天做饭有点走神。"

夏颜一边吃一边看着他："医院里的事？"

徐砚清："不是，我在想你，你这么漂亮，还那么有能力，现在年薪都比我高了，等你越赚越多，会不会嫌弃我？"

他一本正经，夏颜只想笑："说得好像我是为了你的钱，才答应跟你谈的恋爱。"

徐砚清垂眸："你是图我的色，可我总有年老色衰的时候。"

夏颜无语，偏偏对面的男人装起可怜来，让人明知道他是装的，还是忍不住反思一下自己是不是哪里做得不足。

"谁图你的色了，我图的是你的后背，我喜欢让你背着，很舒服。"夏颜给他夹了一块排骨。

徐砚清似乎得到了一个令他满意的答案，胃口又好了起来。

吃完饭，夏颜靠坐到沙发上，想看会儿电视。

徐砚清从厨房出来，邀请她去楼下散步。

夏颜不想动："太冷了，就想在家里待着。"

徐砚清想了想，走过去拉上客厅窗帘，再来到夏颜面前，挡住了电视。

夏颜按下暂停键，疑惑地看过去。

徐砚清低头看着她："我想散步。"

夏颜指指门口："那你去散啊。"

徐砚清："一个人散步没意思。"

夏颜就喜欢躺沙发："我说了不想去。"

徐砚清蹲下来，看着她笑："不用出门，就在客厅来回走走，我背你。"

夏颜："……"

直觉告诉她，徐砚清此时的异常要求，跟吃饭时两人的对话有关。

她说喜欢让他背着，他就来"毛遂荐背"了。

"我看你是吃得太多，有力气没处使。"夏颜坐正了，拍拍徐砚清的肩膀。

徐砚清笑着转过去，夏颜熟练地趴到他背上。

徐砚清个子高，肩膀宽，夏颜脑袋枕在他肩头，看着熟悉的家具和摆设随着他的步伐一样样在视野里闪过，先是右边的摆设，再是左边的，经过沙发，徐砚清还弯腰捞起遥控器，关了电视机。

走第二圈时，徐砚清将灯也关了。

眼睛适应了一会儿，夏颜才又看清了客厅里的布置。

开始第三圈了，夏颜脑袋转过来，右手去摸他的喉结与脖子："是不是出什么事了？"

徐砚清哑声开口："今天有个大龄单身男同事，听说我脱单了，阴阳怪气地祝福我跟你长长久久。"

夏颜被他较真的语气逗笑了："他说他的，你至于这么在意吗？"

徐砚清："能不在意吗？一开始相亲，我妈对我没有信心，后来曹强也不看好我，今天那个大龄单身男又当着我的面阴阳怪气，幸亏我还算自信，不然早被他们打击得患得患失了。"

夏颜仔细品了品，摸他的喉结："我看你现在就在表演患得患失。"

徐砚清露了一丝笑："什么叫表演？跟你谈恋爱，我本来就患得患失。"

夏颜哼哼："那你继续患吧，我爱莫能助，谁让我过于优秀。"

徐砚清偏头，亲了亲她的发梢："你是很优秀，所以我宁可患得患失，也要努力做好你的男朋友。"

夏颜只是跟他开玩笑，他这么认真，夏颜都要受不了了。

"患得患失是心理问题，我给你查查。"夏颜往上爬了爬，右手探进他的毛衫领口，贴上他的心脏。

徐砚清呼吸一重，背着她去了卧室。

第八章

徐医生见家长

元旦过后,夏颜休了一天假。

新官上任,夏颜已经连续两周没有休息了,今天终于休息,夏颜做了两个计划。

十一点左右,夏颜打扮得漂漂亮亮,再去小区外面的奶茶店买两杯奶茶,提在手里去了马路对面的医院。

因为有过一次看胃病的经历,夏颜熟门熟路地走到消化科的候诊厅。

快到中午休息时间,候诊厅只剩最后一批还没有被叫号的病人,人数少到夏颜刚坐下,导诊台的阿姨便走过来,提醒夏颜先去扫码再排队。

夏颜朝阿姨笑笑:"我来等男朋友,他快下班了。"

白大褂阿姨眼睛一亮:"你男朋友是今天的门诊医生?"

夏颜点头:"对,徐砚清,阿姨认识他吗?"

阿姨笑开了花:"小徐啊,认识认识,我们消化科的'科草'。前阵子他就像谈恋爱了一样容光焕发,原来找了个这么漂亮的女朋友,怪不得那么高兴。"

在哪儿等都是等，夏颜就跟阿姨去了导诊台那边聊天。

阿姨先问夏颜做什么工作，夏颜趁机发给阿姨一张名片，欢迎阿姨自己或介绍朋友去她工作的店里买车，后来就开始聊徐砚清。

阿姨告诉夏颜，说医院里好多小护士喜欢徐砚清，不过徐砚清都明确且坚定地拒绝了，导致小护士们都传开了，说徐医生难追，除非超级自信，否则千万别去碰钉子。

"小徐的眼光就是高啊，瞧你这模样，跟女明星似的。"阿姨说着说着，又开始欣赏夏颜的五官。

夏颜本来就漂亮，今天又精心化过妆，一路走过来，不知吸引了多少视线。

当上午的所有病人都离去，门诊室里的几位医生陆续走了出来。

先出来的那几个，看到导诊台边的夏颜，都偷偷看了几眼。

导诊阿姨热情地给他们介绍："这是小徐的女朋友，来等小徐的。"

医生们的表情更精彩了，仿佛都没想到小徐的女朋友会这么漂亮。

夏颜大方地与徐砚清的同事们打招呼，并暗暗分析其中哪位是那位对徐砚清阴阳怪气的大龄单身男同事，毕竟，她今天过来，就是要给徐砚清撑场子的，看谁还敢继续阴阳怪气，增加徐砚清的不安全感。

终于，徐砚清也出来了。

看到夏颜，徐砚清身形一顿，眼里快速浮现出惊喜："你、你怎么来了？"

夏颜举起奶茶包装袋，笑道："今天休假，来陪你吃午饭，徐医生有空吗？"

徐砚清有空，本来也是要去食堂吃饭的。

夏颜与导诊阿姨告别，走到徐砚清身边，挽住了他的胳膊。

徐砚清左右看了看，耳朵微红，低声道："这是医院，咱们注意点形象。"

作为一个医生，在医院跟女朋友搂搂抱抱，有违徐砚清的职业观。

夏颜瞪他："那天在我们店里，你怎么不考虑我在上司面前的形象？"

这秋后算账算的，徐砚清立即道歉赔罪，其实当时是晚上，如果换成白天，他也不好意思在那里抱她。夏颜收回手，原谅他了。

徐砚清带她去了职工食堂，从打饭到就座，徐砚清见到不少熟悉的同事，见一个就给对方介绍一次夏颜。夏颜站在他身边，笑得大大方方。性格活泼的同事，都会打趣徐砚清，说他厉害，交了这么漂亮的女朋友。

徐砚清笑了一路，吃饭的时候，他还时不时地偷看夏颜几眼。

夏颜悄悄问他："哪个是你阴阳怪气的男同事？"

徐砚清解释道："他今天好像休班，早上就没看见他。"

夏颜："那等他上班了，你跟我说一声，我再来找你。"

徐砚清眯着眼睛笑："你想来就来，但不用为了他来，他不值得。"

夏颜："我还不是怕你被他气出病来？"

徐砚清咳了咳，垂眸挑菜："昨晚已经治好了。"

他声音太小，夏颜没听清："你刚刚说什么？"

徐砚清夹了一块鸡丁给她："我说，我们食堂的饭菜还不错，你多吃点。"

夏颜："……"

总觉得不是这么回事。

"对了，吃完饭我要去我外婆家一趟，好久没回去看她老人家了，晚上也会住那边，你不用等我。"

"外婆知道咱们的事吗？"

"应该还不知道，我发朋友圈都屏蔽她的。"

"你这样很不礼貌，你都准备带我给你妈妈看了，应该也挑个时间带我去拜访外婆。"

夏颜停下筷子，提醒自己的男朋友："我外婆很难搞的，对谁都能挑出一堆毛病，我每次过去都要听她唠叨一堆，你确定你要去挑战她？"

徐砚清考虑几秒，道："确定，就当为见你妈妈进行预演了。"

夏颜佩服他的勇气，笑道："既然你坚持，我就等你下班，傍晚咱们一块儿过去。"

夏颜的外婆住在江城的一个景区内，当地虽然开发了旅游景点，仍然保留了一些村落，家家户户住的都是小洋楼，完全没有给景区拖后腿，还做起了农家乐。外地游客过来，要么去农家乐里吃饭，要么在外面拍拍风景。

考虑到从明珠花园开到外婆家会堵车，预计路上要耗时四十多分钟。

夏颜给外婆打了电话，让外婆给他们留晚饭。

外婆一听说她要带男朋友过来，高兴极了，张罗要给小情侣多炒几个菜。

探望外婆肯定不能空手去，为了节约时间，下午徐砚清给夏颜发了一张清单，让夏颜去超市照着单子采购礼品，当然，他还是给夏颜转了一笔钱，相当于礼物全是他买的，夏颜只是帮忙跑个腿。

跑腿夏小姐尽职尽责地完成了任务，并将剩余的采购资金退给了徐砚清。

傍晚徐砚清下班，匆匆洗个澡换身西装，便与夏颜上了车。

夏颜开车。

当徐砚清得知外婆的住址后，笑了："我去那边玩过很多次，或许见过你外婆。"

夏颜："是啊，或许你还见过我呢，我小时候放寒暑假都在外婆家里住。"

她明显是在开玩笑，徐砚清靠到椅背上，认真回忆起来。

那个景点太有名了，有山有水有茶庄，徐砚清还是小学生时就由老师们带着去那边进行过课外活动，单独行动的次数更是不计其数。

可惜时间太久远，即使学霸也想不起是否见过她们了。

车子开进景区，马路上的车辆开始变少，这边的景区更适合白天游玩。

前面开过来一辆车，夏颜并没有在意，突然那辆黑色的车车身震动，竟然爆胎了，司机明显有片刻的慌乱。夏颜立即降低车速，看着那辆车慢慢地停到路边。

开车的是个戴墨镜的女司机。夏颜将车开到了黑车前面，停车。徐砚清看向她。

夏颜解释道："我去看看情况。"

徐砚清想，他的颜颜真是漂亮又热心肠。

女司机已经下车了，穿了一身休闲装，身材超好，露在外面的皮肤很白。只是她在检查过轮胎的情况后，好像很沮丧，拿起手机似乎要联系谁，犹豫过后又放下了。

夏颜笑着打招呼："你好，我看见你这边爆胎了，需要帮忙吗？"

女司机先是将头上的帽子往下压了压，然后才惊喜地问："你们会换轮胎吗？"说话时，她抱着希望看向夏颜身后的徐砚清，以为这次帮忙的主力会是那个男人。

徐砚清一脸为难："抱歉，我不会，不过我可以帮你联系修车服务。"

女司机立即摆手谢绝："不用不用，我还是叫我的朋友过来吧。"

徐砚清看向夏颜。

夏颜笑笑，问女司机："你车上有备胎吗？有的话，我会换。"

女司机震惊地看过来。

夏颜拿出她刚刚顺手从车里带过来的名片，递过去，自我介绍："我在4S店工作，学过换轮胎。"

女司机接过名片，并没有细看，先向夏颜道歉："不好意思，我刚刚陷入惯性思维了，原来真正厉害的是你。"

夏颜表示没关系，先去检查汽车的爆胎情况。

女司机收好夏颜的名片，走过去打开后备厢，发现里面有备胎，她松了口气："这是我朋友的车，我借来开的，没想到第一次开就遇到了这种问题。幸好遇到你们，不然就算我叫她过来，她可能也不会换轮胎。"

夏颜笑道："朋友不会，你可以给4S店或保险公司打电话，对方都会提供此类服务。"

女司机笑着解释道："我的情况比较特殊。"

说完，她取下墨镜，朝夏颜眨了下眼睛。

夏颜惊呆了："你，你是钟意？"

钟意笑着点点头，重新戴上墨镜："我可不想因为爆胎上热搜。"

夏颜完全明白钟意的顾虑，一个大红大紫的女明星，一旦被人认出来，用不了多久，整个娱乐圈就该都知道她开车时车辆爆胎的事了。虽然爆胎没什么要紧，但万一钟意刚刚跟人约会回来呢，被人抓着蛛丝马迹推断出来怎么办？

"放心，交给我吧，最多半小时搞定。"夏颜脱掉羽绒服，卷起毛衫袖子，去自己车上拿各种工具。

徐砚清："需要我帮忙吗？"

夏颜："我后备厢有警示牌，你去那边摆好。"

徐砚清配合地去摆警示牌。夏颜建议钟意去她的车里休息一会儿。

钟意笑道："不用，我看看你怎么操作的，下次再遇到这种事，我就不用干瞪眼了。"

完美恋爱 / 227

夏颜解释道:"其实很简单的,因为现在买车车上都会配齐工具,只是你没有经验,下意识地以为这种活儿很难。"

接下来,夏颜就一边操作一边给钟意以及默默凑过来的徐砚清讲解,别看她长了一张豪门大小姐的脸,换起轮胎来动作熟练专业。拧螺栓的时候徐砚清还试图帮忙,夏颜只叫他一边待着,嫌他动作慢耽误时间。

十五分钟后,夏颜收工。钟意已经佩服得不行了,跟夏颜约好明天电话联系,她要从夏颜这里买车。

"好的,那你慢点开车,咱们明天联系。"

夏颜拉着徐砚清站在路边,朝驾驶座上的钟意微笑挥手。

钟意朝她摆摆手,驾车离开了。

车子开远了,徐砚清才问夏颜:"你认识她?"

夏颜反问:"你不认识?她是钟意啊,这几年特别红的女明星,上次咱们一起看综艺,节目里面不是也有她?"

徐砚清真没留意,夏颜看综艺的时候,他注意力都在她身上,而且平时他也不怎么看影视剧。

"快上车吧,别感冒了。"徐砚清对什么女明星没有兴趣,揽住夏颜的肩膀,半推着她上了车。

夏颜很激动,一点都不觉得冷,不管明天钟意是否真的会联系她,能跟当红明星有这么一段经历,夏颜就觉得很有趣了。

徐砚清更在意的是夏颜的换轮胎技术,不得不说,刚刚认真干修理活儿的夏颜,竟然比身穿套装站在展厅里的夏颜还要令人心动。

"所有修车的活儿,你都会吗?"徐砚清问。

夏颜:"你当我是专业修车师傅吗?我只能判定汽车大概出了什么故障,复杂的问题还是得请师傅来。"

徐砚清:"那也很厉害了,我连换轮胎都不会。"

夏颜哼哼:"你要是会,刚才肯定会冲上去表现吧,来一出英雄救美。"

徐砚清笑:"是啊,我要是会换轮胎,绝对舍不得让我的女朋友动手,蹲了那么久,腰酸不酸?"

他是要"救美",不过他眼中的"美",只有夏颜。夏颜瞥他一眼,算他的回答过关。

又开了十几分钟,外婆家到了,此时已经是晚上七点。

外婆家盖的是三层小洋楼,此时三层楼都亮着灯,大门敞开,夏颜直接开车进去,将车停在了墙边的杏树下。

两人停好车后,去后备厢拿礼物时,外婆从里面走出来了。

外婆今年七十出头,一头银灰色的卷发。老太太皮肤白,化了妆,看起来精神焕发,远比实际年龄年轻,让人一看就知道,她年轻的时候肯定是个美人,如今老了,也很有气质。

院子里有路灯,外婆扶扶鼻梁上的金丝老花镜,目光在徐砚清身上来回打量。

"外婆您好,我是徐砚清,您叫我小徐就行了。"

徐砚清跟在夏颜旁边走过去,两手提满礼物,笑着与外婆打招呼。

"嗯,长得挺俊的,进来坐吧。"外婆让开门,笑着说。

那语气,竟让徐砚清产生一种错觉,仿佛他若是长得不够俊,今晚可能要被外婆撵出去。

"外婆你吃了吗?"屋里开着空调,夏颜一进来便开始脱外套。

厨房传来炒菜的香气,外婆接过夏颜的外套挂到衣架上:"吃什么吃,你一百年才回来一次,我难道要让你吃剩饭?"

夏颜:"说得我好像千年老妖精似的,我今年才二十五岁。"

外婆哼道:"什么二十五,按虚岁算,去年你就二十六了,现在过了元旦,你又长了一岁,已经二十七了。"

夏颜不要听,去卫生间洗手。

外婆注意到她手上的脏污,皱眉道:"干什么了弄这么脏?"

徐砚清解释道:"过来路上看到有人车子爆胎,颜颜帮忙换的。"

外婆马上盯着他问:"颜颜换的?你就在旁边看着?"

徐砚清终于领教到了外婆的犀利,惭愧道:"我平时不怎么开车,也不会换轮胎,不过今天跟着颜颜学会了,以后再有这种情况,都由我来做。"

外婆开始嘀咕:"一个个就知道逞强,男人都喜欢爱撒娇的,谁喜欢这种。"

徐砚清耳力不错,听见了。

夏颜还在洗手,流水声哗啦哗啦的,外婆盯着那边,一脸不高兴。

徐砚清咳了咳，低声对外婆道："颜颜挺好的，我就喜欢她这样的，她连续工作两周了，今天难得放假，外婆就别打击她了吧？"

外婆瞪过来。徐砚清及时闭嘴，将礼物放去茶几上。

夏颜出来了，脱掉外套的她，身材展示得更明显。

外婆仔细看了看，有些意外："瞧着比上次见胖了一点。"

夏颜嬉皮笑脸："我一百年才来看你一次，你竟然还记得我那时候有多胖？"

外婆再也忍不住，走过去轻轻拍了她一下。

夏颜抱住外婆，笑着在外婆脸上亲了一口，指着略显局促的徐砚清道："我长胖了，得感谢他，最近都是他做饭给我吃。"

外婆看着徐砚清："你还会做饭？"

徐砚清笑道："只会做一些家常菜。"

外婆目光转了转，突然问夏颜："你们俩同居了？"

夏颜："……"

徐砚清尴尬地垂下眼。夏颜本来是想给外婆介绍徐砚清的优点，没想到老太太脑筋转得太快，一下子猜到了真相。

自从两人正式在一起，徐砚清除了上夜班，晚上几乎都跟她在一起，与同居没什么区别。

但夏颜还是正色向外婆澄清："不是同居，我们俩住楼上楼下，不然怎么认识了？"

外婆不信，两人经常吃饭，还有楼上楼下的"地利"……

"行了行了，先吃饭吧。"

外婆指了指餐厅，让年轻人先坐，她去厨房看看。

夏颜挽着外婆的胳膊一起去了，厨房里是保姆在做饭，这个保姆在外婆家做了十几年了，夏颜也熟悉。打过招呼，三人合作将晚餐摆上桌。

保姆今晚在厨房吃，夏颜、徐砚清陪外婆坐，桌子上一共摆了八菜一汤，足见外婆嘴上嫌弃夏颜，其实心里很高兴夏颜能回来。

外婆没有怎么打听徐砚清的事，她的话题基本都围绕夏颜转，工作、同事、饮食，事无巨细都问到了。

夏颜故意提到她得了一次胃病，给她看病的就是徐砚清，拐着弯介绍了徐砚清的工作。

外婆看了一眼徐砚清："这么年轻就当医生了？"

徐砚清解释道："我十七岁考的大学，二十五岁毕业入职，已经从业两年多了。"

外婆算了算："读的博士？"

徐砚清："嗯，医科读到博士更容易找工作。"

外婆嘴上没说什么，心里其实很满意徐砚清的职业，老一代的长辈，都喜欢工作稳定的，最好是公务员、医生、教师这种。

"你舅舅跟小徐在一个医院吧？"外婆问夏颜。

夏颜："是啊，国庆后冉冉在学校闯祸了，连累班主任孟老师骨折，孟老师就是看在他跟我舅舅是同事的关系上，说什么都不要咱们的赔偿。哦，忘了跟你说了，孟老师就是他妈妈，我也是后来才知道的。"

外婆脸色变了变，自家孙女欠了孟老师的人情，她要是再给徐砚清冷脸，那是不礼貌。

"原来还有这层关系，你妈妈身体怎么样了？"外婆笑了笑，目光慈祥地看着徐砚清。

徐砚清忙道："已经没事了，上个月月底就能自由活动了，外婆不用放在心上。"

外婆肯定得放心上的："冉冉明年高考，要不是你妈妈护住了她，她得耽误多少功课。等着吧，如果明年冉冉考得好，我们家里办酒席，你跟你妈妈都要来。"

徐砚清笑道："行，为了您这顿酒席，我让我妈多给冉冉留点作业。"

夏颜嘴里的茶水差点喷出来。外婆被徐砚清逗得哈哈笑。

等晚饭结束，在夏颜的有心引导下，外婆与徐砚清已经聊得很投机了，不过，这也得感谢徐砚清，谁让他这个男人，喜欢厨艺与养花呢，这两个喜好，全跟外婆对上了，他们不愁没有东西可聊。

外婆笑眯眯地带着徐砚清去看她养的那些盆栽。

徐砚清一会儿夸外婆花养得好，一会儿又对养得不好的几盆提出护理建议，外婆听得别提多认真了。她看徐砚清的眼神，就仿佛徐砚清不是医学博士，而是农大花草养殖专业走出来的博士生——如果有这个专业的话。

夏颜沦为了多余的那个。

她去三楼看了看，属于她的那间房打扫得干干净净，旁边的客房也收拾出来了，床上四件套都是新的，有在阳光下晒过的味道。

夏颜在楼上逛了一圈，下来时，外婆与徐砚清还在聊花草。

夏颜打开电视机，继续看综艺节目。保姆问她要不要吃水果。

夏颜："不用了，阿姨你去休息吧，今天忙着做饭、打扫房间，肯定很累了。"

保姆确实忙得腰酸背痛，客气两句后回了房间。

外婆要带徐砚清一起过来看电视。

徐砚清道："您先过去吧，我去厨房弄点水果，颜颜喜欢边吃边看。"

他说得自然，夏颜被他的昵称叫出了一身鸡皮疙瘩，这还是她第一次听徐砚清这么叫她。

"那你小心点，别切了手。"外婆交代道，来了夏颜这边。

徐砚清去了厨房。

外婆挨着夏颜坐下，悄悄问道："真没同居？"

夏颜无语，老太太怎么还记着这茬呢？

她不想承认，外婆先哼了一声："骗谁啊，关系没亲密到一定程度，你能带他来见我？"

夏颜："不是我想带，是他非要来凑热闹。"

外婆："他想来你就带他来，你什么时候这么听男人的话了？"

夏颜投降。外婆瞥一眼厨房，年轻挺拔的医生背对这边站在水槽前，熟练地清洗着水果。

"他真会做饭？"外婆还是不太信。

夏颜点头："真的，真得不能再真那种，而且他做的菜非常好吃，不然我也不会这么快就栽在他手里。"

外婆心中一动："那明早让他做饭，我也尝尝。"

夏颜犹豫："这样不好吧，哪有第一次带男朋友回家就让他做饭的。"

外婆："你就说阿姨做的不合你胃口，他要真喜欢你，就该知道怎么做了。"

夏颜佩服："还是您套路多。"

外婆扬起下巴："他想抢走我的外孙女，我吃他一顿饭又怎么了。"

夏颜："嗯，应该吃。"

外婆笑着拍了她一下。

徐砚清端着果盘出来了，有橙子，有枇果，还有草莓，三样水果，他还特意摆了盘，整得跟艺术品似的。

外婆夸道："小徐的手真巧。"

夏颜看看果盘，语气不屑："这算什么，他摆盘的花样多着呢，这只是一般水平。"

外婆："说得好像你会那么多一样，小徐过来坐，咱们一起吃。"

徐砚清主动坐到了外婆左边，让外婆处于中间的位置。

边吃边看边聊，一场综艺结束，已经十点钟了。

夏颜扶着外婆，对徐砚清道："你先上去吧，东边那间屋是你的，我去二楼陪外婆躺会儿。"

徐砚清就跟着她们走到二楼，然后再单独上去。

外婆精神还很好，靠在床头，开始盘问夏颜与徐砚清恋爱的过程，包括徐砚清家里的情况也都仔仔细细打听了一遍。这些东西，她不会当着徐砚清的面问，但不可能真的不关心。

夏颜将她知道的情况都说了出来。

如徐砚清开玩笑时所说，他这个人没有什么明显的缺点，徐家也没有，只是他经济条件不如夏颜。外婆并不在乎这一点。

她曾经有个有钱的女婿，结果呢，有钱就变坏了，伤了女儿的心，伤了外孙女的心，也让她大气了一场。现在轮到小一辈儿们谈恋爱，只要男方家里有车有房不至于让孙女、外孙女吃苦，外婆就只在乎男方以及男方的家人好不好相处。

"孟老师的人品没的说，他们夫妻俩能教出小徐那么好的孩子，夫妻俩应该都不错。"外婆认真地分析。

夏颜躺在旁边，心不在焉地道："我们才刚恋爱，您考虑那么长远做什么。"

外婆："你都二十七了，难得遇到个靠谱的，觉得不错就定下吧，少打什么随便玩玩的主意。"

夏颜反对："在我过二十六岁的农历生日之前，我都是二十五。"

完美恋爱 / 233

外婆:"怕变老就赶紧结婚。"

夏颜噌地坐了起来,不解地看着外婆:"您才见他一面就想让我嫁给他了?您就不怕看走眼?"

外婆扶扶鼻梁上的眼镜,盯着她道:"我是才见他一面,你见他多啊!你都答应跟他恋爱了,就足以证明他方方面面都不错,外婆不会看人,可外婆相信我们家颜颜的眼光。"

凡是夏家人,都知道夏瑾与秦盛的事,更知道夏颜对男人的抗拒,对恋爱的抵触。可就在他们做长辈的都要怀疑夏颜准备单身一辈子的时候,夏颜恋爱了。

确实,年轻的女孩子容易冲动,容易被坏男人蒙骗,外婆今晚见徐砚清,就是想替夏颜把把关。

把关的结果是,外婆看好徐砚清。

一个人的气质是很重要的,秦盛年轻的时候就有点流里流气,很帅,也很讨女孩子欢心,甜言蜜语张嘴就来,追求人的手段热烈浪漫,但秦盛身上有种不靠谱的浮躁。最后的结果证明,秦盛果然靠不住。

外婆眼中的徐砚清,就像盆栽里的花花草草,既好看,又够乖,乖乖地长在一个盆里,从不乱挪窝。

外婆不需要多有钱多厉害的外孙女婿,她想要的,是一个知道心疼外孙女,会把外孙女照顾好的小辈儿。

夏颜没想到外婆会那么说。

"您真相信我的眼光?"夏颜拉住外婆的手,轻轻地把玩着。

夏颜好像一只小猫,安静地黏在她的身边。

外婆摸了摸夏颜的头,笑道:"相信啊,是你在跟他谈恋爱嘛,你的感觉肯定最重要。"

夏颜笑:"没想到您这么开明。"

外婆捏她的鼻子:"我什么时候不开明了,哎,还是时代不一样了。你妈妈年轻的时候,我想着你爸爸有钱,你妈妈还去工作什么啊,在家享福多好,把家里照顾好了,她又那么漂亮,你爸爸能搞什么鬼。谁想到啊,那家伙身在福中不知福,非要去乱搞。"

夏颜没吭声。

外婆继续道:"后来你妈妈去外面工作,我害怕啊,怕她没经验吃亏,等她越来越有本事,我又开始心疼她一个人在外面,身边连个知冷知热的伴都没有。想劝她再找一个,怕她再进一个坑,不劝吧,等她老了,孤零零一个人,也够可怜的。还是你跟小徐这样的好,你打拼,他顾家,性格般配,钱多钱少不重要。"

夏颜道:"等我妈老了,我接她过来跟我一起住。"

外婆:"一起住?你跟她一个性格,不忙到老不会歇下来,哪有时间陪她?"

夏颜突然笑了:"我妈有钱,让她养个'小鲜肉'。"

外婆:"'小鲜肉'是什么?"

夏颜咳了咳:"就是一种多肉,我看您这边也有几盆。"

外婆:"哦,那也行,养花清心,挺好的。"

夏颜一直陪外婆聊到了十一点半,还是外婆心疼她明天要上班,催她快点上去睡觉。

站在外面,替外婆关上门的瞬间,夏颜突然心酸。

她的工作太忙了,陪外婆的时间也越来越少。

夏颜悄悄上了楼。

徐砚清那边关着灯,但门开着,夏颜走过去,看到徐砚清站在窗户前,一动不动的,好像在欣赏窗外的夜景。

夏颜走过去,从后面抱住了他。她喜欢徐砚清的背,无论是让他背着,还是这么靠着,都很舒服。

"外婆这边,我算过关了吗?"徐砚清笑着问,声音清朗,显然还没有睡意。

夏颜嘟哝:"谈恋爱而已,什么过关不过关的。"

徐砚清:"谈恋爱也讲究门槛,特别是优秀的女孩子,越优秀,门槛越高。"

"就你能说,你当初真读错专业了。"

夏颜松开他,站到他旁边,窗外似有一片浓墨,景区这边全是青山,挡住了外面都市的霓虹灯火。空气清冷,随着微风吹进来,夏颜闭上眼睛,深深地吸了一口。

"好吸吗？"徐砚清将她拉到怀里，问。

夏颜点点头。

"那我也吸一口。"说完，徐砚清低下头来，吻住了女朋友的唇。

这是一个像山间空气一样清新的吻。

夏颜转了转他衬衫的扣子："阿姨做的饭不太合我的胃口。"

徐砚清笑："明早我下厨，想吃什么？"

夏颜也笑了，踮起脚亲在他脸上："随你发挥，你做的我都不挑。"

徐砚清握住她的手："跟我去厨房看看，我得提前做好准备。"

这是外婆的家，哪怕他是好意，半夜独自去厨房翻箱倒柜也不合适。夏颜便跟他下去了。

灯都关了，两人摸黑来到厨房，再打开厨房的灯。

冰箱里食材丰富，想来也是为了迎接他们，买了很多东西。

夏颜陪徐砚清参观了一圈，要上去的时候，夏颜拉住徐砚清，跳到了他的背上。

小情侣偷偷地往上走，谁也没有发现，刚刚外婆一直站在二楼往下看，又在他们上来之前退回了卧室。

夏颜定了六点的闹钟。

早上六点，她被闹钟叫醒，穿衣服的时候，听见楼下传来外婆与徐砚清的对话，好像早饭都快做好了。

夏颜匆匆洗漱，化了淡妆，下楼。

保姆在打扫楼梯，扫到二楼了，看见夏颜，保姆小声道："你这男朋友真不错，会做饭的男人才懂照顾人呢。"

夏颜心想，行啊，徐砚清只做了一顿早饭，连外婆家的保姆都被他征服了。

到了一楼，夏颜就见外婆坐在厨房外面的一把椅子上，监工似的看着里面忙碌的徐砚清，其实是在跟徐砚清聊天。

"起来啦，怎么不多睡会儿，反正又不用你做饭。"外婆笑眯眯地调侃夏颜。

夏颜反击:"也不用您做饭,您怎么起这么早?怕我们偷你家的盐?"

外婆哼道:"偷也是晚上偷,谁知道你们做了什么。"

夏颜怀疑外婆话里有话,而外婆若无其事地去了卫生间。

徐砚清回头,与夏颜对视,显然也听出了外婆的弦外之音。

夏颜叫他不用在意,他们又没有真的偷盐,顶多被外婆撞见了一些不雅的行为。

徐砚清的这顿早饭显然赢得了外婆的欢心,按照保姆的说法,外婆比平时多吃了一碗饭。

"外婆喜欢,以后我经常过来看您。""贴心大棉袄"徐医生再度上线。

外婆笑眯眯的:"好啊,有空就来,这边风景好,你们平时工作忙,没时间运动,放假了就来山里走走,对身体也好。"

徐砚清:"是啊,昨晚我睡得都比平时香。对了外婆,咱们加个微信吧,以后您要是哪里不舒服都可以问我,我虽然只是消化科的医生,其他方面的多少也都懂一点。"

外婆高高兴兴地拿出手机。

徐砚清负责操作:"您给我想个备注名吧,还是就用小徐?"

外婆瞥一眼夏颜,笑道:"写颜颜家的小徐,这样好记,不然小徐太多了,我哪分得清谁是谁。"

徐砚清面对手机屏幕,嘴角高高地翘了起来。

夏颜故意唱反调:"我好几个同事都姓徐……"

徐砚清头也不抬:"他们都是夏主管的小徐,只有我是颜颜家的。"

外婆:"对,就是这么回事。"

夏颜以一敌二,认输。

短暂的假期结束,夏颜与徐砚清分别回到了工作岗位。

事情太多,夏颜都忘了昨天偶遇大明星钟意的事了,直到接到钟意的电话。

这可是潜在的大客户,夏颜摆摆手,示意刚走进来的销售员用笔写字说事,她笑着与钟意聊天:"谢谢您这么相信我,请问您想买哪种类型的车呢,轿车、SUV还是……"

店里销售员要夏颜确认一款车的价格，夏颜看完数字，点头表示同意，销售员就走了。

电话那头，钟意的要求也很简单，要一款既能保证舒适性又不至于太高调的轿车。

夏颜马上就给她推荐了本店S系的几款豪华轿车，在江城这种大城市，开着一百多万的轿车上路，可能会让人多看一眼，但远远不至于引人瞩目。

"不如咱们加个微信，我把车子照片发您？如果加微信不方便的话，您也可以网上搜索一下，我肯定会给您最优惠的报价。"

钟意："加微信就好。"

通话结束，两人转成微信聊，钟意的头像很有意境，是一张抽象的水墨图，纯色的白纸，墨染出不同程度的黑。

钟意很快就确定了喜欢的车型，只是她不想来店里，希望夏颜能带合同去她的别墅签单，包括后面的提车，也希望夏颜替她上牌后再给她送过去。

夏颜一一同意，这些属于VIP服务，以钟意的身份，完全有资格享受。

夏颜跟钟意约了晚饭的时间。

既然有业务，夏颜跟徐砚清打了声招呼。

徐砚清的关注点是：男客户还是女客户？你晚上过去，注意安全。

夏颜：是昨天咱们遇见的钟小姐。

徐砚清：女人也需要提防，以防万一，你把地址发我。

夏颜：我还怕你泄露人家的隐私呢，我们要签保密协议的，即便你是我的男朋友，我也不能告诉你。

徐砚清：夏主管，我越来越喜欢你了。

夏颜笑了笑。

傍晚下班，夏颜带齐各种文件，开车前往钟意的别墅。

夏颜不追星，对钟意的了解只限于知道她是当红女明星。不过，为了给钟意提供更好的服务，下午夏颜专门搜了搜钟意的相关资料，这才知道钟意就是江城人，父母因为车祸早亡，钟意完全由爷爷奶奶养大，二老如今也去世了。

巧的是，钟意的爷爷奶奶，就住在夏颜外婆家附近，昨天钟意去那边，可能就是为了祭奠长辈。

夏颜还重点过了遍钟意的事业线，对于那些捕风捉影的绯闻八卦，夏颜没去浪费时间。

快七点，夏颜到了钟意的别墅。

让夏颜意外的是，钟意这套别墅并不在江城的顶级别墅区，别墅的外观设计也只算中庸，不过她这栋别墅周围的环境清幽，总体设计也确保了隐私性。

除了一个保姆，别墅里只有钟意一人。

"最近我休息，给助理放了假。"钟意为别墅的安静给夏颜做了解释，"那天我开的是助理的车。"

夏颜笑道："我给您推荐的这款车配备的是防爆胎，如果出现爆胎，哪怕轮胎完全失压，也能保证您继续行驶至少八十公里。当然，这种情况对车速会有一些限制，时速不能超过八十公里，在市区开肯定是足够了。"

钟意一直看着她笑："我怎么这么喜欢听你说汽车相关的事呢，昨晚回到家，我还想了你几次，都是你换轮胎的样子，特别帅。"

夏颜："我从事汽车销售工作嘛，肯定要多了解一些的。"

钟意点点头，请她坐下，先签合同。

合同书、代理书、授权书，各种各样的文件签了一堆，由于钟意委托夏颜去挂牌，还需要钟意提供身份证原件、复印件等。

"我还没吃晚饭，一起吃吧。"走完手续，钟意热情地邀请道。

夏颜感觉得到，因为换轮胎的事，钟意对她很有好感。她就接受了钟意的邀请。

饭间，钟意问了问夏颜的工作，夏颜也问了问钟意接下来可能会拍什么片，总体氛围轻松愉快。

吃完晚饭，已经八点多了。

"路上小心。"钟意将夏颜送到别墅门外。

夏颜笑着跟她挥挥手，开车离去。

徐砚清来车库接夏颜，还担心她会吃亏似的，一本正经地打量了夏颜一遍。

夏颜失笑："就算真发生了什么，也是我占她的便宜好不好。"

徐砚清："你只是没有她的名气，其实你比她漂亮多了。"

夏颜："真的？那我也去混娱乐圈。"

徐砚清握住她的手，幽幽道："明星都很忙的，经常几个月混片场，你不怕你离开期间，我被别人拐跑了？"

夏颜笑道："怕啊，所以在我出道之前，我会先甩了你。"

公共场合，徐砚清只是克制地握紧了她的手，等回到1601，徐砚清直接将女朋友压到了墙上，让她为刚刚的话付出代价。

"还好你不是明星。"事后，徐砚清一手抱着夏颜，一手把玩她的头发。

夏颜："为什么？"

徐砚清看着她的眼睛："娱乐圈帅哥太多，你在那边混久了，审美拔高，更难看上我。"

夏颜轻轻拍拍他的脸："我天天照镜子，审美早拔高了，你在我眼里，也就是一般小帅吧。"

徐砚清抓住她的手："什么样的在你眼里算超级大帅？"

夏颜："没见过，可能还没出生吧。"

徐砚清突然蠢蠢欲动。也许他跟她结合，就能生出超级大帅了。

不过，徐砚清只敢想，不敢说。

两周后，夏颜替钟意办好了新车的一切相关手续。挂完牌照，夏颜直接开着这辆新车，前往钟意的别墅，当然，这是钟意要求的，一切符合合同。

下午三点多，夏颜抵达别墅。

保姆打开门，引导她直接将车开进去。

夏颜停好车，钟意也出来了，她好像刚洗完澡，头发还没有全干，松松散散地披在后面。素面朝天的钟意，虽然没有镜头前那么风华绝代，却也是个美人，只是这样的钟意，偏冷淡了些，仿佛很难被什么打动，像极了她的水墨风微信头像。

看到夏颜，钟意展颜一笑，瞬间拉近了两人的距离。

夏颜协助她验车，最后核实一遍新车的情况。钟意随便看看，签了字。

夏颜笑道："再次感谢您对我的信任，如果以后有什么问题，您可以随时联系我，我一定第一时间替您解决。"

钟意："客气了，你工作忙吗，进来坐坐？"

夏颜表示下午还有工作。

钟意："你准备怎么回去？"

夏颜已经有所准备："我先走到别墅外面，然后打车。"

钟意笑道："太麻烦了，这样吧，我有个朋友马上也要回市区，让他捎你一程吧？"

说完，不等夏颜回应，钟意拨通了电话，看着二楼道："你不是要走吗？正好替我捎夏小姐一程。"

电话那头的人似乎答应了，钟意挂掉电话，笑着邀请夏颜去里面等。

保姆端了茶水过来。夏颜捧起茶碗，低头喝茶的时候，听到楼梯上传来脚步声，考虑到对方是大明星主动要介绍给她认识的朋友，夏颜便看了过去，没想到这一看，直接让她被茶水呛到了。

夏颜红着脸咳了起来，在客户面前，她第一次这么失礼。

钟意仿佛已料到她会如此震惊，并不介意，反而笑着递了纸巾过来，温声解释道："我男朋友，还请夏小姐替我保密。"

夏颜尽量用最快的速度调整好情绪，只是看着那道走过来的身影，夏颜还是"破功"了，忍着笑对钟意道："我认识他。"

她一开口，钟意以及面无表情走过来的徐墨沉同时朝她看来。

夏颜站起来，大大方方地朝徐墨沉伸出手："徐先生你好，我是徐砚清的女朋友，夏颜。"

徐墨沉漆黑的眼眸里浮现出意外，随即与夏颜握手："好巧，经常听我妈提到你，原来你长得这么漂亮。"

夏颜正要礼节性地谦虚一下，没想到徐墨沉后面还有一句："是砚清高攀了。"夏颜便扑哧笑了出来。

钟意诧异道："你还有个弟弟？"

徐墨沉目光复杂地看了她一眼。

钟意不知想到什么，避开他的视线，笑着对夏颜道："原来咱们的缘分这么深，可惜今天你上班，我就不打扰你了，等你有空了，我请你吃饭，咱们好好聊聊。"

夏颜当然说"好"。

徐墨沉:"走吧。"

他率先往外走去。

钟意送他们,与夏颜并肩而行,低声问:"他弟弟,就是上次跟你在一起的那个吗?"

夏颜点点头。

钟意试着回忆,不过当时她的心思都在轮胎以及拥有换胎技术的夏颜身上,对徐砚清的印象并不深。

夏颜看一眼走在前方,连背影都写满"高冷"二字的徐墨沉,悄悄问钟意:"你让他送我,就不怕我将这事散播出去,曝光你的恋情吗?之前你可不知道我认识他。"

钟意神秘一笑:"不怕,就当我送他的礼物好了,可惜,你不像那种人。"

夏颜笑笑,她的确不会乱说,如果男方不是徐墨沉,今晚她连对徐砚清都不会多说一个字。

徐墨沉替她拉开副驾驶的门,自己绕到了驾驶座。

夏颜坐进去,朝钟意挥挥手。

黑色豪车开出了别墅。

夏颜莫名地紧张,前后左右四处观察,试图确认周围有没有娱乐记者,就算钟意与徐墨沉的恋情爆出去,夏颜也不希望自己被卷入其中。

"没有记者。"徐墨沉突然开口。

夏颜心想,你在开车,看得怎么可能比我更仔细。

但夏颜还是坐正了,目视前方,脑海里盘算着可以跟徐墨沉聊哪些话题。

"你要回4S店?位置告诉我。"徐墨沉打开导航,问。

夏颜报了地址。

徐墨沉看看导航界面,明白了:"砚清在你这里买的车?"

夏颜笑道:"是啊,早知道后来会跟他在一起,当时我就给他最优惠的价格了,也怪他,都不试着砍价。"

徐墨沉想起了高中时期陪弟弟去菜市场买菜的经历。当时他读高中,弟弟读初中,他不会跟那些商贩讨价还价,弟弟也不会,但弟弟会站在一旁观察大爷大妈们的买菜过程，等大爷大妈们讨好了价，弟弟会记好价格，再去挑菜算账。

所以，徐墨沉明白，弟弟不是不懂得跟夏颜砍价，只是不想罢了。

"换个销售员，无论男女老少，他肯定砍。"徐墨沉毫不客气地拆穿了亲弟弟的花花肠子。

夏颜怔了怔才反应过来，原来当初徐砚清不砍价，根本原因还是他的"一见钟情"。

这家伙，也不知道是太傻，还是太会。

"你这么了解他，你们兄弟俩感情是不是很好？"短暂的沉默后，夏颜笑着问。

徐墨沉立即想到了他被亲弟弟把持多年的黑料："不太好。"

夏颜竟然丝毫都不意外会得到这样的答案，如果她把徐砚清说过的那些话转述给徐墨沉，徐墨沉大概会跟徐砚清断绝兄弟关系，老死不相往来。

"我这样的态度你似乎一点都不吃惊。"徐墨沉敏锐地看了夏颜一眼，"是不是他编造过我的坏话？"

高冷霸道总裁的气场非常强，夏颜干笑："没有，他就说你喜欢讲冷笑话，我以为你刚刚就是在讲冷笑话。"

徐墨沉勉强接受了她的解释。

夏颜不敢再乱攀谈，拿出手机，笑道："我回几个工作上的消息。"

徐墨沉不置可否。

夏颜处理了几条微信，忽然灵机一动，手机悄悄偏移，对着开车的徐墨沉拍了一张照片。

照片有点模糊，但已经足以被人认出来。夏颜没再继续拍，将这张侧脸图发给了男朋友。

徐砚清：？？？

夏颜：我有你哥的大新闻，晚上再说。

预告了八卦，夏颜突然想到一个问题，礼貌地先询问徐墨沉："你跟钟意的事，我可以告诉徐砚清吗？"

徐墨沉："可以，早晚他都会知道，同事就算了。"

夏颜点头，顿了顿，她还是转达了钟意的态度："她告诉我，她并不介意我说出你们的事,好像还挺期待的。"

徐墨沉脸部线条绷紧,并没有说什么。

傍晚,夏颜比平时提前十几分钟下班,在1501与徐砚清会合了。

徐砚清还在做饭,夏颜进了厨房,分享了徐墨沉与钟意的事。

"那可是大明星啊,我太好奇他们是怎么认识的了,你有线索吗?"

徐砚清一边炒菜一边摇头:"自从他上大学,我们俩就很少见面了,毕业后各忙各的,也就过年会在家里聚一聚。"

夏颜表示理解,她与表妹夏冉也是一样的。

"等钟意约我见面的时候,我问问她。"夏颜充满了好奇。

徐砚清没什么感觉,无论大哥还是他,结婚了肯定都会有自己的小家,平时并不住在一起,那么大哥找什么样的女朋友与他无关,他找什么样的女朋友也与大哥无关,除非大哥的另一半是个"极品",主动来找他这个小家的麻烦。

晚饭端上桌,两人面对面坐着。

"我们过年期间的排班表出来了,你要看吗?"徐砚清问。

夏颜:"你有几天假?"

徐砚清笑笑,把手机递给她。

夏颜放大表格,发现徐砚清的排班表与平时的排班表差不多,并没有享受春节的假期待遇,除夕夜竟然排的夜班,大年初一才可以回家团圆。

"这也太惨了吧?"夏颜深深地表示同情。

徐砚清解释道:"没办法,医院总要有人在岗,而且我是本地人,平时可以陪父母家人。有的同事家在外地,总不能除夕都不让他们回家团圆,还有一些有孩子的,医院排班能照顾就照顾一下,实在没办法再另说。"

夏颜感慨道:"医护人员也挺不容易的。"

徐砚清看着她问:"你会嫌弃我没时间陪你旅游吗?"

夏颜反问:"你看我像喜欢旅游的人吗?"

徐砚清笑着给她夹了一块红烧肉。

夏颜翻看手机日历:"我妈有五天年假,初一你得陪家人,那就安排腊月二十九晚上一起吃个饭?"

徐砚清:"可以,地点你定还是我定?"

夏颜道:"我来吧,你负责埋单就行。"

这样的埋单，徐砚清求之不得。

不过，考虑到夏颜的妈妈身家以亿计，徐砚清提前将一笔活期理财的钱转了出来，以防埋单时零钱不够用。

小年一过，春节的气氛越来越浓了。

腊月二十九该徐砚清轮休，白天他在父母家里过的，陪徐教授、孟老师。徐墨沉要等除夕当天才放假。

"夏颜这么快就带你去见家长，是不是说明你很有戏？"孟老师知道今晚儿子要去见女朋友的妈妈，兴奋地猜测道。

徐砚清解释道："不是夏颜想带我去，是夏阿姨提出来要见我一面。"

孟老师："我听冉冉妈妈说，夏颜妈妈是企业高管，对女儿的男朋友的要求会不会很高啊？"

徐砚清："……"

徐教授放下手里的报纸，对孟老师道："你再说下去，砚清都不敢去了，吃顿饭而已，至于这么紧张吗？"

孟老师："你不紧张，当年你去我家里，紧张得同手同脚，我妈给你面子，看破不说破罢了。"

徐教授哼了哼，重新举起报纸。

下午四点多，徐砚清开车，前往今天的晚餐地点——夏颜的外婆家。

车子开进庭院，徐砚清推门下车，心中只有一句话：抬左臂迈右脚，抬右臂迈左脚。他不想留下老爸那样的黑历史。

关于这顿晚饭，夏颜原计划在外面找个酒店，可夏瑾嫌去外面吃太麻烦，提议就在外婆家里吃。这个地点，既能让她看到女儿的男朋友，还免得她外出浪费的时间，可以多陪老太太。

过年，可能是夏瑾唯一能够连续在家里住三四晚的机会，当然要珍惜。

夏颜就尊重了母亲的意见。可她忽略了一点，年底大团圆，舅舅一家也来外婆这边了。

也就是说，本来徐砚清只需要面对夏颜的母亲，现在好了，他还要接受舅舅舅妈与表妹夏冉的检阅。

夏颜第一时间将这个情况通知了徐砚清。

徐砚清回复得很淡定：知道了，我多准备几份礼物。

徐砚清抵达外婆家的时候，夏颜、夏冉、舅舅与外婆正在打麻将，保姆放假了，这几日一家人的晚饭主要由夏瑾、舅妈李玉兰负责。人口不多，李玉兰有表示她自己做，是夏瑾坚持要帮忙。至于夏颜姐妹俩，厨艺都很差。

听到停车声，夏冉第一个跳了起来，要去看表姐的男朋友，也是她更喜欢的孟老师的小儿子。夏颜、外婆、舅舅也走向外面。

夏颜拐路到厨房门口，对里面一边准备晚饭一边聊天的两人道："妈、舅妈，徐砚清到了。"

李玉兰正在切菜，笑着让夏瑾先去看看。

夏瑾："不急，有颜颜他们呢，我可以吃饭的时候再跟他聊。"

夏颜懂了，不再打扰二人。

院子里，徐砚清已经跟外婆、舅舅、夏冉打过了招呼，这三人，徐砚清都见过，他表现得还算自然。

"我妈、舅妈她们在做饭，你先进来休息吧。"夏颜接过他手里的礼物，笑着解释道。

徐砚清马上道："那我去厨房帮忙。"

夏颜瞪他："谁要你帮忙了，你又不是我们请的厨子。"

外婆："就是就是，小徐会打牌吗？跟我们玩牌去吧。冉冉玩这个不合适。"

夏冉抗议："刚刚怎么不说我不合适？难道我只是你们三缺一时凑数的？"

舅舅笑："你们玩，我去厨房帮忙。"

他们你一言我一语，徐砚清根本没有自己做决定的资格。

虽然被外婆安排了去打牌，徐砚清还是朝夏颜使个眼色，让她先带他去厨房认认长辈。夏颜拉着他过去了。

"这是我舅妈，你见过了。这是我妈，不知道你见过没。"站在厨房，夏颜不是很正经地介绍道。

徐砚清先朝舅妈笑笑，再看向系着围裙正一手择菜一边歪过头打量他的女朋友的妈妈。那是一个看起来四十多岁的女人，穿得日常，脸上化了淡妆，非常有气质，以至于容易令人忽略她出色的外貌。

行礼问好的时候,徐砚清只觉得阿姨看起来很眼熟。

"出去坐吧,这边太乱了,等会儿吃饭的时候再好好认识。"夏瑾笑得亲切随和。

夏颜就把徐砚清拖走了。

牌桌上,徐砚清被安排坐在了夏颜对面。

直到这时,他才想起来自己不会玩牌。

夏冉:"本地麻将你都不会?"

徐砚清解释道:"小时候没机会学,大了想学也没有时间。"

夏冉立即大声喊亲爸过来。徐砚清退位让贤,坐到了夏颜与外婆中间,旁观。

两轮过后,徐砚清脑海里灵光一闪,难以置信地问夏颜:"阿姨在翡城地产……工作?"

夏颜笑:"对,看来你也见过关于我妈的报道。"

徐砚清额头开始冒汗。他何止见过报道,还点开过夏瑾的相关视频,以女高管的身份出现在视频里的夏瑾,高冷威严,言辞犀利,跟随在她周围的员工们,无论男女,个个都维持着高度戒备的紧绷状态。

一个女强人,对手下员工都那么严格,对唯一爱女的男朋友的要求,能低?

"徐医生好像产生了一些不好的联想。"夏冉幸灾乐祸地看戏。

徐砚清保持微笑。

夏颜给他打气:"放心,我妈脾气很好的,没有传说中那么可怕。"

徐砚清快要笑不出来了。

晚饭快好了,众人移步到餐厅。

如果不是夏颜拽着,徐砚清真要忍不住去厨房帮忙端菜了。

饭菜一样样端上桌,徐砚清等长辈都坐下了,才坐到夏颜身边。

聊天主力是外婆、舅妈、夏颜、夏冉,话题涉及方方面面。至于徐砚清,因为大家之前都基本了解了他的情况,除了舅妈问了问徐砚清工作忙不忙之类的,倒也没什么其他好问的。女人们聊得热闹,舅舅因为跟徐砚清在一个医院工作,两人又说了些医院的事。

一顿饭下来，说话最少的是夏瑾，她几乎只充当了听众。

毕竟是过年，一家人团聚的时光，哪怕夏家众人足够热情，徐砚清留在这边还是有些尴尬。

夏瑾看看挂钟，对夏颜道："时候也不早了，你去送送小徐吧，他没年假，今晚早点回去，多陪陪家人。"

夏颜点头。徐砚清站起来，笑着与众人道别。

大家将他送到院子里，客气地道别后，夏颜让家人们先进去，她跟徐砚清单独聊聊。

夏冉抱着奶奶朝夏颜嘿嘿笑："是不是要吻别啊？"

夏颜朝表妹比了比拳头。

众人进去了，欢笑声在客厅里荡开，庭院中显得非常安静。

徐砚清的车停在杏树下，密密的枝干打碎了灯光，徐砚清站在驾驶位的车门旁，看向夏颜的目光，带着一丝可怜与无辜。

"怎么这副表情？"夏颜瞥一眼客厅，确定家人们看不到这边，她靠到徐砚清身上，仰头问。

她的眼睛比夜空的星星还迷人，徐砚清摸了摸她的头发，低声道："阿姨似乎不喜欢我。"

夏颜："就因为她没有跟你说什么话？"

徐砚清就是这么推断出来的。

夏颜觉得好笑："你的情况，我、舅妈、外婆甚至夏冉都跟我妈介绍过了，我妈基本已经了解你了，所以没有问题问你，至于其他的，难道你还指望她像外婆那样嘘寒问暖，心疼你工作太忙没有年假？"

徐砚清确实无法想象夏瑾会对他说这些。

夏颜摸摸他的脸，开了个小玩笑："我妈早就说了，她想看看你，或许，她只在意你长得好看不好看，顺眼不顺眼吧。"

徐砚清试着回忆，好吧，夏阿姨的确好像看了他几眼。

"放心吧，就算我妈不喜欢你，只要我还想跟你在一起，她也管不了我。"

怕男朋友胡思乱想又失眠，夏颜踮起脚，勾着他的脖子，送了他一个缠绵的吻。

徐砚清用手压着她的腰道:"我得去明珠花园拿样东西,你跟我一起去?我再把你送回来。"

夏颜戳他:"你当我妈傻吗?或许你现在在她眼里只是及格分,今晚你真敢带我走,我妈可能给你打负分。"

徐砚清的冲动瞬间被这话浇灭了。

"节后见。"夏颜又亲了他一下,然后替他拉开车门。

徐砚清突然抵触过年。

第九章

徐医生的婚礼

除夕夜，徐砚清在医院过的，其间，跟一起值班的同事们吃了职工食堂提供的爱心饺子，晚上还收获了亲妈、女朋友的视频问候。亲妈表示明天他回家后会有惊喜，女朋友只说了新年快乐，什么惊喜也没有。

徐砚清并不好奇亲妈的惊喜。

大年初一，上午九点多，徐砚清开车回爸妈那边，想到夏颜要等初五晚上才回来，徐砚清做什么都提不起劲儿。

车子开进地下车库，转了一圈徐砚清才想起来，家里的两个停车位都被占了，一辆是父母的新车，一辆是"霸总"亲哥的车。徐砚清只好停到了临时车位上。

终于来到家门前，徐砚清拿出钥匙，开门。

推开门，徐砚清一眼看到沙发上坐着一个陌生的年轻女人。

视线相对，徐砚清退后一步，疑惑地看向房门号。没错，是他们家。

徐砚清再看向沙发上的女人。

钟意笑着站起来，跟他打招呼："你是墨沉的弟弟吧，你好，我是他的女朋友，钟意。"

就在这一瞬间，徐砚清想起来大哥的恋情了，同时也反应过来，这就是老妈所谓的惊喜，送他一个"准大嫂"？

徐砚清笑着点点头，一边关门一边道："听夏颜提起过，欢迎欢迎。"

这时，徐墨沉从里面走出来了，看到弟弟，徐墨沉解释道："爸妈出去买菜了，这是我女朋友钟意，你可以直接叫她名字。"

徐砚清："嗯，我们已经认识过了，恭喜你，终于脱单。"

兄弟俩似乎没什么多余的话可说，徐墨沉陪钟意去沙发上看电视。

徐砚清去他的房间换衣服，换着换着，徐砚清越想越不是滋味儿，坐在床上给夏颜发视频请求。

夏颜还在跟家人玩牌，如无意外，整个春节期间，她都会在玩牌中度过。

视频接通，夏颜一心二用，瞥了一眼手机中的男朋友："回家了？记得替我跟叔叔阿姨拜个年。"

今天一早，徐砚清已经给他们拜过年了。

徐砚清问她："你在玩麻将？"

夏颜点头。徐砚清看着女朋友分心的脸，结束视频通话，发给她一条消息：我大哥带女朋友回家过年了。

为谨慎起见，他没有提到钟意的名字。

夏颜被这个话题吸引了，语音回他："这么快？他们认识多久了？"

徐砚清：不知道，应该没咱们久。

夏颜留意着家人们打出来的牌，没领会男朋友的深意，只叮嘱道："你出去跟他们聊聊，问一问就知道了，回头告诉我，我先打牌了，拜拜。"

徐砚清："……"

家里有客人在，徐砚清没在房间待太久，换好衣服就出去了。

爸妈不在家，沙发上坐着一对儿情侣，徐砚清忽然觉得，自己有点多余。

"过来一起看吧。"钟意朝他笑了笑。

徐砚清就坐到了钟意一侧，保持两个位置的距离。

"你好像不认识我。"钟意显然对徐砚清有些兴趣，主动聊了起来。

徐砚清笑道："我不怎么看影视剧，我女朋友很喜欢你。"

钟意:"夏颜吧,真没想到会这么巧,我跟她太有缘分了,什么时候咱们四个一起吃饭吧?"

徐砚清:"好啊,只是要等节后了,她这几天都在陪家人。"

钟意笑着表示理解。徐墨沉冷冷地瞥了眼弟弟。徐砚清表示莫名其妙。

后来,钟意去卫生间了,徐墨沉趁机给徐砚清发了一条消息:钟意的家人都不在了,你说话注意点。

坐在沙发另一头的徐砚清看看手机,敲字回复:抱歉。对了,你们俩认识多久了?

他很好奇,恋爱多久后可以带女朋友回家见家长。

徐墨沉没有回答他。徐砚清需要答案,亲哥不配合,钟意回来后,徐砚清笑着问钟意。

钟意看看面无表情的恋人,朝徐砚清解释道:"从第一面算起的话,我们认识正好十年了。"

徐砚清:"……"

今年的春节档电影出了四部佳作,大年初二,夏颜一家人陪外婆看了一场亲情片。在电影院等入场的时候,夏颜看到了另外三部电影的宣传,其中有一场太空科幻主题的,一场诙谐风格的爱情片。

当晚,夏颜给秦扬发消息:订了两张电影票,要看吗?

附订单截图。

秦扬:谢谢,明天电影院见。

夏颜:中午商场见吧,先吃饭,吃完正好看电影。

于是初三这天,夏颜跟家人打声招呼,说她约了朋友,晚上看完电影再回家。

外婆意味深长地看她一眼:"太晚就不用回来了。"

夏颜觉得外婆有点前卫。

夏颜比约好的时间提前半小时到了商场,很多店还没有开张,餐饮业倒是生意红火。

夏颜走向预订的餐厅,然后就在餐厅外的一排座椅上看到了高三生秦扬。

他穿了一身黑色休闲装，低头刷着手机，侧脸几乎完美，冷淡的气质反而增添了"禁欲风"。

夏颜笑笑，甩开了那个不合适的字眼，才高中生，什么禁欲不禁欲的。

夏颜故意绕到秦扬背后一侧，慢慢靠近，最后停在秦扬身后，看向他的手机屏幕。

好家伙，不愧是学霸，秦扬竟然在看试题分析。

夏颜拍了拍他的肩膀。

秦扬回头，看到她，他扯扯嘴角就算是笑了，收起手机站了起来。

"你怎么好像又长高了？"夏颜比画了下两人的肩线，此时的秦扬，竟然只比徐砚清矮了半头，大学四年还有成长空间，说不定最后比徐砚清还要高。

"你也更漂亮了。"秦扬礼尚往来。

姐弟俩今年第一次见面，竟然是以一场"商业互夸"开始的。

在餐厅落座后，夏颜关心了下秦扬的备考状态，现在已经是二月了，很快就要迎来高考百天倒计时。

秦扬神色淡然："成绩应该没问题，只是还要再等四个月，觉得很无聊。"

夏颜想，这就是学霸的自信吧。

"要吃冰激凌吗？我请你。"

饭后夏颜要去取票，秦扬指了指不远处的冰激凌柜。

夏颜："要个草莓味儿的。"

秦扬就买了两个草莓味的冰激凌。

夏颜买票太晚，中心的好位置都没了，姐弟俩坐在了后排边角。

电影开始，夏颜戴着3D眼镜，看得很投入。

某个时刻，秦扬突然抬手，挡在她的眼前。持续了三十秒左右，秦扬才放下手，靠过来解释道："刚刚的镜头过于血腥。"

夏颜："……"

电影结束，走出播放厅，夏颜问秦扬："这片子，你是不是已经看过了？"

秦扬："嗯，除夕夜看的。"

夏颜："那你怎么不早说，我换个片子。"

秦扬看她一眼："我本来也想二刷，正好陪你。"

夏颜怀疑二刷是随便说说，陪她才是真的。

多可笑，她想照顾弟弟，结果反倒像弟弟照顾了她。

"打车来的吧，我送你回家。"

这也可能是她唯一能照顾高中生的地方了，等秦扬学会了开车，他还有什么需要姐姐帮忙的？秦扬没有客气。

年假期间的江城道路畅通，半个小时后，夏颜将车停在了秦家的别墅外。

"进来坐坐吗？"秦扬偏头问。

夏颜笑笑："不了，等会儿还有约。"

秦扬点点头，下车，站在门口目送她掉头离开。

别墅三楼，有个身影站在阳台上，目光复杂地注视着渐渐开远的车。

夏颜开车回到明珠花园，已经下午四点了。

她直接去了徐砚清的1501，徐砚清不但给了她一个好记的密码，还录入了她的指纹。

这几天徐砚清都要上班，除了初一晚上是在父母那边过的，其他时间都在这边。房间打扫得干干净净，盆栽里的花草欣欣向荣，海棠花开得最艳。

夏颜坐到沙发上看综艺节目。到六点左右，猜测徐砚清快回来了，夏颜隐藏好鞋子和包，甚至连沙发上的坐痕都给抚平了，再提前躲到卧室的窗帘后。

她一边刷手机一边等，过了二十来分钟，门响，徐砚清回来了。

他先到了卧室，去衣帽间拿了一套衣服，跟着去了卫生间，好像在洗澡，不过洗得很快，出来后又来了卧室。

夏颜开始等待吓唬他的机会。

突然，徐砚清关了卧室的灯，再将门反锁。夏颜愣住了。

徐砚清朝这边走来，先将另一侧的窗帘拉上，再来拉她这边的。

夏颜缩在角落，尽量隐藏身形。

没有灯光，外面的光线也被挡住了，周围一片漆黑。

突然，面前的窗帘被人拉开，没等夏颜看清楚，徐砚清便压了过来，熟练地吻住了她的唇。

夏颜蒙了，她根本不知道自己哪里露了馅儿。

"你第一次进来的时候，看见我了？"

唇终于被他松开，夏颜仰着头，拍了拍男朋友。

徐砚清："你一过来开门，我手机上就收到了通知。"

夏颜："……"

这扫兴的现代科技！

"我饿了。"

"等会儿给你做。"

"我买了九点的电影票。"

"那我们还有两个小时的时间。"

简单的话语蕴含了属于他的霸道，夏颜就这么被他点燃了。

接下来的两个小时，徐砚清一点都没有浪费，似乎要将分开这几天的时间一口气补回来一样。

"你这样，一点都不像没有年假一直在加班的人。"

事后，夏颜懒懒地枕着他的胳膊，有一下没一下地戳他。

"说明我很想你，说明我还年轻。"徐砚清抓住她的手，翻过来压着她，轻轻亲她的额头。

"按照我外婆的算法，你已经二十九了，马上就要三十了。"

"我只知道我大你两岁。"徐砚清亲了亲她的眉毛。

夏颜眨眨眼睛，道："那你还是二十七岁，不算老。"

晚饭在家里吃肯定来不及了，两人快速洗了个澡，开车前往商场，再趁电影开场前吃了几样小吃。

"这是我今天看的第二场。"

"第一场跟谁？"

夏颜笑："'小鲜肉'。"

徐砚清懂了，仿佛只是陈述一个事实似的道："其实我读高中时，也是一个'小鲜肉'。"

夏颜看他几眼，想象不出他十七八岁的样子。

"我家里有照片，哪天带你过去看看？"徐砚清语气自然。

夏颜不上这个当："你可以把照片拿过来给我看。"

徐砚清还想说什么，该进场了。

一场诙谐浪漫的电影，一个半小时轻轻松松地过去了。

这时徐砚清才知道夏颜要回外婆那边。

"我妈明天赶飞机，我去送她。"夏颜解释道。

徐砚清道："那我送你回去。"

这么晚了，外婆家又住在景区，白天风景很好，晚上未免太冷清，至少徐砚清不放心夏颜自己过去。

夏颜："你送我，那你怎么回来？"

徐砚清："我打车。"

夏颜想了想，同意了。

因为徐砚清工作了一天，夏颜决定她来开车，而且那边的路她更熟悉。

"你大哥跟钟意的事，你都打听清楚了吗？"路上，夏颜问起了这个事。

徐砚清："我跟钟意才认识，不好意思问太多，只知道十年前他们俩就见过了。"

夏颜十分震惊。

她更感兴趣了："那你问你大哥啊，亲兄弟有什么不能说的。"

徐砚清："其实我们关系不太好，我一直怀疑他是我爸妈出去旅游时捡回来的。"

夏颜："……"

徐砚清、徐墨沉只是性格完全不同，其实身高一致，五官也很有兄弟相的。

"可能你们俩都是捡来的吧。"夏颜故意道。

外婆家到了。

此时已经晚上十一点多，这里不像市中心繁华地段灯火通明，很多人家已经关灯睡觉了。

山风吹拂，夏颜将车开进院子，二楼外婆的房间亮着，夏瑾走出来，站在阳台上看女儿。

夏颜与徐砚清一左一右地下了车。夏颜示意徐砚清往上看。

徐砚清这才发现夏瑾，连忙解释道："阿姨新年好，我跟夏颜刚刚看了电影,太晚了,我送她回来。现在就走了,你们也早点休息吧。"

夏瑾居高临下,看不清神色,只有平静的声音传了下来:"三楼还有客房,你今晚就在这边住吧。"

说完,夏瑾退回了房间。

徐砚清被这个突如其来的惊喜砸呆了,仰着头对着二楼,一时反应不过来。

夏颜小声道:"我就说吧,我妈并不讨厌你。"

徐砚清心潮澎湃,完全不知道该说什么。

夏颜带他上楼,跟外婆、母亲打声招呼,两人再去了三楼。

舅舅一家已经回去了,今晚就他们四个人。

明天夏瑾的航班时间很早,夏颜早早睡了。

徐砚清失眠了,这不是他第一次在外婆家里留宿,但这次,是得到了夏颜母亲的允许。

第二天四点多,徐砚清就去楼下准备早饭了,等夏家三代起床,徐砚清已经将碗筷摆得整整齐齐。

夏瑾最先下来,看到这一桌早饭,她顿了顿,然后对走出厨房手拿盘子的徐砚清道:"其实你不用这么客气。"

徐砚清有种面对领导的错觉,但他温和的气场多多少少帮忙掩盖了他的僵硬与紧张。他笑着道:"外婆喜欢我的手艺,我平时没空过来,今天既然在,就再做一次给外婆尝尝。"

夏瑾看一眼二楼,点头道:"嗯,你跟颜颜都在江城,有空的话就尽量多回来看看吧。"

徐砚清绷紧的肌肉终于放松下来。

吃过早饭,在外婆不舍的目光中,夏颜开车载着男朋友与母亲出发了。

时间充裕,夏颜先送徐砚清去医院。

车子停好,徐砚清解开安全带,回头与后座的夏瑾道别。

夏瑾看看他,终于还是交代了一句:"颜颜第一次谈恋爱,你多照顾她一点。"

夏颜:"妈你说什么呢,谁要他照顾了?没认识他之前我不照样过得好好的。"

徐砚清笑着看看她,对夏瑾道:"阿姨放心,我也是第一次恋爱,但我会跟颜颜一起学习进步,绝不让您跟外婆费神。"

夏瑾点点头。

夏颜将徐砚清赶了下去。

车子再次出发,夏颜看看后视镜里的母亲,问:"妈,你好像挺喜欢他的?"

夏瑾:"只要你喜欢,妈就喜欢。"

夏颜心里起了波澜,开玩笑掩饰道:"你就不怕我还年轻,看人看走眼?"

夏瑾笑了笑,看着熟练开车的女儿道:"看走眼也不是什么大不了的事,结婚都能离婚,更何况只是谈一场恋爱。如果说在这个问题上妈妈对你有什么要求,唯一的要求,就是希望你始终更爱自己,无论男朋友、老公还是以后的孩子,妈妈都希望你先好好爱自己,再去爱他们。"

夏颜背对着母亲,红了眼眶。

这是今年过年,母女团圆后妈妈对她说的最长的一段话。

她会牢牢地记住,记在心底。

长假结束,各行各业的人士回到岗位上,大城市又恢复了平时的繁华与忙碌。

夏颜与徐砚清也迎来了属于他们的第一个情人节。

去年圣诞,夏颜送了徐砚清一款腕表,这次情人节的礼物,自然要应景一些。

两人都是大忙人,尤其是夏颜的店在搞节日促销活动,脑力和体力消耗巨大,忙到她提前跟徐砚清打了招呼,今晚就在家里过节,不去外面的餐厅,也不去商场看电影。徐砚清当然听她的。

晚上八点,夏颜下班,徐砚清来店里接她。

上了车,夏颜见他没有什么表示就直接开车了,不禁挑挑眉:"你的节日礼物,该不会只有早上那个红包吧?"

今天早上,她刚与徐砚清分开,徐砚清就发给她一个"520"的红包。

她的男朋友，晚上那么热情奔放，白天发个示爱红包还要避开她发。

徐砚清："不是，还有一个礼物在家里。"

夏颜："又是按摩椅那种大家伙？"

徐砚清摇摇头，拒绝更多剧透。

到了小区，夏颜先跟徐砚清去了1501。

徐砚清没有开灯，用手机照明让她换拖鞋。等夏颜换好了，她绕过徐砚清的身影往里一看，发现餐桌上摆了一圈蜡烛灯，中间是一个漂亮的蛋糕。

温馨的居家环境，烘托出了小小的浪漫氛围。

就在夏颜准备走过去的时候，突然从后面伸过来一捧玫瑰花。

夏颜看着眼前的花。

"虽然很俗，但不送花，好像差了点什么。"徐砚清笑着说。

夏颜接过花，闻了闻，笑道："没关系，我就喜欢俗的。"

她踮起脚，先亲了徐砚清一口。

把玫瑰花暂且放到旁边，夏颜去洗洗手，准备吃蛋糕。

等她坐到餐桌旁，才发现蛋糕中间有一只白巧克力做的小猪，小猪双手高举，托着一个红色的小礼盒。

这个大小跟形状……

夏颜狐疑地看向徐砚清，希望不是她猜想的那样。

徐砚清看出了她的警惕："放心，不是戒指。"

在一起的时间太短，现在求婚并不合适。

夏颜松了口气，她可不忍心在这样的节日打击自己的男朋友。

夏颜小心翼翼地取下礼盒打开，里面是一对儿镶宝石的大耳环，烛光之下，宝石呈现出一种海水般的湛蓝光芒。

"花了几个月的工资？"夏颜提着耳环，在徐砚清面前晃了晃。

徐砚清拨开她的手："谈钱太俗了，喜欢吗？"

夏颜喜欢，她的耳环都是比较大的，徐砚清显然注意到了这点。

取下旧耳环，夏颜一边看着徐砚清，一边戴上他送的礼物。

她肤色极白，与蓝宝石相得益彰。

她眼里映着烛光，看似随意又释放着魅力，徐砚清早已深陷其中。

徐砚清拉起她的手，亲了亲。

夏颜指指楼上:"我也给你准备了礼物,吃完蛋糕再说,不过你别抱太高期待,我的礼物只能说物美价廉。"

徐砚清笑了笑,给她切蛋糕。

夏颜吃蛋糕的时候,徐砚清发给她一条肉麻兮兮的消息:你就是我最想要的礼物。

夏颜:……

她抹了他一嘴蛋糕。

吃完蛋糕,两人去了楼上。

夏颜取出她准备的礼物,一套情侣款睡衣,连拖鞋都是一对儿的。

而且为了过节,睡衣夏颜已经提前洗过了,今晚两人就可以穿。

"换上吧,一起看个电影。"夏颜将徐砚清的睡衣丢给他,她去卧室换。

窗帘拉上,两人靠坐在沙发上挑了个爱情片,一边看一边聊天。

徐砚清摸着她散乱的长发:"你这套房子,当初签的多久的租赁合同?"

夏颜:"一年,怎么了?"

徐砚清:"没什么,我的也都是签的一年期,到二月底又到期了。"

夏颜抬起眼皮,看着他。

徐砚清喉结动了动,问:"我不想续签了,我想搬上来跟你一起住,房租我来出。"

一句话,他想跟她开启正式的同居生活。

夏颜贴着他的胸口,想了想,同意了。

现在两人这样,与同居基本没有差别,与其浪费一套房的租金,不如同居合住。

"可以是可以,不过我这边的房租已经预付了一年的,这一年不用你出,如果下一年开始的时候咱们还在一起,到时候咱们俩一人一半。"

徐砚清同意了。他不想跟她算得太清楚,反正他的钱现在在他手里,等将来结婚了,他还会把工资卡上交给夏颜。

"每一年开始的时候,我都会跟你在一起。"徐砚清不喜欢她刚刚说的如果。

夏颜轻捶他的背:"你果然还年轻。"

二月的最后几天，徐砚清忙上忙下地跑了不知道多少趟，将1501里属于他的东西都搬了上来，其中最费事的，是他的那些宝贝盆栽。为了少跑几趟，徐砚清还专门去物业借了推车过来，一次能运十来盆。

夏颜入住1601后几乎没有添置任何东西，所以徐砚清的那些装饰品也没有浪费，一样样摆在了夏颜这边，曾经点缀满1501的绿植，此时都成了1601的亮点。

书房是双人书桌，两人用刚刚好。卧室空间大，衣帽间也够用，徐砚清的衣服不多，夏颜平时穿的全是工作套装，衣服也不多。

当一切布置完毕，再次踏入1601，夏颜忽然感受到了家的味道，一个属于她与徐砚清的小家。

可这毕竟只是租住的房子，随时可能被房东收回。

夏颜开始关注这一带的楼盘，巧了，正好有三个本地区的新楼盘即将陆续开售，不过都需要摇号，还是要赌一把运气。

三个盘，距离两人的工作地点最近的只有一公里，最远的也不过三公里，开车都很方便。

三月份，夏颜摇了一个，没中。

四月份，夏颜又摇了一个，还是没中。

五月份，夏颜再次申请摇号，首付她有，差的就是运气。这一次开售的，也是夏颜最喜欢的，楼盘风格漂亮，地理位置也最好。

这次如果再摇不中，夏颜觉得她可能需要压住徐砚清狠狠地发泄一顿。

幸好，这次幸运女神眷顾了她，中了！

去选房那天，夏颜带上了徐砚清。

直到车子开到售楼处，徐砚清才明白发生了什么。他的心跳开始加快。

女朋友买了房子，带他来选，意味着什么？

夏颜的购房号靠前，选择范围很广，不过结合自己现在的存款与收入水平，夏颜放弃了两三百平方米的超大户型，挑了一套一百六十多平米的四居室。

徐砚清再次感受到了女朋友的经济实力。

"我大学刚毕业，外婆给了我两百万，说是给我的毕业奖励，等冉冉大学毕业了，也会有。"夏颜主动向徐砚清介绍了她的首付来源，否则光靠她这三、四年的工资，根本买不起这套房。

徐砚清："我现在认外婆还来得及吗？"

夏颜笑："酸什么酸，你那套市中心的学区房卖了，能买这边两套，孟老师他们当年的眼光真好。"

徐砚清："好有什么用，我辜负了他们的期待，学区房不知道什么时候才能派上用场。"

夏颜瞪了他一眼。

虽然挨了瞪，光夏颜带他来选房这件事，就让他高兴了好几天。

五月中旬，夏颜出差三天，徐砚清趁机回了趟家，想给因为高考临近更加忙碌的孟老师做一顿晚餐。结果在他炒菜之前，孟老师打了电话过来，说今晚徐墨沉也回来，让他多做点。

徐砚清有些后悔自己挑错了时机，竟然要便宜亲哥。

晚上七点半，一家三口坐在了一起。

孟老师先关心大儿子："小意新剧什么时候杀青？都拍了三个多月了吧？"

徐墨沉："上次打电话，说是月底杀青，接下来会休息两个月。"

孟老师："嗯，她现在有名气了，可以闲一点了。听说有的新人为了保持人气，一年到头都在拍拍拍，忙得不得了。"

徐砚清："您教书那么忙，居然还懂娱乐圈？"

孟老师瞪他："怎么不懂了，班里的学生经常谈论这些，我们当老师的当然要了解，不然怎么跟学生们打成一片？别的不说，我从九十年代开始教书，教到现在，每个年代的热门歌曲我都会唱，都是从学生们嘴里听到的歌星、歌名。"

徐砚清、徐墨沉对视一眼，心头都涌起了一些听母亲练歌走调的回忆。

兄弟俩低头吃饭。

孟老师又问小儿子："你跟颜颜怎么样了？什么时候能定下来？我跟你爸再过两年都准备退休了，正好给你们带孩子。"

徐砚清："大哥也恋爱了，你们先给他们带吧。"

孟老师转向徐墨沉:"你跟小意有结婚的打算吗?"

徐墨沉放下筷子,看着孟老师道:"今晚回来就是想跟您说一声,我们准备七月份举办婚礼,正好您与爸爸都放暑假。也不大办,只请双方的亲朋好友,不请记者。"

孟老师高兴得饭都不吃了:"这么快?选好具体日子了吗?"

徐墨沉:"钟意的意思是,想让你们帮我们选一个。"

年轻人对日子没什么讲究,老一辈可能还在意黄道吉日。

孟老师连连答应下来:"好好好,等会儿我就看黄历去,跟你爸商量个日子出来。"

徐墨沉点点头,继续吃饭之前,他瞥了眼坐在对面的弟弟。

徐砚清:"……"

他感受到了来自亲哥的挑衅。

夏颜出差回来,孟老师与徐教授已经替大儿子拟好了婚期,七月八号,黄道吉日,宜嫁娶。

"那天是周四,你有空吗?"说完大哥婚期的事,徐砚清开始争取邀女朋友一起参加大哥大嫂的婚礼。

夏颜:"如果店里不忙,我就去吧。"

年后钟意进组之前,请她、徐砚清吃了一顿饭。徐墨沉不肯与徐砚清分享的恋爱经历,钟意很大方地告诉了夏颜。一对恋人,能在分开十年后破镜重圆,夏颜被这样的感情震撼了,所以钟意与徐墨沉的婚礼,她真心想参加。

徐砚清没再说什么,专心开车,离开机场。

婚姻不是比赛,他虽然有点羡慕大哥能先一步结婚,却不会因为这个就来催自己的女朋友。

每对恋人都有自己的节奏,他会等夏颜朝他释放准备好了的信号。

六月高考季。

夏冉成了夏家大熊猫一般的存在,人人呵护。

夏颜从舅妈李玉兰那里了解到,夏冉前面两次模拟考的分数都在六百二十分左右,只要她高考发挥稳定,达到本科一线没有问题。

高考前一天,夏颜先给表妹打视频通话。

视频中的表妹坐在家里的书房里。

夏颜:"还在复习?"

夏冉:"是啊,之前买的模拟试卷,还剩几套,我趁考前做掉,免得浪费。"

夏颜:"真是咱们家的乖宝宝,那你忙吧,考完了姐姐送你一辆车。"

夏冉眼睛一亮:"真的?"

夏颜:"真的,大学校园都很大,大学生基本都会买辆自行车,你的车姐姐替你准备。"

夏冉大叫:"谁要自行车,我要汽车!"

夏颜:"你能考清华,跑车我都送。"

夏冉无情地挂了视频。

夏颜再打秦扬的视频。

行吧,学霸弟弟也在书房。

夏颜:"还在复习?你也有之前买的没做完的卷子要做?"

秦扬:"……算是吧。"

夏颜:"你成绩那么好,我就不多说什么了,希望有一天可以坐着你研发的宇宙飞船去太空兜风。"

秦扬笑了笑:"我努力。"

除了这次的视频电话,接下来的两天,夏颜没有再联系弟弟、表妹。

高考结束,夏颜请秦扬、夏冉一起吃了顿晚饭,算是犒劳两位高考生。

"估算过分数吗?"夏颜采访两个考生。

夏冉瞥一眼秦扬,笑得很是骄傲:"我觉得能有六百四十分,作文给分高的话,或许能超过六百五十分。"

夏颜:"这么厉害?超常发挥啊。"

夏冉哼哼,喝口饮料:"才不是超常发挥,其实是我平时故意隐藏了实力,要送你们一个惊喜。"

夏颜信她才怪。夏颜看向秦扬。

秦扬看起来比夏冉谦虚多了："应该能上七百分。"

夏冉一口饮料喷了出来。这大概就是"两霸相逢，必有一伤"吧。

后来成绩出来，两个高中生估分都很准，夏冉考了六百五十一分，秦扬七百二十分。

一个是学霸，一个是顶级学霸。

夏瑾跟女儿视频的时候，除了打听夏冉的成绩，还问了一下秦扬的情况。当夏颜报出秦扬的分数后，平时对秦扬毫无了解的夏瑾露出了惊讶的表情。

夏颜："没想到吧，秦家的歹竹竟然出了一根好笋。"

夏瑾笑："你爸只是人品不太好，能力还是没的说的。"

夏颜嘀咕："你居然还夸他？"

夏瑾："我跟他又没有仇，当年离婚，是感情上不合适了，可那不代表我们就要憎恨彼此，换个角度讲，离婚后的他，不值得让我浪费什么感情。"

夏颜朝屏幕里的妈妈竖起了一个大拇指。

夏瑾："对了，你跟秦扬关系怎么样？"

夏颜道："还行吧，没怎么深聊过，不过我认他这个弟弟，他也把我当姐姐。"

夏瑾点点头："都是缘分，能处得来就处，多个关心自己的亲人也挺好的。"

母女俩聊完之后，夏颜接到了钟意的电话。钟意希望夏颜能做她的伴娘。

夏颜受宠若惊："你的其他伴娘，应该都是女明星吧？"

钟意笑道："有三个圈内朋友，一个助理，还有一个就是你。"

夏颜觉得，钟意邀请她，主要是看在她与徐砚清是男女朋友关系的分上。

夏颜接受了钟意的邀请。

婚礼就在两周后。与去参加林文雁的婚礼差不多，夏颜没什么需要帮忙的，只要在婚礼当天凑个数就行了。

当然心情上，夏颜对钟意是真心祝福，林文雁那边，夏颜只是还人情罢了。

婚礼当天。

托钟意的福，夏颜又近距离见到了三位娱乐圈美女。一番接触下来，夏颜发现女明星们私底下与普通女孩子也没有太大的区别，只要找到共同话题，相处起来很轻松。

她们待在钟意的别墅里，吉时到了，徐墨沉率领伴郎团来接亲了。

徐砚清作为首席伴郎，就走在亲哥旁边。

"哇，徐总的弟弟也很帅嘛，他们俩简直可以去仙侠片里演正反派的头儿了。"一位女明星伴娘对徐家兄弟的外貌与气质做了点评。

夏颜能脑补出徐墨沉扮演无情反派的样子，徐砚清那温和清新的气场，能演正道领袖？得道高僧？

这样脑补，把夏颜自己逗笑了。

不过，当几位西装男士进来，夏颜还是一眼就看到了她的男朋友。

目光相对的那一刻，夏颜想到了表妹的话。

表妹曾说，她班上的女生有的欣赏徐墨沉，有的喜欢徐砚清，此时看来，她大概属于徐砚清的粉丝吧。

接亲时，夏颜与徐砚清只是保持距离互看了几眼。

倒是去了男方家里——徐墨沉的别墅，夏颜被孟老师、徐教授给予了特殊关照，也算是变相地见男朋友家长了。好在，孟老师早就见过夏颜。

孟老师是笑容和蔼的老师形象，徐教授戴着眼镜，充满了学者的书卷气。

这么一比较，果然徐砚清更像二老。

走完迎亲程序，大家分别坐车前往婚礼现场。

夏颜始终跟伴娘们坐在一起，空闲的时候，她下意识地寻找徐砚清的身影。

现场也有几位男明星，都是钟意方的宾客，然而混杂在这些男星当中的徐砚清，无论容貌还是气质，都毫不逊色。以徐砚清读书期间的学霸资质，如果他想进金融业或娱乐圈，应该也会有一番建树，但他就是喜欢做一名医生，一名低调却不可或缺的医生。

从没有哪一刻，夏颜如此清晰地察觉到她对徐砚清的欣赏，不是对影视剧明星的欣赏，而是，把徐砚清当成自己人，近乎盲目地认为他比别的男人都优秀。即便他没有对方的名气，没有对方的财势，只因他是他，他是徐砚清，他便是最好的。

徐砚清有所感应地朝她看来。

夏颜狡黠地转向身边的同伴,只给他看了侧脸。

渐渐地,婚礼进行到了新娘要扔捧花的环节,主持人笑着邀请伴娘团上场。

此时伴郎们也在台上。徐砚清离中心的位置最近,他眼里几乎没了别人,目光专注地看着一身礼服的夏颜。

伴娘团穿着统一的抹胸白纱礼服,如果单个站出来,都可以被拉去剧组扮演新娘。

像参加林文雁婚礼的那次一样,这回夏颜依然走在了最后面,在明星众多的现场保持低调。

当伴娘们站成一排,哪怕不是那么整齐,徐砚清也看不见她的脸了。

夏颜在看前面的钟意,今天的钟意,比她出演过的所有新娘都要漂亮。夏颜能看到钟意与徐墨沉对视时眼中的光彩,就连高冷"霸总"徐墨沉,眉眼间也露出了温柔之色。

"我要扔捧花了,你们看准了。"开扔之前,钟意笑着回头。

不知道是不是夏颜的错觉,钟意好像意味深长地看了她一眼。

等钟意转过去,夏颜的注意力便落到了她的手上。

抬臂,后扔,由各色玫瑰组成的捧花朝后飞来。

夏颜像被定住了神,没有躲,也没有迎上去,但伴娘团里的女明星们显然都对脱单没什么兴趣,捧花一飞出来,她们不约而同地将夏颜推到了最可能接住捧花的位置。夏颜还没有反应过来,捧花已经砸到了她的怀里。

就在捧花开始往下跌的瞬间,夏颜双手上抬,将捧花捂在了腹部。

掌声响起,夏颜双手拿着捧花,在这坐满陌生宾客的婚礼现场,不由得朝她最熟悉的那人看去。

徐砚清在笑,一边跟着鼓掌一边看着她笑,他眼中的光彩,似乎比今天的新郎新娘还要亮。

夏颜微微抿唇,攥了攥手里的花,跟着伴娘团下台了。

婚宴结束,宾客离去,徐砚清来到夏颜这边。

夏颜手里还拿着捧花，捧花在婚礼上有特殊的意义，她总不能随便丢在哪里。徐砚清一来，夏颜就把捧花塞给了他。

徐砚清根本掩饰不住他的喜悦，握住她的手腕，带她去跟父母打招呼，之前大家都在忙，二老并没能跟夏颜说上什么话。

"叔叔好，阿姨好，我平时工作忙，都没机会去拜访你们。"站在徐砚清身边，夏颜笑容自然。

孟老师笑道："没关系没关系，我们俩也就寒暑假清闲一些。怎么样，砚清这人笨笨的，一点恋爱经验都没有，平时有没有惹你生气？"

徐砚清："妈，你这是在'黑'我，我什么时候笨了？"

夏颜瞥他一眼，对孟老师道："我也没觉得他笨，套路一环一环的，像个恋爱老手。"

徐砚清："其实我妈说得对，我的确很笨，二十七岁才追到女朋友。"

"砚清这么会说，比你大哥嘴甜多了。"

钟意、徐墨沉走了过来，话自然是钟意说的。

徐砚清看着嫂子，意味深长地笑了笑："我比较擅长交流，我大哥更擅长跳舞。"

徐墨沉冷冷瞥过来。

徐砚清给他面子，揽着夏颜的肩膀，朝四人摆摆手："你们新老夫妻聊吧，我们先回去了。"

他们走了，钟意看向徐墨沉："你还会跳舞？"

徐墨沉面无表情。

孟老师想起一桩陈年往事，对着小儿子的背影骂道："老二这臭小子，就知道埋汰他哥。"

话虽如此，孟老师偶尔回想当时的画面，还是会笑出声来。

徐墨沉与钟意度蜜月去了。

徐砚清对着日历，也想跟夏颜来一场旅游，他可以随时休三天年假，关键在于夏颜的时间不好配合。

"过完国庆再说吧，这几个月都很忙。"短期内夏颜是真腾不出时间来。

徐砚清再看看日历，笑了："国庆后也行，正好赶上咱们认识一周年。"

夏颜心中一动，她与徐砚清认识竟然快满一周年了？

看一眼隔壁书桌旁认真在日历上用笔勾来勾去的男朋友，夏颜不禁感慨：时间过得真快。

不过，国庆前后的天气确实很适合旅游。

夏颜配合徐砚清，也休了三天假。这么短的时间，两人没有选择太远的地方，在邻省一个旅游城市订了酒店。那边有古镇有园林，非常适合度假，时机也刚刚好，避开了节日高峰期，景点人流量没那么多。

第一天，两人去逛园林。

虽然夏颜人不在店里，但手下的销售员们要谈价格时还是会打电话与她确认，所以这园林逛得时断时续。有时候徐砚清正要搂着夏颜拍照，铃声突然响起，夏颜又有了电话。

每通电话持续的时间都很短，但频率较高。

再次结束一通电话，夏颜转身，走向徐砚清。

他坐在一块大石头上，在看对面溪边的几只白鹤，一动不动，不知道在想什么。夏颜站在他身后，趴在他的肩膀上，歪头观察他的神色。

徐砚清看过来，目光温和。

夏颜亲亲他的脸："我这样，你不生气吗？"

这次旅游，他计划了那么久，期待了那么久，她却不能一心一意地陪他。

徐砚清笑："我又不是还没走出校园的小男生，大家都有工作，我怎么可能为这点小事生气。"

夏颜喜欢他的回答，坐到他旁边，两人靠着拍了一张合照。

白天夏颜的电话断断续续，从傍晚开始，她终于可以放松地陪男朋友了。两人去本地有名的美食街吃东西，吃得很开心。

旅游第二天，夏颜与徐砚清睡到自然醒，在酒店吃了早饭，坐车前往古镇。

几乎所有的古镇，巷子两侧都开满了各种小商品店。

夏颜看到一家"十元店"，里面所有商品的定价都是十元钱。

她来了点兴趣，挽着徐砚清走了进去。

商店不大，摆放的商品琳琅满目，有扇子、手镯、小镜子、梳子、手工编织物等。

夏颜只是随便看看，并没有特别想买的东西。徐砚清发现一排玉镯，看起来都挺好看的。

他问柜台边上在悠闲追剧的女老板："这些镯子也是十元钱？"

女老板给了他一个眼神，"嗯"了声，继续看剧。

夏颜走过来，低声问他："你要买这个？"

徐砚清笑："送你，你要吗？"

夏颜："那你还是自己留着吧。"

徐砚清还真买了一只"物美价廉"的玉镯。

夏颜对他的审美表示无语。

古镇有戏曲节目表演，不收门票，游客们想听戏，自己去舞台对面的观众席上坐下就行。

夏颜走累了，徐砚清便挑了个后排的位置。他在台阶上垫几张纸巾，再让夏颜坐下。

两人并肩坐好，聊聊天，新的一场戏开始了。

经典的书生与小姐的爱情戏，书生进京赶考前，取下亡母留给未来儿媳的手镯，赠给小姐做信物。书生走后，小姐对着玉镯睹物思人。

徐砚清拿出他新买的十元钱玉镯，低声在夏颜耳边说话："同样是环，有圈住心上人的意思，为什么现在求婚都流行送戒指，而不是用手镯？"

夏颜开玩笑："戒指才多大，商家如果设计出钻石手镯，普通人都买不起吧？"

徐砚清："我觉得玉比钻石更有美感。"

夏颜别有深意："那得看什么样的玉。"

徐砚清笑，举高他的玉镯在夏颜面前晃了晃："如果我用这只玉镯向你求婚，你会答应吗？"

夏颜："你可以试试。"

徐砚清看一眼前面台阶上的游客们，如夏颜猜测的那样，他收起了他的玉镯。

听了一场戏，两人去游湖了。

租了一艘小船，船夫专心地开船，两人坐在船篷里，一边品着茶水，一边欣赏湖景。

徐砚清又拿出了他的玉镯。夏颜微微挑眉。

徐砚清看一眼船夫的方向，站起来绕到夏颜面前，单膝跪下，笑着问夏颜："夏颜姑娘，小生徐砚清，祖籍江城，家境贫寒，只有这一只玉镯拿得出手，如今我要赴京赶考，想以此镯为信物，与小姐约定终身，不知你是否愿意嫁我？"

夏颜："……"

这家伙，看戏看入迷了，还要跟她演一场？

夏颜故意道："我不愿意，你要如何？"

徐砚清垂下眼睫，神色落寞："那我可能一蹶不振，名落孙山，此生都无缘金榜。"

夏颜服了："行吧，我答应你，回头你好好考，考个状元回来。"

徐砚清一扫愁容，看着她笑："闭上眼睛，我替你戴上镯子。"

夏颜低估了他的戏瘾，偏头，闭上眼睛。手被他煞有介事地托了起来，落下轻轻一吻，过了一会儿，有什么微凉的东西，被他缓缓套上了她的无名指。

那绝不是什么十元钱的镯子。

夏颜睁开眼睛。徐砚清还是单膝跪地的姿势，十元钱的镯子被他放到了地上，他一手托着她的手，一手拿着一枚钻戒，钻戒卡在她无名指指尖的位置，还没有戴稳，可进可退。

夏颜的目光，移到了徐砚清的脸上。

徐砚清没再笑了，他似乎有些紧张，注视着她，低声开口："夏颜，我喜欢你，想一辈子都跟你在一起，你愿意嫁给我吗？"

夏颜在他的眼里看到了期待与紧张，像是一只鼓起勇气跑到人类门前索取食物的大狐狸，既想要吃的，又担心人类拿棍棒赶它走。

随着沉默的延续，他的目光开始回避，垂眸看向戒指，仿佛在酝酿被拒绝后的破冰之词。

夏颜："……"

这真是一只满脸戏且令人不忍心拒绝的公狐狸。

完美恋爱 / 271

"是不是从计划这次旅游的时候,你就开始设计这套路了?"夏颜轻声审问。

徐砚清看着她道:"我只计划了趁这次旅游向你求婚,套路是买镯子时临时想到的。"

夏颜:"那我不同意,你准备怎么办?"

刚刚"书生赶考"是玩笑,现在可不是玩笑了。

徐砚清笑了笑,将戒指在她指尖轻轻转了一圈:"你不同意,我会利用心理学给你催眠,让你忘了这件事,然后再耐心筹备十年,重新求婚,争取一次成功。"

夏颜忽略他催眠式的鬼扯,好奇道:"为什么要筹备十年?"

徐砚清:"因为我大哥花了十年时间才求婚成功,我身边只有他这一个例子可以参照,为稳妥起见,只能借鉴他的成功经验。"

夏颜怀疑他在讽刺亲哥的效率。

小船转弯,船身轻轻地颠了一下,徐砚清一个没跪稳,差点歪倒,他本能地抓紧了夏颜的手,夏颜也下意识地去扶他。这一拉一扯,戒指就被推到了夏颜的指根。

重新稳定身形的两人,同时看向那戒指。

徐砚清紧张地喉结滚动,再去看夏颜。

夏颜:"我怀疑你提前收买了船夫。"

徐砚清:"你可以怀疑我,但请不要质疑景区工作人员的职业道德。"

夏颜拍开他的手,再去取无名指上的戒指。

徐砚清:"……"

夏颜一直将戒指转到最下面那个节指关节处,接着皱眉,假装用了两下力。

徐砚清一时间不知道该庆幸还是该担心女朋友生气:"卡住了?"

夏颜点头。

徐砚清:"那,那怎么办?"

夏颜把戒指推回指根,想了想,道:"先戴着吧,我也不去特意摘它。如果明天回到江城时它还戴在我的手上,我就答应你的求婚;如果它自己掉下来,说明这是天意,那你就催眠我吧,等十年后再来求婚。"

徐砚清看着她的脸，竟然无法分辨她是认真的还是在逗他。

无论如何，他都得到了一次机会。

徐砚清坐到她旁边，手握住她戴戒指的手。

夏颜："别告诉我，明天回江城之前，你都不准备放手了。"

徐砚清只是朝她笑了笑。

从此刻开始，徐砚清再也不肯松开她这只手。

下了游船，沿着古镇小巷穿梭，经过一个公共卫生间，夏颜朝徐砚清使了个眼色："我要进去了。"

徐砚清握着她的手，再看看卫生间入口，他沉默几秒，突然从背包里取出备用的创可贴，撕开两个创可贴，把戒指当伤口，在夏颜的无名指上贴了个"X"。

夏颜："你这人造天意的痕迹是不是太重了？"

徐砚清："人定胜天。"

夏颜服了。

等她出来，徐砚清取下创可贴，继续手牵手。

回到酒店，徐砚清陪夏颜一起洗澡；夏颜要洗手，他让她握着拳头，他替她洗；就连夜里睡觉，徐砚清也是与她十指相扣。

夏颜："别告诉我，你现在心里想的是戒指别掉。"

徐砚清反问："你觉得呢？"

夏颜："……"

无法否认，她被这样的徐砚清电到了。

第二天吃完午饭，两人坐上了回江城的高铁。

并排坐在一起时，徐砚清还是握着她的手。

夏颜："你可以去演《指环王》了，新一代护戒使者。"

徐砚清："我的戒指跟电影里的戒指不一样。"

夏颜："哪里不一样？"

徐砚清："电影里的魔戒能控制其他戒指，我送你的戒指，只能控制我一个人。"

夏颜:"那你送我一个魔戒吧,我想多控制几个。"

徐砚清:"一妻多夫属于违法行为,我不能看着你走上违法犯罪的道路。"

夏颜:"……"

隔壁传来笑声,是两个听到他们对话的女孩子。

夏颜瞪了一眼徐砚清。徐砚清悄悄挠了挠她的手心。

江城站到了,徐砚清一手拖行李箱一手牵着夏颜,下了车,戒指还在夏颜的无名指上。

"老婆。"走了几步,徐砚清突然低下头来,在她耳边说。

夏颜强调:"还没领证,你别乱叫。"

徐砚清仿佛才想起还有领证这一步,跟她商量:"明天去领?"

夏颜:"你别得寸进尺。"

徐砚清笑了:"行,都听你的,你说什么时候领就什么时候领,那我可以发朋友圈吗?"

夏颜:"不可以。"

徐砚清:"告诉我妈?"

夏颜:"那跟发朋友圈有什么区别?"

夏冉考上北京的重点大学,外婆办酒席时真把孟老师叫到家里吃饭了,于是外婆和孟老师顺理成章地加了微信好友。如果孟老师知道徐砚清求婚成功了,第一个通知的就是外婆,外婆知道了,整个夏家的亲戚圈就都知道了。

徐砚清:"那我告诉我哥,他话少,不会四处乱说。"

夏颜:"那你这么做有什么意义?"

徐砚清:"分享喜悦,顺便提醒他早点准备红包。"

夏颜没再反对,因为她好奇徐墨沉会给关系"不太好"的弟弟什么回复。

徐砚清马上发了过去:大哥,我求婚成功了。

徐墨沉:恭喜,什么时候举办婚礼?

徐砚清看向夏颜。夏颜径自往前走。

徐砚清没有那个脸皮撒谎,而且谎言总有被拆穿的一天。拿着手机犹豫片刻,徐砚清回复亲哥:慢慢来,我不想催她催得那么急。

徐墨沉：哦，祝你顺利。

徐砚清："……"

记忆里，亲哥与他对话，从来没有用过语气词，这个"哦"，怎么看怎么都有点阴阳怪气。

恋爱是浪漫的，婚姻也可以浪漫，但真到了谈婚论嫁的地步，肯定要考虑一些现实的因素。

譬如徐砚清，自从夏颜接受了他的求婚，他便开始暗暗思索婚房的问题。

托父母的福，他这个从业时间不长的内科医生拥有了一套学区房，开车到学区房大概在四十分钟的车程，不堵车的话可能更快。问题是，房子是十年前买的，装修好后一直在出租，如果拿来当婚房，他首先要与租客解除合同，再重新装修一遍。

夏颜并不知道自己的未婚夫脑袋里在琢磨什么。

这天晚上，她在研究自家车与竞品车的资料，徐砚清也来了书房，默默坐在隔壁书桌旁，似乎在看什么文件。

夏颜正好要休息一会儿，问他："在看什么？"

徐砚清看她一眼，道："我那套房的租赁合同，还有三个月到期，我在想要不要跟他们续约。"

夏颜奇怪："为什么不续？空着也是空着，那边的租金，一个月上万吧？"

徐砚清比画了一个数，比夏颜说的高，然后解释道："我想请装修公司重新装修一下，留作咱们的婚房。"

夏颜："……"

出于对未婚夫的了解，她立即肯定自己又主动跳进了他的"圈套"。

别的事情可以开玩笑，涉及每个月一万多的租金，夏颜想了想，跟徐砚清商量："那边离咱们现在工作的地方还是有点远，不如继续出租吧，等我那套交房了，添些家具直接当婚房。"

徐砚清："你的什么时候交房？"

夏颜："明年年底，精装修，放半年通通风就可以住了。"

徐砚清默默地算账，也就是说，他与夏颜的婚礼，至少还要再等一年半。

既然提到了这个话题,夏颜继续深入地聊了聊:"如果咱们的感情一切顺利,如果我三十岁的时候考虑生孩子,孩子出生到幼儿园毕业还需要六年,前后加起来,你的学区房还能出租十年左右,然后再考虑重新装修也不迟。"

徐砚清感慨:"我大哥用了十年才娶到老婆,同样的时间,我的孩子都可以上小学了。"

夏颜纠正:"不是可以,是可能,一切都是假设而已。"

徐砚清靠坐在办公椅上,歪头看她:"能跟你一起做这种假设,我已经知足了。"

夏颜:"知足了,是不是可以带着你的租赁合同出去了?"

徐砚清笑,迅速闪人,过了会儿端进来一盘水果,再在未婚妻脸上印下一个吻。

圣诞过去不久,新一年的春节又到了。

夏颜与徐砚清并没有公布两人订婚的消息,徐墨沉果然也没有对外透露关系"不太好"的弟弟的喜讯。

春节前徐砚清以男朋友的身份去了外婆家,陪夏颜一家吃了一顿饭。今年除夕他不用上班,可以在家里陪父母吃团圆饭。

徐墨沉、钟意也来了,夫妻俩都提了满手的礼物。

孟老师笑眯眯的:"回来就行了,一家人客气什么。"

徐砚清在厨房准备年夜饭,系着围裙出来跟嫂子打声招呼,就回了厨房。

年夜饭很丰盛,所以孟老师、徐教授也都出动去做饭了。

徐墨沉打开电视,陪钟意看。

钟意指着厨房:"你不去帮忙?"

徐墨沉:"没地方了。"

他刚说完,徐砚清拎了两个洋葱过来,让他剥。

徐墨沉抿唇。钟意笑。

徐砚清走开之前,还特意要求钟意不许帮忙。

年夜饭做好了,一家五口围坐在一起。

这是钟意第一次品尝徐砚清的手艺,吃一样就要夸一下,对小叔子赞不绝口。

徐砚清:"都是被逼出来的,小时候爸爸妈妈忙,你老公又不会做饭,只能我自己上。"

徐墨沉看了眼弟弟。

在钟意又一次夸赞徐砚清的时候,徐墨沉忽然开口了,看着弟弟道:"你不是跟夏颜求婚成功了吗?准备什么时候举办婚礼?我跟你嫂子都忙,你希望我们参加的话,最好提前半年通知我们。"

徐砚清:"……"

孟老师激动了,追问小儿子:"你什么时候求的婚?颜颜真答应了?"

徐砚清并不介意分享自己甜蜜爱情的进展,解释道:"国庆节后的事,只是夏颜想等她的房子装修好了再商量婚期,我们也就没急着告诉两边家长。"

孟老师:"哦,颜颜想用她的房子当婚房?"

徐砚清:"嗯,她的意思是,我们的孩子上小学还早,我那套学区房先继续出租收租金,住在她这边我们俩上班都方便。"

孟老师:"这样也好,颜颜考虑得挺周全的,不然你那边早早装修了也是浪费。"

徐墨沉:"就怕夜……好事多磨。"

大过年的,他换了一个好听一点的成语。

孟老师瞪他:"吃着你弟弟做的菜,你还话那么多。"

钟意也在下面踩了他一脚。

徐墨沉:"……"

徐砚清是个非常有耐心的人,亲哥十年都能等,他再等一两年又算什么。

工作忙碌充实,与夏颜同居的生活简单甜蜜,不知不觉,这个阳历年又到了头。

夏颜的房子要交房了。夏颜带上徐砚清以及一位专业人士去验房。

房子没问题,交接顺利,专业人士走后,徐砚清关上门,新房里就只剩他与夏颜。

刚刚进来时,他们就把所有的窗户打开了,冬季微寒的风吹进来,带走了所有异味。

精装修的房子,只需要填满家具、电器,但这涉及装修风格,一样样布置起来,同样是个大工程。

"你想要什么风格的?"夏颜征询徐砚清的意见。

徐砚清从后面抱住她,低声道:"这是你的房子,你做主,我只是一个外人。"

夏颜:"……"

她指向房门:"外人,你可以离开了。"

徐砚清将她压到了走廊这边的墙上。夏颜抬头与他对视。

徐砚清问:"我想要什么风格,你就布置什么风格?"

夏颜想到他在1601添置的那些东西,点点头:"我相信你的眼光与审美品位。"

她是一个随遇而安的人,什么样的房子都能住下去,而徐砚清的一切,都给她一种家的温馨与安心。无论是租住的1601,还是这个新房子,交给徐砚清布置,夏颜都放心,且很期待他最终展现给她的成果。

徐砚清举起她的手,亲了亲,认真道:"我很愿意替你布置房子,只是这涉及各种细节,包括材料与价钱,万一哪个环节你不满意,让我赔钱给你,我可担不起这个责任。"

夏颜挑眉:"要先签一个免责合同吗?"

徐砚清:"不用那么麻烦,咱们去民政局领个证,成了一家人,什么纠纷都不用怕了。"

夏颜:"……"

她就知道,他的套路层出不穷。

垂下睫毛,夏颜仿佛陷入了思考。

徐砚清开始亲她,亲两口就"蛊惑"一句:"领了证,在法律意义上我就是你的人了,你可以免费共享我的所有特长与技艺。"

夏颜:"那你先说说,你都有什么特长?"

徐砚清靠近她的耳朵:"我什么都长。"

夏颜一把掐在了他腰上。

考虑到自己确实需要徐砚清的装修特长,且满意他的其他特长,下午,夏颜带上户口本、身份证，陪徐砚清去了民政局。

明明是一个很重要的人生步骤，走起程序来却是简简单单，几分钟，两个红色的小本子就分别发到了他们手里。

女方夏颜，男方徐砚清，从此结为中华人民共和国合法夫妻。

还没走出民政局，徐砚清就迫不及待地询问夏颜可不可以发朋友圈。

夏颜："我怀疑你跟我领证就是为了发朋友圈。"

徐砚清："我跟你领证是为了可以名正言顺地替你布置房子，发朋友圈是为了向亲朋好友分享喜悦，顺便打那些曾经嫉妒我、不看好我的人的脸。"

夏颜说不过他。徐砚清把两张结婚证放在一起，拍照，上传。

夏颜想了想，也拍了一张，与其让家人辗转从徐家那边得到消息再来问她，不如她直接一点。

朋友圈一发，两人就开始接听电话。

夏颜故意走得离徐砚清远一点，免得两人通话时相互影响。

在夏颜的贺喜消息中，有林文雁的微信消息：恭喜班花，是之前见过的徐医生吗？

夏颜：嗯，就是他。

林文雁：婚期定了吗？到时候记得给我们发请帖哦。

夏颜：一定一定。

林文雁与她关系不熟，只是微信聊聊，林文雁的老公曹强与徐砚清的交情稍微深一点，直接给徐砚清打来了电话："老徐你终于领证了，怎么样，新娘还是4S店那位大美女？"

徐砚清："是啊，她叫夏颜。"

曹强："厉害厉害，什么时候办婚礼？"

徐砚清："快了，定好日子再通知你。"

电话结束，夏颜走了过来，问他："曹强？你不是说你们俩不联系了吗？"

徐砚清道："是我不主动联系他，他偶尔给我打个电话。"

夏颜："婚礼你真打算请他？"

徐砚清谨慎征询她的意见："可以吗？"

夏颜笑容灿烂："当然可以，怎么也得把咱们送出去的红包收回来。"

完美恋爱 / 279

新房的布置，夏颜完全交给了徐砚清。

新房也就是两人的婚房，为了尽快布置好属于他们的小窝，徐砚清几乎把所有空闲时间都投入在了新房上，大到各处柜子的定制，小到厨具和装饰品。徐砚清做了一页页表格，每天在医院、新房、家居商场、1601频繁来往，人都瘦了几斤，却又跑得甘之如饴。

一直忙到四月底，新房彻底布置妥当，这天吃过晚饭后，徐砚清带夏颜去了新房。

房门外的墙壁上，徐砚清贴了一个挂钩，挂钩上挂着一个小花篮，里面放了一小束干花。

"花会让人心情愉悦，等咱们搬过来，每周换一束。"徐砚清牵着她的手，低声介绍自己的创意。

夏颜挺喜欢这个花篮的，踮起脚闻闻那束干花，她哼了哼："就怕你对这个创意只有三分钟热度。"

一时新鲜很简单，长年累月地保持换花的习惯，夏颜怀疑徐砚清能否坚持下来。

徐砚清笑道："真花都能养，定期换干花有什么难的。"

他打开指纹锁，牵着她走进去。

房子还是那个房子，只是里面的布置完全变了样，跨进门槛的那一秒，夏颜仿佛一个长年累月奔波在外的旅人，终于回到了自己的家。

沙发、茶几、餐桌、边柜，还有窗帘和灯具，每一样，夏颜都喜欢。

当然，该摆放花草的地方，也都被徐砚清搭配好了。

夏颜一间房一间房地参观，一圈绕下来，她只有一个想法，回头对徐砚清道："咱们明天就搬过来吧？"

徐砚清："我也想，不过为了健康着想，还是再放一个夏天吧，正好那边的租期到十月份。"

夏颜明白这个道理，可这边被徐砚清弄得这么温馨又漂亮，她真的迫不及待了。

徐砚清抱住她，在她耳边商量道："搬过来前，咱们把婚礼办了？我想在婚房住的第一晚，也是咱们正式开始婚姻生活的第一晚。"

夏颜挠他的腰："不是早就领证了吗？"

徐砚清笑："婚姻总要有个仪式感，我想把咱们的新婚夜留在这边。"

夏颜故意杠他："那等咱们搬过来了，我睡主卧你睡次卧，照样可以保留新婚夜。"

徐砚清说不过她，以吻封住她的唇。

玩笑归玩笑，夏颜同意了徐砚清的提议，他们也没像徐墨沉夫妻那样请长辈替他们看日子，简单地讨论过后，将婚期定在了两人的初遇纪念日。

先把这个时间通知至亲，国庆前再通过婚庆公司正式给所有的亲朋好友发放电子请帖。

夏颜准备邀请弟弟秦扬，还有"渣爸"秦盛。

做这个决定之前，夏颜跟母亲通了视频电话。

"妈，我想请秦扬来喝我的喜酒。可如果不请秦盛，别的宾客问起秦扬，解释起来我怕秦扬尴尬，有秦盛在，他那么会应酬，能替秦扬挡住那些。"

这就是夏颜的理由，否则她不会请一个背叛她与母亲的"渣爸"。

夏瑾并不在意，就算女儿不提，她也会建议女儿邀请秦盛，理由如下："我个人方面，早不怪他当年在外面拈花惹草了，他在我眼里只是一个不必来往的旧朋友。可我介意他作为父亲对你的失职，所以妈妈希望你请他，让他看看，就算没有父亲，我们家颜颜也可以成长得如此优秀，我想让他明白，他当年错过了一个多珍贵的女儿。"

母亲刚说完，夏颜就转换了摄像头。

她不想让母亲看见她哭了。

婚礼当天。

除了男女双方的至亲要单独走一遍流程，大多数宾客都按照请帖上的时间陆续抵达婚宴现场。

夏颜先与徐砚清在婚宴入口处迎宾。

秦盛、秦扬是第一拨来的。因为秦盛的关系，父子俩都只受邀来婚宴上观礼，并没有作为女方家人去夏颜的外婆家。

夏颜与秦扬打电话的时候还想解释解释，结果她才开个头，秦扬就笑着表示他都懂。

所以说人与人的缘分也并不完全由血缘亲疏决定，在夏颜心中，秦盛的地位远远不如秦扬。

秦盛一身西装，做完手术也有两年了，他恢复得不错，还是能迷倒一片天真小女孩的"多金大叔"。

秦盛激动地看着夏颜，而夏颜只与秦扬说话。

徐砚清咳了咳，笑着朝秦盛喊声"叔叔"，伸手接过秦盛的红包，再请秦盛往里走。

秦盛："……"

他觉得自己有点多余。或许，他本来就是多余的。

心里泛着苦，秦盛面带微笑，表现得就像一个平常的新娘的父亲。

宾客很多，都是夏家和徐家两家人的亲戚、同事和朋友。夏颜、徐砚清的交际圈只能算普通，毕竟他们都还年轻。徐教授、孟老师的同事和好友中却有好几位教育界的名人，而夏瑾邀请过来的商业圈的朋友，好多都是富豪榜上的人物。

夏颜、徐砚清收红包都要收得手软了，一个个都好厚。

曹强、林义雁夫妻算是来得比较晚的。

"颜颜恭喜你啊，你今天可真漂亮。"林文雁身穿礼服，优雅得像个女明星，从耳环到钻戒到手包，全是名牌。被她挽着的曹强显得低调多了，就一身常规西装。

后面还有宾客，林文雁夫妻送了红包，笑着进了宴会厅。

时间差不多了，夏颜在伴娘的提醒下去换新娘礼服。

徐砚清也去他的位置等待了。

婚礼和宴会厅里，摆了数不清的席位，曹强、林文雁被安排在了比较靠角落的位置。

林文雁对这个位置很不满意，她与曹强结婚的时候，夏颜作为伴娘，位置非常靠前，徐砚清虽然只是普通宾客，也被曹强安排在了靠前的位置。

"徐砚清真的把你当朋友吗？"林文雁与曹强耳语，"我都怀疑，如果不是你给他打电话，他都不会想到邀请你。"

曹强还在观察第一排的宾客，一只手被林文雁捂着，另一只手放在膝盖上激动地握成了拳。直到认出夏瑾，曹强突然反应过来，低声问林文雁："你怎么不告诉我，夏颜的妈妈是夏瑾？"

夏瑾是国内有名的女强人，但凡平时关注过社交平台的人，都可能刷到过与夏瑾相关的新闻。

可林文雁从来不知道，夏瑾是夏颜的母亲，夏颜没有提过，夏瑾……她更无缘认识。

顺着曹强的目光望过去，林文雁真的看到了夏瑾。

"她旁边的那几位，全是商圈大佬。"曹强家里有点产业，他平时很关注商圈新闻，那些大佬，他就算没接触过，也看过视频见过照片。

林文雁傻了，夏瑾、夏颜，种种迹象表明，她们就是母女。

可，如果夏颜家里有钱到了这种地步，夏颜为什么还要去卖车？

有没有可能，夏瑾只是夏颜的亲戚？

就在这时，宴会上的音乐发生了变化，新娘要来了，而林文雁，眼睁睁地看着夏瑾去了靠近新娘方向的红毯上，笑容骄傲地注视着渐渐走过来的新娘。

今天的夏颜，比所有林文雁印象中的都更美丽，她头上戴着半透明的白纱。透过那层白纱，林文雁隔得这么远，都能看见夏颜眼中的光，那光彩，是在回应即将将她交到新郎手里的……母亲。

大多数婚礼，都是新娘的爸爸来充当这一角色，此时夏瑾站在那里，虽然违背常规，却毋庸置疑地证明了她的母亲身份。

当新娘克制地抱住母亲，宾客们不约而同地给予了掌声。

秦盛虽然不被夏颜待见，却被安排在了第一排紧挨着红毯的席位。

他怔怔地看着他这辈子最爱的妻子与女儿，抱在了一起。

年轻时的冲动、自负与荒唐一一浮跃到记忆表面，秦盛露出笑容，抬手与其他宾客一起鼓掌，心中却充满了无尽的悔恨与凄凉。

如果可以选择，他宁可因为一场胃癌活不过五十岁，也想时光逆转，送他回到他还没有犯错的时候，回到曾经的妻子与女儿身边。

秦扬瞥了他一眼，继续注视着他的姐姐——今日的新娘。

掌声渐渐平息，夏颜挽着母亲的胳膊，在熟悉的婚礼庆乐中缓缓走向远处的新郎。

徐砚清一身黑色西装，笑容温和地望着她，离得近了，夏颜才看清楚他眼里的深情。

其实在遇到徐砚清之前,夏颜以为自己会一个人为事业忙碌一生。夏颜身边不乏外人眼中出类拔萃的男性追求者,可夏颜对他们都没有感觉,要么是那些人的追求手段太庸俗,要么是她的冷漠迅速地吓跑了一些人。

然后,徐砚清出现了,像一盆鲜翠欲滴的绿萝,闯入她的世界,看似平平无奇,却又无孔不入,从方方面面朝她的领地蔓延,用独属于他的温和的方式,温柔到她虽然察觉了他的意图,却自愿纵容他的靠近,直到他用茂密的叶子层层叠叠地将她围住,密切却又给她自由呼吸的空间。

婚礼誓词,主持人说了很多,夏颜真正听清的只有一句:"你愿意嫁给这个男人为妻吗?无论他年老色衰还是厨艺退步,都对他不离不弃,愿意与他共度一生。"

宾客区传来高高低低的笑声。

不用说,这誓词是徐砚清提供的。

夏颜看向身边的新郎。

他的喉结明显地动了下,低声补充道:"我保证会经常健身努力延长颜值保质期,也保证不断磨炼厨艺精益求精,换着花样给你做饭,绝不让你吃厌。"

主持人早已恶作剧地将话筒递到了徐砚清的面前。

所以他的补充,在场的所有人都听到了。

秦盛低嗤了一声,暗骂他是个油嘴滑舌的臭小子。

孟老师像第一次认识小儿子似的惊喜地看着他,心想,嘴真甜啊!

曹强佩服地笑。

徐墨沉面无表情,仿佛没接收到钟意眼神里的"踩哥捧弟"。

镜头回到一对新人身上,夏颜笑着抢过主持人的话筒,看着徐砚清道:"我愿意。"

愿意嫁你,只愿嫁你。

(正文完)

番外一

徐医生的幸福生活

今年江城的冬天似乎特别冷,圣诞节刚过完不久,竟然下了一场雪。

4S店要准备元旦促销活动,夏颜下午就与徐砚清打了招呼,让他晚上自己吃饭,不用等她。

傍晚她与同事们一起吃的外卖,忙来忙去,等同事们都走得差不多了,竟然快九点半了。

夏颜关掉电脑,离开办公室,肩膀发酸,她一边往外走一边活动胳膊。

走出玻璃门,夏颜忽然注意到,外面的雪更大了,雪花打着旋儿降落,沾衣成水。

她竟然忘了拿伞。

就在夏颜犹豫要不要回办公室一趟的时候,旁边大理石圆柱后突然转过来一道熟悉的身影。徐砚清穿着一件黑色风衣,撑伞朝她走来,俊美的脸带着温润的笑,让迎面吹来的寒风都多了几分温度。

男人走到她身边,一手撑伞,一手熟练地揽住她的肩。

两人一起跨进风雪中。

"什么时候过来的?"夏颜问。

徐砚清:"八点左右吧,今天下班早,先回家煮了鲫鱼汤,收拾好了就来等你。"

夏颜:"你也不嫌折腾。"

徐砚清:"一个人待在家里有什么意思,我更想早点见到我老婆。"

十月里刚刚办过婚礼,现在两人可是名正言顺的、亲朋好友都认可的夫妻关系。

徐砚清叫她"老婆"也叫得越来越自然了。

上了车,徐砚清马上递过来一个暖手宝。

夏颜:"服务这么周到,我都快离不开你了。"

徐砚清:"难道你还想离开?"

夏颜笑了笑,身体特别累,她调低座椅,找了个舒服的姿势。

徐砚清知道她这一天说了太多的话,专心开车,没有试图找什么话题。

夏颜喜欢这样的安静与默契。

晚高峰已经过去了,大雪纷纷,路面车辆并不多。

车子经过一座广场,有家长带着孩子在玩雪,也有年轻的情侣在堆雪人。

夏颜就想起自己小时候,每逢下雪,她都喜欢缠着爸爸妈妈带她去玩雪。

"你会堆雪人吗?"夏颜问。

徐砚清偏头,再顺着她的目光看过去,笑了:"堆雪人又不需要什么技术含量,你要堆吗?"

夏颜点点头。徐砚清便将车子停到路边的临时停车位上。

可夏颜的兴致突然又没了,接下来工作会很忙,她临时起兴去堆雪人,感冒了耽误工作怎么办?徐砚清也看了一天的诊,还要给她炖汤,与其浪费时间去做那么幼稚的事,不如两人早点回家,早点上床休息。

"又不想堆了,快点回家喝汤吧。"她坐起来,拉过徐砚清的胳膊,在他清俊的脸上亲了一口,作为他什么都愿意配合她的奖赏。

徐砚清扶住她的后背,压着她加深了这个吻。

亲了好几分钟,等夏颜重新靠到椅背上,看着徐砚清发动汽车时的脸,忽然觉得这种亲密的"运动"比堆雪人轻松解乏多了。

回到家里,还在玄关处,夏颜就闻到了鲫鱼汤的香味。

她先去洗手,出来时,徐砚清已经把鱼汤端出来了,两人一人一碗,汤微微烫。

"你说实话,我有没有长胖?"如此规律地享受他的投喂,夏颜有点担心自己的身材。

徐砚清:"不会长胖,毕竟我们经常运动健身。"

她瞪了他一眼。

灯光熄灭,两人钻进被窝。被徐砚清拉入熟悉的温热怀抱后,夏颜心中一动,在他的腰间摸了摸。

"痒。"徐砚清马上按住她的手。

夏颜澄清:"我只是在检查你有没有长赘肉,我听好多同学说,男人结了婚就容易发福。"

徐砚清带笑的声音响在她耳边:"那你刚刚摸到赘肉了吗?"

夏颜故意气他:"好像摸到了。"

徐砚清的笑意更加明显:"胖了啊,那今晚多运动一次。"

夏颜:"……"

第二天早上,夏颜比平时多睡了半个小时。

关掉徐砚清设置的闹钟,夏颜揉揉头发,坐起来时,腰有点酸。

夏颜暗暗发誓,以后再也不能随便拿徐砚清的身材开玩笑,她的徐医生看起来一本正经,其实就是一只披着羊皮的大灰狼,一肚子坏水。

打开卧室的门,厨房里炒菜的动静就传了过来。

夏颜先去洗漱,十五分钟搞定,她去了餐厅。

她习惯在早餐前喝杯酸奶,徐砚清知道她的习惯,以前都会提前给她准备好,免得酸奶太冰,今天餐桌上却什么都没有。

或许昨晚他也累到了,忘了吧。

脑海里飘过这个念头,夏颜进了厨房,站到冰箱前,拉开冷藏这侧的门。

一股寒气飘了过来,夏颜刚要去拿酸奶,忽然发现,酸奶旁边竟然摆着两个小雪人,一个高些,一个矮些。高个子的雪人眼睛细长,系着蓝布条做的围巾；矮个子的雪人眼睛大大的，系着红围巾。

两个雪人分别放在一个圆形塑料底座上，笑眯眯地看着她。

"我的技术怎么样？"徐砚清不知何时走了过来，从后面抱住了她。

"超过我的预期。"夏颜再看一眼雪人，拿出酸奶，关上冰箱门。

徐砚清亲她一口："三分钟后开饭。"说完他又去忙了。

夏颜坐到餐椅旁，喝几口酸奶，又去了厨房，将两个胖雪人转移到冷冻室。

徐砚清瞥见她的动作，只是笑。

忙过这个元旦，徐砚清提议去看一场电影。

夏颜："什么片？"

徐砚清报出片名，看名字与海报，他猜测应该是个爱情片："大哥买的票，钟意临时有事去不了，他才转送给我，现在的霸道总裁，真是节约。"

平时提到徐墨沉，徐砚清都用"霸道总裁"代替，夏颜都怀疑他其实是嫉妒亲哥的财力。

"那就去吧，我争取早点下班。"

晚上九点，夏颜与徐砚清提前五分钟走进了电影院的情侣厅，徐墨沉购票时可能包场了，偌大的情侣厅里竟然只有他们两个人。

"典型的霸道总裁作风。"拿了亲哥的票，徐砚清还不忘吐槽亲哥。

夏颜习以为常。

电影开始，无论开场的氛围还是背景音乐，都让夏颜怀疑自己对片名的理解是不是出现了偏差。

一个半小时看下来，事实证明，夏颜并没有理解错，电影的确是爱情电影，只是讲的是一对恋人步入婚姻后的一段七年之痒的故事，当爱情最初的激情退去，婚姻生活也变得枯燥起来。

夏颜看向徐砚清。徐砚清竟然没有对亲哥的恶作剧以及赤裸裸的挑衅生气，反而一脸若有所思。

夏颜："想什么呢？"

徐砚清看着她，认真问："七年之后，你会对我感到厌倦吗？"

夏颜："……我又没有预知能力，怎么知道七年以后的事。"

徐砚清："也就是说，你可能会对我厌倦。"

夏颜："你想太多了。"

徐砚清："人无远虑必有近忧，我要未雨绸缪，杜绝七年之痒的可能。"

夏颜："……大多数夫妻间的七年之痒，都是男人先起了花心吧。"

徐砚清："我不是一般的男人，你不能根据一般男人的行为模式预判我。"

夏颜："行，不一般的徐医生，我们是不是该离场了？"

徐砚清笑了，牵着她的手，走出电影院。

夏颜并没有将这场特别的电影之旅放在心上，可是没过多久，她发现徐砚清变了，他竟然开始看一些言情小说，并有意模仿里面的一些套路，进行各种情形下的角色扮演。

"这样能增加咱们夫妻生活的趣味性。"徐砚清振振有词。

夏颜看着这位越来越坏的徐医生，第一次生出了对徐墨沉的报复之心。

结婚后的第二年。

徐砚清那健康养生的生活方式显然发挥了作用，夏颜顺利怀孕，并在两人的第一次结婚纪念日的第二天，生了一个女宝宝。

恰逢橙子上市的季节，夏颜便给女儿起了"橙橙"的小名。

外婆嫌弃这个小名太随便，夏颜与徐砚清都觉得挺好的，橙子酸酸甜甜，味道清新，明明很可爱。

小橙橙周岁的时候，两家亲戚都来了。

徐墨沉虽然与徐砚清更像一对"塑料兄弟"，但作为伯父，他很喜欢橙橙。当然，霸道总裁都不爱笑，徐墨沉对侄女的喜爱方式具体表现为：第一，他与钟意来弟弟家里做客的次数变多了。第二，在橙橙蹭到徐墨沉身边的时候，徐墨沉陪她玩起来非常有耐心。哪怕橙橙在徐墨沉怀里拉臭臭，徐墨沉也愿意帮忙换尿不湿。第三，据钟意爆料，凡是徐砚清发到家族群里的橙橙的可爱照片和视频，徐墨沉都会保存到手机里。

虽然如此，兄弟俩并没有变得更亲近，偶尔还会爆发小矛盾，而那些矛盾，在夏颜、钟意看来，都非常幼稚。

每当这种幼稚的矛盾发生，徐砚清就喜欢翻出亲哥当年的黑料，反复观看,带着一种津津有味的笑容。

两岁多的橙橙已经对手机产生了兴趣,尤其是里面的视频,这天傍晚,橙橙灵活地爬到爸爸身边,要跟爸爸一起看。

徐砚清乐得向女儿分享亲哥的黑料。

"伯伯。"橙橙笑了,伸出胖胖的手指,点在屏幕中徐墨沉的脸上。

徐砚清:"伯伯在做什么?"

橙橙:"跳舞。"

徐砚清:"伯伯跳得好看吗?"

橙橙:"好看。"

过了两分钟,孟老师出现在了镜头中,橙橙马上说:"奶奶。"

"奶奶在跟伯伯一起跳。"

"为什么……奶奶……要拧……伯伯……的耳朵?"

徐砚清:"因为奶奶觉得伯伯跳得不好看。"

视频播放完了,橙橙还要再看一遍,后来又看了第三遍、第四遍。

考虑到小孩子不能长时间看视频,徐砚清才放下手机,抱着橙橙去外面玩了。

很快就到了春节,夏颜一家三口、徐墨沉夫妻俩都回了橙橙的爷爷家。

钟意也有身孕了,刚刚显怀。夏颜再三叮嘱女儿,不能在伯母身边乱跑。

橙橙一副很懂事的样子:"我不乱跑,我给伯母……跳舞。"

夏颜没多想,小丫头从会走开始就对跳舞很有兴趣,家里请的阿姨带她去公园里玩,橙橙就喜欢去看老太太们跳广场舞,且学得有模有样。

徐砚清在厨房,夏颜也去厨房帮忙了。

徐墨沉去另一个房间接听电话,打了两三分钟,回到客厅,就看到橙橙站在电视机前,煞有介事地跳着一段扭来扭去的舞蹈。

"伯伯跟我……一起跳!"橙橙热情地招呼他。

徐墨沉:"伯伯不会。"

橙橙:"伯伯撒谎,我看你……跳过。"

徐墨沉听了,心中突然冒出一个不好的念头。

坐在沙发上的钟意笑眯眯地问橙橙:"橙橙什么时候看见伯伯跳舞了?"

橙橙:"爸爸手机里……有视频,伯伯和奶奶……一起跳了。"

徐教授、孟老师出门了,还没有回来,橙橙找不到奶奶给她做证,见爸爸的手机放在茶几上,她就去拿爸爸的手机。

徐砚清很宠女儿,连密码都告诉橙橙了,橙橙竟然也非常熟悉解屏的操作。

徐墨沉本来只是旁观,因为不信橙橙会操作手机。看见橙橙真的点开了徐砚清的视频集,徐墨沉依旧一动不动。

直到橙橙点开那段视频要给钟意看,徐墨沉才突然从橙橙手里抢走手机,准备彻底删除。

钟意似乎猜到了他的想法,似笑非笑地道:"你敢删了视频,我跟你分居。"

徐墨沉修长的手指就停在了屏幕上。

"拿来。"钟意朝他伸手。

徐墨沉权衡过利弊,垂眸将弟弟的手机递给老婆。

钟意点开视频,看到了一个还带着一丝青涩的年轻的徐墨沉,还是二十多岁的样子。

虽然喝醉酒的徐墨沉跳起舞来很滑稽,但钟意却在他的神色里看到了深深的寂寞与痛苦。

"什么时候拍的,为什么喝这么多?"钟意好奇问道,暂时还没将徐墨沉的异常联系到自己头上。

厨房内,夏颜终于注意到了这边的不对,走了出来。

徐墨沉朝钟意使个眼色:"晚点再说。"

钟意点点头,将徐砚清的手机还给夏颜。

夏颜一看那视频就明白是怎么回事了,有些尴尬:"砚清常看这个,橙橙也喜欢。"

徐墨沉:"……"

钟意笑靥如花:"我也喜欢看。"

夏颜瞥一眼他们夫妻俩,带着橙橙去一边玩了,回头给钟意发消息:砚清虽然拍了视频,但他也不知道那晚大哥怎么了,是不是跟你们当年的分手有关?

钟意回复：我确认了再告诉你。

兄弟情是"塑料"的，但她们的妯娌情一直都很不错。

当晚十一点，钟意发消息给夏颜：替我谢谢砚清，视频是墨沉的黑料，却是他送我的礼物。

因为情深，因为想念，当时的徐墨沉才会那么痛苦。

徐砚清在洗澡，夏颜准备等徐砚清出来了再说。

没想到她正与钟意聊着，徐墨沉发了一条消息过来。

这太反常了，夏颜与徐墨沉虽然加了好友，但几乎都没有私聊过。

夏颜点开消息。徐墨沉竟然也发给她一段视频。

视频拍摄地点，就是徐家老宅的阳台，只是当时的装修与现在不一样。

阳台上摆了很多花，有个小学生蹲在一盆枯萎的花前，眼圈泛红，脸上还挂着泪珠，不停地伸手抹着。直到发现有人在拍视频，小学生才突然冲过来，要抢走手机。

虽然小学生只有七八岁的样子，但夏颜还是认出了那是自己的老公。

原来那么温雅清隽、从容不迫的徐医生，小时候竟然如此多愁善感，还会因为一株花枯死而哭，粉嘟嘟的脸蛋上挂着泪珠的模样，太招人疼了。

不知不觉间，夏颜已经将手机举到了面前，毕竟当年的手机像素不高，拍得有些模糊。

"在看什么？"徐砚清从卫生间回来了，一手拿毛巾揉着短发，有水珠滴在他清俊的脸上。

夏颜心中一动，放下手机，她站到床上，让徐砚清过来。徐砚清不太明白。等他走近了，夏颜扶着他的肩膀，亲在他的脸上，舔走那滴水珠。

徐砚清扶住她的腰："今天怎么这么热情？"

夏颜："心疼你。"

大年初一，大家都起得很早。

徐砚清去准备早饭了，出来时，看到橙橙坐在徐墨沉身边，皱着小眉头看徐墨沉的手机，好像很伤心。

跟着，橙橙跑过来，抱住徐砚清的大腿："爸爸不哭，咱们再买一盆……新的。"

徐砚清："什么买新的?"

橙橙："花。"

徐砚清仍然不懂,徐墨沉面无表情道:"发给你了。"

徐砚清从口袋里摸出手机,屏幕显示"霸道总裁"发给他一条视频。

徐砚清点开视频,看完之后,他下意识地看向夏颜。

夏颜一本正经地与钟意聊着天。

徐砚清却想起了昨晚的反常,怪不得夏颜一直摸他的脸,把他当还带着婴儿肥的小学生了?

徐墨沉!

从此以后,徐家兄弟俩的"塑料感情"宛如被烈日暴晒过,变得更加脆弱易碎了呢。

番外二

等一场雨，等一滴墨

"妈，我去检票了，下飞机再联系。"

候机大厅，徐墨沉收起手机，前往登机口排队。

二十一岁的他，迎来了自己大学生涯的最后一次寒假，不过因为已经有了实习工作，徐墨沉与大多数上班人一样，只有七天年假。而他同样在北京读医学专业的弟弟徐砚清，早在学校刚放假的时候就回家了。

排队验票，有序登机，徐墨沉很快找到了自己的位置，左侧两人位的邻走道的位置。

回家小住，徐墨沉只带了一个背包，放到行李架上便入座了。

随着乘客们放好行李陆续落座，视野变得开阔起来。

然后，徐墨沉看到一个年轻的女孩子拖着一个小行李箱朝他这边走来。

她皮肤很白，神色清冷疏离，却又漂亮得引人注意。

凡是她经过的地方，两侧座椅上的乘客都会多看她几眼，而她的目光，只落在一排排的座位号上。

徐墨沉打开手里的书，准备开始阅读。

意外地，那女孩子停在了他身边。

徐墨沉抬头，看见她在核对座位号，应该就是这里了。

徐墨沉马上站起来，将书放到椅子上。

女孩微微朝他点头："谢谢。"说完，她准备将行李箱放上去。

她看起来那么单薄，徐墨沉主动提出帮忙："我帮你吧。"

她看看他，如初秋细雨般微凉的眼里露出一丝礼貌含蓄的笑意："谢谢。"

徐墨沉就帮她将行李箱放到了行李架上。

两人分别坐到座椅上。

徐墨沉合着书坐了一两分钟，确定隔壁的女孩子不会试图与他聊些什么后，重新打开书，开始阅读。

看着看着，徐墨沉的视线发生偏移，落到了邻座的女孩身上。

她穿着一条黑色的长裙，左手托着下巴看着窗外，右手随意地搭在腿上，黑裙衬得她的手更白，淡青色的血管若隐若现。

自从她坐下，已经保持这个姿势很久不动了。

飞机起飞，徐墨沉暂且看向窗外，小小的窗口，她就靠在旁边，露出一边很难令人忽视的脸。

徐墨沉读过的文学著作不多，竟不知道该用什么词形容她的气质。

她是冷淡的，摆明了对无意义的社交没有兴趣，可又因为太年轻，她给人一种很脆弱的感觉，叫人担心她会被谁欺负。

徐墨沉没有窥视她太久，一会儿看书，一会儿闭目养神。两个小时的航程，不知不觉就过去了。

飞机停稳，徐墨沉先帮女孩子取下行李箱。

"谢谢。"她还是那副冷淡的态度，道谢过后便推着行李箱往前走了。

徐墨沉跟在她身后。

排队等出租车的时候，他仍然排在她后面，看着她坐上一辆绿色的出租车，最终消失在视野中。

下一辆出租车马上开了过来。

徐墨沉坐到后排，系上安全带，他看向窗外。熟悉的江城没有触发他

完美恋爱 / 295

的什么感慨，他反而不受控制地一直在想与他同行两个小时的陌生女孩，可能，她的气质实在太特别了。

在家过了一个年，没几天徐墨沉又要回北京了。

"砚清要不要跟你大哥一起回去？"

"还没开学，回去那么早做什么？"

"路上有个照应嘛。"

"我已经成年了，不需要他照应。"

"哎，你说你，那么多专业你非要学医，你大哥马上就要毕业了，你还得再学七年半。"

"这就是追求理想与追求就业的区别。"

徐墨沉："……"

机票早订好了，徐墨沉与父母告别，一个人出发了。

返程的航班，徐墨沉的邻座是个男人。

鬼使神差地，他又想到了那个脸白白的单薄纤瘦的女孩子。

大四上学期还有些课程，所以徐墨沉一直住校，到了下学期，几乎没有课程安排了，只要在实习的过程中写好论文就行。

为了方便去公司，徐墨沉与朋友在实习公司的附近租了一套两居室的房子，房子有些年代了，一栋只有六层，没有电梯。

徐墨沉的工作很忙，单身的他回家后也没有什么业余爱好，所以他喜欢加班，早出晚归。

这天晚上，他一直在公司逗留到十一点才回来。

同租的朋友靠在沙发上在看电视，见他回来了，朋友精神抖擞地坐起来，与他分享今晚见闻："今晚我回来，看到一个超级漂亮的女孩子，好像在给咱们楼下的初中生做家教，真的，超级漂亮，又纯又冷的那种。哎，我都不知道怎么形容。"

徐墨沉对这种八卦没有兴趣，脱掉外套，去卧室拿了换洗衣服，再去洗澡。

"你太冷淡了啊，对美女都没有兴趣，哎，老天爷就是太不公平，如果把你的脸给我，我早脱单一万年了！"

朋友躺在沙发上对命运的不公表示不满。

徐墨沉置若罔闻。

再喜欢加班,周六周日总是要休息的,但徐墨沉的周末时间安排得也很满,早上晨跑健身,上午捣鼓软件,中午去外面常吃的餐馆吃饭,下午继续做设计。徐墨沉或许没有弟弟那么崇高的理想,但他有自己的事业规划。

中午快十二点,徐墨沉饿了,准备下楼去吃饭。

"给我带一份芹菜炒肉,谢谢。"朋友听到声音,在次卧里面大声叫道,伴随着游戏里的射击音效。

也就是在这种时候,徐墨沉会想起亲弟弟的好。如果同租的是弟弟,弟弟会把房间打扫得干干净净,会养几盆不用他照顾却可以随便欣赏的绿植,最重要的是,弟弟喜欢做饭,他只要提供饭钱,就可以吃到比外面餐馆好吃百倍的饭菜。

或许,他可以邀请弟弟来这边过个周末。

徐墨沉一边考虑这种可行性,一边关上房门,朝楼下走去。

当他还在走廊转角时,楼下也有人出来了,响起一道声音:"钟老师慢走,晚上还是老时间吗?"

"嗯,我八点肯定到。"

当关门声响起的时候,徐墨沉也走到了楼下的那一层,穿黑色厚外套的女孩子转过来,露出一张白皙清冷的脸庞,那也是徐墨沉偶尔不经意间会想起的那张脸。

徐墨沉意外地看着她。

女孩子似乎已经不记得他了,回避目光,开始下楼。

徐墨沉又走在了她后面。

直到走出小区大门,两人都同路。

马路对面就是地铁站。

她好像要过马路去地铁站。

徐墨沉顿了顿,走向他常去的餐馆。

钟老师,原来她姓钟,不过老师只是家长给她的称呼,她应该还是个大学生。

傍晚七点多,朋友还在骂骂咧咧地打游戏,徐墨沉走到阳台上,在黑暗中靠着护栏，漫无目的地观察楼下走过的男女老少。

北京的二月初，晚上还是零度以下，风也很大，徐墨沉看看腕表，再有十分钟就八点了。

远方出现了一道熟悉的身影，还是穿着黑色厚外套，背着包。

她来到楼下，身影消失了。

徐墨沉记得，楼下住的是一家三口，中年夫妻带着一个上初中的女儿。

徐墨沉打开房门，坐在客厅看电视。

朋友出来去洗手间，瞥见房门开着，以为他忘了关，跑过去给关上了。

等朋友回了房间继续打游戏，徐墨沉又去开了门。

他调低电视的音量。

晚上十点，楼下传来开门声，她今晚的家教终于结束了。

从第二天开始，徐墨沉将晚上加班结束的时间控制在了九点半左右，早一点或晚一点，他肯定会在十点钟准时出现在楼下。深夜的楼梯间没有什么人，他往上走，她往下走，擦肩经过的时候，徐墨沉会靠到一边，让她先过。

如果是双休日，徐墨沉会在中午十二点的时候准时出门觅食。

他没有主动与她打过招呼，就这样与她保持着每周几次见面的频率，尽管每次见面的时间都很短很短。

三月份，徐墨沉拿出所有个人积蓄，贷款买了一辆三十万的车。

他查了查天气预报，本周四有雨。

周四晚上，九点半，徐墨沉就在楼下等着了。他靠着墙，看外面的雨，脚边放了一把湿漉漉的伞。

十点钟，上面传来开门声。

徐墨沉收回视线，看向楼上。

轻轻的脚步一步步地走下来，声控灯接连亮起，终于，她出现在了他的视野中。

徐墨沉注视着她来到一楼。

他捡起雨伞，看着她道："下雨赶地铁不方便，我送你回去。"

女孩警惕地看过来:"不需要。"

说完,她撑开伞,就要跨入雨中。

徐墨沉拦在她面前,垂眸看她:"每天都见面,我以为你已经认识我了,不会把我当陌生人。"

她看着他身后,神色冷淡,声音也疏离:"我不认识你,请让——"

"那就认识一下,我叫徐墨沉,江城人,与朋友在这边402租房住,大四实习生。去年春节回家,飞机上我坐你邻座。"徐墨沉介绍完毕,很是正式地朝她伸出手。

钟意垂着睫毛,没有与他握手。

她也不记得飞机上的事了,只记得最近一个月总是会在楼梯间遇到这个人。虽然他什么都没说什么也没做,她就是有种奇怪的感觉,好像,他是故意的,故意选在她结束家教的时间回来,每晚与她偶遇。

"请你让开。"她坚持道。

徐墨沉什么都没说,默默站到了一旁。

钟意撑开自带的雨伞。

就在她准备跨出去的时候,身后传来那人低沉的声音:"我很想送你回去,又不想被你当成变态,我也很想继续像以前那样跟你见面,不过,你应该不会再想见到我,所以,接下来,请你放心工作,我不会再打扰你。如果你想见我,或是有什么需要我帮忙的,可以去402找我。"

钟意走了出去,大雨立即砸到伞面上,她的世界,除了雨声,其他声音都变小了。

徐墨沉说到做到,没有再打扰她。

她看起来太好欺负了,他不想因为自己的喜欢,造成她在安全问题上的困扰,影响她的兼职状态。

但徐墨沉会躲在阳台上,在她过来或离开的时候,偷偷看她一眼。

六月份,徐墨沉正式毕业,开始了全职上班的生活。

月底,楼下的中学生放暑假了,似乎被爸爸妈妈送回了外地的爷爷奶奶家,中学生不在,她的家教兼职自然也停了,没有再在这个小区出现过。

徐墨沉想,如果中学生成绩不好,暑假也该用功补习的。

今年的七月似乎格外漫长，终于，八月份中学生从外面玩完回家了，又开始了家教补习。

徐墨沉站在阳台上，看见她穿了一条黑色的连衣裙。

她似乎很喜欢黑色，永远是一个人来，一个人离开，冷冷清清的，仿佛不需要任何社交。

徐墨沉自嘲地笑，他或许长了一张吸引女孩子的脸，可这张脸对她好像没有用。

又是一个周末。

徐墨沉正在做程序，外面忽然传来敲门声。

朋友在客厅，去开门了。

"请问，徐先生在吗？"是她的声音。

徐墨沉立即离开座椅，快步走了出去。

今天周末，钟意照常来给即将升初三的王欣欣同学做家教。

但今天有点特殊情况，王欣欣的爸爸妈妈都外出了，要等中午才回来，只有她与王欣欣在家。

王欣欣的妈妈离开前，特意交代钟意要看牢初中生，不能纵容她偷懒耍滑。

钟意辅导王欣欣半年了，感觉这个学生很乖，并不会出现家长担心的那种情况。

结果，中间十五分钟休息时，王欣欣跑去玩王先生的电脑，不知她按了什么，那台台式电脑突然死机了。王欣欣向钟意求助，钟意对电脑也不是很懂，建议重启试试看，而王欣欣重启的结果，就是电脑再也无法开机。

王先生是个严厉的爸爸，想到爸爸回来发现电脑坏了可能会很生气，王欣欣急得要哭了，用一双单纯又可怜巴巴的眼睛看着钟意。

钟意有点头疼。尤其是，如果她没有建议关机重启，或许还不会造成这种后果，当然也可能跟她没关系，电脑就是坏了。可因为已经参与了进来，钟意就觉得自己有责任帮学生解决这个问题。

她试着用手机搜索，试了几种解决方案，都没有用。

"附近有电脑维修店吗？"钟意问王欣欣。

王欣欣不知道，她平时没有留意这些。

"十一点了，我爸妈他们可能十一点半就回来，钟老师，我完了。"

王欣欣频繁地看向挂钟，眼圈越来越红。

钟意无法理解王欣欣对父亲的惧怕。

她很小的时候父母就去世了，去年夏天，她唯一的亲人奶奶也离开了她。

只是，无法感同身受，不代表她忍心看着学生被家长教训。

"或是有什么需要我帮忙的，可以去402找我。"

钟意突然想到了楼上那个姓徐的男人。

至少在此刻，钟意只能想到这个唯一可以求助的对象。

让王欣欣先在家里等着，钟意去了楼上。

爬楼梯的时候，钟意心里有点乱。她虽然见过他很多面，但对他这个人毫不了解。

不过，他明明有追求她的意思，却在被她拒绝后真的做到了不再打扰她。

至少应该不是多坏的人吧。

楼上楼下，楼梯很短，钟意已经站到了402门前。

王欣欣还在等着钟意，钟意没有多少时间犹豫，敲了门。

没想到，开门的是个更加陌生的男人，穿着一件皱巴巴的短袖，皱巴巴的大裤衩，看起来不太讲究。

钟意开始怀疑自己是不是记错了他的房号，毕竟她连他的名字都记不得了，只记得他姓徐，跟她一样都是江城人。

"请问，徐先生在吗？"钟意抱着一丝希望问。

郑山还以为自己点的外卖到了，没想到一开门，看到的竟然是那位让他深深惊艳过的家教美女。

郑山突然无比后悔自己穿得这么邋遢了，他该学徐墨沉的，无论在家里还是在公司，都穿得人模狗样。

等等，美女要找的徐先生，难道就是徐墨沉？

郑山还没有反应过来，房间内传来了开门声。

钟意与郑山同时望了过去。

看到徐墨沉，钟意竟然下意识地松了口气，庆幸自己没有敲错门，打扰到这个看起来不太好相处的人。

"有什么事需要我帮忙吗?"徐墨沉走出来,站到门外,并且反手带上房门,挡住了郑山八卦的脸。

"老徐你好样的!"郑山不甘心地拍了拍门。

徐墨沉挡在门前,关心地看着钟意,猜测她大概是遇到了什么麻烦,才会过来。

钟意第一次正视他的脸,第一次发现他长得如此英俊,只是气质过于冷冽,令人不敢直视。

她看向楼下,解释道:"我学生玩家长的电脑,现在无法开机了,等会儿家长就要回来了,她很着急,不知道你会不会修电脑。"

徐墨沉看看腕表,道:"我先过去看看,但也无法保证一定能修好。"

钟意点点头。

进入王家之前,徐墨沉让钟意打开手机,镜头对准他开始录制视频,理由:以防出了什么事他说不清楚。

钟意此时只希望他能修好电脑,没想太多,按照他的话开始录了起来。

王欣欣也把徐墨沉当成了救命菩萨,一切配合。

徐墨沉先检查台式电脑的线路连接问题,在仍然无法开机后,他打开机箱,做了一些师生俩都不懂的操作,全程没有超过两分钟。重新启动,屏幕亮起。

王欣欣夸张地松了口气:"谢天谢地,我总算得救了!"

徐墨沉装好机箱盖,站起来,看着钟意问:"还有什么事吗?"

钟意摇摇头。

徐墨沉:"那你们先忙,我上去了。"

钟意、王欣欣一起将他送了出去。

看着男人往上走的背影,钟意对他的人品信任度又往上升了一点。

师生俩回到书房,王欣欣将电脑关机,再重启,再关机。确保电脑是真的修好了,王欣欣捂着胸口对钟意道:"幸好修好了,不然我惨了。"

钟意笑了笑:"耽误了这么久,继续上课吧。"

王欣欣乖乖坐到了椅子上,可心思并不在课本上,她悄悄问钟意:"钟老师,你跟楼上的大哥哥是怎么认识的?他是不是喜欢你呀?他长得可真帅。"

钟意看着课本,一边标记重点一边道:"再不听讲,我把刚刚的事告诉你爸爸。"

王欣欣吐吐舌头,再也不敢乱打听。

过了一会儿,王欣欣的爸爸妈妈回来了。

师生俩相视一眼,一个继续讲,一个认真听,当作什么意外都没有发生过。

上午的课程结束,钟意与一家三口道别,朝楼下走去。

到了一楼,她又看见了那个男人。

可她欠了他一个人情,再也不能理直气壮地走开了。

"电脑的事,谢谢你。"钟意主动道谢,眼睛看着路面。

徐墨沉:"请我吃顿午饭吧,就在小区外面,有家餐馆味道还可以。"

钟意想,他帮忙,她请客,这个人情就算还了。

"可以。"她同意了。

两人一起往外走去。

中午,阳光亮得晃眼睛,钟意打开伞,遮挡强烈的紫外线。

"你还是大学生吧,大一?"路上,徐墨沉看看伞下的她,问。

钟意的声音很轻,不知道是饿得没了力气,还是用这种方式表达她的兴致不高:"马上大三了。"

徐墨沉忽然想起来,现在还是大学生的暑假时间。

"暑假怎么没回家?"

"不想回。"

"在哪个学校读书?"

"你在哪个学校读书?"钟意反问道。

徐墨沉:"清华,六月刚毕业。"

钟意意外地举高伞,朝他看去,从古到今,学霸总会令人景仰。

徐墨沉笑了下:"不信吗?要不要我去取毕业证书做证明?"

他的笑容过于耀眼,里面的调笑的意味也过于明显,钟意马上放低伞面。

"你还没告诉我你的学校。"

"肯定没你好。"

"行吧,我不问了,你叫什么名字?"徐墨沉换了个问题。

钟意还是不想说。

徐墨沉:"我知道你姓钟,你不说,那我以后就叫你小夜钟了。"

钟意想,因为她更多的时候都是晚上来这边,所以是小夜钟吗?

他没有解释,钟意也没有追问,随便他给她起什么绰号。

餐馆到了。

中午客流量大,两人等了会儿才有位置。

空调呼呼地吹着凉风,徐墨沉点了两个菜,再把菜单交给她。

钟意点了一个家常炒菜,点完抬头,发现徐墨沉正看着她。

钟意低下头。

"你看起来不像谈过恋爱的。"徐墨沉低声道。

钟意沉默以对。

徐墨沉自我介绍道:"其实我也没有谈过恋爱,第一次追求女孩子。"

钟意不信,看他的表现,像是个恋爱老手,两人都没怎么说过话他就提出送她回家。

徐墨沉能看出她的心思,他解释道:"因为我不认识你,只能在熟悉一段时间后采取最直接的方式。如果采用其他方式,比如每天晚上默默送你回家直到你深受感动,或是其他方式的死缠烂打,只会显得我像个变态。"

钟意抿抿嘴角,露出一丝笑意。

如果他敢追她到地铁上,或是坚持送花送礼物,她肯定早就放弃了这边的家教。

桌上有茶水,徐墨沉给她倒茶。

钟意看着茶水,没有动。

在徐家,徐墨沉永远是话最少的那个,可遇到想要追求的女孩子,徐墨沉就变得话多起来:"以后你去做家教,再遇到学生弄坏家电向你求助的事,如果你没有把握,最好还是不要帮忙。否则出现财产损失,学生家长可能会把责任推卸到你身上,找你索要赔偿。"

钟意诧异地看过来。

徐墨沉看着她道:"涉及钱,任何人都可能会露出两副面孔,尤其是你这样的女孩子,看起来就很好欺负。比如今天,如果电脑出了大问题,家长坚持说是你修坏的,要你赔钱,你会去派出所求助,还是花钱消灾忍气吞声?更甚者,遇到那种难对付的,你不赔钱就不让你离开,你能怎么办?"

钟意被他说得一阵后怕,她手里的钱攒起来不容易,但若真遇到这种事,她可能也没有勇气去反抗。

"这个社会上还是好人多,但为了避免不必要的麻烦与纠葛,还是要学会保护自己。"徐墨沉衷心地提醒她道。

钟意点点头:"谢谢,我记住了。"

徐墨沉拿出手机,看着她道:"留个电话吧,就算你在学校或是其他地方遇到麻烦,也可以联系我。放心,除非你找我,我不会骚扰你。"

可能是今天有了更多的接触与了解,钟意有些相信他了。

她与他互留了号码。

填备注的时候,钟意迟疑了下,对面就传来他的声音:"徐墨沉,墨水的墨,沉淀的沉。"

钟意敲下这三个字,很好听的名字。

"小夜钟,还是?"徐墨沉晃了晃自己的手机。

钟意抿唇,最终报出了自己的名字:"钟意,意思的意。"

徐墨沉打出"钟意",心头微颤。

钟意,还有喜欢的意思。

"很好听。"徐墨沉看着她道。

钟意强颜欢笑。

她的名字,取自父亲的姓与母亲的名,可惜他们都不在了。

服务员开始上菜。钟意安静地吃饭。

徐墨沉能察觉她的情绪不太高,她给人的感觉,始终都冷冷的,不知是抗拒周围,还是戒备,不敢走出她的舒适圈。

吃完饭,徐墨沉抢着付了钱。

钟意并不高兴:"说好我请你的。"

徐墨沉:"我修的是别人的电脑,并没有帮你什么忙。"

钟意皱眉道："那就平分。"

徐墨沉："也行，一共一百九十八。"

钟意从包里取出一张百元钞票，递给他。

徐墨沉接过钞票，随她走出餐馆，看着她淡漠的脸，他低声问："不觉得委屈吗？如果我没有拉你过来吃饭，你可能会去学校食堂吃，根本不用花一百块钱。"

钟意终于瞪了他一眼，对于她而言，一百块够她吃一星期的食堂了。

"收起来吧，我工作了，本该我请客。"徐墨沉想还给她。

钟意不肯要，看一眼路况，跑到了马路对面。

进入地铁站前，钟意回头，就见他也跟了过来。

"我办点事，稍等。"徐墨沉笑着说。

钟意见他去了地铁站内的票务处。几分钟后，他拿了一张交通卡走了回来。

徐墨沉："里面充了一百块钱，我公司就在对面，用不上，给你用吧。"

钟意继续拒绝："不用，我自己有卡。"

徐墨沉道："你不要，那我为了不浪费里面的钱，从今晚开始，我会每晚送你回校，一直到花光里面的钱。"

钟意默默算了一笔账，从这边到学校往返要花六元钱，徐墨沉想刷光他的卡，需要送她十六天。

"只要你别打扰我，你坐地铁去哪里都与我无关。"钟意抛下他往前走。

徐墨沉默默地跟上。

上了地铁，早没了座位，钟意站定，徐墨沉就站在她左侧。

过了两站，徐墨沉旁边一个老太太下车了，徐墨沉抢先占座，再朝对面的钟意使眼色，叫她过来。

没抢过他的两个女生同时看向钟意。

钟意快速转了个方向，背对徐墨沉站着。

看热闹的女生们笑了。

徐墨沉只好让出位置，挤到了钟意身边。

钟意还没有发觉，耳边突然吹过来他温热的气息："你不坐，位置我让给别人了。"

毫无预兆的暧昧,钟意耳朵红了,去看罪魁祸首,可他早已站正身体,一手拉着吊环,黑眸定定地看着她。

钟意被烫般移开视线。

白天的地铁很挤,晚上十点多的时候,地铁里面变得非常空旷。

钟意先坐下,尽管她的两边都是空位,徐墨沉还是自觉地坐到了她对面,姿态随意,左右看看,最后目光落在她身上。

钟意立即低头,从包里取出一本书,安安静静地看。

徐墨沉笑了笑,闭目休息,免得她紧张。

地铁轻轻晃动,二十分钟后,钟意要下车了。

徐墨沉跟着她下了车。

白天他已经知道了她的学校,一所非常好的大学,可见她也是个学霸。

等钟意走到大学校园门口,徐墨沉停下脚步,看着她头也不回地进去,他再去赶最后一班地铁。

连续半个月,徐墨沉都是这么送她的,不试图与她说话,安静地当个同车乘客,虽然交换了手机号码,他也的确没有主动发过消息。

然后,他又给交通卡充了钱。

"你准备以后都这么送我了吗?"走出大学附近的地铁站,钟意突然停下脚步,转过来问他。

徐墨沉正色道:"如果你不喜欢,明天我就不送了。"

钟意垂下眼睫,她没有不喜欢,他的存在并不令人反感,可如果她这么说了,又好像有接受他的意思。

"我不用你送。"她低声说。

徐墨沉明白了,笑笑:"再见。"

走出几步,他折回来,将交通卡塞到她手里:"收着吧,我真的用不上。"

钟意想还给他,他已经走远了,拦了一辆出租车。

钟意站在原地,交通卡上还残留着他的体温。

钟意还是每日去给中学生做家教,但再也没有见过徐墨沉了。

晚上她走下楼梯，不会再与他擦肩而过。周末的中午她走出302，也不会再有一个人那么巧地下楼跟着。有时候也会有脚步声跟下来，钟意趁转弯的时候往后看，并不是他。

不知不觉，钟意的暑假也要过完了。

晴朗已久的天气，晚上突然下起了大雨，雷声轰鸣，窗外闪电如蛇。

"钟老师，晚上你跟我一起睡吧，今晚别走了。"又一个大雷响起，王欣欣突然同情地对钟意道。这种糟糕天气，又是深夜，她无法想象单薄的钟老师还要赶夜路返校的辛苦。

钟意不想给学生添麻烦，而且王家有个中年男性家长，她留在这里并不合适。

"没关系的，小区和学校离地铁站都很近，我又带伞了，顶多会湿了裤腿，回家换一下衣服就好了。"

钟意谢绝了学生的提议。

十点到了，王欣欣的妈妈表示开车送她回去，钟意连说不用，这种天气，开车也很麻烦。

"你们早点休息吧，我走了。"钟意快速往下走去。

雨声很大，雷声也很响，这样的夜晚，会催生一个人的孤独感。

钟意又想家了，想去世的爷爷奶奶，可没了就是没了，她只是孤零零的一个人。

就连那个曾经每晚故意与她偶遇、连续半个月坐地铁送她回校的男人，也在被她拒绝后，果断地放弃了。

一直走到一楼，都没有见到他。

这样的天气他都不来，是真的放弃了吧。

钟意笑了下，举起雨伞想要打开。

外面突然传来啪嗒啪嗒的跑步声，钟意的伞才打开一半，一道挺拔的身影举着伞冲了进来，他的伞面滴答滴答地往下滴着水，他的鞋子、裤腿都被飞溅的积水打湿了。

他还想甩甩伞的，却后知后觉地发现旁边有人。

目光相对，钟意垂眸，想要出去。

手腕被人攥住，钟意听见他说："今晚很忙，一加完班我马上跑回来了。我有车,我送你。"

公司很近,他都是步行上班,车是为了送她才买的,可笑的是,一次都没用上过。

钟意很想挣开他的手,发现他的手上也沾了雨水,很凉。

她低着头,看到他湿漉漉的裤腿。

"你有车,为什么不开去上班?"她问。

徐墨沉苦笑:"走路十分钟,如果开车,遇到堵车再加上找停车位,可能要用双倍时间。"

"那你买车做什么?"

"计划送未来的女朋友回校,她在这边做家教,晚上十点才下班,三月份跟她搭讪前买的,可惜人还没追到手。"

钟意这才知道,他在第一次拦住她之前,还专门为了送她去买了一辆车。

"你很有钱吗?"钟意忽然问,手也缩回来,怀疑他是那种家里钱多到可以随便拿来追女孩的富二代。

徐墨沉解释道:"我爸妈都是教师,只能算普通家庭,他们在江城给我买了一套房。我本人才毕业,这辆车的首付已经花光了我的全部积蓄。我想,我既不算有钱,也不算没钱,就普普通通的一个人。"

钟意低垂的睫毛动了动。

徐墨沉试着商量:"你在这里等着,我把车开过来?"

钟意看向外面的雨,风狠狠地吹过来,雨水哗啦啦地斜过来,一阵又一阵。

她默许了。

徐墨沉卷起裤腿,撑伞重新跑进雨中,跑了两步回头要求道:"你就站那里别动,等我下来接你。"

雨大,光线暗,钟意其实看不清他的脸,只是有点想笑,她一个人,总有忘了带伞的时候,更大的雨都淋过,哪有那么娇气?

他跑远了,过了一会儿,一辆车打着车灯开了过来,停车时,车门距离她还有五六步的距离。

钟意刚要出去,徐墨沉推开车门,慌乱地撑着伞跑了过来。

钟意不解地看着他。

"我抱你过去,不然鞋肯定会湿,最近天气转凉,小心感冒。"

钟意:"不用,我……"

她没说完,徐墨沉突然逼近,抱起她的腿将她抛到了肩膀上。

钟意本能地抱住了他。

徐墨沉撑开伞,确定伞面完全遮住了她,这才重新走进雨中。

来到车前,他拉开副驾驶位的车门,一手撑伞,一手调整姿势方便她进去。

再小心,钟意的额头还是磕了一下。

徐墨沉低头,发现她眼圈是红的,眼里泪光闪烁。

他懊恼地道歉:"对不起,是不是磕疼了?"

钟意摇摇头,并不是因为磕到头才想哭的,她只是,很久没有被人这么在意、照顾过了。

她不说话,徐墨沉没有办法,先关上门,绕过车头,上了车,他立即伸手去撩她的头发,想检查她的伤。

钟意避开他的手,歪着头道:"我真没事,你开车吧,雨大,慢点开。"

徐墨沉顿了顿,专心开车。

今晚他的表现,大概糟糕透了。

路上车辆不多,可雨势影响了车速。十点半,汽车停在了钟意学校的校园外。

学校不许外面车辆进入,徐墨沉在路边停好车,看着沉默了一路的她道:"宿舍离这边近吗?"

钟意摇摇头。

徐墨沉试着问道:"那我送你过去?"

钟意看向校园:"怎么送?"

他不想她的鞋子湿了,可他能抱她走几步,还能走几百米吗?

徐墨沉能。

他撑伞绕过来,拉开车门,教练似的指挥她:"弯腰探出来,趴到我的肩膀上。"

钟意什么都没说，乖乖地配合。

徐墨沉一手撑伞，一手将她往上抛了抛，两人的姿势都舒服了，他才关上车门，锁好车，撑着伞走向校园。

保安亭里，保安笑着目送他们走远。

年轻人喜欢浪漫，哄起女朋友来也是一套一套的。

钟意趴在他宽阔的肩膀上，看着他的鞋子溅起一朵朵水花。

她从没想过，下雨天也会有让她如此喜欢的时候，有个人将她扛在肩上，周围安安静静，没有人看热闹，也没有人议论打扰。

"你真的没有谈过恋爱？"钟意扯了扯他的外套，问，怕他听不见。

徐墨沉听见了，道："没谈过，但凡谈过一次，追你都不会追得这么艰难。"

钟意："哪里艰难了？除了连着送我半个月，除了故意十点下班，你还做过什么难的？"

徐墨沉："我没做过什么难的，全是心里难，明明每天都想见你，却不敢去见你，怕被你讨厌，怕被你当成变态，躲着我。"

钟意："那么怕，今晚怎么来了？"

徐墨沉偏头看她："你明知故问。"

钟意笑了笑。

前面有个路口，徐墨沉问她方向。

啪嗒啪嗒的，是他一个人的脚步声，扛累了，就去附近的屋檐下，换个肩膀继续扛。

几分钟后，两人来到了钟意宿舍的楼下。

还是暑假，很多学生还没有返校，宿管阿姨打着哈欠，提醒徐墨沉："男生不能上去。"

刚走出校园的徐墨沉，还带着几分大学生的气息。

徐墨沉将钟意送到楼梯前，在她踩上一层台阶后，拉着她转过来。

两人目光齐平。

钟意看到他额前的短发湿透了，裤子膝盖以下一点干的地方都没有。雨夜气温偏低，显得他的脸很白，也很英俊。

徐墨沉背对着宿管阿姨，握着她的手问："我这算是追到了吗？"

钟意慢慢地吐字:"不知道,我对你还不够了解。"

徐墨沉:"恋爱不需要太了解,恋爱需要感觉。"

钟意不懂:"什么样的感觉?"

徐墨沉突然撑开伞,挡住后面的宿管阿姨,手贴上钟意的腰,唇吻住她的唇。钟意全身发颤。

徐墨沉很快松开了她,目光沉静而执着:"有感觉吗?"

"没有。"钟意推开他,转身往上跑。

徐墨沉往上看,看到她红红的脸,他笑,对她道:"明晚见。"

回应他的,只有钟意噔噔噔的脚步声。

宿管阿姨嫌弃道:"行了行了,大晚上的玩什么浪漫,赶紧出去吧。看你的伞,我这刚拖好的地面又被你弄湿了!"

宿管阿姨一旦唠叨起来,没有几个男生扛得住。

可徐墨沉心情好,他觉得窗外的夜景很美,宿管阿姨的唠叨也很动听。

楼上。

钟意回到宿舍,心仍然怦怦直跳,远失平常的节奏。那个短暂的吻,他微凉的唇温,好像还留在她心间,挥之不去。

这就是他说的感觉吗?恋爱的感觉。

如果是,钟意无法否认,她有。

呼吸慢慢平复,钟意没有打开宿舍的灯,慢慢地去了阳台。

大雨还在下,站在楼上,她朝下面的道路看去。零零散散的行人中,她看到了那把熟悉的伞,持伞的人高高瘦瘦,沿着反方向走在他们一起走过的路上。

忽然,他停下脚步,转身,抬高伞面,朝这栋宿舍楼望来。

钟意下意识地想躲,可阳台上一览无余,等她想起来可以蹲下去的时候,徐墨沉已经看到了她。尽管夜色那么暗,钟意还是清清楚楚地看见,他笑了。

钟意的脸发烫。

手机响起,钟意拿出来,果然是他打来的。

钟意接听。

徐墨沉:"来送我?"

钟意:"……收衣服。"

阳台上确实挂了两件衣服,徐墨沉没有拆穿她的借口,低声道:"早点睡吧,明天见。"

钟意沉默几秒,挂了电话。

雨中的身影继续往前走了,修长挺拔,不仅背影,他整个人,几乎都无处可挑剔。

风还是凉的,钟意却不再觉得冷。

或许从今晚开始,她再也不是一个人了。

她有了一个男朋友,他叫徐墨沉。

八月份的最后几天,徐墨沉每晚都会与钟意约会。

热恋来得毫无预兆,又让人沉醉其中。

除了下雨天的那个确认感觉的吻,徐墨沉并没有再对钟意做什么过分亲密的举动,他只是喜欢握着她的手。

当然,钟意不知道,徐墨沉并没有他表现出来的那么冷淡,他只是不想吓到自己的女朋友。毕竟,她才刚要读大三,虽然成年了,却还没有满二十周岁,而他已经毕业迈入社会。

成年人的恋爱,难以避免会有冲动,但徐墨沉更享受单纯地与她在一起的时候。

"大三课程很多,我辞了那边的家教,这个学期就不考虑做兼职了。"

看完电影,走在返回学校的路上,钟意对徐墨沉道。

她手里有些存款,但她一个人节俭惯了,所以在有时间的情况下,喜欢做感兴趣的兼职。

可她不去那边做家教,以后徐墨沉想见她,只能来学校找她,或是约在周末见面。

"嗯,好好读书,大四下学期再考虑实习就业的事,对了,你想过毕业后要从事什么行业吗?"

与钟意一样学专业的人,毕业后基本都会去做会计或审计类工作。

徐墨沉:"我有创业计划,等你毕业了,或许可以过来跟我一起做。"

钟意意外地看看自己的男朋友,他现在的公司与薪酬,已经是她可望而不可即了，他竟然还想开公司自己做老板？

徐墨沉摸了摸她的头，笑道："我不喜欢给别人打工，创业是早晚的事。"

钟意安静了一会儿，然后问："在北京吗？"

徐墨沉摇头："回江城，那边的环境更适合我的规划。"

钟意看向路边的商店。

她不笑的时候，清冷的气质更加明显，不熟悉她的人或许会将她此时的表情理解为生气，或是对同伴的冷漠与不待见。

徐墨沉想到什么，握着她的手道："在你毕业之前，我肯定还在北京。"

钟意笑了下，心里很乱。

他已经有了成熟的事业规划，而她什么都没有。报考这个专业是因为觉得容易找工作，真的学起来了，钟意才发现自己对财会没什么兴趣，她更不想因为与徐墨沉的恋爱关系，走他的后门去他的公司工作。

"别想太多，距离你毕业还有两年。"徐墨沉有些后悔提到这个话题了。

钟意也不想继续这个话题，拉着他去了不远处的一个炒栗子的小摊前。

这个晚上，钟意失眠了。

虽然徐墨沉的创业只是一个计划，可他的专业能力与气质，钟意就是有种感觉，他一定会成功，一定会变成一个她更可望而不可即的有钱人。

一个英俊"多金"的男人，肯定会不自觉地吸引一批漂亮的女人。

夜色如墨，钟意摸了摸自己的脸。

翻了几次身，她还是睡不着。

原来恋爱的感觉，不光有甜，还有酸，还有对未来的茫然。

新的学期开学了。

钟意留在图书馆的时间越来越长，她开始认真思考将来的就业方向。

钟意设想了各种可能，唯独没料到，她会机缘巧合地被一位有名的导演看中，认定她适合出演他的一部新剧的女主角。而就在她与名导谈完不久，在她还没有想好要不要接受这个机会的时候，便有几家经纪公司闻讯而来，打电话邀请她去他们的公司。

钟意觉得很不真实，对于她而言，娱乐圈就是另一个世界，华丽而危险。

钟意还是不太相信会有馅饼从天而降砸到她的头上。

她甚至不好意思将这件事告诉徐墨沉，怕明星梦只是一个骗局，怕徐墨沉会笑话她。

钟意准备悄悄地拒绝那位很有名，但她毫不了解其真正人品的导演，还有那些五花八门的经纪公司。

就在此时，她接到了一个电话，对方自称是天际娱乐公司的老板沈素。

钟意知道沈素，一个白手起家的娱乐圈女强人，带出过几位小明星，也是当红影帝林遇的妻子。钟意高中时很喜欢林遇的一个角色，也因此对林遇的八卦新闻颇为了解。

钟意答应了沈素的面谈邀请。

沈素没有上来就说服她签约，而是问她对未来有什么计划，或者说，想要实现什么样的人生。

钟意沉默了很久。

她没有亲人，不用为了亲人而活，不用去勉强自己按亲人期待的那样去做，她只需要对自己负责。

那她想要什么？

她想要安全感，她想变得很强，强到足以与任何人相配，不用担心被男朋友瞧不起继而被抛弃，强到男朋友变心了，她也可以高姿态地弃之如敝屣，而不是希冀挽回或黯然神伤，甚至被对方与新欢嘲笑鄙夷。

她回答沈素："我想站得很高，不必仰望他人。"

沈素笑了："那我的工作，就是让你站得很高，不必仰望他人。"

这顿晚饭，两人吃了很久。

其间，沈素问了一个问题，或者说是想要更全面地了解钟意："你有男朋友吗？谈过恋爱吗？"

别的行业或许不需要了解这些，但对想要进圈的人而言，私生活牵扯到之后的被曝光与公关。

钟意虽然没进过娱乐圈，但娱乐八卦她还是明白的，如果一个新人刚出道就被爆出谈恋爱，那是减分项。

所以，她垂眸道："有一个，分手了。"

沈素："为什么分手？"

钟意:"他要去江城发展,我不喜欢异地恋。"

沈素:"他性格怎么样?我的意思是,等你出道,他会不会冒出来?"

钟意看向窗外,眼中多了一丝笑:"不会,他很好。"

沈素相信了她。

钟意自然也不会长时间地欺骗沈素。想进入娱乐圈的人,不适合谈恋爱,也没有时间去谈恋爱,她不想浪费徐墨沉的时间,不想两人本就不深的感情在长时间的异地恋中慢慢消磨,也不想耗费心力,担心他是不是遇到了更好的人。

晚上九点,徐墨沉加完班,走出公司。

自从钟意开学,两人的约会时间都变成了周末,徐墨沉虽然想天天见她,可他有他的工作与安排,的确腾不出那么多时间去找她。

穿过马路,徐墨沉正要进入小区,忽然收到钟意的消息:感冒了,头疼。

徐墨沉立即打了电话过去。

手机里传来的女朋友的声音,有点哑,有气无力的,让人担心。

徐墨沉:"吃药了吗?"

钟意:"没。"

徐墨沉:"那我去买,你等我。"

钟意:"嗯。"

小区外面就有药房,徐墨沉根据钟意的病症买了三盒药,然后开车前往她的学校。

他在宿舍楼下等,钟意穿着长外套下来了,小脸苍白,看得徐墨沉心里难受。

亲弟弟感冒,他什么感觉都没有,换成单薄的女朋友,徐墨沉只想替她生病。

见了面,徐墨沉将装药的袋子递给她,摸摸她的额头,还好没有发烧。

"快上去吧,吃完药早点睡觉。"她都病了,自然不适合约会。

钟意看着他,垂眸问:"你的舍友,回来了吗?"

之前聊天,徐墨沉说过,他的舍友郑山跳槽了,在正式入职前回了老家,休息几天再过来。

徐墨沉不是很确定女朋友的意思，只能说实话："还没有，说是周日回。"

钟意点点头，不看他，也不上楼。

徐墨沉突然紧张起来："你，要去我那边坐坐吗？"

钟意没有说话，率先往前走了。

徐墨沉怔在原地。

钟意突然回头，路灯下，她清澈的眼中透出一丝难过："你不想我去吗？"

徐墨沉怎么可能不想！

他立即走过去，紧紧地握住了她的手。

直到上了车，徐墨沉才飞快地瞥了她一眼。

"我困了，到了你叫我。"钟意缩靠到椅背上，闭上眼睛休息。

徐墨沉想，或许，她害羞了？

生病的女孩子，可能都渴望被男朋友照顾吧，但因为是第一次撒娇，所以难为情。

徐墨沉替女朋友的行为找到了解释，于是，他就安心开车了。

到达徐墨沉租住的房子时，已经是晚上十点。

上楼后，孤男寡女的，徐墨沉反而成了无法镇定的那个。

他变得有些笨，不知道该先倒杯水给女朋友，还是该打开电视让她看。

"我想睡觉。"看着手足无措的他，钟意直接说。

徐墨沉头都要炸了，她明白她这句话对一个男人有多大的杀伤力吗？她想过在他这边留宿可能会有什么后果吗？

心如沸水，表面上，徐墨沉还要表现得一切如常。

他送钟意去了主卧，里面有卫生间，他还给钟意拿了一身他的睡衣。

"你睡吧，我去睡沙发。"安置好了女朋友，徐墨沉主动道。

钟意没说什么，关上了门。

徐墨沉站在门外，松了口气，又有点怅然若失。

他去了客厅。不想看电视，也无心工作。徐墨沉关上灯，靠在沙发上发呆。

不知过了多久，卧室的门打开，徐墨沉马上跳了起来，对着那边问："怎么了？"

黑暗中，传来她小可怜似的声音："睡不着，你来陪我。"

徐墨沉的心变成了一泓春水。

他应了声，走过去，到了房间，她已经重新躺回被窝。

徐墨沉提着椅子走到她这边，还没坐下，她往里面挪了挪，再拍拍被子。

徐墨沉："你是不是太相信我了？"

他的自制力真的没有那么强。

钟意看着他。

他全身发烫，想问她到底在想什么，为什么突然变成这样。

徐墨沉："所以，生病是假的？"

钟意："嗯。"

徐墨沉头皮发麻："你当这是玩游戏？"

黑暗阻隔了视线，说话也变得大胆，钟意："会有什么损失吗？"

徐墨沉："……"

"给你三分钟，不然我走了。"钟意淡然地说。

徐墨沉就在床边挣扎了三分钟。

钟意真的坐了起来。

在她准备穿鞋的时候，徐墨沉按住了她，他俯身，在她唇边深深地闻了闻。

钟意："……做什么？"

徐墨沉："确认你是不是喝了酒。"

钟意眼睛发酸，她没有喝酒，她只是，很喜欢他，很喜欢，想留彼此一晚纪念，如果他能接受，这也算是她对他付出的感情，给予的补偿。

她捧住他的脸，主动亲了上去。

这样的夜晚，这么惹人怜爱的小女友，徐墨沉脑海里那根名为理智的弦，啪地绷断。

钟意忍了很久的眼泪，在最适合发泄的时候流了下来。

徐墨沉当她太难受，想离开，钟意紧紧地抱住他，用尽力气，仿佛这样，两人就永远不会分开。

瞧瞧，她多坏，明明要抛弃他，却还自私地来占有。

这一晚，两人几乎都没怎么睡。

徐墨沉醒来的时候，已经是早上七点，他想抱抱自己的女朋友，身边却空荡荡什么都没有。

他睁开眼睛，左右看看，钟意不在。

徐墨沉坐了起来，下床，去客厅转了一圈，也没有她的影子。

徐墨沉打她的电话。

钟意："我到学校了。"

徐墨沉觉得她的声音不太对，虽然她气质清冷，可此时的声音格外冷，像两人初遇时那样，拒人于千里。

"昨晚……"

"我们分手吧。"

手机里传来的声音，冻住了徐墨沉的思绪，他怀疑自己的耳朵，她却还在继续说："对不起，我刚刚签了一家经纪公司，我要去娱乐圈发展了，我不想让恋情拖我的后腿。"

徐墨沉眉头皱起："什么经纪公司？你是不是被人骗了？"

钟意："公司的信息我等会儿发你，这点你不用担心，如果不是深思熟虑过，我不会这样对你。"

电话被挂断，她果然发了一条介绍对方公司的消息过来。

徐墨沉去查了查，公司没有问题。

有问题的，是她。

她又发了一条过来：对不起。

徐墨沉回想昨晚，拨回去："所以，昨晚是你补偿我的分手礼？"

钟意："算是吧。"

徐墨沉："我不需要这种补偿，你可以直接说分手。"

钟意："就当我自私吧。"

徐墨沉："……你进你的娱乐圈，我不会打扰你。"

钟意："不了，那样太麻烦，还是分开更合适。你创你的业，我混我的圈，咱们互不拖累，互不相欠。"

徐墨沉："你已经欠我了。"

钟意："昨晚除了第一次是我骗你，后面都是你主动。"

他没说话，只有粗重的呼吸声传过来。

钟意想象不出他的愤怒,他给她的,只有温柔。

她胆小,也不敢面对他的愤怒,所以用这种方式提分手。

"谢谢你。"

"对不起。"

嘟嘟嘟,通话结束。

徐墨沉被甩了,被正式交往一个月的小女友甩了。

被甩之前,他才跟她第一次共度一夜。

被甩之前,他还计划过要在什么时间点向她求婚。

然而只是一觉醒来,他就被她甩了。

失恋的人会有什么表现?

徐墨沉不知道,他一个人在床上坐了一个小时,后来想起自己还要上班,他便胡乱洗把脸,上班去了。

这就是成年人的生活,无论情感上遇到了什么,该上班还得上班。

经过一个工作日的冷却,晚上回到出租屋,徐墨沉靠坐在沙发上,仔细回忆了一遍昨晚。

其实早在钟意表示要来徐墨沉这边坐坐的时候,他就发觉不对了,可他被旺盛的荷尔蒙影响,没有去深思她的反常。

钟意喜欢他吗?

她喜欢,不然不会在分手前给他那种所谓的补偿,不然不会在他睡得迷迷糊糊的时候偷偷地凑过来轻吻他。

可她有她的追求,她想去娱乐圈闯荡,那个圈子,恋爱的确是负担。

这是一个什么样的女人,明明看起来那么需要被人保护,却能够理智到近似无情。

徐墨沉尊重她的选择。

他不需要她的道歉,只希望她照顾好自己。

入睡之前,徐墨沉发给她一条消息:我的号码不会变,遇到什么麻烦,随时可以找我。

她没有回复。

徐墨沉也不知道,还会不会等到她的回复。

第二年春天,钟意所在的剧组宣布了演员阵容,女主角是她。

因为是名导挑选的新人,钟意得到了一场登上热搜的关注,但也因为是新人,在她投入拍摄的几个月过程中,网上几乎再也没有她的相关消息。

徐墨沉继续在北京工作了一年半,在他与钟意提到过的那个她会毕业的夏天,徐墨沉与几个朋友回了江城,开始创业。

创业初期,徐墨沉几乎每晚都加班,不知不觉半年过去,要过春节了。

放假之前,徐墨沉与团队开了一场庆功宴,喝了几瓶酒,散席时徐墨沉请了代驾。

"您要去哪儿?"代驾问后座醉醺醺却很安静的男人。

徐墨沉还记得快过年了,报了父母居住的地址,而不是他居住的地址。

代驾就把他送回了徐家。

徐家,徐教授要等明天才返回江城,徐墨沉回来的时候,孟老师、徐砚清母子俩正坐在沙发上看电视。

徐墨沉打开门,酒气也飘了进来。孟老师连忙走过去询问是怎么回事。

还在读大四的徐砚清仍然坐着,想换个频道,但想到老妈一会儿还要看这个爱情剧,他就没换。

"开年会,喝了点酒。"徐墨沉向母亲解释,一边往里走一边解开领带,走到一半,他脚步停住,目光落到了电视上。

电视里面,性感冷艳的女主角正在与痞气十足的男主角蹦迪,在韵律感极强的音乐中用身体语言碰撞纠缠。

徐墨沉定定地看着那个女主演。

原来她会跳这样的舞,原来她这么会演戏。

孟老师见了,笑道:"你喜欢这种风格的女孩子?"真没看出来呢。

徐墨沉意味不明地笑了下,回了房间。

孟老师追到门口:"要喝茶吗?妈给你泡。"

徐墨沉:"不用,我睡了。"

孟老师就没再打扰工作繁忙的大儿子,回到沙发上坐着。

徐砚清:"他都多大了,想喝茶还需要您泡?"

孟老师瞪他:"用你多嘴,兄弟俩一年见不到几面,你少阴阳怪气。"

徐砚清就是看不惯大哥总是"高冷脸",老妈还上赶着嘘寒问暖。

完美恋爱 / 321

"我也睡了。"徐砚清站了起来,丢下看偶像剧的老妈。

到了晚上十一点,孟老师睡着了,徐砚清刷完论文正准备睡觉,忽然听到大哥从房间走出来的声音。

大概是饿了,去厨房偷吃东西。

徐砚清洗完澡,换上睡衣,躺到床上,睡意刚刚酝酿好,客厅突然响起有点熟悉的动感音乐。

徐砚清:"……"

他跳下床,推开门走出去,客厅灯亮着,沙发前面的茶几被人推到了角落腾出空间,而他的大哥,正穿着回家时穿的长裤、衬衫,在明亮的灯光下跟着节奏甩头热舞。

徐砚清:"……"

这是犯的什么病?

他动了动嘴,最后又闭上,折回卧室,拿出手机,坐在餐桌一侧,默默地拍摄视频。

可惜的是,老妈孟老师被吵醒了,打扰了他的拍摄,也打扰了大哥的热舞。骂了几声让徐墨沉回屋睡觉不管用,孟老师开始动手,她想去制服大儿子,却被徐墨沉攥住手腕拉着一起乱跳起来。孟老师又气又笑,大半夜的,儿子这是扰民。

最后,孟老师动用了她的绝招,一手扭住儿子的耳朵,一手抓他的头发,硬是将徐墨沉扭到了卫生间,推到淋浴间里,放水给他冷静冷静。

凉水一淋,徐墨沉终于清醒过来。

"赶紧洗洗,以后不许喝酒了,大半夜的没事找事!"

孟老师骂完大儿子,转身,发现小儿子还在门口举着手机拍。

孟老师就去教训小儿子了,指着乱七八糟的客厅道:"你来收拾!"

徐砚清:"他弄乱的,凭什么让我收拾?"

孟老师做了一个拧耳朵的手势:"你去不去?"

徐砚清只能妥协。

孟老师去睡觉了,徐砚清默默收拾"战场"。徐砚清收拾完了,徐墨沉也从卫生间走了出来,一身黑色睡衣,一头短发还在滴水,神色冰冷。

徐砚清咳了咳，关心道："你没事吧？"

徐墨沉没有理他，径自回了房间。

徐砚清猜测，大哥肯定没注意到他拍了视频，不过没关系，以后他会慢慢提醒大哥想起这件事。

六年后。

元旦期间，钟意新剧杀青了，按照她的计划，接下来她会休息一个月。

她休息，助理也放了假，分别之前，钟意向助理借车用。

助理奇怪："你怎么不买车？"

钟意在其他几个城市都有房也有车，反而在老家江城，她只在一个不太热闹的地段买了一栋很少住的别墅，车更是没有。

钟意笑道："偶尔开个一两次，不想买了。"

助理就把车留给了她。

钟意先去空置的祖屋看了看，回来的路上汽车爆胎，幸好遇到一位好心的夏小姐。

接下来的一段时间，钟意会简单地乔装一下，每天傍晚都开车去一栋商业大厦附近。

他的公司，就在这栋大厦里面。

她在十九岁的暑假与他恋爱、分手，现在她即将跨入二十九岁，算起来，已经过去十年。

这十年里，钟意一天都没有忘记过徐墨沉。

最初，她不知道自己能不能混出个模样来，等她有了一点成绩，她去搜索徐墨沉的消息，发现他真的创业了，拥有了属于他的公司。他很忙，她也很忙，谁都没有时间恋爱，更何况，钟意也不确定，徐墨沉是否还记得她这个前任"渣女友"。

钟意会想他，但她不后悔当初选择的路。

这十年，她一刻都不停歇，终于在娱乐圈站稳了脚跟。虽然距离不仰望任何人还有一段路，但至少，她已经可以挑选自己喜欢的剧本，已经可以在拍摄完一部剧后给自己放一两个月的假期，且不用担心人气会因此大跌。

第一次放这么久的假，钟意选择住在江城。

以前她不来江城久住，是担心自己会忍不住过去找他。果然，现在她到了江城，真的忍不住过来找他了。

蹲守几天，钟意看到了徐墨沉。

三十岁的徐墨沉，像十年前她幻想过的一样英俊内敛，富有迷人。

就是不知道，他有没有恋爱，有没有结婚。

这样的窥视是一种放纵，一旦放纵，便越来越管不住自己的心。

钟意想要一个答案，想知道徐墨沉心里还有没有她，如果没了，她会干脆地离开，如果还有……

钟意在等，等一场雨。

她运气很好，多雨的江城，很快就降落了一场雨，虽然不是很大。

晚上八点多，钟意将车开到了上次爆胎的地方。

景区的夜晚非常安静，钟意将车停到路边，下车，亲手将夏小姐换下来的破损轮胎给换了回去。

换好了，钟意戴着帽子、墨镜，坐在车里面，给他发消息：我在江城，车爆胎了，你会换轮胎吗？

徐墨沉还在办公室，面朝窗外。

外面在下雨。

他讨厌下雨，因为每场雨，都会让他想起她。

手机振动，是一条消息，对方的昵称：小夜钟。

消息只有一行字，不用屏幕解锁，已经显示完全。

但徐墨沉还是点进去，又看了一遍这行字。

真的是她。

分手时，徐墨沉曾经说过，他不会换号码，如果她遇到麻烦，可以随时找他。

所以，她真的只有遇到麻烦，才会联系他？

娱乐圈那么复杂，她需要他帮忙的麻烦，就是换轮胎？

她又凭什么以为，他还记得十年前的一个口头承诺？

就在这一刻，徐墨沉突然发现，他很记仇，刚刚恋爱就被她甩了的这个仇，他记了十年，乃至那段时间两人说过的每句话，他竟然都记得。楼梯间里的擦肩而过，地铁里的面面相对，宿舍楼下的轻吻，还有，那一晚她的颤抖与眼泪。

一分钟后，徐墨沉回了她四个字：定位发我。

车内，时隔十年，他的四个字，仍然能让钟意悸动，为接下来的见面紧张。

半个小时后，熟悉的豪车开到了她的旧车前面。

亲眼看到他下车，钟意推开车门，戴着帽子与墨镜走了出来。

雨有点大了，徐墨沉撑着伞，她两手空空。

徐墨沉没有与她对视，仿佛他只是一个专业的维修人员："哪个轮子？"

钟意指了指。

徐墨沉朝轮胎走去。

钟意跟在后面。

她穿着裙子，雨水细细密密地落在她身上。

徐墨沉头也不回地道："我会修，你去车上等。"

钟意语气淡淡："没关系，我看着你修，学会了以后就不用麻烦别人了。"

徐墨沉抿唇。

检查过轮胎，徐墨沉将伞递给她，他去后备厢拿备胎与工具。

钟意默默地替他撑伞。

徐墨沉："我不需要。"

钟意："你来帮忙，总不能让你再淋着。"

徐墨沉看着车轮："你在这里站着，会分我的心，我怕被娱记拍到，影响我跟女朋友的关系。"

有墨镜掩饰，钟意笑了下："早知道你恋爱了，我就不会叫你。"

徐墨沉仿佛没听见，脱掉外套，准备开始工作。

钟意突然将伞塞到他手里，指着他的车道："你走吧，是我不对，我该先问你的。"

徐墨沉客气道："没关系，来都来了，回头我解释清楚，她不会在意。"

钟意轻笑，避开他移过来的伞，站在雨中道："我在意，我不想请别人的男朋友帮忙。"

说完，钟意捡起地上的工具，自己换起了轮胎。

徐墨沉难以置信地看着她，同时不忘替她撑伞。

"你会换，为什么还叫我？"沉默几分钟，他冷声问。

钟意一边忙一边漫不经心地道："因为我懒啊，不想弄脏我的手。"

徐墨沉知道，真正的理由肯定不是这个。

他看向蹲在那里的女人。

十年了，她的背影还是那么单薄纤瘦，好像变了，又依稀还是记忆里的那个人。

十年了，明明很长的时间，却又好像很短，所以他对她的感觉，才会那么强烈。

很多话想说，很多话想问。可若先开口了，会显得他更在意。

越想时光停留，时间过得越快，她竟然真的换好了轮胎。

放好工具，她走出他的伞，接雨洗手。

帽檐挡住了她的额头，墨镜挡住了她大半张脸，她的唇抿着，还是那个清冷难以接近的女孩子。

"谢谢你还记得我，再见。"洗了手，钟意朝撑伞的男人笑笑，走向驾驶座。

两人的距离越来越远，终于，在钟意拉开车门的时候，徐墨沉追了上去，从后面攥住她的手。

钟意背对着他，试图挣开。

"我没有女朋友，这么多年，只谈过一个，还被她甩了。"在她面前，徐墨沉被迫解释，或许也算不上被迫，是他刚刚撒谎自找的。

钟意的心，被他最后几个字戳中了。

为了自己的安全感，她在他最高兴的时候说分手，分开了十年，他仍然会因为她的一条消息赶到她身边。

"她那么对你，你恨吗？"

"恨，恨到想把她从屏幕里拉出来。"

"拉出来又怎么样？打人犯法。"

"我不打人，我只想问问她，现在她有钱了，不用那么忙了，还想不想再谈一次恋爱。"

钟意的眼泪如决堤之水。

原来他都知道,知道她的敏感与自卑。

"分开这么久,人早变了,你……"

"变成什么样都没关系,我要的是感觉。"

说完,徐墨沉将她转过来,取下她的墨镜,深深对视一眼,吻了下去。

她在他怀里轻颤,一如当年。

情人节的那天,钟意在微博上公开了自己的恋情。

"他是我心里的一滴墨,擦不掉也淡不去,只会随着时光越沉越深。

"我愿将其珍藏,共度这一生。"

完美恋爱，
便是你我相恋。

Love 笑佳人